La vérité sur Maya Lamb

Secrets et mensonges

AMANDA STEVENS

La vérité sur Maya Lamb

Traduction française de
HÉLÈNE COLOMBEAU

BLACK ROSE

HARLEQUIN

Collection : BLACK ROSE

Titre original :
LOOKS THAT KILL

HARPERCOLLINS FRANCE
83-85, boulevard Vincent-Auriol, 75646 PARIS CEDEX 13
Service Lectrices — Tél. : 01 45 82 47 47 - www.harlequin.fr
ISBN 978-2-2804-8258-5 — ISSN 1950-2753

Composé et édité par HarperCollins France.
Imprimé en novembre 2022 par CPI Black Print (Barcelone)
en utilisant 100% d'électricité renouvelable.
Dépôt légal : décembre 2022.

FSC www.fsc.org
MIXTE
Papier issu de sources responsables
FSC® C159065

Pour limiter l'empreinte environnementale de ses livres, HarperCollins France s'engage à n'utiliser que du papier fabriqué à partir de bois provenant de forêts gérées durablement et de manière responsable.

1

Une vague odeur de camphre et de naphtaline flottait dans l'air rafraîchi de la vieille maison. Avery Bolt referma discrètement la porte-fenêtre et se fondit dans l'ombre. À tout moment, elle pouvait tomber nez à nez avec la propriétaire – ou avec le canon d'un pistolet, pour peu que celle-ci soit armée.

Immobile dans le noir, elle tendit l'oreille. Le silence régnait, seulement troublé par le bourdonnement de la climatisation et le tic-tac régulier d'une horloge à balancier. Aucun bruit de pas dans l'escalier. Pas de lumière s'allumant brusquement dans le couloir. Tout portait à croire que la seule occupante des lieux dormait profondément.

Elle promena le mince rayon de sa lampe stylo sur l'intérieur spacieux, garni de meubles anciens qui devaient valoir une fortune. Bizarrement, la maison était dépourvue de tout système de sécurité – une anomalie dans un quartier aussi chic. Avery n'allait pas s'en plaindre.

Un rai de lune se reflétait sur les cadres dorés accrochés de part et d'autre de la cheminée en marbre. Après avoir rapidement passé en revue les portraits des ancêtres inconnus, Avery traversa sans bruit le parquet lustré pour gagner l'immense hall d'entrée. Au milieu du mur opposé, une double porte ouvrait sur un petit salon.

Les lourds rideaux avaient été tirés, plongeant la pièce

dans l'obscurité totale. Tandis qu'Avery franchissait le seuil, elle sursauta en voyant briller plusieurs paires d'yeux dans le faisceau de sa lampe. Des dizaines de poupées de porcelaine étaient exposées dans un grand meuble vitré.

Attirée par leurs robes raffinées et leurs visages peints, elle s'en approcha pour mieux les observer. Leurs regards fixes avaient quelque chose de magnétique et de repoussant à la fois. Un souvenir oublié affleura soudain à son esprit, puis s'effaça avant qu'elle ait pu s'en saisir. Ce n'était pas la première fois qu'elle éprouvait cette sensation troublante depuis qu'elle avait découvert une photo sur Internet, deux semaines auparavant. Depuis qu'elle avait commencé à enquêter sur un vieux kidnapping.

Avery se demanda si elle ne connaissait pas cette maison. Si elle n'était pas déjà venue ici, dans cette pièce. Si elle n'avait pas déjà vu ces poupées. En tout état de cause, l'endroit lui paraissait presque… *familier.* Sans doute était-elle influencée par cette histoire de disparition non résolue, et par l'impression qui l'avait minée durant toute son enfance – celle de ne pas être à sa place. Malgré le profond attachement qu'elle avait voué à son père et qui n'avait fait que se renforcer après la mort de sa mère, ce sentiment ne l'avait jamais quittée.

Que dirait Luther s'il la voyait à présent, furetant comme une voleuse chez une parfaite étrangère ? Avery était partie à des centaines de kilomètres de chez elle sur un coup de tête et sans savoir quand elle reviendrait. Elle avait cédé une entreprise florissante à son associé, vidé son compte en banque, fait ses valises et roulé de nuit jusqu'à Black Creek, en Floride, simplement pour trouver des réponses.

À son arrivée, le soleil commençait à se lever au-dessus des arbres. Elle s'était arrêtée au bord de la route pour regarder, fascinée, le ciel passer du gris au violet, puis du violet au rouge sang. Quelqu'un de plus superstitieux y aurait vu un mauvais présage, mais Avery n'était pas du genre à accorder de l'importance à des détails aussi futiles. Une fois qu'elle avait pris une décision, même radicale, elle s'y tenait.

Épuisée par la route, elle s'était assoupie dans sa voiture. À son réveil une heure plus tard, le ciel était d'un bleu incroyablement pur. Peut-être était-ce un signe, là aussi…

Avery avait traversé Black Creek plusieurs fois pour se familiariser avec la ville, avant d'aller repérer la ravissante bâtisse de style Queen Anne dans le quartier historique de Crescent Hill. Elle s'était garée dans la rue et, pendant de longues heures, avait observé la maison : personne n'en était sorti de toute la journée. À un moment seulement, un livreur s'était présenté à la porte ; alors, une vieille dame très soignée était apparue sur le perron, avait récupéré le paquet et s'était bien vite retirée à l'intérieur. Plus tard, Avery avait eu l'impression de voir bouger un rideau en dentelle derrière une des fenêtres.

La propriétaire s'était-elle sentie surveillée, ou était-elle paranoïaque de nature ? Quelqu'un l'avait-il prévenue qu'un véhicule inconnu stationnait près de chez elle depuis le matin ?

Dis son nom. Dis-le.

June Chapman.

Une femme d'un peu plus de soixante-dix ans qui avait subi son lot de tragédies. Son mari était mort d'une crise cardiaque voilà plus de quarante ans, faisant d'elle une jeune et riche veuve. Puis son fils unique avait été tué à vingt et un ans dans un horrible accident de voiture. La petite amie de ce dernier avait donné naissance à des jumelles, et l'une d'elles avait été kidnappée dans sa chambre à l'âge de quatre ans. On ne l'avait jamais retrouvée.

Dis son nom. Dis-le.

Maya Lamb.

Le parquet grinça sous ses pas. Avery s'immobilisa de nouveau, le regard rivé sur une poupée aux boucles blondes, aux yeux bleu vif et à la petite bouche rose. Vêtue d'une robe délicate ornée d'un col de dentelle blanche, elle était assise sur un rocking-chair miniature et semblait attendre que quelqu'un vienne la libérer de sa prison. De sa main gantée, Avery toucha la vitre et traça le contour de la poupée.

Est-ce que je peux la prendre ?

Avec tes mains toutes sales ? Certainement pas !

Avery eut un mouvement de recul, comme si le verre l'avait brûlée. Dans sa précipitation, elle heurta une chaise qui crissa sur le parquet.

Elle retint son souffle, le cœur battant à tout rompre. Mais la demeure était toujours aussi silencieuse, si bien qu'elle quitta rapidement le petit salon pour rejoindre l'entrée. Après avoir jeté un coup d'œil dans les autres pièces du rez-de-chaussée, elle s'arrêta sur le seuil de la véranda.

La lumière de la lune entrait à flots par les parois vitrées, éclairant d'une lueur argentée les palmiers et les fougères en pot. Un tapis persan aux riches tons de bleu, de safran et de vert recouvrait le sol en brique. Alors qu'Avery s'avançait parmi les plantes luxuriantes, un gros chat tigré qui était lové dans un fauteuil en osier releva la tête et la fixa d'un air mauvais.

Soudain, il bondit et fila entre ses jambes, manquant lui arracher un cri. Avery se força à respirer calmement, puis regarda autour d'elle.

L'exotisme de la véranda contrastait étrangement avec le reste de la maison. Malgré d'intenses recherches, Avery n'avait pas appris grand-chose sur June Chapman, et elle n'avait trouvé que très peu d'images de cette femme austère. *Tu es dure*, songea-t-elle. Ce n'était pas très juste de juger quelqu'un sur la seule base d'une interview télévisée vieille de vingt-huit ans… La petite-fille de June avait disparu à peine quelques jours plus tôt ; on pouvait comprendre qu'elle n'ait pas été au mieux de sa forme dans ces circonstances.

Il n'en restait pas moins qu'elle avait eu une attitude glaçante pendant l'émission. Avery repensa à son regard inflexible, tandis qu'elle dressait un portrait cinglant de Reggie Lamb, la mère des jumelles, et l'accusait à demi-mot d'avoir tué son enfant…

Non, décidément, elle n'imaginait pas June Chapman se prélassant dans ce somptueux solarium. Les épaisses tentures et les sombres boiseries des autres pièces correspondaient bien mieux à son caractère.

Du coin de l'œil, Avery crut voir une ombre bouger dans le jardin. Peut-être le vent avait-il fait remuer une branche… Et la silhouette humaine qu'elle discernait devant les buis était sans doute celle d'une statue.

Quand la statue se mit à marcher, Avery se figea. Quelqu'un était là, dehors, à surveiller la maison.

L'avait-on repérée ?

Sa première idée fut de se retirer dans l'ombre du couloir, mais elle n'en fit rien. Son père lui avait appris à réprimer ses impulsions face au danger. Il fallait réfléchir avant d'agir, lui avait-il répété. *Sers-toi de ta cervelle, Avery. Ne prends pas de risques et surtout, surtout, ne tiens jamais rien pour acquis.*

Elle évalua rapidement sa situation. Elle était entrée par effraction chez une vieille dame, non pas pour la voler, mais pour explorer les lieux et glaner quelques informations. Or il y avait peu de chances que les policiers croient à son histoire ou se soucient de ses motivations. Seules ses actions compteraient pour eux. Mais cela importait peu, car la personne qui se tenait dehors n'était clairement pas de la police... À en juger par sa tenue sombre et ses gestes furtifs, ses intentions ne pouvaient qu'être malveillantes.

Avery ne fit pas le moindre geste qui pourrait révéler sa présence. Elle attendit qu'une voiture passe dans la rue et détourne l'attention de l'intrus pour se faufiler derrière la porte. Puis elle le surveilla depuis l'entrée. L'homme s'avança jusqu'à la véranda, pressa son visage cagoulé contre la vitre et disparut dans l'ombre.

Quelle était la probabilité pour que quelqu'un ait décidé de s'introduire chez June Chapman le même soir qu'elle ? se demanda Avery. Ce devait être une coïncidence, car elle n'avait parlé à personne de ses projets, ni même de sa destination. L'inconnu pourrait la tuer et jeter son corps dans un lac, sa mort passerait totalement inaperçue. Elle disparaîtrait sans laisser de trace, comme Maya Lamb vingt-huit ans plus tôt.

Disparaître semblait être une excellente idée, à cet instant, mais sa conscience lui dictait de prévenir d'abord la police. Sortant un téléphone prépayé de sa poche, elle composa le 911 et signala à voix basse, sans décliner son identité, qu'il y avait une activité suspecte au domicile de June Chapman. Après avoir rangé l'appareil, elle regagna le grand salon et se dirigea vers la porte-fenêtre par laquelle elle était entrée. Elle s'apprêtait à saisir la poignée quand sa main se crispa.

La porte était entrouverte.

Avery se rappelait très bien l'avoir refermée derrière elle – elle entendait encore le cliquetis du loquet dans la pièce silencieuse. L'homme qu'elle avait aperçu dans le jardin avait-il déjà fait le tour de la maison ? Ou, pire, avait-il un complice à l'intérieur ?

Elle hésita un moment, avant de retourner dans le hall. En haut de l'escalier, une applique murale éclairait faiblement le palier. Au-delà du pâle halo de lumière, elle devinait un couloir qui devait mener aux chambres.

Elle monta lentement les marches, tous les sens en alerte. À mi-parcours, elle s'arrêta pour regarder en bas. Rien ne bougeait. Il n'y avait pas un bruit. Même la climatisation s'était interrompue.

Clac !

Avery se retourna d'un bloc. Le son, semblable à celui d'un livre s'abattant sur une table, lui était parvenu de l'étage. Prudemment, elle finit de gravir l'escalier, mais se figea lorsqu'un deuxième claquement retentit. Cette fois-ci, elle avait vu un éclair de lumière dans l'entrebâillement d'une porte. Et elle avait reconnu le bruit : quelqu'un venait de faire usage, à deux reprises, d'une arme à feu munie d'un silencieux.

En entendant des pas se précipiter vers elle, Avery se plaqua contre le mur. Un homme la dépassa en courant et dévala les marches, puis il s'arrêta dans l'entrée pour regarder derrière lui. Par l'ouverture de sa cagoule, ses deux yeux luisants croisèrent ceux d'Avery. Avant qu'elle ait pu se rencogner davantage, il leva son pistolet et tira. *Clac ! Clac ! Clac !*

La jeune femme se jeta au sol tandis que les balles s'enfonçaient dans le mur au-dessus d'elle. Elle attendit quelques secondes et rampa jusqu'à la balustrade pour risquer un regard à travers les barreaux. La porte d'entrée était grande ouverte.

Elle aurait voulu poursuivre le tireur, mais elle n'était pas armée et se trouvait en territoire inconnu. En outre, une vieille dame était peut-être entre la vie et la mort. Avery se devait de vérifier si elle pouvait encore être sauvée.

Elle se redressa et s'approcha à pas de loup de la pièce où avaient éclaté les coups de feu. À la lumière de la lune qui inondait la chambre, elle repéra immédiatement la femme étendue par terre au pied du lit. Une tache sombre grandissait à vue d'œil sur la soie blanche de son pyjama, au niveau de sa poitrine. Elle avait les yeux fermés et ne semblait pas respirer. À ses côtés reposait un petit pistolet en argent.

Avery étudia le visage de June Chapman, ses pommettes anguleuses, son nez aristocratique, ses lèvres fines et sévères. Elle remarqua surtout la pâleur de sa peau et pensa qu'il n'y avait plus rien à faire. Elle avait déjà prévenu les autorités. *Pars d'ici avant que la police arrive !* s'ordonna-t-elle.

Au lieu de cela, elle s'agenouilla pour prendre le pouls de la vieille dame. Tout à coup, celle-ci lui attrapa le poignet et le serra avec une force surhumaine. Avery fut tellement surprise qu'elle resta pétrifiée.

— Qui êtes-vous ? croassa June Chapman. Qui vous envoie ?

Paniquée, Avery se dégagea de son étreinte, et elle dut se retenir de s'enfuir en courant comme l'avait fait le tireur quelques instants plus tôt. Elle n'allait tout de même pas laisser une blessée par balle se vider de son sang sans réagir…

— Répondez-moi ! insista June. Qui vous a envoyée me tuer ?

— Personne ne m'a envoyée ! Ce n'est pas moi qui vous ai fait ça.

Mais la vieille dame ne l'entendit pas. Ses paupières s'étaient refermées, et sa tête roula sur le côté.

Avery s'approcha de nouveau, tout en s'admonestant intérieurement. Elle avait toujours su garder son sang-froid dans les situations d'urgence, pourquoi perdait-elle subitement ses moyens ? Et surtout, qu'était-elle venue faire ici ? Elle avait été tellement stupide d'imaginer qu'elle pourrait entrer illégalement chez quelqu'un sans subir de conséquences ! Bien sûr, elle l'avait déjà fait auparavant, chaque fois que nécessaire. Mais jamais de façon aussi impulsive. Jamais sans avoir d'abord repéré soigneusement les lieux. Et jamais sans un plan B. En même temps, comment aurait-elle pu prévoir qu'une autre personne viendrait assassiner la vieille dame la même nuit ?

Fais quelque chose. Ne reste pas les bras ballants !

Ce n'était pas le moment de se lamenter sur son erreur de jugement. June Chapman allait mourir si elle n'agissait pas rapidement.

Avery courut chercher une serviette dans la salle de bains attenante à la chambre et revint l'appliquer sur la blessure de la victime pour endiguer l'hémorragie. Puis, de sa main libre, elle appela les secours, expliqua la situation et donna l'adresse, sans préciser son nom.

Par chance, elle avait pensé à acheter plusieurs téléphones jetables sur la route entre le Texas et la Floride. Ces appareils se révélaient toujours utiles dans son métier. Même si la police pouvait remonter jusqu'à leurs lieux de vente, elle n'aurait aucun moyen d'identifier Avery, qui avait pris soin de payer en liquide.

En réalité, la chance n'y était pour rien, se corrigea-t-elle. La prévoyance et l'organisation étaient devenues une seconde nature pour elle – du moins, c'était ce qu'elle pensait avant aujourd'hui. Car la fille de Luther Bolt ne se serait jamais retrouvée dans une telle panade un mois auparavant. L'élève assidue qui s'était imprégnée des leçons de vie de son père serait à Houston à cette heure-ci, bien à l'abri dans son appartement. Ou en mission de surveillance, en train de s'ennuyer à mourir en attendant l'image choc…

Des sirènes retentirent dans la rue. Lorsqu'elle entendit les portières claquer, Avery cessa de comprimer la plaie ; elle constata avec soulagement que son geste avait été efficace.

Elle vérifia une dernière fois que le cœur de la victime battait encore, puis elle se faufila sur le balcon. Le jardin était plongé dans l'obscurité. Derrière elle, plusieurs personnes montaient déjà les marches de l'escalier. Dans quelques minutes, la maison grouillerait de policiers.

Après avoir refermé sans bruit la porte-fenêtre, Avery enjamba la balustrade et descendit le long du treillis qui recouvrait le mur. Parvenue à deux mètres du sol, elle entendit un craquement, et le bas de la structure céda sous son poids. Avery retomba lourdement et se tordit la cheville. Ignorant la douleur qui irradiait dans sa jambe, elle traversa d'épais buissons pour escalader le mur de brique qui la séparait du jardin voisin.

Elle s'attendait à être accueillie par les grognements d'un chien de garde, mais sa bonne étoile devait veiller sur elle. Elle prit le temps d'écraser le téléphone jetable d'un coup de talon et de l'enterrer sous un lilas, puis elle se glissa le long du mur dans l'idée de rejoindre le portail. Alors qu'elle pensait être tirée d'affaire, une lumière s'alluma dans la maison, et elle se réfugia de nouveau dans l'ombre.

2

Debout à la fenêtre de son bureau minuscule, au troisième étage du tribunal, Max Winter contemplait la nuit. Il n'y avait pas grand-chose à voir, d'ici. Dans les petits immeubles d'en face, toutes les lumières s'étaient éteintes depuis bien longtemps. Il était plus de minuit et, juste à côté de la prison, l'enseigne criarde de l'agence du prêteur de caution avait cessé de grésiller. Les rues tout autour semblaient désertes, mais le calme était trompeur. Les silhouettes tapies dans les ruelles laissaient deviner une vie nocturne animée, même dans une petite ville de campagne comme Black Creek.

Cette vie nocturne, Max l'avait bien connue étant adolescent. Il s'échappait alors par la fenêtre de sa chambre, descendait le long d'une gouttière et s'enfonçait dans un monde où il pouvait être quelqu'un d'autre, un anonyme. Dans ces allées sombres, personne ne le reconnaissait. On se fichait que son père ait été le célèbre juge Winter, véritable légende locale assassinée en plein jour devant le tribunal par la femme d'un meurtrier.

Parfois, Max avait du mal à croire qu'il occupait à présent un bureau dans l'immeuble où l'honorable Clayton Winter avait jadis présidé d'une main de fer la salle d'audience du premier étage. Ayant grandi dans l'ombre de son père, Max n'avait jamais aspiré à suivre son exemple. Et pourtant, voilà où il en était aujourd'hui… Il ne regrettait rien. Son poste de procureur de district adjoint lui plaisait. Il adorait croiser le fer avec les avocats de la défense. Il adorait gagner, surtout. Mais parfois, les nuits de lune, l'impatience de sa jeunesse refaisait surface et il se demandait à quoi aurait ressemblé sa vie s'il avait choisi un chemin de traverse.

Les mains dans les poches, il observa la rue encore un long moment. Un calme presque inquiétant régnait au tribunal à cette heure-ci. De temps en temps, quand il n'y avait plus personne, il aimait se promener dans les couloirs, regarder les portraits et les textes de loi encadrés sur les murs, tout en méditant sur des déclarations de témoins ou en peaufinant ses plaidoiries. Il lui arrivait aussi d'aller s'asseoir sur les marches du tribunal pour respirer l'air de la nuit. Une habitude morbide, diraient certains, compte tenu de ce qui s'y était passé… Mais Max n'avait que faire de ce que les autres pensaient de lui.

Il retourna à son bureau et ouvrit le dossier qui occupait son esprit depuis que le procureur le lui avait confié, deux semaines plus tôt. Ce *cold case* vieux de vingt-huit ans pouvait tout aussi bien assurer ou briser sa carrière. Vu le manque d'éléments concrets, la seconde possibilité paraissait plus probable.

— Jette un œil là-dessus et vois ce que tu en penses, lui avait dit son chef. Par contre, reste discret. Rien ne doit sortir de ce bureau tant qu'on n'aura pas décidé de la marche à suivre.

— N'est-ce pas un peu prématuré ? avait demandé Max. Il n'y a encore eu aucune arrestation.

— Même si l'enquête semble piétiner, la décision d'inculper Denton Crosby nous revient. Sans preuves suffisantes, on ne peut pas avancer, mais si les gens apprennent qu'on a refusé de poursuivre un des kidnappeurs de Maya Lamb, ils vont nous crucifier. Je compte sur toi pour t'assurer que ça n'arrive pas.

— Je ferai de mon mieux.

— Espérons que cela suffira.

Stuart Masterson était un politicien ambitieux qui savait couvrir ses arrières. Si l'accusation parvenait à condamner Crosby, il en revendiquerait la gloire. Si elle échouait, il n'hésiterait pas à licencier un de ses meilleurs adjoints.

Max acceptait cette réalité. Et, dans ce cas précis, il estimait lui aussi que l'affaire exigeait la plus grande discrétion. La famille de Maya Lamb vivait un cauchemar depuis que la petite avait été enlevée, près de trente ans plus tôt. Après tout ce que sa mère et sa sœur avaient enduré, il ne voulait pas leur donner de faux espoirs. Sans témoignages ni preuves matérielles, Maya risquait d'attendre encore longtemps avant d'obtenir justice.

Tout ce dont Max disposait, c'était des paroles d'une certaine Nadine Crosby, femme de ménage et ex-détenue, qui s'était confiée avant de mourir à une policière de Black Creek. Elle avait prétendu qu'une personne dont elle ignorait l'identité les avait payés, elle, son frère Denton et Gabriel Jareau (le père de la policière en question) pour kidnapper Maya et sa sœur jumelle. Le soir de l'enlèvement, Jareau avait été assassiné ; Denton Crosby n'avait pu prendre qu'une des deux petites, que Nadine et lui avaient ensuite remise à des étrangers. Ils ne l'avaient plus jamais revue après cette nuit-là. De son côté, Denton jurait que sa sœur avait tout inventé.

Comme deux des trois kidnappeurs présumés étaient morts et que rien en dehors des allégations de Nadine ne liait Crosby à l'enlèvement, la police rechignait à l'arrêter. Même son implication dans le décès récent d'un vieil homme à Black Creek se révélait difficile à prouver. Crosby était intelligent. Il savait brouiller les pistes. Ce n'était pas pour rien qu'il avait réussi à échapper à la prison pendant toutes ces années.

La sonnerie du téléphone tira Max de ses pensées. C'était Cal Slade, un vieil ami de la brigade criminelle. À cette heure de la nuit, l'appel d'un inspecteur spécialisé dans les homicides n'annonçait rien de bon…

— Il y a eu une agression par balle à Crescent Hill, annonça Cal. Ça vient d'arriver, je n'ai donc pas beaucoup de détails, mais je tenais à te prévenir parce que l'incident pourrait avoir un rapport avec l'affaire Maya Lamb.

Max se redressa.

— Comment ça ?

— La victime est June Chapman, la grand-mère de la fillette disparue.

À première vue, les deux faits étaient trop éloignés dans le temps pour être corrélés. Cependant, l'enlèvement récent d'une autre enfant à Black Creek avait remis en lumière celui de Maya Lamb et provoqué les aveux de Nadine Crosby. Il n'était pas impossible que l'effet « boule de neige » se poursuive.

— Est-ce qu'elle a survécu ? s'enquit Max.

— Les policiers l'ont trouvée inconsciente dans sa chambre avec deux balles dans la poitrine. Les secours sont en route.

— Et le tireur ?

— Il s'est enfui. Je serai sur place dans cinq minutes. Si elle se réveille, je veux être le premier à lui parler.

Max se leva de son fauteuil.

— Je te rejoins là-bas.

Il glissa le téléphone dans sa poche, attrapa sa veste et sa sacoche et sortit du bureau en refermant à clé derrière lui. Alors qu'il rejoignait le parking, un souvenir qui flottait depuis plusieurs jours aux confins de sa conscience vint de nouveau le tourmenter. Max offrit son visage à la brise et ferma les yeux, laissant la vision prendre forme : deux petites filles qui se tenaient par la main sous le porche de June Chapman.

Il n'avait que cinq ans à l'époque, mais il se rappelait très bien cette journée, car il venait d'enterrer sa mère. La maison était pleine d'amis et de collègues de son père qui lui lançaient des regards apitoyés en s'inquiétant tout bas de son sort.

Max n'avait pas compris grand-chose de ce qu'il avait entendu ce jour-là. Tout ce qu'il savait, c'était que, cette fois-ci, sa mère ne rentrerait pas de l'hôpital ; quant à son père, il s'était enfermé dans son bureau, le laissant seul avec tous ces étrangers. Se sentant étouffer sous leur sollicitude, Max s'était éclipsé un moment dehors. C'est là qu'il avait remarqué les fillettes de l'autre côté de la rue. Fasciné, il avait traversé pour mieux les regarder. L'une d'elles portait une robe jaune à volants ; l'autre, une robe rose. De toute sa courte vie, il n'avait jamais rien vu d'aussi joli que ces deux filles.

— *Comment tu t'appelles ? lui demanda celle en jaune.*

— *Max.*

— *Moi, c'est Thea. Et elle, c'est ma sœur. On est jumelles.*

Max plissa les yeux.

— *Comment ça se fait que vous ne vous ressemblez pas ?*

— *Si, on se ressemble ! On est exactement pareilles. Maman dit qu'on est comme les deux doigts de la main.*

— *Eh ben, moi, je vous trouve différentes.*

— *C'est parce que tu es débile !*

— *Chut, Sissy !*

La fille en rose jeta un coup d'œil en direction de la porte d'entrée.

— Tu ne voudrais pas qu'elle sorte, quand même ?

— Je n'ai pas peur d'elle.

— Mais elle va être méchante avec maman si on n'est pas sages !

Elle se tourna vers Max avec un sourire timide.

— Sissy ne pensait pas ce qu'elle a dit. Tu n'es pas débile.

— Je sais, répondit Max en lui lançant un regard en coin. Et toi, comment tu t'appelles ?

— Maya.

Un mois après, elle avait disparu, arrachée à son lit en pleine nuit alors que sa sœur dormait à côté d'elle dans la chambre. Plus tard, une boîte contenant une poupée et l'ADN de l'enfant avait été déterrée dans les bois, mais aucune autre trace n'avait jamais été retrouvée.

Pendant près de trente ans, la piste s'était perdue. Jusqu'à aujourd'hui.

Accroupie dans les buissons, Avery tenta d'ignorer sa douleur à la cheville tandis qu'elle retirait des toiles d'araignées de ses cheveux. Elle frissonna en songeant que la bête était peut-être en train de se promener sur son crâne ou de se glisser dans le col de son T-shirt… Alors qu'elle changeait de position pour soulager son pied blessé, elle se recroquevilla sur elle-même en voyant quelqu'un sortir de la maison avec une lampe torche. Le rayon manqua de peu l'endroit où elle se cachait.

Cependant, le vieil homme semblait trop captivé par ce qui se passait au-delà du mur de brique pour accorder plus d'attention à son propre jardin. Il descendit les marches et traversa rapidement la pelouse. Un portillon en fer forgé, dissimulé sous un épais rideau de lierre, grinça sur ses gonds lorsqu'il l'ouvrit pour regarder de l'autre côté.

Soudain, une puissante lumière illumina ses cheveux gris, et il leva une main pour se protéger les yeux.

— Hé, vous ! cria une grosse voix. Restez où vous êtes !

— J'habite ici, expliqua le voisin de June Chapman. J'ai entendu les sirènes et je suis sorti voir ce qui se passait.

— Votre adresse ?

— 1 304 Alice Lane.

Il s'écarta du portail pour permettre au policier de l'observer à travers les barreaux.

— Je suis Tom Fuqua.

— Le sénateur ?

— L'ancien, oui. Ça fait plus de dix ans que j'ai arrêté la politique. Je suis surpris qu'on se souvienne encore de moi…

— Mon oncle était le chef de la police de Black Creek. Il m'a toujours dit que vous étiez de notre côté à l'époque où vous étiez procureur.

— Comment s'appelle votre oncle ?

— Will Kent.

Il y eut une courte pause.

— Ah, oui. Je me souviens bien du chef Kent. C'est l'un des meilleurs qu'on ait eus ici. Qu'est-ce qu'il devient ?

— Il est à la retraite, comme vous. Il a acheté une maison au bord de la rivière, près de Myrtle Cove. Il passe ses journées à pêcher et ses soirées à jouer au poker. La belle vie, quoi !

Le rayon de la lampe décrivit un arc de cercle dans le jardin.

— C'est votre maison, alors ? Pas mal…

— J'habite ici depuis plus de quarante ans, répondit Tom Fuqua avec une pointe de fierté. On y a élevé nos enfants, avec ma femme. Si seulement elle était encore de ce monde…

— Vous devez bien connaître vos voisins, depuis le temps.

— Oui, mais je m'inquiète surtout pour June, présentement. Est-ce qu'elle va bien ?

Le policier ignora la question de l'ancien sénateur. Il passa le portillon et pointa sa torche vers les buissons. Avery commençait à avoir des fourmis dans les jambes, mais elle n'osa pas bouger, alors même qu'elle était certaine de sentir de petites pattes courir dans son dos. Elle dut se faire violence pour ne pas détaler en s'arrachant les cheveux et les vêtements. Depuis qu'elle s'était fait mordre derrière un genou par une recluse à l'âge de neuf ou dix ans, elle avait une véritable phobie des araignées. Elle se souvenait encore des horribles crampes d'estomac et des violents tremblements, sans parler de la nécrose qui lui avait laissé une belle cicatrice à l'endroit de la morsure. Si les meurtriers armés ne lui faisaient pas peur, on ne pouvait pas en dire autant des bestioles à huit pattes.

Elle se força à respirer calmement et essaya de se concentrer sur la conversation des deux hommes.

— Vous êtes resté chez vous toute la soirée, monsieur Fuqua ? voulut savoir le policier.

— Je suis allé jouer au bridge chez Evelyn Carmichael jusqu'à environ 22 heures. Ensuite, je suis rentré à pied et je me suis couché directement.

— Est-ce que ce portillon est fermé à clé, d'habitude ?

L'agent examina le loquet, puis s'accroupit pour observer le sol de chaque côté du mur.

— Ça n'a jamais été nécessaire. June respecte ma vie privée, je respecte la sienne.

— Vous êtes amis, si je comprends bien ?

— Pas vraiment, non ! June Chapman n'est pas très sociable. Disons que nous sommes bons voisins.

— Ça vous dérange si je jette un coup d'œil chez vous ?

— Pas du tout. Que cherchez-vous, au juste ? Je peux peut-être vous aider.

— Ça ira, merci.

Avery resta tapie dans l'ombre tandis que le policier pénétrait sur la propriété de Tom Fuqua. Lentement, il fit le tour du jardin en promenant le faisceau de sa lampe autour de lui. Avery était vêtue de noir des pieds à la tête, mais s'il s'approchait un peu trop…

— Vous dites que vous êtes rentré chez vous à pied, tout à l'heure ? s'enquit-il, en éclairant le mur de brique comme pour juger de la difficulté à l'escalader.

— Oui, tout à fait.

— Avez-vous vu ou entendu quelque chose d'inhabituel pendant le trajet ?

Il s'accroupit de nouveau et examina la bordure d'un massif de fleurs juste devant Avery. Avait-il repéré ses empreintes dans l'herbe ? Ou la zone retournée là où elle avait enterré son téléphone ?

D'ordinaire, elle veillait scrupuleusement à ne laisser aucune trace, mais les événements de la nuit l'avaient troublée. Elle était encore sous le choc de la tentative de meurtre dont June Chapman avait été victime quasiment sous ses yeux. Et l'idée que la vieille dame ait pu la prendre pour une tueuse l'ébranlait.

— Qu'est-ce que vous entendez par « inhabituel » ? demanda l'ancien sénateur.

— Un véhicule inconnu garé dans la rue, par exemple. Ou une personne en train de rôder dans le quartier.

L'agent passa lentement le faisceau de sa torche sur la pelouse. Un instant plus tard, il ramassa un objet, qu'il observa à la lumière.

Avery ravala sa panique, tout en faisant mentalement

le tour de son équipement. Pourvu qu'elle n'ait rien fait tomber... Ses outils et sa clé de voiture étaient rangés dans son sac à dos, et elle avait laissé son téléphone personnel à l'hôtel avec le reste de ses affaires. Rien ne permettrait au policier de remonter jusqu'à elle.

Une pensée lui traversa soudain l'esprit. Et si le tireur s'était également enfui de ce côté-ci ? S'il se cachait lui aussi dans le jardin de Tom Fuqua ? C'était peu probable, mais ce soir Avery n'était plus à une coïncidence près.

Le vieil homme se fit l'écho de sa curiosité :

— Qu'avez-vous trouvé ?

— Un mégot. Vous fumez ?

— Certainement pas ! C'est peut-être un des jardiniers qui sont venus travailler aujourd'hui. J'en toucherai deux mots au patron de l'entreprise.

Le neveu de Will Kent glissa le mégot dans un sachet à scellés et fourra celui-ci dans sa poche. Après avoir longuement observé les buissons près d'Avery, il y lança un caillou, faisant déguerpir un chat qui y était tapi. Surpris, il porta une main à son arme tandis que le félin bondissait sur le mur en crachant.

— Je savais bien qu'il y avait quelque chose là-dedans ! Cette sale bête a eu de la chance que je ne lui tire pas dessus.

— C'est Dexter, le chat de June, expliqua Fuqua. Il doit être mort de peur avec tout ce grabuge.

— Bon sang, je déteste les chats ! grommela le policier. On ne devrait pas les laisser se balader en liberté.

— Il n'est pas méchant. Tu ne ferais pas de mal à une mouche, hein, Dexter ?

L'animal s'était arrêté juste au-dessus d'Avery, les yeux rivés sur elle. La jeune femme le supplia intérieurement d'aller voir ailleurs avant que l'intensité de son regard attire l'attention de l'agent.

— Avez-vous croisé d'autres personnes, en revenant de votre soirée ? s'enquit ce dernier.

— Non, mais Evelyn habite dans la rue. Je n'ai mis que quelques minutes à rentrer et, comme je vous l'ai dit, je me suis couché tout de suite. Je n'ai rien remarqué d'anormal ce soir, en dehors des sirènes qui m'ont réveillé il y a quelques minutes.

— Et plus tôt dans la journée ?

— Non plus.

Tom Fuqua marqua un silence.

— Écoutez, ça ne me dérange pas du tout de répondre à vos questions, mais je m'inquiète pour June. Je pourrais sans doute mieux vous aider si je savais ce qui s'est passé.

— Elle a été cambriolée, répondit le policier à contrecœur.

— Quoi ? Pourquoi ne me l'avez-vous pas dit tout de suite ? Elle était chez elle ? Elle va bien, j'espère ?

— Je ne peux rien vous révéler de plus pour l'instant. Si vous voulez vraiment aider la police, rentrez chez vous, fermez les portes et branchez l'alarme si vous en avez une.

— Vous voulez dire que…

— Oui, le suspect court toujours. Il est armé, dangereux, et il se cache peut-être dans les parages.

Le rayon de la lampe balaya une fois de plus le jardin.

— Vous et vos voisins devriez prendre vos précautions en attendant que le coupable soit appréhendé.

— Oui, bien sûr, répondit le vieil homme. Merci pour le conseil, monsieur l'agent.

Comme le policier repartait, Tom Fuqua sortit un téléphone de la poche de son peignoir.

— Je viens de parler avec le fils de ta sœur, annonça-t-il à voix basse à son correspondant. Oui, le flic. Apparemment, quelqu'un est entré par effraction chez June Chapman cette nuit.

Il écouta un moment, avant de répondre :

— Je ne sais pas, je n'ai rien pu lui soutirer. Avec un peu de chance, ils concluront au simple cambriolage. Il n'y a pas de raison de penser que cette histoire est liée à l'autre affaire, mais on a tous les deux intérêt à faire profil bas pendant un moment. Et attention à ce que tu dis à ton neveu : j'ai l'impression qu'il est plus malin qu'il n'en a l'air.

Il raccrocha et rentra rapidement dans la maison. Quelques minutes plus tard, les lumières s'éteignaient.

3

Avery attendit d'être certaine que Tom Fuqua s'était bien recouché avant de sortir de sa cachette. Elle se faufila le long de la grande bâtisse pour rejoindre le trottoir à l'avant. De ce côté-ci, les maisons étaient plongées dans le noir ; les habitants dormaient profondément, ignorants du drame qui s'était joué à quelques pas de chez eux.

Le riche quartier de Crescent Hill, avec ses rues ombragées, ses jardins soigneusement entretenus et ses vastes vérandas, paraissait si paisible à première vue… Mais Avery savait d'expérience qu'en ces lieux les secrets pouvaient couver pendant des années.

Elle était venue à Black Creek pour enquêter sur un vieux kidnapping, et voilà que la grand-mère de la petite victime se faisait tirer dessus, tandis qu'un voisin, ancien notable de la région, semblait en savoir plus qu'il n'avait voulu le montrer à la police… Quelle était cette « autre affaire » à laquelle il avait fait allusion au téléphone, et en quoi pouvait-elle concerner un sénateur et un chef de police à la retraite ?

En entendant un chien aboyer derrière elle, Avery s'immobilisa. D'ici, elle pourrait facilement rejoindre la ruelle dans laquelle elle avait garé sa voiture. Bientôt, des policiers patrouilleraient dans tout le quartier, aidés de puissants projecteurs. Il n'y avait pas de temps à perdre.

Elle rentrerait à l'hôtel – ou, mieux encore, au Texas – et personne ne saurait jamais qu'elle avait mis les pieds chez June Chapman.

Au lieu de cela, elle retourna dans la rue de la vieille dame et se cacha près d'un chantier de construction d'où elle avait une vue dégagée sur la maison. Elle assista à l'arrivée des véhicules de police. Peu après, une ambulance apparut, suivie d'un SUV noir aux vitres teintées qui se gara tout près d'elle. Dans un premier temps, elle crut que ce dernier appartenait au coroner ou au médecin légiste, mais l'homme qui en descendit ne semblait pas pressé de rejoindre les autres. Il resta un long moment sur le trottoir, laissant à Avery tout le loisir de l'observer à la lumière du réverbère. Trente, trente-cinq ans, plutôt grand, mince, cheveux bruns rebiquant sur le col de sa chemise... Elle ne voyait que son profil, mais elle devinait qu'il était beau.

Soudain, une femme d'une cinquantaine d'années sortit en robe de chambre sur le perron de la maison qui faisait face à celle de June Chapman.

— Max ! cria-t-elle, et l'homme se retourna.

Qui est-il ? se demanda Avery. Un enquêteur ? Malgré la chaleur et l'heure tardive, il portait un costume, mais sa veste était ouverte et sa cravate, desserrée. Quelque chose dans son attitude – sa prestance, peut-être, et sa grâce naturelle – l'attirait irrésistiblement.

C'était de la folie de s'attarder aussi près de la scène de crime, et pourtant elle ne pouvait se résoudre à partir. Il fallait qu'elle sache si June Chapman avait survécu. Et aussi qu'elle identifie la fonction du nouveau venu. *Si vous n'êtes pas policier ni coroner, qui êtes-vous ?*

Soudain, il fit volte-face et regarda d'un côté et de l'autre de la rue, comme s'il s'était senti épié. Avery était parfaitement protégée par la végétation luxuriante, et elle avait suffisamment l'habitude des planques pour ne pas trahir sa présence par un mouvement ou par un bruit. Malgré sa douleur à la cheville, elle était capable de rester immobile aussi longtemps que nécessaire. *Vous ne m'attraperez que si je le décide.*

L'homme traversa la rue pour rejoindre la voisine de June Chapman devant l'énorme maison géorgienne ornée de colonnes et de fenêtres cintrées. Avery le vit poser les mains sur ses épaules, comme pour la rassurer ou la calmer. À en juger par leurs âges respectifs et leur langage corporel, ils avaient des liens de parenté. Sans doute étaient-ils mère et fils.

Ils se tenaient trop loin pour qu'elle entende leur conversation, et elle n'osa pas se rapprocher. Elle prenait déjà des risques en restant là où elle était. La police ne mettrait pas longtemps à repérer sa voiture munie de plaques du Texas. Mieux valait se réfugier bien vite à l'hôtel, et occuper plus intelligemment son temps en menant quelques recherches sur Internet.

Mais Avery ne bougea pas d'un pouce, captivée par la curieuse paire en face d'elle. Le calme de l'un et l'agitation de l'autre lui rappelaient vaguement quelque chose. Les avait-elle connus dans une autre vie ? Si seulement elle pouvait les voir de plus près ! Hélas, il était temps de s'éclipser et de regagner la sécurité de sa chambre. Elle devait noter les événements de la soirée tant qu'ils étaient encore frais dans son esprit.

June Chapman n'avait pas été attaquée par hasard. Sinon, pourquoi aurait-elle cru qu'Avery était venue l'abattre ? Ce n'était pas le geste d'un cambrioleur paniqué, mais celui d'un tueur. Qui bénéficierait de la mort de la vieille dame ?

Avery n'avait pas le choix, il fallait qu'elle s'arrange pour transmettre ces informations à la police sans révéler qu'elle se trouvait dans la maison de la victime au moment de l'agression. À Black Creek, elle était une étrangère ; personne ne se porterait garant de son intégrité.

Lorsque les ambulanciers ressortirent de la maison en poussant June Chapman sur un brancard, Avery fut soulagée de voir la poche de perfusion que tenait l'un d'eux. Elle était donc encore vivante. Ce qui soulevait un autre problème… June avait vu son visage. Nul doute qu'elle serait en mesure de la reconnaître dans une file de suspects.

De nouveau, Avery songea que le plus sage serait de quitter la ville. En partant maintenant, elle arriverait à Houston vers midi le lendemain. Elle pourrait même se fabriquer un alibi au besoin.

Mais elle était venue ici pour trouver des réponses, et elle comptait bien parvenir à ses fins. Or son instinct lui soufflait que l'agression de June Chapman était liée d'une manière ou d'une autre à cette fameuse nuit, il y avait vingt-huit ans, où une fillette nommée Maya Lamb avait été kidnappée dans sa chambre.

Depuis la véranda de sa maison d'enfance, Max observait l'agitation de l'autre côté de la rue en compagnie de sa belle-mère, Gail Mosier. Il l'avait appelée en chemin, sachant qu'elle s'inquiéterait. Psychologue de profession, elle était parfaitement capable de maîtriser ses émotions, mais n'importe qui prendrait peur en étant réveillé en pleine nuit par des sirènes et des gyrophares.

Fut un temps où Max ne se serait pas soucié le moins du monde du bien-être de Gail. Il n'en était pas fier aujourd'hui, mais il n'avait pas apprécié que son père se remarie avec une femme plus jeune, quand bien même sa mère était morte depuis près de dix ans. L'arrivée d'une étrangère dans la maison l'avait contrarié, et il ne s'était pas gêné pour le faire savoir.

Quand le père de Max avait été assassiné, on aurait pu comprendre que la jeune veuve confie ce beau-fils récalcitrant à ses plus proches parents, ou qu'elle le renvoie au pensionnat où il avait déjà passé les deux dernières années. Pourtant, après les funérailles, Gail l'avait fait asseoir dans le salon et lui avait assuré qu'il serait toujours chez lui à Crescent Hill. Tous les deux, ils formaient une famille, lui avait-elle dit, et ils devaient se serrer les coudes. Max avait fini par mettre de l'eau dans son vin et, avec le temps, ils avaient réussi à tisser des liens forts. Jamais il ne pourrait la remercier assez de sa loyauté et de sa patience. Qui sait ce qu'il serait devenu si elle l'avait mis à la porte après la mort de son père ?

Les bras serrés autour d'elle, Gail frissonna tandis que les secouristes glissaient le brancard dans l'ambulance. Avant de sortir, elle n'avait pas pris la peine de s'habiller, se contentant d'enfiler une robe de chambre par-dessus son pyjama. Ses cheveux étaient tout emmêlés et son visage, dépourvu de maquillage. À la lueur des lumières bleues projetées par la voiture de police la plus proche, elle paraissait pâle et tendue et faisait plus que ses cinquante ans. Max eut un pincement au cœur en la voyant si négligée, elle qui d'habitude apportait un soin méticuleux à son apparence.

— Pauvre femme, murmura-t-elle. Finir comme ça après tout ce qu'elle a vécu. C'est à se demander où va le monde, tu ne trouves pas ? Penser que quelqu'un peut s'introduire comme ça chez une vieille dame et l'assassiner dans son sommeil…

— Elle n'est pas encore morte, fit remarquer Max. Et d'après mes souvenirs, June Chapman est une vraie tête de mule. Je ne serais pas surpris qu'elle s'en sorte.

Gail ne l'écoutait pas. Elle s'avança vers l'extrémité de la véranda, les yeux rivés sur la maison de sa voisine. Son regard remonta le long de la façade et s'arrêta sur le premier étage, où toutes les fenêtres étaient éclairées.

— Sa chambre donne sur l'arrière, dit-elle d'un air absent. Personne n'a dû se rendre compte de rien.

— Tu n'as pas entendu les coups de feu ?

— Non. Ce sont les sirènes qui m'ont réveillée.

Elle se frotta les bras.

— Comment une telle horreur a-t-elle pu se produire ici, Max ? Crescent Hill est un quartier si tranquille !

— La violence peut frapper n'importe où et n'importe qui. Nous sommes bien placés pour le savoir, toi et moi, lui rappela-t-il. Quel que soit l'endroit où l'on vit, il est illusoire de se croire en sécurité. Pourquoi ai-je autant insisté pour que tu fasses installer un système de sécurité ici, à ton avis ? Avec le métier que tu fais, en plus, il vaut mieux prendre tes précautions... Un patient mécontent pourrait se présenter à ta porte à tout moment.

— Depuis le temps que j'exerce, je n'ai jamais eu peur, répliqua-t-elle en souriant. Mais ça fait plaisir d'avoir un fils qui s'inquiète pour moi.

Un beau-fils, corrigea Max intérieurement. Ces derniers temps, cependant, il ne la reprenait presque jamais.

— C'est dommage que June n'ait personne pour s'occuper d'elle, poursuivit Gail. Elle est toute seule, perdue dans cette grande maison remplie de meubles anciens et d'objets de valeur. Même sa vieille collection de poupées doit valoir une fortune. J'ai essayé de la convaincre de mettre une alarme chez elle, mais elle n'a rien voulu entendre. Elle a ses petites habitudes, et elle ne manque pas d'arrogance... Elle m'a dit que si quelqu'un était assez stupide pour tenter de la cambrioler, elle serait tout à fait capable de se défendre !

— Elle a vraiment dit ça ?

Max poussa un soupir.

— Non seulement elle est arrogante, mais en plus elle est naïve.

— Ça résume bien le personnage, approuva Gail. Elle vit dans sa bulle. Elle pensait sûrement que personne n'oserait violer son sanctuaire. Tu as raison, Max, ça prouve qu'on n'est en sécurité nulle part et que personne n'est invincible, même pas June Chapman.

Ils regardèrent l'ambulance s'éloigner dans la rue. Suivant la gravité de ses blessures, June serait prise en charge à l'hôpital le plus proche, ou bien directement transportée en hélicoptère au service de traumatologie de Jacksonville. Dans tous les cas, les heures à venir seraient déterminantes.

Après le départ des secours, un étrange silence s'installa, malgré les policiers qui allaient et venaient et le groupe de voisins qui s'était formé sur le trottoir. À travers le portail latéral, Max vit le ballet des lampes torches dans le jardin de la vieille dame. Il scruta la rue d'un côté et de l'autre, promenant son regard sur les pelouses immaculées et sur les chemins dallés qui séparaient les maisons. De toute évidence, le tireur s'était enfui, et pourtant Max sentit un frisson lui parcourir l'échine. Était-il encore là, en train d'observer la scène ? Prenait-il plaisir à voir le chaos qu'il avait créé ?

Un peu plus loin, une ombre remua dans les buissons. L'espace d'un instant, Max aurait juré qu'une paire d'yeux lui renvoyait son regard à travers les feuilles. Il se secoua mentalement et se tourna de nouveau vers sa belle-mère.

— Quand as-tu vu June pour la dernière fois ?

Gail appuya son épaule contre une colonne du porche et ferma les yeux.

— Je crois que c'était le week-end dernier, répondit-elle. Dimanche. Je suis sortie faire un tour de bon matin, et elle était déjà en train de jardiner.

— Comment était-elle ?

— Comme d'habitude. Elle n'a jamais aimé bavarder. On s'est dit bonjour, je l'ai complimentée sur son jardin, et elle est retournée à son arrosage.

Max retira sa veste et la jeta dans un fauteuil en osier. Il faisait encore chaud malgré l'heure avancée de la nuit.

— As-tu remarqué une activité inhabituelle dans le quartier ? Une voiture qui serait passée lentement devant chez June, par exemple, ou qui serait restée garée longtemps dans la rue ?

Gail se redressa, alarmée.

— Tu crois que quelqu'un est venu repérer les lieux à l'avance ?

— C'est possible. Surtout si on a affaire à des professionnels.

— Des professionnels ?

— Un réseau de cambrioleurs, je veux dire. Ils visent typiquement des maisons dans des quartiers comme celui-ci.

— Tu ne penses tout de même pas qu'ils vont revenir ?

Max désigna les voitures de police d'un geste de la tête.

— Pour l'instant, ils ne prendront pas ce risque. Mais ferme bien tes portes et branche l'alarme, même pendant la journée. Et ouvre l'œil.

— Tu vas vraiment finir par me faire peur !

— Ce n'est pas mon intention. Je veux juste que tu sois prudente, d'accord ?

Elle acquiesça.

— Je le serai, ne t'inquiète pas.

— Merci.

Ils reportèrent leur attention sur la rue. La porte de chez June était ouverte ; Max voyait un policier posté dans l'entrée. Si Cal Slade avait pris la direction de l'enquête, il avait sans doute tout fait pour limiter le nombre d'agents dans la maison le temps que les techniciens de la police scientifique terminent leurs prélèvements. Max brûlait d'aller voir ce qu'ils avaient trouvé jusque-là, mais la présence d'un procureur adjoint sur la scène de crime risquait de provoquer une distraction inutile et malvenue. Il valait mieux qu'il patiente et qu'il appelle Cal plus tard.

— Qu'y a-t-il, Max ? demanda Gail.

— Rien. J'étais perdu dans mes pensées.

Il étudia le visage fatigué de sa belle-mère.

— Sais-tu si June a des ennemis ? Des gens qui lui en voudraient pour une raison ou pour une autre ?

Elle ne répondit pas tout de suite.

— Pourquoi me poses-tu cette question, si tu penses qu'elle a été agressée par des voleurs professionnels ?

— Il est trop tôt pour écarter les autres pistes. Les policiers ont à peine commencé leur enquête.

— Justement, est-ce que ça ne devrait pas être à eux de m'interroger, plutôt qu'à un procureur adjoint ?

— Ils s'occuperont d'entendre les voisins les plus proches, mais pour l'instant, leur priorité est de sécuriser la scène de crime. Et, pour autant que je sache, on travaille tous dans le même but.

— Bien sûr. Je ne voulais pas insinuer que tu outrepassais tes fonctions. C'est juste que…

Elle porta une main à sa gorge.

— Cette agression est tellement choquante !

— C'est vrai, mais tu as surmonté bien pire.

— Je sais. D'habitude, je suis solide comme un roc. Je ne sais pas pourquoi ça me perturbe à ce point…

— Peut-être parce que c'est arrivé très près de chez toi. Si ça te laissait complètement indifférente, je m'inquiéterais.

— C'est plus que de la peur, confia Gail. Je crois que cette histoire fait remonter des souvenirs trop douloureux.

Elle poussa un long soupir.

— Parfois, je me souviens du jour où Clayton a été tué comme si c'était hier. À d'autres moments, c'est comme un cauchemar à moitié oublié.

— Je vois tout à fait ce que tu veux dire.

Ils échangèrent un sourire triste.

— Pour répondre à ta question, reprit-elle, non, je ne sais pas si June a des ennemis. Ce qui est sûr, c'est qu'elle n'a jamais été facile à vivre. Elle peut se montrer tyrannique, égoïste et incroyablement cruelle. Ce ne serait pas étonnant qu'elle ait pris quelqu'un à rebrousse-poil… Il n'y a qu'à voir comment elle a traité Reggie.

— Reggie Lamb, la mère de Maya ?

Max la voyait de temps en temps quand il déjeunait au restaurant où elle était serveuse. Une femme maigre et nerveuse, un peu farouche, qui n'avait pas peur de faire des heures supplémentaires.

— Tu n'étais qu'un bébé quand le fils de June est mort, tu ne peux donc pas te rappeler à quel point elle est devenue aigrie, expliqua Gail. Elle a rejeté la responsabilité de l'accident sur Reggie.

— Pourquoi ? C'est elle qui conduisait ?

— Non, mais Johnny et elle avaient passé la soirée à boire. Il venait de la déposer chez elle quand il a percuté un lampadaire. Bien sûr, Reggie aurait sans doute pu lui confisquer ses clés, l'empêcher de prendre le volant. Mais s'il faut trouver un coupable en dehors de Johnny lui-même, qui d'autre que June ? Elle n'aurait jamais dû offrir un jouet aussi dangereux à un garçon aussi immature. Sauf qu'elle cédait à tous ses caprices. Quand il a commencé à sortir avec Reggie, elle a été anéantie. Aucune fille n'aurait trouvé grâce à ses yeux, mais Reggie Lamb n'était vraiment pas du bon milieu, et en plus c'était une fêtarde ! Quand je pense à certaines choses que June lui a dites…

Elle pinça les lèvres.

— Ce n'est pas dur d'imaginer que quelqu'un ait pu garder rancune à cette femme.

— Quelqu'un comme Reggie ?

— Non, je ne crois pas. Reggie a été beaucoup plus clémente que je ne l'aurais été à sa place.

Gail glissa les mains dans les poches de sa robe de chambre, le regard perdu au loin.

— Après les obsèques de Johnny, elle m'a demandé de l'accompagner chez June – elle voulait lui présenter ses condoléances en personne. June nous a accueillies dehors. Elle a dit à Reggie qu'elle ne serait jamais la bienvenue chez elle et que ni elle ni ses « sales mômes » ne verraient jamais la couleur de son argent. Elle a ajouté que Reggie lui avait volé la seule chose qui comptait pour elle dans ce monde, et que s'il y avait une justice, elle connaîtrait un jour le même chagrin que celui qu'elle lui avait infligé.

— Comment Reggie a-t-elle réagi ?

— Elle est partie, c'est tout. Je crois qu'elle était aussi choquée que moi par la méchanceté de sa belle-mère. Qu'une femme puisse parler comme ça de ses petits-enfants alors que son fils venait à peine d'être enterré… Tu t'imagines, toi, bannissant de ta vie des bébés innocents juste pour te venger de leur mère ? Ou souhaitant qu'il leur arrive malheur pour qu'elle souffre ?

— Les gens tiennent parfois des propos excessifs quand ils viennent de perdre un être cher, souligna Max.

Il parlait en connaissance de cause…

— Je peux t'assurer que ce jour-là, June pensait chaque mot de ce qu'elle a dit.

Gail s'assit sur la plus haute marche du porche et lissa sa robe de chambre sur ses genoux. La compassion qu'elle avait exprimée un peu plus tôt pour sa voisine semblait s'être envolée.

— Je n'ai jamais vu quelqu'un regarder une autre personne avec autant de haine, ajouta-t-elle. J'étais tellement mal pour Reggie… Le sort s'est vraiment acharné sur elle. Ce doit être terrible de ne pas savoir ce qui est arrivé à son enfant.

— Je crois me souvenir que vous étiez proches, toutes les deux, poursuivit Max en s'asseyant à côté de sa belle-mère.

— On a grandi ensemble. On était comme des sœurs, à l'école. Et j'ai déjà dû te dire que j'étais chez elle la nuit où Maya a été enlevée.

— J'aimerais que tu me racontes une nouvelle fois cette histoire, si ça ne te dérange pas.

— Je connais ce ton. Que se passe-t-il, Max ? Tu ne penses quand même pas que ce qui est arrivé à June ce soir a quelque chose à voir avec le kidnapping de Maya ? C'était il y a trente ans !

— Il est peu probable que les deux affaires soient liées, reconnut-il. Ceci dit, encore une fois, il est trop tôt pour écarter la moindre piste.

Il se sentait un peu coupable de ne pas lui parler des aveux de Nadine Crosby, mais la police et le bureau du procureur avaient de bonnes raisons de vouloir taire cette information. D'une part, il fallait protéger la famille de la victime – et les aspirations politiques du chef de Max. D'autre part, l'enlèvement de la petite Maya restait un sujet sensible à Black Creek ; si Denton Crosby n'était pas poursuivi, certains habitants risquaient fort de jouer les justiciers.

— Tu me caches quelque chose, insista Gail. Je te connais comme si je t'avais fait.

Alors qu'il s'apprêtait à répondre, un cri interrompit leur conversation. Deux policiers en uniforme se mirent à courir dans la rue. Un troisième sortit de la maison et s'élança derrière eux. Max se leva d'un bond.

— Que se passe-t-il ? demanda Gail.

— Ils ont dû repérer quelque chose. Rentre et ferme bien toutes les portes.

— Et toi ?

— Je vais jeter un œil.

Il attrapa la lampe avec laquelle Gail était sortie lorsqu'elle avait entendu les sirènes.

— Attends-moi à l'intérieur. Je reviens tout de suite.

Au lieu de suivre les policiers, il partit dans la direction opposée, vers l'endroit où il avait vu une ombre bouger un peu plus tôt. Il ne pouvait se défaire de l'impression que quelqu'un l'avait observé depuis les buissons. Sans doute était-ce son imagination, mais à mesure qu'il s'éloignait, la lumière des réverbères lui sembla faiblir et les ombres s'épaissir.

Plus loin dans la rue, une maison était en cours de construction. Les fondations avaient déjà été coulées, la charpente érigée. Max s'arrêta sur le trottoir et balaya les lieux du faisceau de sa lampe. Aucun mouvement.

Aucun bruit. Pourtant, il était persuadé de ne pas être seul.

Il franchit le seuil dépourvu de porte et regarda autour de lui. Les cloisons n'avaient pas encore été montées. Alors qu'il éclairait l'escalier de bas en haut, une ombre détala à l'étage du bâtiment squelettique.

4

Max grimpa les marches quatre à quatre, sans prendre le temps de réfléchir au fait qu'il était seul, sans arme et peut-être en présence de l'homme qui venait de tirer de sang-froid sur une vieille dame. Un homme qui n'hésiterait pas à se défendre s'il se sentait acculé. Pourquoi n'avait-il pas déjà fui loin d'ici, d'ailleurs ? Peut-être était-il blessé. Ou un peu trop confiant.

Parvenu en haut de l'escalier, Max braqua sa lampe d'un côté et de l'autre. Il sursauta lorsque le rayon fit briller les yeux d'un gros chat tigré. Celui-ci manqua le faire tomber en se précipitant entre ses jambes, puis il fila au rez-de-chaussée et disparut dans la rue, laissant Max à la fois soulagé et un peu humilié.

Alors qu'il s'apprêtait à redescendre, il crut percevoir un mouvement en bas de la maison. Le félin était-il revenu ? Non, cette fois-ci il s'agissait bien d'une silhouette humaine tapie dans l'ombre. Mais avant que Max ait eu le temps de se mettre à l'abri ou d'interpeller l'intrus, une balle – tirée avec un silencieux – fit exploser une planche derrière lui. Une deuxième lui effleura le bras immédiatement après.

Surpris par la brûlure, il perdit l'équilibre et tomba à la renverse dans l'escalier. Sa tête cogna violemment contre une marche. Il dut s'évanouir, car il se retrouva tout à coup étendu par terre, sur le dos ; un homme cagoulé le tenait en joue. Hébété, il leva une main devant lui, comme si cela pouvait suffire à le protéger…

C'en était fini de lui. Jamais il ne survivrait à un tir à bout portant. Mais soudain, il y eut un bruit sourd, et l'homme tomba à genoux. Une autre silhouette vêtue de noir venait de lui assener un coup de planche sur le crâne. Elle voulut le frapper à nouveau, mais l'agresseur de Max esquiva en roulant sur le côté et s'enfuit dans la nuit, non sans avoir bousculé brutalement le nouveau venu.

Tout se passa si vite que Max se demanda s'il n'avait pas rêvé. Il tenta de relever la tête, puis renonça ; le moindre mouvement lui donnait le vertige, et sa douleur au bras était devenue insoutenable. Il eut vaguement conscience que quelqu'un s'agenouillait à côté de lui et déchirait la manche de sa chemise.

— Ce n'est vraiment pas mon jour, grommela une voix féminine. Ni le vôtre, apparemment.

C'était donc une femme ! Avec des cheveux noirs et des yeux lumineux – voilà tout ce qu'il distinguait d'elle.

— Ne vous inquiétez pas, la balle n'a fait que vous frôler, poursuivit-elle. Je ne suis pas médecin, mais la blessure a l'air superficielle. Par contre, votre tête a tapé assez fort et vous avez dégringolé jusqu'en bas de l'escalier. Il vaudrait mieux que vous restiez allongé.

Ignorant son conseil, Max s'assit tant bien que mal. Sa tête tournait. Quand il toucha la bosse qui s'était formée à l'arrière, ses doigts revinrent couverts de sang.

— Qui êtes-vous ? demanda-t-il. Que faites-vous ici ?

— Je vous sauve la peau. Mais ce serait bien que ça ne devienne pas une habitude, d'accord ?

Elle se leva.

— Appelez quand même les secours une fois que je serai partie.

— Attendez…

Il essaya de lui attraper la main – en vain.

— Je vous connais ?

— Je ne vois pas d'où.

— Qui êtes-vous ? répéta-t-il. Dites-moi votre nom.

Elle eut un petit rire.

— Je voudrais bien, mais vous ne me croiriez pas.

Avery observait l'homme blessé depuis l'autre côté de la rue, en priant pour qu'il renonce à la suivre. Il avait titubé jusqu'à l'entrée de la maison, et à présent il parlait à quelqu'un au téléphone, appuyé contre l'encadrement de la porte. Dans quelques minutes, l'endroit grouillerait de policiers.

Alors va-t'en ! Qu'est-ce que tu attends ?

Elle s'était sans doute trop attardée, et elle aurait bien du mal à présent à s'éclipser sans se faire repérer. Déjà, l'homme partait à sa recherche malgré son état chancelant. Il descendit l'allée, gagnant des forces à chaque pas. Lorsqu'il atteignit la rue, il se tenait de nouveau droit.

Qui êtes-vous, Max ? Pourquoi êtes-vous venu seul et sans arme sur ce chantier désert ? Comment saviez-vous que le tireur s'y cachait ?

Si elle n'avait pas monté la garde, il serait sûrement mort à cette heure-ci.

Avery n'avait rien d'une héroïne, elle ne souffrait pas non plus du syndrome du sauveur. En temps normal, elle était plutôt du genre à penser d'abord à son propre intérêt. Or par deux fois, cette nuit, elle avait été obligée de porter assistance à des inconnus. Contrairement à June Chapman, « Max » serait sans doute complètement remis d'ici quelques heures, mais il avait vraiment eu de la chance qu'elle n'ait pas décidé de rentrer à l'hôtel cinq minutes plus tôt…

Je vous connais ? lui avait-il demandé.

— Non, Max. Personne ne me connaît ici, et je n'ai pas l'intention que ça change, murmura-t-elle.

Faire profil bas était impératif dans son métier. Luther lui avait toujours dit que, dans la mesure du possible, il fallait agir dans l'ombre. Après ce qui s'était passé cette nuit, cela risquait d'être difficile… En portant secours à June Chapman et au bel inconnu, Avery s'était placée dans une position dangereuse. À présent, les deux victimes et le tireur étaient sans doute en mesure de l'identifier. Ce n'était pas seulement son enquête qui s'en trouvait compromise, mais aussi sa sécurité.

Elle fouilla la rue du regard. L'agresseur était-il toujours dans les parages, ou s'était-il enfin décidé à partir ? Pourquoi était-il resté si longtemps après avoir commis son crime ?

Une pensée troublante lui vint soudain à l'esprit. Et si c'était elle qu'il traquait ? Peut-être cherchait-il à éliminer le seul témoin de son forfait…

En face d'elle, Max rangea son téléphone dans sa poche. Au lieu d'attendre les secours sur place, il traversa et longea les buissons, s'arrêtant dangereusement près de l'endroit où elle se cachait.

— Je sais que vous êtes encore là, dit-il tout haut. Je sais que vous m'observez.

Avery resta immobile, osant à peine respirer. Elle le voyait distinctement à travers les feuilles, et sa présence produisait sur elle un effet quasi viscéral. D'où lui venait cette impression de le connaître ?

— Pourquoi vous êtes-vous enfuie ? reprit-il. Vous m'avez sauvé la vie. J'aimerais vous remercier en bonne et due forme.

Allez-vous-en, le supplia-t-elle intérieurement. *Laissez-moi tranquille.*

— Ne vous en faites pas, je vous retrouverai, promit-il, et il s'éloigna sans un regard en arrière.

Lorsque Avery regagna finalement son hôtel, elle monta au deuxième étage en empruntant l'escalier de secours et entra dans sa chambre par la fenêtre qu'elle avait pris soin de déverrouiller avant de partir. Elle ne voulait pas risquer de croiser le réceptionniste de nuit ou, pire, d'être filmée par les caméras de surveillance.

Elle se laissa tomber sur le lit et retira ses baskets et ses chaussettes pour examiner sa cheville. L'articulation était encore douloureuse, mais elle n'avait pas trop gonflé. Une simple foulure, sans doute. Il lui suffirait d'appliquer de la glace et d'élever sa jambe.

Avant cela, elle prit une longue douche en se frottant soigneusement le crâne et la peau pour se débarrasser d'éventuelles toiles d'araignées. Puis elle enfila un peignoir par-dessus son pyjama et alla chercher un gobelet de glaçons au distributeur d'eau dans le couloir. Quand elle fut enfin confortablement installée dans son lit avec son ordinateur portable sur les genoux et une poche de glace improvisée sur la cheville, elle ferma les yeux un moment pour se libérer des tensions de la soirée.

Je me suis vraiment mise dans le pétrin, papa.

Dans ce cas, trouve un moyen d'en sortir.

Elle commença par consulter les sites d'informations locales. Cela faisait à peine une heure que June Chapman avait été attaquée ; sans grande surprise, aucun journal n'en parlait encore. Elle ouvrit ensuite un nouveau document et écrivit tout ce dont elle se souvenait de ce curieux début de nuit. Puis elle nota dans un carnet la liste des différentes personnes impliquées :

Tom Fuqua (voisin de June Chapman et ancien sénateur d'État)

Will Kent (ancien chef de la police de Black Creek)

Max… ?

La femme dans la véranda ?

Le tireur ?

Un complice ?

Il y avait tellement de questions en suspens… Avery gribouilla un moment sur sa feuille. Un des noms lui semblait familier.

En se replongeant dans son dossier sur l'enlèvement de Maya Lamb, elle trouva la réponse : Will Kent était le chef de la police à l'époque où la fillette avait disparu. Il l'était resté encore quinze ans avant de prendre sa retraite. Avery corrigea ses notes :

Will Kent (chef de la police de Black Creek au moment du kidnapping. À présent retraité)

En faisant une recherche associant les deux noms, elle tomba sur un vieil article de presse intitulé « Le sénateur Tom Fuqua rend hommage à une légende locale ». Sous le titre, une photo d'enterrement. Le journaliste revenait sur la brillante carrière du juge Clayton Winter, tué par balle alors qu'il sortait du tribunal. Tom Fuqua et Will Kent avaient aidé à porter son cercueil. À en croire l'article, les trois hommes avaient combattu ensemble au Vietnam, avant de retourner dans leur ville natale pour servir la communauté, chacun à leur manière.

Avery ajouta le juge à sa liste.

Clayton Winter (juge à la Cour d'appel, assassiné. Proche de Tom Fuqua et de Will Kent)

Elle zooma ensuite sur la photo et étudia les différentes personnes qui y figuraient, jusqu'à ce qu'elle reconnaisse le sénateur. Elle ne l'avait pas bien vu dans la nuit, et il avait forcément beaucoup vieilli, mais elle était à peu près sûre que c'était lui.

Tout à coup, elle crut identifier un autre visage. Celui d'un adolescent qui se tenait à la droite de Tom Fuqua, légèrement en retrait.

Son cœur se mit à battre plus fort. *Max, est-ce que c'est vous ?*

De l'autre côté du sénateur se trouvait une femme mince portant un voile de deuil. Le garçon semblait la fusiller du regard.

Intriguée, Avery cliqua sur le lien en fin d'article qui permettait d'accéder à la nécrologie. Clayton Winter avait laissé derrière lui une femme, le Dr Gail Mosier, et un fils, Max Winter. Avery ouvrit une autre page sur Internet et tapa dans la barre de recherche « Max Winter, Black Creek, Floride ». Des dizaines de liens apparurent, ainsi que des photos plus récentes.

— Vous voilà ! murmura-t-elle, triomphante. Je vous ai trouvé la première.

Maximus Clayton Winter, procureur de district adjoint. *Sacré prénom !*

L'homme disposait donc de toutes les ressources nécessaires pour remonter jusqu'à elle si elle ne se montrait pas assez prudente. Mais inutile de paniquer. Peut-être pourrait-elle renverser la situation et utiliser les ressources en question à son profit… Après tout, n'était-elle pas la fille de Luther Bolt ?

Un plan commençait déjà à germer dans son esprit. Pendant une bonne heure, elle continua ses recherches, jusqu'à ce que sa vue se brouille de fatigue. Avant d'éteindre son ordinateur, néanmoins, elle regarda une dernière fois la photo qui avait tout déclenché.

Elle ne se lassait pas de contempler les traits de la jeune femme, ses yeux d'un bleu vif, ses lèvres généreuses, ses cheveux blonds ondulés. L'agente Thea Lamb, spécialisée dans les affaires de disparitions d'enfants. Son regard semblait hanté par la gravité de sa mission. Elle avait l'air d'une femme redoutable, et pourtant il y avait quelque chose d'étonnamment vulnérable dans son expression.

Avery referma l'écran, éteignit la lampe et se glissa sous la couette. Elle resta allongée un long moment, incapable de trouver le sommeil. Sachant qu'il ne servait à rien d'insister, elle finit par se relever et sortit sur l'escalier de secours pour prendre l'air.

La nuit s'était enfin rafraîchie et elle accueillit avec bonheur la caresse du vent léger sur ses joues, tout en inhalant le parfum entêtant des jasmins qui poussaient dans la cour. Un carillon tintait doucement dans la brise. Le claquement mélodieux des tubes de bambou éveilla en elle un lointain souvenir.

Ou peut-être était-ce un rêve ?

Elle ferma les yeux pour s'imprégner de l'étrange musique. Alors, un autre bruit lui revint, celui d'un chien qui aboyait au loin. Puis, du fond de sa mémoire, chuchota la voix tremblante d'une enfant.

J'ai peur, Sissy.

5

Le soleil était déjà levé quand Max se présenta chez sa belle-mère le lendemain matin. Il fut surpris de la trouver en pyjama – d'habitude, elle était déjà habillée et prête à partir avant 8 heures. À en juger par ses cheveux décoiffés et les cercles sombres sous ses yeux, elle n'avait pas beaucoup dormi.

— J'ai apporté du café, annonça-t-il en lui tendant un gobelet.

— Tu me sauves la vie.

Elle en but une gorgée et poussa un soupir.

— Mmh, c'est exactement ce qu'il me fallait. Merci.

— C'était le moins que je pouvais faire. Déjà que je viens à l'heure du petit déjeuner…

— Justement, qu'est-ce que tu fais ici aussi tôt ? s'enquit-elle en le rejoignant dans la véranda. Vu que tu es en costume, j'imagine que tu as prévu d'aller travailler. J'espérais que tu t'accorderais quelques jours de repos.

— Ce n'est pas nécessaire. Mon bras va bien, c'est juste une éraflure.

— N'essaie pas de minimiser ce qui s'est passé, Max. Tu t'es fait tirer dessus, pour l'amour du ciel !

— La balle m'a à peine touché. Le médecin des urgences m'a dit que, dans un jour ou deux, je n'y penserais plus.

En réalité, sa blessure lui faisait un mal de chien, et il

avait un œuf énorme à l'arrière du crâne. Malgré tout, il se sentait étrangement euphorique depuis les événements de la nuit. L'enquête allait enfin pouvoir avancer. Dans quelle direction, il n'en savait trop rien, mais une chose était certaine : il comptait bien retrouver la mystérieuse jeune femme qui lui avait sauvé la vie.

— Quand je pense à ce qui aurait pu t'arriver…, murmura Gail. Ne me refais plus jamais ça.

— J'essaierai.

— Je suis sérieuse, Max ! Tu n'es pas policier. Ce n'est pas ton job de poursuivre de dangereux criminels. Tu es censé les mettre en prison, c'est tout.

— Qui te dit que je ne peux pas faire les deux ? Je plaisante, précisa-t-il bien vite en la voyant froncer les sourcils. Ne t'inquiète pas pour moi, je passe le plus clair de mon temps dans mon bureau ou dans une salle d'audience.

Il songea un peu tard que ce n'était pas forcément rassurant, pour une femme dont le mari avait été tué sur les marches du tribunal…

Gail s'assit dans un des fauteuils en osier.

— Est-ce que tu as pu voir le tireur, au moins ? demanda-t-elle.

— Non. Comme je te l'ai dit cette nuit, il portait une cagoule.

— Et cette femme qui est venue à ton secours ?

Max regarda au loin, tentant de se rappeler son visage. Il entendait clairement sa voix, il croyait même percevoir l'odeur de ses cheveux, mais il ne revoyait pas ses traits. Il avait fait trop sombre, sans compter qu'il avait été à moitié inconscient quand elle avait examiné son bras.

Je vous connais ?

Je ne vois pas d'où.

— Je ne sais pas qui elle est, répondit-il à Gail. Ce qui est sûr, c'est que sans elle je ne serais plus là aujourd'hui.

Sa belle-mère ne parut pas plus impressionnée que cela.

— Tu ne trouves pas bizarre qu'elle ait été là pile au bon moment ?

— Si, un peu, admit-il. En tout cas, c'était une chance pour moi.

— Pourquoi l'homme qui a agressé June est-il resté si longtemps dans le quartier ? s'interrogea-t-elle. Ça n'a aucun sens.

— Il attendait peut-être que quelqu'un vienne le chercher. Ou alors, il voulait s'assurer qu'elle était morte.

Gail regarda pensivement au fond de son gobelet.

— Est-ce que tu sais comment elle va, ce matin ? J'ai appelé l'hôpital, mais ils n'ont rien voulu me dire. Elle est à Black Creek, ou elle a été transférée à Jacksonville ?

— La police a donné pour instruction au personnel de l'hôpital de ne révéler aucune information sur June. Elle est en vie, c'est tout ce que je peux te dire pour l'instant.

— Je comprends. Sa sécurité passe avant tout. J'imagine que tu n'as pas le droit non plus de parler de l'enquête.

— Il n'y a pas grand-chose à dire, de toute façon. J'ai rendez-vous dans quelques minutes avec l'inspecteur. Tu te souviens de Cal Slade ?

— Calvin Slade ? Comment aurais-je pu l'oublier ? Vous m'en avez fait voir de toutes les couleurs, tous les deux, quand vous êtes revenus de l'internat ! Qui aurait cru que ce gamin finirait du bon côté de la loi ?

Max eut un petit rire.

— Personne parmi ceux qui nous connaissaient à l'époque, répondit-il. Mais c'est un bon enquêteur. Je dois le retrouver tout à l'heure pour qu'il me montre la scène de crime et les indices qui y ont été relevés.

— Je n'arrive toujours pas à croire qu'une telle chose ait pu arriver à Crescent Hill, murmura Gail. J'ai parlé avec Tom et il m'a dit qu'un policier avait fouillé son jardin. Il était bouleversé – tout le monde l'est dans le quartier !

Max s'assit dans l'autre fauteuil et posa son gobelet sur la petite table en verre qui les séparait.

— Je ne voudrais pas rouvrir de vieilles blessures, Gail, mais j'espérais reprendre notre conversation de cette nuit.

— Quelle conversation ?

— Tu commençais à me raconter l'enlèvement de Maya.

— Oui, et je t'ai demandé si tu pensais qu'il y avait un lien avec l'agression de June.

Ses yeux s'étrécirent.

— Tu penses qu'il y en a un ?

— La police n'exclut rien pour le moment. Tu veux bien me reparler de cette fameuse nuit ?

Elle poussa un soupir.

— Si ça peut aider…

— On ne sait jamais.

— C'est fou, mais même après tout ce temps je me souviens encore parfaitement des heures qui ont suivi sa disparition, confia-t-elle. Il faut dire que j'ai dû rejouer cette nuit-là des centaines de fois dans ma tête. Et puis, il y a toujours des journalistes qui veulent écrire un article ou faire un reportage sur cette affaire. Tout le monde a envie de croire que Maya est vivante et qu'elle va bien. Malheureusement, elle est sûrement morte depuis longtemps.

— C'est vrai que la grande majorité des enfants enlevés par une personne étrangère à la famille sont tués dans les premières vingt-quatre heures… Que faisais-tu chez Reggie cette nuit-là ?

— Elle organisait des fêtes presque tous les week-ends. Cette fois-ci, la soirée a été encore plus folle que d'habitude.

Je suis restée dormir parce que Reggie avait trop bu ; je voulais être là au cas où les jumelles auraient besoin de quelque chose. Elles étaient tellement mignonnes ! Surtout Maya, qui avait un sourire magnifique.

— Je me souviens de les avoir vues chez June, une fois. Elles étaient assises côte à côte sur les marches du porche.

— Tu dois te tromper. Je n'imagine pas June acceptant de garder ces petites chez elle.

— Je t'assure que je les ai vues. C'était le jour de l'enterrement de ma mère, c'est pour ça que ça m'a marqué. Elles avaient de jolies robes à volants. Celle de Maya était rose et celle de Thea, jaune.

Gail se tourna vers lui, surprise.

— Avec de petits nœuds à la taille ?

— Ça, je ne sais pas. Je me souviens juste de m'être dit qu'elles étaient sacrément bien habillées pour un jour de semaine.

— Mon Dieu, j'avais oublié ces robes… Reggie les avait fait faire pour leur quatrième anniversaire. Elle avait dû économiser pendant des mois. Elles étaient ravissantes, avec ces petits nœuds et leurs boutons de nacre dans le dos ! Les filles les adoraient et voulaient les porter tout le temps.

Elle poussa un soupir.

— Tu as donc réellement vu les jumelles chez June. C'est bizarre, Reggie ne m'en a jamais parlé.

— Maya a disparu quelques jours plus tard, souligna Max. Ça ne lui a peut-être pas paru important de le mentionner.

— Bien sûr. Rien ne semblait important après cette nuit-là. L'enlèvement de Maya a tout changé. Quand je ferme les yeux, je me revois entrant dans leur chambre et découvrant ce lit vide. Au début, je ne savais même pas laquelle avait été prise. Elles se ressemblaient tellement dans leur sommeil ! Plus tard, j'ai appris qu'elles avaient échangé leurs places pendant la nuit. Le lit de Thea était le plus proche de la fenêtre. Je n'ose pas imaginer comme elle a dû se torturer l'esprit au fil des ans… Si elle était restée dans son lit, c'est elle qui aurait été kidnappée. Ce n'était pas sa faute, évidemment, mais essaie de raisonner une enfant qui vient de perdre sa sœur jumelle…

D'après les aveux de Nadine Crosby, les deux fillettes auraient dû être enlevées, mais Gail n'avait aucun moyen de le savoir.

— Ça a dû être un enfer, pour Thea, reconnut Max. C'est peut-être pour ça qu'elle a intégré le FBI et qu'elle s'est spécialisée dans les disparitions d'enfants.

— Sans doute. Je vois encore son petit visage, ce matin-là… Elle n'avait que quatre ans, on a fait de notre mieux pour la protéger, mais elle devinait qu'il était arrivé quelque chose de grave à sa sœur. Elle en savait bien plus qu'on voulait le croire.

Max avait lu les rapports officiels des dizaines de fois durant les quinze derniers jours. Il avait beau connaître la suite de l'histoire, il écouta attentivement le récit que sa belle-mère avait à en faire.

— Cela paraît irréel, encore maintenant, murmura-t-elle.

— Est-ce que tu as tout de suite compris qu'elle avait été enlevée ?

Gail secoua lentement la tête.

— La fenêtre était ouverte, mais je ne m'en suis pas inquiétée. La climatisation de Reggie était vieille et ne refroidissait jamais les chambres, alors je me suis dit qu'elle avait ouvert pour que les filles aient un peu d'air. J'ai regardé dans la salle de bains et dans la cuisine, et ensuite je suis allée réveiller Reggie. On a fouillé partout dans la maison et dans le jardin. À l'arrière, le portail battait au vent. Je me suis demandé si Maya n'avait pas eu un accès de somnambulisme ; elle aurait pu sortir par la fenêtre dans son sommeil et marcher jusque dans les bois… C'était effrayant de l'imaginer dehors toute seule, perdue et apeurée. Je n'arrêtais pas de penser à la grotte, même si je n'en ai rien dit à Reggie. On était folles d'inquiétude.

— N'importe qui l'aurait été.

Elle serra ses bras autour d'elle.

— La police est arrivée, des battues ont été organisées. Les heures ont passé sans qu'on retrouve la moindre trace de Maya. C'était comme si elle s'était volatilisée. Des voisins ont apporté des sandwichs et du thé glacé aux volontaires. Quand la nuit est tombée, les recherches ont été suspendues jusqu'au lendemain pour que les gens puissent se reposer un peu. Une voisine a gardé Thea pendant que Reggie et moi continuions de chercher. On est allées jusqu'à la grotte en criant le nom de Maya ; Reggie voulait descendre, mais je l'en ai dissuadée. C'était trop dangereux. On est rentrées épuisées et aphones, mais on n'a pas pu dormir. On est restées des heures à se tenir la main. Le matin, la police est revenue avec des chiens. Puis les jours se sont succédé et l'espoir s'est peu à peu évanoui, laissant place à une attente insupportable.

Max se sentit bouleversé par les mots de sa belle-mère. Près de trente ans après, le choc et la douleur faisaient encore trembler sa voix.

— Tu ne t'es jamais dit que le coupable était peut-être un des convives ?

— Si, bien sûr. Reggie n'avait pas de très bonnes fréquentations, à l'époque. Le pire de tous, c'était ce type avec qui elle sortait.

— Derrick Sway ?

— Il ne s'occupait jamais des filles, mais quand il avait bu…

Elle frissonna.

— Même si je ne l'ai jamais vu porter la main sur elles, ce n'était pas dur d'imaginer qu'il ait pu perdre son sang-froid. Il avait l'alcool mauvais. Je ne sais pas comment Reggie a fait pour le supporter si longtemps.

— Et Reggie, justement ? demanda Max. Tu ne l'as jamais soupçonnée ?

— Non, répondit-elle sans l'ombre d'une hésitation. Elle avait ses défauts, mais elle aimait ses filles. Elle ne leur aurait jamais fait de mal.

— Tout le monde n'est pas de cet avis. Certaines personnes continuent de penser que Reggie Lamb a tué Maya et l'a enterrée dans les bois.

Le visage de Gail s'assombrit.

— Ça, c'est à cause de June. Elle a accepté de participer à cette émission sur les crimes non résolus, où elle a accusé sa belle-fille à demi-mot. Après cette interview, les gens ont commencé à regarder Reggie de travers, à chuchoter derrière son dos et même à l'insulter en face. June a fait d'elle une paria dans sa propre ville.

— En as-tu parlé avec Reggie ? s'enquit Max.

— De l'émission ? Non. On avait déjà commencé à s'éloigner. Elle s'est renfermée sur elle-même après la disparition de Maya. C'était compréhensible : elle avait besoin de se protéger. Moi, j'ai essayé de la laisser tranquille, et puis j'avais ma propre vie à gérer. Assez vite, on s'est perdues de vue. J'ai repris mes études, et Reggie a découvert la religion.

— Penses-tu qu'elle ait pu garder rancune à June à cause de cette interview ?

— Bon sang, Max ! Tu ne crois tout de même pas que c'est Reggie Lamb qui a tiré sur June ?

— Non, pas vraiment, mais je voulais connaître ton

point de vue. Sais-tu si quelqu'un bénéficierait de la mort de June ?

— Pas Reggie, en tout cas. June préférerait brûler son argent plutôt que de la voir hériter d'un seul centime. Elle a peut-être légué quelque chose à Thea dans son testament, mais j'en doute. Le seul parent qui lui reste, à ma connaissance, c'est un neveu par alliance, Paul Bozeman. Il tient un magasin d'antiquités dans la grand-rue. Je crois qu'il travaille avec sa fille.

— Tu les connais ?

— Non, mais je sais que les relations sont tendues entre eux et June. Si j'ai bien compris, le mari de cette dernière venait d'une famille riche. Il avait une sœur, mais elle a été reniée pour je ne sais quelle raison, si bien qu'il a hérité de toute la fortune de leurs parents. Quand il est mort, il a tout laissé à June. Tu imagines le ressentiment que cela a pu provoquer… Il y a quelques années, à l'époque où l'on prenait encore le café ensemble de temps en temps, June m'a confié que Paul Bozeman n'hésiterait pas à la dépouiller s'il n'avait pas peur d'être poursuivi. Apparemment, des choses disparaissaient chaque fois qu'il passait – des chandeliers en argent, un bijou… Même une de ses précieuses poupées, une fois. Elle n'a jamais réussi à le prendre la main dans le sac, mais elle était persuadée que lui et sa « délinquante de fille » venaient se servir chez elle dès qu'elle avait le dos tourné.

— Pourtant, elle a refusé d'installer une alarme.

— Oui. Mais je me demande si elle n'a pas imaginé tout ça. June a tendance à penser que les gens sont naturellement mauvais. Ajoute à cela une bonne dose de paranoïa, et ses accusations ne reposent plus sur rien. Mais il faut peut-être quand même creuser de ce côté-là.

— J'en parlerai à Cal.

— Ce ne serait pas sa voiture, justement ?

Un véhicule banalisé venait de se garer devant chez June Chapman. Un type dégingandé en sortit, le téléphone collé à l'oreille. Il remonta l'allée à grands pas, passa sous le ruban de la police qui barrait le porche et disparut à l'intérieur.

Gail regardait fixement la maison de sa voisine.

— Ça va ? lui demanda Max.

— Oui, juste un peu fatiguée. Je manque de sommeil, et tout ça me replonge dans des souvenirs difficiles.

— C'est ma faute. Je t'ai perturbée, avec mes questions sur Maya.

— Tu sais, je pense encore souvent à elle... Mais passons. Ça doit te démanger de découvrir ce que les policiers ont trouvé chez June. Va voir Calvin. Moi, il faut que je me prépare pour le travail.

— Tu es sûre que tu y vas ? C'est peut-être toi qui devrais prendre ta journée. Tu as eu un choc, cette nuit.

— J'ai des rendez-vous toute la matinée, mais je rentrerai peut-être plus tôt cet après-midi. Ne t'inquiète pas pour moi. Tiens-moi au courant, d'accord ?

— Je n'y manquerai pas – dans la mesure du possible.

Ils se levèrent tous les deux.

— Et rappelle-toi : quand tu es seule à la maison, ferme toutes les portes à clé et branche l'alarme.

— Je ne suis pas près de l'oublier, lui assura-t-elle en lui tapotant le bras. Je t'appelle plus tard.

Max attendit qu'elle soit rentrée pour descendre les marches au petit trot. Elle avait raison : il avait hâte de voir ce que les techniciens avaient déniché sur la scène de crime. Aussi improbable que cela puisse paraître, l'agression de June Chapman les aiderait peut-être à avancer dans l'enquête sur la disparition de Maya Lamb.

En attendant, il avait quelques pistes à suggérer à Cal Slade. Vérifier les alibis de Paul Bozeman et de sa fille, par exemple. Et celui de Reggie Lamb, malgré les protestations de Gail.

Une autre hypothèse se présenta timidement à son esprit. Et si June Chapman avait été impliquée d'une manière ou d'une autre dans l'enlèvement de sa petite-fille ?

Max tenta de se rappeler le peu qu'il connaissait de son ancienne voisine. En grandissant, il ne lui avait jamais vraiment prêté attention. Il doutait même de lui avoir parlé un jour. Pour lui, elle était juste la vieille dame acariâtre qui vivait dans la maison au jardin fleuri... À cette pensée, une anecdote lui revint tout à coup, et il s'arrêta en plein milieu de l'allée pour s'en remémorer les détails.

C'était un jour d'été. Il devait avoir dix ou onze ans, et il s'ennuyait à mourir. Tous ses amis étaient partis en colonie ou en vacances avec leur famille. Lui avait été obligé de rester à Black Creek pour suivre des cours de rattrapage à cause d'une mauvaise moyenne en maths. Son père avait été intraitable : pas de cancre sous son toit.

Un après-midi, alors qu'il tuait le temps en tapant dans un ballon après ses leçons du matin, il avait remarqué de magnifiques fleurs blanches dans le jardin de June Chapman. Leur parfum embaumait toute la rue. Il avait décidé d'en prendre juste une qui dépassait de la grille, mais avant qu'il ait pu se retenir, il s'était retrouvé de l'autre côté, à couper toutes les tiges. Il avait glissé les fleurs dans un sac et enfourché son vélo jusqu'au cimetière pour les déposer sur la tombe de sa mère.

Ce qu'il ignorait, c'est que June Chapman avait assisté à la scène depuis l'une de ses fenêtres. Elle avait dû ronger son frein tout le reste de la journée, car dès l'instant où le père de Max s'était garé dans l'allée, elle avait traversé la rue à grands pas pour venir se plaindre. Caché dans les buissons, Max n'avait pas perdu une miette de leur conversation. Après un échange tendu, Clayton Winter avait assuré à June que son fils serait puni à la hauteur de sa faute et qu'elle recevrait un dédommagement pour les dégâts causés à son jardin.

Alors que la vieille dame repartait chez elle en marmonnant dans sa barbe, elle avait soudain fait volte-face.

— *Ce garçon a besoin d'être repris en main, sans quoi il va s'attirer des ennuis.*

— *Comme ton fils, tu veux dire ?*

June Chapman serra les lèvres.

— *Ne sois pas odieux, Clayton. Johnny était un bon gars jusqu'à ce qu'il se mette à fréquenter cette horrible fille. C'est elle qui l'a détourné du droit chemin. Max passe trop de temps tout seul. C'est une bombe à retardement. Si tu ne fais pas attention, il ne se contentera pas de voler des fleurs.*

— *Je t'ai dit qu'il serait puni. Qu'est-ce que tu veux de plus ?*

— *Je veux que tu t'intéresses à ton fils. Apprends-lui qu'il y a des limites. Qu'on ne prend pas ce qui ne nous appartient pas.*

Le père de Max resta silencieux un long moment, avant de rétorquer calmement :

— *Ça te va bien de dire ça, June. Tu sais ce que c'est de prendre ce qui ne t'appartient pas, n'est-ce pas ?*

Max ouvrit la porte de la maison et jeta un coup d'œil à l'intérieur. Il ne se rappelait pas être entré une seule fois chez June Chapman. Même en ce jour de canicule où elle lui avait fait désherber son jardin pour le punir de lui avoir volé des fleurs, elle ne l'avait pas invité à entrer, ne serait-ce que pour lui offrir un verre d'eau. Au lieu de cela, elle avait surveillé ses moindres déplacements, installée au frais dans sa véranda, en prenant un plaisir pervers à le voir souffrir. C'était du moins l'impression qu'elle lui avait donnée.

Vu les souvenirs qu'il avait d'elle, la décoration lugubre ne l'étonna guère. Le lambris assombrissait l'entrée, créant une atmosphère oppressante malgré la lumière qui pénétrait par les vitres autour de la porte. De lourds portraits s'alignaient sur le mur, et un imposant escalier en acajou s'enroulait jusqu'à l'étage, orné d'une rampe et de barreaux ouvragés.

Cal Slade en descendait lorsqu'il vit Max sur le seuil. Encore au téléphone, il leva une main pour lui faire signe d'attendre.

Cal avait commencé sa carrière dans la police de Jacksonville avant de rentrer à Black Creek avec femme et enfant. Max et lui se connaissaient depuis le collège. Ensemble, ils avaient fait les quatre cents coups, mais ce temps-là était révolu. Aujourd'hui, Cal était un bon père de famille, et Max avait depuis longtemps mis de l'ordre dans sa vie.

Malgré l'heure matinale, l'inspecteur semblait déjà débordé. Il avait desserré sa cravate et remonté ses manches de chemise pour supporter la chaleur estivale.

— Excuse-moi, lança-t-il en rempochant son portable. Le chef est parti quelques jours, et il y a beaucoup de choses à gérer en même temps. Entre ! Il n'y a plus de risque de contaminer la scène, les techniciens ont tout passé au peigne fin.

— Est-ce qu'ils ont trouvé quelque chose ?

— L'assortiment habituel d'empreintes et de fibres. Avec un peu de chance, le labo parviendra à trouver l'aiguille dans la botte de foin. En attendant, je vais te montrer ce qu'on a.

Max le suivit dans l'escalier. Arrivé sur le palier, Cal pointa du doigt trois impacts dans le mur.

— L'angle d'entrée suggère que le tireur se trouvait au rez-de-chaussée. Trois balles de 9 mm ont été extraites du plâtre. C'est dingue comme les murs sont épais, dans ces vieilles maisons ! Donc, trois balles ici, et deux dans la chambre, qui ont blessé la victime. Cinq coups de feu au total, et les voisins ne se sont rendu compte de rien.

— C'est vrai que ma belle-mère n'a rien entendu, alors qu'elle habite juste en face.

— Je suis surpris qu'elle soit restée ici, après tout ce qui s'est passé…

— Le quartier est agréable, et la maison aussi. Je ne crois pas qu'elle ait l'intention de s'en débarrasser de sitôt.

Max s'ébroua pour chasser la mélancolie qui l'étreignait subitement.

— Mais revenons-en à nos coups de feu : je suppose que le tireur a utilisé un silencieux ?

— Sans doute, répondit Cal. C'est assez inhabituel, pour une simple affaire de cambriolage.

Max se pencha au-dessus de la rampe.

— Imaginons : la victime est réveillée par un bruit, elle sort de sa chambre pour voir ce qui se passe. Le voleur l'aperçoit sur le palier, il panique et lui tire dessus. Il la rate, elle s'enfuit dans sa chambre ; il la poursuit et recommence, avec succès cette fois-ci.

— C'est une bonne déduction, mais tu n'as pas encore vu ce qu'on a découvert dans la chambre…

Cal l'y conduisit et s'effaça pour le laisser entrer.

La pièce, très spacieuse, était luxueusement décorée de rideaux en satin assortis aux draps. Le lit était défait, le tiroir de la table de nuit ouvert. Deux croix avaient été dessinées sur le sol avec des bandes de scotch bleu.

— June Chapman a été retrouvée allongée au pied du lit, expliqua Cal en montrant le premier X. Il y avait un revolver en argent muni d'une crosse de nacre à côté d'elle.

— Le sien ?

— On est en train de vérifier l'immatriculation, mais ça paraîtrait logique. On ne croise pas tous les jours un objet de collection aussi bien conservé.

— C'est étonnant que le tireur ne l'ait pas pris. Ce genre de pièce doit valoir une petite fortune.

— Il s'est peut-être dit qu'il ne serait pas facile à revendre au noir.

Max imaginait la vieille dame se réveillant en sursaut en entendant du bruit dans la maison, et cherchant à se défendre seule plutôt que d'appeler la police…

— Et l'autre croix ? s'enquit-il.

— C'est là que ça devient intéressant. Les secouristes ont retrouvé un linge couvert de sang qui avait vraisemblablement servi à comprimer les plaies. Il est possible que June ait réussi à se traîner jusqu'à la salle de bains pour attraper la première chose qui lui tombait sous la main, et qu'elle ait perdu connaissance une fois revenue dans sa chambre. Mais il n'y a aucune trace de sang par terre entre les deux pièces.

— Tu ne crois tout de même pas que le tireur lui a prodigué les premiers soins avant de s'enfuir ?

— Non. Par contre, je suis certain qu'il y avait une troisième personne dans la maison au moment des coups de feu.

6

L'affirmation de Cal laissa Max sans voix. À sa connaissance, June Chapman vivait seule. Qui d'autre aurait pu se trouver chez elle au moment de l'agression ? Il repensa à la jeune femme qui s'était portée à son secours dans la nuit. Gail avait raison, sa présence sur les lieux posait question. Mais pourquoi être venue en aide à un inconnu, si elle était de mèche avec le tireur ? Et si, au contraire, elle n'avait pas de raison de craindre l'arrivée de la police, pourquoi avoir fui la scène de crime ?

— Tu as une idée de qui pourrait être cette troisième personne ? s'enquit-il. Et de ce qu'elle faisait chez June Chapman hier soir ?

— Non, aucune. Mais on pense que cette femme a utilisé un téléphone prépayé peu après minuit pour signaler à la police une activité suspecte sur la propriété.

— Une femme, tu dis ?

— Oui. Quatre minutes plus tard, un autre appel anonyme a été passé d'ici pour rapporter des coups de feu et demander une ambulance. Plus moyen de joindre cette personne par la suite – elle a dû se débarrasser du téléphone. On pourrait obtenir la liste des appels auprès de l'opérateur, mais je doute que ça serve à grand-chose. D'après la standardiste, la femme chuchotait, comme pour déguiser sa voix.

— Ou pour ne pas être entendue du tueur, suggéra Max. Vous êtes certains qu'il s'agissait d'une femme ?

— Quasiment. J'ai demandé au labo d'analyser les enregistrements des deux appels. Ils repéreront peut-être quelque chose en fond sonore qui nous donnera un indice sur son identité.

— Ce n'est pas parce qu'elle a appelé la police qu'elle ne peut pas être complice du tireur. Peut-être se sont-ils introduits ensemble dans la maison. June s'est réveillée, l'homme a paniqué et lui a tiré dessus. La femme a prévenu les secours et a tenté d'aider la vieille dame avant leur arrivée. Cela expliquerait pourquoi elle s'est enfuie ensuite.

— Oui, mais ça n'explique pas pourquoi elle avait emporté un téléphone jetable pour un cambriolage. Ni pourquoi le tireur avait équipé son pistolet d'un silencieux. Je suis d'accord, tout porte à croire qu'ils travaillaient ensemble, mais je ne peux pas m'empêcher de penser qu'on a affaire à deux suspects distincts avec chacun leurs motivations.

Max regarda autour de lui.

— Est-ce qu'on sait comment ils sont entrés ?

— L'un d'eux au moins est passé par la porte-fenêtre du salon. On a trouvé des marques sur le montant. En plus, de ce côté-là, les arbres masquent la lumière des réverbères et la végétation dense permet d'échapper facilement à la vue des voisins. Quand les policiers sont arrivés, la porte d'entrée était grande ouverte. On pense que c'est par là que le tireur est parti. Cette porte-fenêtre n'était pas fermée non plus, ajouta-t-il en montrant d'un signe de tête celle de la chambre.

— June n'a sans doute pas cru nécessaire de sécuriser les ouvertures de l'étage.

— C'est vrai, mais il est aussi possible que l'un des suspects soit ressorti par le balcon de la chambre. Il y a un treillage fixé au mur à cet endroit, et les lattes du bas sont décrochées.

Max sortit sur le balcon et se pencha sur la rambarde.

— Ça fait une sacrée distance avant d'atteindre le sol. Si le treillage avait lâché plus haut, la personne aurait pu se briser la nuque.

Il observa le jardin encore un moment, avant de rentrer dans la chambre.

— Gail m'a dit que June avait un neveu par alliance, Paul Bozeman. Sa fille et lui sont propriétaires d'un magasin d'antiquités en ville. Apparemment, ils sont en froid avec June – une sombre histoire d'héritage. Celle-ci a prétendu que Paul et sa fille étaient déjà venus chez elle quand elle n'y était pas, pour lui voler de l'argenterie.

— Elle a porté plainte ? demanda Cal, tout en jetant un coup d'œil dans le placard.

— Ça m'étonnerait. Elle est plutôt du genre à régler ses problèmes en privé. Les Bozeman n'ont peut-être rien à voir dans tout ça, mais je voulais quand même t'en parler.

— Ce nom me dit quelque chose…

Cal referma la porte du placard, les sourcils froncés.

— Ça y est, ça me revient : Bozeman Antiquités, dans la grand-rue. Ma mère aimait bien ce magasin, ce qui veut dire qu'il avait bonne réputation, au moins à l'époque. Elle avait un sacré flair pour repérer les escrocs ! La plupart des objets étaient trop chers pour elle, mais elle y a acheté deux ou trois bricoles. Par contre, je ne me souviens plus de ce qu'elle pensait du propriétaire. Elle avait toujours un avis sur tout.

— J'appréciais ça, chez elle, confia Max. Avec Mme Slade, on savait à quoi s'en tenir.

— Elle aussi t'aimait bien. Elle avait peur que j'aie une mauvaise influence sur toi.

— Elle avait raison de s'inquiéter !

— C'est bizarre, dans mon souvenir, c'était plutôt l'inverse, répliqua Cal avec un grand sourire. Bref, je me renseignerai sur ce Bozeman, même si je doute qu'il soit impliqué dans notre affaire.

— Tiens-moi au courant si tu découvres quelque chose. Sinon, tu m'as dit hier soir que l'agression de June pourrait être liée à la disparition de Maya Lamb. Qu'est-ce que tu entendais par là ?

Cal haussa les épaules.

— C'était le meilleur moyen pour attirer ton attention, répondit-il honnêtement. Rien de tel qu'un peu de pression de la part du bureau du procureur pour détendre les cordons de la bourse. Tu sais comment ça se passe en ce moment au poste de police : tout doit être budgété, jusqu'aux blocs de Post-it. J'aimerais mettre un autre enquêteur sur le coup, mais si je n'ai pas plus d'éléments prouvant que les deux affaires sont liées, j'ai peu de chances d'obtenir les fonds nécessaires. Sauf si tu réussis à convaincre ton chef d'en toucher deux mots au mien… En tout cas, voilà ce que j'en dis pour l'instant : la concomitance des événements est pour le moins troublante. Juste au moment où l'on reparle de la disparition de Maya Lamb partout à la télé et sur Internet, sa grand-mère se fait tirer dessus chez elle. Je ne crois pas trop aux coïncidences.

— Moi non plus, approuva Max. Il y a autre chose qui m'a fait réfléchir. Nadine Crosby a dit avant de mourir qu'elle, son frère Denton et un certain Gabriel Jareau avaient été recrutés pour enlever Maya et Thea Lamb. On est partis du principe que leur donneur d'ordre voulait récupérer les fillettes pour les vendre – le trafic d'enfants était en plein essor, à l'époque – ou bien pour alimenter le marché des adoptions illégales. Mais si quelqu'un avait simplement voulu les écarter de son chemin ? Une personne très riche dont la seule intention était de punir la mère des jumelles ?

— Quelqu'un comme June Chapman, tu veux dire ?

— D'après Gail, elle accusait Reggie Lamb d'être responsable de la mort de son fils. Après les obsèques, elle a dit à Reggie que s'il y avait une justice, elle connaîtrait un jour le même chagrin.

Cal se frotta la nuque.

— C'est un point de vue intéressant. Mais comment June Chapman aurait-elle pu entrer en contact avec des gens comme Nadine et Denton Crosby ? Ils ne sont pas tout à fait du même milieu.

Max se demandait surtout comment son père avait été informé de la responsabilité de June dans l'enlèvement… Clayton Winter était-il leur chaînon manquant ? En tant que juge, il avait vu toutes sortes de criminels défiler dans son tribunal. Il pouvait très bien avoir joué les intermédiaires entre sa voisine et les Crosby.

L'idée faisait froid dans le dos. *Ne tire pas de conclusions hâtives*, se dit Max. Ses souvenirs de la conversation entre son père et June n'étaient peut-être pas très fiables. Et même s'ils l'étaient, comment être sûr que les dernières paroles de Clayton faisaient référence au kidnapping de Maya ?

Il se força à se concentrer sur la question de Cal.

— Quand on a autant d'argent que June Chapman, rien n'est vraiment impossible, répondit-il. Réfléchis : pourquoi Denton Crosby traîne-t-il encore dans les parages ? Il sait que la police le soupçonne d'être lié non seulement à l'enlèvement de Maya, mais aussi à la mort suspecte d'un vieil homme à qui il aurait volé une voiture… Il aurait pu fuir la ville dès l'instant où vous l'avez relâché. Au lieu de ça, on dirait presque qu'il vous met au défi de le coffrer à nouveau.

Cal étouffa un juron.

— C'est l'impression qu'il donne, poursuivit Max, mais peut-être est-il resté à Black Creek pour finir le boulot. Sa sœur est morte. Gabriel Jareau est mort. La seule personne qui peut encore l'associer à l'enlèvement de Maya, c'est celle qui l'a recruté.

— Pourquoi s'en prendre à elle maintenant, alors qu'elle a gardé le secret pendant près de trente ans ?

— Parce que la sœur de Denton a avoué. Si même Nadine a fini par le dénoncer, comment peut-il faire confiance à June Chapman ?

— Mais elle ne peut pas l'accuser sans s'accuser elle-même !

— Crosby n'a peut-être pas voulu prendre de risque. Elle se fait vieille. Qui sait, elle pourrait décider de soulager sa conscience avant de mourir… Ça paraît tiré par les cheveux, mais je pense qu'on ne doit pas négliger cette piste.

— Je vais essayer de me dégager un peu de temps pour me replonger dans les vieux dossiers, promit Cal. À l'époque, le chef de la police était Will Kent. Ce serait une bonne idée de lui demander son avis sur ta théorie.

— Mon père et lui étaient copains, dans le temps. Je peux le prévenir que tu risques de l'appeler.

— Ou, mieux, tu peux aller lui parler toi-même. Il se montrera sûrement plus coopératif avec quelqu'un qu'il connaît. J'ai entendu dire qu'il était facilement sur la défensive quand on abordait le sujet de Maya Lamb.

— D'accord, je passerai le voir prochainement.

— De mon côté, je vais poster un policier pour une nuit ou deux devant la chambre d'hôpital de June Chapman, au cas où Denton Crosby ou n'importe qui d'autre se mettrait en tête de terminer le travail. C'est tout ce que je peux faire. June est dans un état critique, on va devoir attendre plusieurs jours avant de pouvoir l'interroger – si elle ne meurt pas avant.

— Pourquoi ne pas remettre Crosby en garde à vue ? demanda Max. En l'aidant un peu, il pourrait craquer.

— Ce ne sont pas quarante-huit heures dans une cellule qui vont lui délier la langue, à celui-là, répliqua Cal. Il a eu trente ans pour peaufiner son histoire. Mais on va continuer à le surveiller.

Il retourna sur le palier et s'arrêta pour observer les impacts de balles dans le mur.

— Imaginons un instant que le tireur et la femme qui a prévenu la police n'étaient pas de mèche. Imaginons aussi que cette dernière se trouvait déjà dans la maison quand June Chapman a été attaquée. Elle monte à l'étage pour voir ce qui se passe, et elle entend le tueur sortir de la chambre et se diriger vers elle. Elle n'a pas le temps de se cacher. Tout ce qu'elle peut faire, c'est s'aplatir contre le mur en espérant qu'il ne la voie pas.

Il mima les gestes supposés de la mystérieuse inconnue.

— L'assassin, lui, n'a qu'une idée : s'enfuir d'ici au plus vite. Alors qu'il descend l'escalier en courant, il aperçoit quelque chose du coin de l'œil. Arrivé en bas, il se retourne, voit la femme là-haut et tire à trois reprises, avant de se précipiter dehors.

— Comme ça.

Max dévala les marches jusqu'à l'entrée, releva la tête et pointa deux doigts vers le palier, comme s'il tenait un pistolet. Cal s'approcha de la rambarde.

— D'ici, elle avait une bonne vue. Il faisait nuit, et si le tireur est le même homme qui t'a attaqué, il portait une cagoule. Mais elle a peut-être remarqué quelque chose, un tic, un tatouage, un piercing, n'importe quoi qui pourrait nous aider à l'identifier.

— Dans ce cas, on ferait mieux de la retrouver avant lui, conclut Max.

Après le départ de Cal, il s'attarda dans la maison pour s'imprégner des lieux, tout en repensant à ce que sa belle-mère lui avait confié le matin. Si quelqu'un avait été proche de Reggie Lamb il y a vingt-huit ans, c'était bien Gail Mosier. Les deux femmes avaient été les meilleures amies du monde pendant toutes leurs années de lycée et au-delà, jusqu'à ce que l'enlèvement de Maya les sépare. On pouvait le comprendre : Gail étant celle qui avait découvert la disparition de la petite, sa présence aurait constamment rappelé à Reggie ce qui était arrivé à sa fille. Ajoutez à cela la culpabilité... D'après Gail, son amie avait été trop soûle pour s'occuper de ses enfants cette nuit-là. Comment Reggie avait-elle pu supporter le poids du remords au fil des ans ? Avait-elle fini par chercher un ou une autre coupable ?

Max la connaissait peu. Il n'avait échangé avec elle qu'à de rares occasions, quand elle l'avait servi au restaurant. À première vue, il ne l'imaginait pas s'immisçant chez June Chapman pour lui loger deux balles dans le corps, mais son expérience au bureau du procureur lui avait appris à se méfier des apparences. Reggie Lamb était sans doute une femme beaucoup plus complexe que ne le suggérait son style de vie.

Il en allait de même pour June Chapman. La vieille dame vivait pratiquement cloîtrée chez elle. Avait-elle été victime d'un cambrioleur paniqué, ou d'un assassin calculateur ? Comme Cal, Max ne croyait pas aux coïncidences, et il en avait vu assez au cours de sa carrière pour savoir de quoi les gens étaient capables. Malgré tout, il peinait à accepter l'idée qu'une femme ait pu organiser l'enlèvement de ses propres petites-filles pour faire souffrir leur mère.

Et pourtant… Cela faisait sens et pouvait expliquer pourquoi Denton Crosby n'avait toujours pas quitté Black Creek. L'homme devait d'abord éliminer la dernière personne qui était en mesure de le dénoncer. La seule qui avait à la fois les moyens et le mobile pour recruter des criminels comme lui et sa sœur Nadine.

Perdu dans ses pensées, Max ne vit pas le temps passer ; lorsqu'il regarda sa montre, il laissa échapper un juron. Il n'avait plus qu'une heure pour survoler ses dossiers avant de filer en salle d'audience. Sa journée allait être consacrée à examiner des requêtes, à ferrailler avec différents avocats de la défense et, bien sûr, à gérer les ajournements et les reprogrammations, alors qu'il préférerait cent fois relire ses notes sur l'affaire Maya Lamb ou rendre visite à Paul Bozeman dans son magasin. Sauf qu'il n'était pas policier, comme le lui avait dûment rappelé sa belle-mère. Il devait laisser les enquêteurs de Black Creek faire leur travail.

En sortant de la maison, il fut surpris de découvrir une jeune femme assise sous le porche. La rue était déserte ; aucune voiture n'était garée dans l'allée ou le long du trottoir. D'où venait-elle ? Elle avait du toupet de franchir un ruban de la police en plein jour…

Confortablement installée dans un des élégants fauteuils en fer forgé de June Chapman, elle admirait le jardin, tellement absorbée par le paysage qu'elle ne sembla pas remarquer la présence de Max. Il en profita pour l'observer à la dérobée. Trente ans à peine, silhouette sportive. En jean et baskets, casquette de base-ball enfoncée sur le front, cheveux bruns attachés en queue-de-cheval. Il n'avait aucune idée de qui elle était, jusqu'à ce qu'elle tourne la tête vers lui et qu'il croise son regard bleu vif.

L'espace d'un instant, il fut incapable de parler, comme un adolescent victime de son premier coup de foudre. Puis il s'exclama :

— Vous !

— Ça fait plaisir de voir que vous vous souvenez de moi, dit-elle. Je n'en aurais pas mis ma main à couper.

— Vous n'êtes pas si facile à oublier, répliqua Max avec une candeur qui l'étonna lui-même.

Il s'appuya contre l'encadrement de la porte et croisa les bras sur son torse.

— Qui êtes-vous, et que faites-vous ici ?

— Waouh, vous n'y allez pas par quatre chemins… J'ai vu l'autre type partir. Un flic, j'imagine. Je savais que vous étiez seul, alors j'ai pensé que je pourrais en profiter pour prendre de vos nouvelles, après notre petite aventure de cette nuit.

— Comment pouviez-vous savoir que j'étais seul ? Vous surveilliez la maison ?

— En effet.

Au moins, elle n'essayait pas de s'en cacher…

— Qu'espériez-vous découvrir ?

— Chaque chose en son temps. Dites-moi d'abord comment vous allez.

Elle l'examina rapidement de la tête aux pieds.

— Plutôt bien, j'ai l'impression.

— J'ai survécu, grâce à vous.

— Votre blessure au bras ne m'inquiétait pas trop, confia-t-elle. Même dans l'obscurité, ça se voyait qu'elle était superficielle. Par contre, vous avez fait une sacrée dégringolade dans l'escalier. Vous auriez pu finir avec un traumatisme crânien.

— Je dois être plus costaud que je n'en ai l'air.

Max étudia son visage levé vers lui, ses yeux d'un bleu

surprenant, la courbe séduisante de sa bouche. Dans la lumière matinale qui filtrait à travers les branches des chênes, il distinguait quelques taches de rousseur sur son nez et une petite cicatrice sur la ligne de sa mâchoire. Une fois de plus, elle resta imperturbable. Cet aplomb éveilla comme un souvenir en Max, une sensation de déjà-vu à la fois troublante et fascinante.

Il s'avança vers elle.

— Je suis heureux de pouvoir vous remercier de vive voix, mais vous êtes bien la dernière personne que je m'attendais à croiser ce matin. Je pensais mettre un certain temps à vous retrouver, et vous voilà.

Elle détourna le regard, visiblement gênée par sa gratitude.

— Ce n'était pas grand-chose, marmonna-t-elle. N'importe qui aurait fait pareil à ma place.

— J'en doute. Attaquer à coups de planche un suspect armé, ça demande un certain cran. Ce que je ne comprends pas, c'est pourquoi vous vous êtes enfuie. Et ce que vous faisiez là au départ.

Il marqua une pause.

— Je vous le redemande : qui êtes-vous ?

— Vous posez beaucoup de questions, Max.

Il resta bouche bée, soufflé tout autant par son sourire que par le fait qu'elle connaissait son prénom.

— Comment savez-vous que je m'appelle Max ?

— On y viendra, mais pour l'instant, laissez-moi répondre à votre première question. Cette nuit, je ne me suis pas enfuie. Je me suis lancée à la poursuite d'un suspect.

— Vous êtes flic ?

— Détective privée.

Elle lui tendit sa carte, qu'il lut rapidement.

— Vous êtes bien loin de Houston, Avery Bolt.

— Je vais là où mes clients ont besoin de moi, répliqua-t-elle avec une nonchalance déroutante.

— Si vous êtes certifiée, vous devez être au courant que fuir une scène de crime *est* un crime.

— Il y avait des circonstances atténuantes, et le temps était compté. Vous le savez très bien.

Max glissa la carte dans la poche de sa veste, puis il s'assit en face d'elle.

— Que faisiez-vous dans cette maison en construction, cette nuit ?

Avery Bolt croisa les mains sur la table qui les séparait. Ses taches de rousseur et sa casquette lui donnaient l'air jeune, mais il la devinait plus âgée et plus mûre qu'il ne l'avait pensé dans un premier temps. Une chose était certaine : elle savait garder son sang-froid. Contrairement à lui, elle ne paraissait nullement perturbée par leur deuxième rencontre.

— Il y a deux jours, j'ai reçu un coup de téléphone de June Chapman, expliqua-t-elle tranquillement. Notre agence lui avait été chaudement recommandée par une personne de confiance.

— Si elle avait besoin d'un détective privé, pourquoi n'a-t-elle pas cherché quelqu'un plus près de chez elle ?

— Je lui ai posé la question. Elle m'a dit que son affaire était délicate et exigeait la plus grande discrétion. C'est aussi pour cette raison qu'elle souhaitait nous rencontrer en personne, mon associé ou moi-même. Elle a demandé que l'un de nous vienne à Black Creek pour s'entretenir avec elle.

— Vous n'avez pas trouvé sa requête inhabituelle ?

— Inhabituelle, peut-être, mais acceptable, dans la mesure où elle nous proposait le triple de notre tarif journalier…

— Et elle ne vous a pas du tout dit pourquoi elle voulait recruter un détective privé ?

— Si, bien sûr.

Avery Bolt planta son regard dans le sien.

— Elle pensait que quelqu'un voulait la tuer. Vu ce qui s'est passé cette nuit, je dirais qu'elle avait raison.

Il la dévisagea, choqué.

— Elle vous a donné un nom ?

— Elle n'a pas voulu en parler au téléphone, malgré mon insistance. J'ai l'impression que c'est une femme têtue qui a l'habitude d'obtenir ce qu'elle veut. Les gens comme elle ont tendance à se faire des ennemis.

Max ne savait que penser de son histoire. Elle semblait plausible, même s'il ne pouvait s'empêcher de se demander pourquoi une personne aussi riche que June Chapman serait allée chercher un détective privé jusqu'à Houston. Quelque chose dans les explications d'Avery Bolt éveillait sa méfiance, mais pour l'instant, il voulait bien lui laisser le bénéfice du doute. Après tout, elle lui avait sauvé la vie.

— Pourquoi n'a-t-elle pas appelé la police ? s'enquit-il.

— Apparemment, c'était hors de question.

— Pour quelle raison ?

— Ça, il faudra le lui demander. Comme je vous l'ai dit, elle s'est montrée peu loquace au téléphone. C'est difficile de faire confiance à des inconnus, même quand ils vous ont été recommandés.

— Qu'avez-vous décidé ?

— Nous nous sommes mises d'accord sur la rémunération, puis j'ai réorganisé mon planning pour pouvoir partir tout de suite à Black Creek. On devait se rencontrer ici ce matin. Je suis venue un jour plus tôt pour me familiariser avec la ville et le quartier.

— L'avez-vous contactée à votre arrivée ?

— Non. Elle avait été très claire sur l'heure de notre rendez-vous. J'ai pris une chambre d'hôtel et j'ai passé la journée à observer les lieux.

— Aucun voisin n'a vu de véhicules étrangers, fit-il remarquer.

— Je ne ferais pas bien mon travail s'ils m'avaient repérée. Dans mon métier, c'est primordial de savoir se fondre dans le paysage.

Aux yeux de Max, elle était loin de passer inaperçue… Indépendamment de l'acte héroïque qu'elle avait accompli pour lui, il se sentait étrangement attiré par elle. Cette soudaine irruption dans sa vie le perturbait, et pourtant sa présence avait aussi quelque chose de rassurant. Comme lorsqu'on retrouve un vieil ami que l'on n'a pas vu depuis longtemps et qui n'a pas changé.

— Vous étiez là quand June Chapman s'est fait tirer dessus, n'est-ce pas ? s'enquit-il. C'est vous qui avez prévenu les secours.

— Oui. J'ai vu quelqu'un rôder dans le jardin peu après minuit. J'ai appelé la police, et j'ai décidé de jeter un œil dans la maison. Une des portes-fenêtres du salon était ouverte. Je ne savais pas si l'homme que j'avais repéré était déjà entré ou s'il avait un complice à l'intérieur.

— Vous avez donc pénétré illégalement chez Mme Chapman.

— Oui, et je l'ai fait sans hésiter. Elle m'avait déjà versé un acompte, il était donc de ma responsabilité de la protéger. Or il y avait de grandes chances pour que cet homme soit venu la tuer. Que vouliez-vous que je fasse ? Que j'attende la police ?

— Racontez-moi ce qui s'est passé. Je veux tout savoir.

Elle acquiesça.

— Tout s'est enchaîné très vitc. Une fois à l'intérieur,

je suis restée quelques instants dans le salon le temps de m'orienter, puis j'ai rejoint l'entrée. Pensant que la chambre de June Chapman devait se trouver à l'étage, j'ai commencé à monter l'escalier. C'est là que j'ai entendu deux coups de feu, tirés avec un silencieux. Tout de suite après, des bruits de pas précipités. J'ai à peine eu le temps de me plaquer contre le mur : le tireur cagoulé a filé devant moi. Quand il est arrivé en bas, il a levé la tête et a dû me voir, parce qu'il a tiré trois fois dans ma direction avant de s'enfuir par la porte d'entrée.

C'était à peu près le scénario imaginé par Cal.

— Qu'avez-vous fait ensuite ?

— J'aurais voulu le suivre, mais je ne savais pas si Mme Chapman avait été mortellement blessée. Sa sécurité passait avant tout. Je l'ai trouvée allongée par terre dans sa chambre avec un revolver à côté d'elle. La pauvre femme n'avait pas eu le temps de se défendre. J'ai pris son pouls, elle vivait encore. J'ai donc comprimé ses plaies avec une serviette jusqu'à ce que j'entende les sirènes dans la rue. Ensuite, je suis sortie par le balcon en m'accrochant au treillage.

— Vous avez donc fui une scène de crime deux fois dans la même soirée.

Les yeux de la jeune femme s'étrécirent.

— Oui, et chaque fois pour les mêmes raisons. Le tireur était toujours dans les parages, puisque je n'avais pas entendu de bruit de moteur. Il fallait agir vite. Les policiers m'auraient gardée pendant des heures, voire des jours, et je n'avais pas envie de les détourner de leur enquête ni de perdre un temps précieux à répondre à leurs questions. J'ai escaladé le mur qui sépare la propriété de Mme Chapman de celle de son voisin, puis j'ai regagné la rue. C'est à ce moment-là que je vous ai vu vous approcher de la maison en chantier.

Max n'était toujours pas certain de la croire, mais le mélange de sincérité et de mystère qui se dégageait d'elle le fascinait.

— Saviez-vous que le suspect se trouvait à l'intérieur ? lui demanda-t-il.

— Je n'en étais pas sûre, même si je m'en doutais.

Max se laissa aller en arrière dans son fauteuil, affectant un air décontracté alors qu'il se sentait plus tendu que jamais. Cette femme l'intriguait, et il n'avait aucune envie d'écourter leur conversation malgré son emploi du temps chargé.

— Vous n'avez pas cru bon de me prévenir, quand vous m'avez vu entrer ?

— Pourquoi l'aurais-je fait ? Jusqu'à ce que vous vous fassiez tirer dessus, rien ne me permettait de savoir que vous étiez du côté des gentils.

— Se faire tirer dessus ne prouve rien, rétorqua-t-il.

— Je sais que vous êtes un type bien, Max, dit-elle, les yeux brillants. J'ai vérifié, depuis.

— Vérifié comment ?

— J'ai entendu quelqu'un prononcer votre nom, alors j'ai fait quelques recherches. Vous êtes partout sur Internet ! Un jeune procureur dynamique qui n'a jamais perdu un seul procès… C'est impressionnant.

Max crut percevoir une touche de dérision dans sa voix.

— Peut-être que je sais simplement repérer les affaires gagnables, répliqua-t-il.

— Non, je ne crois pas que vous soyez aussi blasé…

— Vous ne me connaissez pas. Ce que vous avez trouvé sur Internet ne vous dit rien sur mon éthique professionnelle ou sur mes ambitions. Quant à vous…

Il haussa les épaules.

— Je n'ai pas encore décidé si je vous crois ou non. Mais je sais une chose : vous ne me dites pas tout.

— Que voulez-vous que je vous dise d'autre ?

— Gardez ça pour la police. Vous allez devoir faire une déposition très vite, et je vous conseille de ne rien cacher.

— Ça ne suffit pas de s'épancher auprès d'un procureur adjoint ?

— Ce n'est pas moi qui suis chargé de l'enquête. C'est Cal Slade, et il se trouve que c'est un ami. Je peux vous arranger un rendez-vous avec lui ce matin. Plus vite il recueillera votre témoignage, moins il perdra de temps et de ressources à vous rechercher. En l'occurrence, je m'apprêtais à partir au tribunal : je peux vous déposer au poste de police, si vous voulez.

— Ce ne sera pas nécessaire. J'ai ma voiture.

Max fouilla des yeux la rue déserte.

— Dans ce cas, je vais vous suivre pour être sûr que vous ne vous trompez pas de route.

— Vous ne me faites pas confiance ?

— Non.

— Ça peut se comprendre, j'imagine…

Elle se leva et ajusta sa casquette.

— Allons-y, je n'ai pas que ça à faire. Mais s'ils me mettent en garde à vue, je compte sur vous pour me tirer de là. Une dernière question : serait-il possible de voir June Chapman ?

— Les visites sont interdites pour l'instant.

— J'en déduis qu'elle est vivante… Tant mieux ! Pouvez-vous au moins me dire où elle est soignée ?

— Non.

Avery Bolt haussa un sourcil, apparemment étonnée par la brusquerie de sa réponse.

— Et sinon, vous avez des conseils à me donner, avant que je voie votre ami policier ?

— Ne soyez pas évasive, et ne croyez pas que vous allez pouvoir l'embobiner juste parce que c'est un petit enquêteur de campagne. Il n'y a pas plus malin et plus intuitif que Cal Slade.

— C'est noté. Oh ! attendez !

Ils avaient commencé à descendre les marches, mais elle s'arrêta, tâtant les poches de son jean.

— J'ai dû laisser mon téléphone quelque part.

— Là, dit Max en montrant la balustrade.

— Merci.

— C'est votre portable personnel, ou un autre téléphone prépayé ? Vous savez, comme celui que vous avez utilisé cette nuit pour prévenir la police…

Le regard de la jeune femme s'enflamma, mais elle se contenta de hausser les épaules.

— Aucune loi n'interdit d'en acheter, n'est-ce pas ? Ils sont très utiles, dans ma profession.

Max ne répondit rien et l'attendit au bas des marches. Alors qu'elle le rejoignait, elle se tourna une dernière fois vers la maison et fixa un long moment la porte d'entrée.

Que me cachez-vous, Avery Bolt ? se demanda Max. *Quelle est la vraie raison de votre présence ici ?*

Et pourquoi avait-il l'impression de l'avoir déjà vue quelque part ?

7

L'après-midi était déjà bien entamé quand Max put enfin s'échapper de la salle d'audience. Plutôt que d'acheter un sandwich au distributeur, il décida de s'accorder un vrai repas au restaurant. Dehors, il faisait plus de trente degrés ; Max retira sa veste et desserra sa cravate, tout en traversant la rue pour marcher à l'ombre. Il salua plusieurs collègues qui se rendaient au tribunal mais ne s'arrêta pas pour bavarder avec eux. Après avoir passé des heures à débattre, il avait envie de profiter un peu de sa solitude.

À peine avait-il fait quelques pas que son portable se mit à sonner. Voyant le numéro inconnu qui s'affichait, il hésita à répondre, avant de se résoudre à décrocher.

— Allô ?

Il y eut un silence, puis la voix timide et chevrotante d'une vieille dame se fit entendre :

— Qui est-ce ?

— Max Winter, répondit-il. À qui ai-je l'honneur ?

— Max Winter… Seriez-vous le fils du juge Winter ?

— Oui. Vous vouliez me parler ?

— Je crois. J'ai dû entendre votre nom quelque part, ou le lire dans les journaux. Je ne me rappelle plus.

— Comment avez-vous eu mon numéro ?

— Il était dans mon répertoire. Vous êtes quelqu'un d'important, n'est-ce pas ? Comme votre père ?

— Cela dépend à qui vous posez la question, répondit Max avec une pointe d'ironie. Que puis-je faire pour vous ?

— Je ne voudrais pas vous déranger. C'est juste que… quelqu'un doit savoir.

— Savoir quoi ?

Pas de réponse.

— Vous allez bien, madame ? Vous voulez que j'appelle quelqu'un pour vous ?

— Non, s'il vous plaît, ne parlez à personne de cette conversation.

— Pourquoi ?

— Les gens vont croire que je suis sénile. C'est peut-être déjà ce que vous pensez.

— Pour l'instant, je ne pense rien du tout. Mais je ne sais toujours pas pourquoi vous m'avez appelé. Pouvez-vous au moins me donner votre nom ?

— Je ne préfère pas.

— Alors que puis-je faire pour vous ?

Un long silence.

— J'ai vu Maya Lamb.

Max s'arrêta net. Depuis que la fillette avait disparu, la police avait reçu des dizaines de signalements – des canulars, pour la grande majorité d'entre eux. Avec le retour de cette affaire dans les médias, les appels étaient voués à se multiplier. Restait à savoir pourquoi cette dame avait contacté Max en particulier…

— Je vous écoute, lui dit-il patiemment.

— Elle avait vraiment l'air d'un ange, avec la lumière qui tombait sur elle ! Elle était aussi jolie que dans mon souvenir. Je me suis dit que je devais rêver, mais je ne dormais pas ! Je l'ai même écrit dans mon carnet pour ne pas l'oublier.

— Où l'avez-vous vue ?

— Je ne veux pas vous le dire. Elle est peut-être encore en danger à cause de ces gens qui l'ont kidnappée.

Max fronça les sourcils. Et si la vieille dame n'était pas aussi confuse qu'elle en avait l'air ?

— Vous connaissez leurs noms ?

— Vous savez, ma mémoire me joue des tours depuis quelque temps. Ma petite-fille me dit de tout écrire, mais parfois, j'oublie. Pas cette fois. C'est noté là, dans mon carnet : *Aujourd'hui, j'ai vu Maya*. Vous me croyez ?

— Est-il possible que vous ayez croisé sa photo dans le journal ? suggéra Max. Ou à la télévision ? On a beaucoup parlé d'elle récemment aux informations. Cela pourrait expliquer pourquoi elle était comme dans vos souvenirs.

— Elle avait l'air d'un ange, répéta-t-elle en soupirant.

— Vous êtes sûre que vous ne voulez pas me donner votre nom ? insista Max. Vous semblez perturbée. Nous devrions peut-être contacter votre petite-fille.

— Non, non, ne faites pas ça ! Elle s'inquiète déjà bien assez. C'était une mauvaise idée. Je n'aurais jamais dû vous déranger.

— Vous ne m'avez pas dérangé, lui assura-t-il.

Mais elle avait déjà raccroché.

Il ne s'attarda pas sur cette curieuse conversation. La vieille dame était sans doute un peu désorientée et probablement très seule. Elle avait dû apercevoir la photo de Maya quelque part et se convaincre qu'elle l'avait vue en vrai.

Lorsqu'il entra dans le restaurant, la clientèle du midi s'était en grande partie dispersée. Son regard se porta aussitôt sur un box, au fond de la salle, où une jeune femme était penchée sur son téléphone.

Avery Bolt.

Ce devait être une coïncidence, car elle n'avait aucun moyen de savoir qu'il irait déjeuner en plein milieu de l'après-midi. À moins qu'elle ait appelé à son bureau… Non, la secrétaire de Max était d'une discrétion à toute épreuve. *Tu es juste paranoïaque*, songea-t-il.

Il n'en restait pas moins qu'il ne comprenait pas pourquoi elle s'était confiée à lui plutôt qu'à la police. Elle avait sûrement une idée derrière la tête, et il ignorait quel rôle il était censé jouer dans l'histoire.

Ce ne fut que lorsqu'il vint se planter à côté de sa table qu'elle leva les yeux vers lui. Comme elle ne montrait aucune surprise, il conclut qu'elle l'avait vu arriver.

— Vous ! lança-t-elle, imitant la réaction qu'il avait eue en la découvrant sous le porche de June Chapman le matin même.

Il désigna d'un signe de tête la banquette en face d'elle.

— Je peux ?

— Je vous en prie.

Elle portait encore sa casquette, et la visière plongeait son visage dans l'ombre. Pourtant, Max avait l'impression que ses taches de rousseur ressortaient davantage. Peut-être faisait-il plus attention aux détails de sa physionomie… Il n'était pas sûr que ce soit une bonne chose.

— Désolé de vous interrompre en plein déjeuner, dit-il. J'essaierai de faire court.

— Vous n'interrompez rien : je n'ai même pas encore commandé. Puisque vous êtes là, vous n'avez qu'à vous joindre à moi. Ça ne m'a jamais dérangée de manger seule, mais c'est bien aussi d'avoir de la compagnie de temps en temps.

Son ton affable le prit au dépourvu.

— Vous êtes sûre que ça ne vous gêne pas ?

— Certaine.

— Je voulais vous demander comment cela s'était passé, au poste de police.

— Plutôt bien, étant donné que je ne suis pas en prison. Vous voyez, vous n'avez pas eu besoin de payer ma caution.

Son sourire déclencha en lui une brusque bouffée de désir, qu'il s'empressa de réprimer. Aussi attirante et intrigante soit-elle, il ne lui faisait pas confiance.

Il posa sa veste à côté de lui et retira sa cravate.

— Comment vous faites pour supporter ça ? lui demanda-t-elle. J'aurais l'impression d'être étranglée en permanence.

— On s'habitue. En fait, non : on ne s'habitue pas, mais on apprend à penser à autre chose.

— J'admire votre abnégation.

Elle paraissait parfaitement à l'aise. Ils l'étaient d'ailleurs tous les deux un peu trop, pour des gens qui ne se connaissaient pas, mais était-ce si grave ? À une époque pas si lointaine, Max se serait félicité de passer du temps avec une jolie femme, quelles que soient les motivations de cette dernière. Quand était-il devenu si coincé, si méfiant ?

— Qu'avez-vous dit à l'inspecteur Slade ? s'enquit-il.

— Je lui ai fait un récit détaillé de mes activités depuis mon arrivée à Black Creek. Mais j'imagine que vous êtes déjà au courant.

— Non, j'ai passé la journée en salle d'audience. Je n'ai pas eu le temps d'appeler Cal.

— Appelez-le maintenant, si vous voulez vérifier.

— Ce ne sera pas nécessaire.

Pour l'instant, ajouta-t-il en pensée.

— Comment vous êtes-vous entendus, tous les deux ?

— Vous aviez raison : Cal Slade est loin d'être un imbécile. Et il est bien plus ouvert d'esprit que je ne m'y attendais. Il est convenu que je serais plus utile à l'enquête en restant libre plutôt qu'en étant enfermée dans une cellule.

— Il a vraiment dit ça ?

— Pas exactement en ces termes, mais je crois que c'était ce qu'il pensait.

— À votre place, je ne m'aventurerais pas à lui faire dire ce qu'il n'a pas dit. Vous n'avez vraiment pas intérêt à le prendre à rebrousse-poil. Le Cal Slade que je connais n'apprécie pas franchement qu'un détective privé ou n'importe qui d'autre se mêle de ses enquêtes.

— Je ne suis pas n'importe quel détective privé, répliqua-t-elle.

Elle se pencha en avant, ses yeux bleus étincelant comme des pierres précieuses dans le rayon de lumière qui entrait par la baie vitrée.

— Je peux vous aider, si vous m'en laissez la chance.

— M'aider comment ?

— Les procureurs se voient souvent affecter leurs propres enquêteurs, non ? Contrairement à un policier, je n'aurai pas à partager mon temps et mon attention entre plusieurs affaires. Si je travaille pour vous, je serai entièrement concentrée sur celle qui nous intéresse. Ce ne sont pas des paroles en l'air, Max. Vous avez tout à y gagner.

— Ça, je n'en suis pas certain, même si je ne doute pas que vous ayez toutes sortes de compétences.

Elle ne releva pas le sarcasme dans sa voix.

— En l'occurrence, c'est vrai. Je n'ai pas d'égal pour traquer les gens, et je suis encore meilleure en recherches. Je peux vous dénicher des informations qui sont restées enfouies pendant des décennies.

Max se méfiait. Il était prêt à parier qu'elle n'avait pas tout dit à la police, contrairement à ce qu'elle prétendait. Alors pourquoi la laissait-il tisser sa toile autour de lui ? Son quotidien l'ennuyait-il à ce point ?

— D'une, les enquêteurs dont vous parlez nous sont

envoyés par la police, rétorqua-t-il. Et de deux, j'aimerais bien avoir un exemple de ce que vous avez réussi à dénicher.

Son cynisme sembla amuser la jeune femme. Elle laissa passer quelques secondes, avant de lâcher :

— Je suis au courant, pour les aveux.

— Quels aveux ? demanda Max en s'efforçant de cacher sa stupéfaction.

Elle jeta un coup d'œil autour d'eux, puis répondit à voix basse :

— Avant de mourir, une femme nommée Nadine Crosby a raconté à une policière de Black Creek qu'elle, son frère et un autre homme avaient été payés pour kidnapper Maya et Thea Lamb.

— Où avez-vous entendu ça ?

— Je ne dévoile jamais mes méthodes ni mes sources, répliqua-t-elle en s'adossant de nouveau à la banquette. Sauf si nous décidons de travailler ensemble, bien sûr.

Ce fut au tour de Max de se pencher vers elle.

— Seule une poignée de personnes sont au courant de ces aveux. Nous avons de bonnes raisons de ne pas les avoir rendus publics. J'ai besoin de savoir où vous avez eu cette information.

— Ne vous inquiétez pas, il n'y a aucune fuite chez vous ni dans les services de police. Personne ne me l'a dit. Je l'ai découvert par hasard.

— Nous ne savons pas si c'est vrai. Ce sont les propos d'une femme mourante.

— Ce sont les propos de cette femme *rapportés* par une policière qui n'est pas forcément impartiale, précisa Avery. C'est pour ça, j'imagine, que Denton Crosby reste libre. Rien de ce que sa sœur a dit n'est recevable devant un tribunal.

— En effet.

— Et la police n'a pas réussi à rassembler d'autres éléments qui le lient à l'enlèvement. Je ne suis pas la police. Je peux trouver ces preuves. Je peux vous fournir tout ce dont vous avez besoin pour jeter le kidnappeur de Maya en prison.

Son assurance était rafraîchissante et ce, d'autant plus qu'elle ne s'accompagnait d'aucune vantardise.

— Au moins, vous ne manquez pas de confiance en vous, observa-t-il.

— La fausse modestie ne sert à rien. J'ai été formée par le meilleur détective qui soit. C'est un fait.

— Il n'empêche, j'ai quand même besoin de savoir comment vous avez appris ça. Quelqu'un a dû faire l'erreur de vous laisser seule dans le bureau de Cal Slade. Vous avez fouillé dans ses dossiers, c'est ça ?

— Vous ne retrouverez mes empreintes nulle part.

— Vous ne niez pas, donc.

Elle retira sa casquette et ramena ses cheveux derrière ses oreilles.

— On se fiche de savoir comment j'ai obtenu cette information, Max. Je vous promets que je n'ai pas l'intention de la diffuser. Tout ce qui m'intéresse, c'est de découvrir s'il y a un lien entre Denton Crosby et l'agression de June Chapman.

— Que vous a dit l'inspecteur Slade ?

— Il ne sait pas que je suis au courant, pour Nadine Crosby.

— Vous lui avez donc caché des choses.

Elle poussa un soupir.

— Pourquoi tenez-vous absolument à me présenter sous un mauvais jour ?

— Vous ne m'avez donné aucune raison de vous faire confiance.

— Je vous ai quand même sauvé la vie.

Il opina à contrecœur.

— Appelez mon agence, proposa-t-elle en lui tendant son téléphone. Demandez Sam Cusack, c'est mon associé. Il répondra de moi.

— Je n'en doute pas. Mais cela prouvera juste que vous vous êtes mis d'accord sur ce que vous deviez dire.

— C'est la vérité, insista-t-elle.

— Et si June Chapman survit à ses blessures ? Est-ce qu'elle répondra de vous ?

L'espace d'un instant, Avery Bolt parut décontenancée.

— Si je vous disais que…

Elle s'interrompit et détourna les yeux.

— Je vous écoute. Me dire quoi ?

— Non, rien, répondit-elle en soupirant. Excusez-moi, je dois m'absenter un moment.

Elle se glissa hors du box.

— Vous avez l'intention de revenir ? lui demanda-t-il.

— Bien sûr que je vais revenir. On ne se débarrasse pas de moi comme ça.

Aux toilettes, Avery jeta un coup d'œil sous les portes pour vérifier qu'il n'y avait personne, avant d'appeler Sam Cusack. Elle lui avait déjà parlé au téléphone la veille, mais elle voulait s'assurer qu'il saurait quoi dire si quelqu'un décidait de le questionner.

— C'est un peu tard pour s'en inquiéter, fit-il remarquer. J'ai reçu un coup de fil ce matin d'un certain Cal Slade, inspecteur à Black Creek, en Floride. Je n'avais jamais entendu le nom de cette ville avant que tu m'en parles hier.

Avery agrippa anxieusement son portable.

— Qu'est-ce que tu lui as dit ?

— Ce que tu m'avais indiqué pour le cas où quelqu'un

appellerait. C'est toi qui as répondu à cette mystérieuse June Chapman et qui as accepté de travailler pour elle. Tu as tout organisé toute seule, y compris ce voyage pour aller la rencontrer en personne.

— Très bien, souffla-t-elle, soulagée. Tu devrais être tranquille.

— Comment ça, tranquille ? Que fais-tu en Floride, Avery ? Pourquoi un flic d'un patelin que j'ai à peine réussi à trouver sur la carte m'appelle-t-il pour me parler d'une cliente qui n'existe même pas ?

— Tu exagères, pour Black Creek. C'est quand même un chef-lieu de comté. Et si tu veux tout savoir, June Chapman existe. J'ai juste un peu maquillé la vérité à propos de notre rendez-vous. Mais ne te fais pas de souci, tout est sous contrôle.

— Bien sûr. C'est pour ça que tu m'as demandé de mentir à la police.

— Ce n'était pas tout à fait un mensonge.

— June Chapman t'a vraiment appelée ?

Elle poussa un soupir.

— Non.

— Tu as accepté de travailler pour elle ?

— J'aurais accepté, si elle avait appelé.

Sam eut un rire nerveux.

— Quelle partie de l'histoire que j'ai racontée à ce flic n'est pas un mensonge, alors ?

— Je suis bien à Black Creek en Floride pour une enquête.

— Quelle enquête ?

— Moins tu en sauras, mieux ce sera.

Elle imaginait très bien son associé reculant brusquement dans son fauteuil, les sourcils froncés.

— Je n'aime pas ça, Avery.

— Je sais, mais tu n'as pas de raison de t'inquiéter. Je t'expliquerai tout dès que je le pourrai. En attendant, je dois savoir si l'inspecteur Slade t'a cru.

— Bien sûr qu'il m'a cru ! s'exclama Sam d'un ton offensé. Tu as oublié à qui tu t'adresses ?

— Parfait. Tu vas peut-être recevoir un autre appel d'un procureur adjoint, Max Winter. Il faut lui dire exactement la même chose qu'à Slade. Pas d'improvisation, d'accord ? Ils se connaissent, ils pourraient comparer leurs notes.

— Je sais comment assurer une couverture. Je fais ça depuis bien plus longtemps que toi, ma grande.

— Oui, excuse-moi… Je ne voulais pas te vexer. C'est très important pour moi.

— Alors pourquoi refuses-tu de me raconter ce qui se passe ? Laisse-moi t'aider !

— Non, je dois régler ça toute seule.

Il resta silencieux un moment.

— J'ai bien conscience que la mort de Luther t'a durement touchée, finit-il par dire d'une voix douce. Ça a été un choc pour nous tous. Je sais aussi que, depuis, tu te poses beaucoup de questions. Mais tu n'es pas seule, Avery. Marie et moi serons toujours là pour toi.

Sa femme travaillait comme secrétaire à l'agence. Le couple connaissait Avery depuis qu'elle était toute petite, à l'époque où sa mère lui mettait de jolies robes pour l'emmener voir son père au travail. Les Cusack n'avaient jamais eu d'enfant, et Avery était un peu devenue leur fille de substitution.

Elle sentit les larmes lui monter aux yeux.

— Merci, Sam. Je ne sais pas ce que je ferais sans vous.

— Dans ce cas, sois franche avec nous. Marie se fait un sang d'encre. Tu arrives au bureau en annonçant que tu vas partir un moment – peut-être une semaine, peut-être un mois –, et que tu ne sais pas quand tu rentreras. Et quelques heures plus tard, tu n'es déjà plus là, sans avoir dit à personne où tu allais. Ça ne te ressemble pas de faire autant de secrets. Je ne peux pas m'empêcher de me demander…

Il baissa la voix.

— Ça n'aurait pas un rapport avec ce qui t'est arrivé quand tu étais petite ?

— S'il te plaît, n'insiste pas. Je te jure que je sais ce que je fais et que je vous expliquerai tout le moment venu.

— Qu'est-ce que je dis à Marie ?

— Que je l'aime. Je vous aime tous les deux.

— J'imagine que je vais devoir me contenter de ça pour l'instant, répondit-il d'une voix voilée par l'émotion. Mais si tu as besoin de quoi que ce soit, n'hésite pas à m'appeler, d'accord ? Un mot de toi et je saute dans l'avion. Sois prudente, Avery. J'ai l'impression que tu cherches à déterrer des choses que tu ferais mieux de laisser dans le passé.

Avery raccrocha et glissa le téléphone dans sa poche. Alors qu'elle se lavait les mains au lavabo, elle grimaça en croisant son reflet dans le miroir. Elle n'était pas encore habituée aux cheveux bruns et lisses, même s'ils correspondaient davantage à son tempérament que sa chevelure blonde et naturellement ondulée. Elle se pencha pour se regarder dans les yeux. *Qui es-tu ? Quelle est ton histoire ?*

N'en déplaise à Sam et à Marie, elle avait bien l'intention de trouver des réponses à ces questions, quel que soit le prix à payer. Elle allait peut-être tout perdre – son travail, ses économies, et même sa vie –, mais elle était prête à prendre ce risque. En revanche, ce n'était pas juste d'embarquer Sam dans l'aventure, de compromettre sa réputation en lui demandant de la couvrir. Elle trouverait un moyen de se racheter ; pour l'heure, elle avait une mission à accomplir. Un vieux mystère à résoudre.

Alors qu'elle sortait des toilettes, bien décidée à poursuivre son enquête, elle heurta un homme de plein fouet. Comme il l'attrapait par le bras pour la retenir, elle eut un brusque mouvement de recul et sentit les poils se dresser sur sa nuque.

À première vue, l'inconnu avait l'air d'un type normal : un peu plus de cinquante ans, ni grand ni petit, solidement charpenté. Mais en l'observant dans la faible lumière du couloir, Avery perçut une lueur dans ses yeux qui la fit frissonner. À cet instant, elle eut l'impression paralysante de regarder le diable en face.

Elle ne pouvait pas connaître cet homme. Plus de mille kilomètres séparaient Black Creek de Houston, alors comment aurait-elle pu le croiser ? À moins que…

Était-il possible qu'il s'agisse du mystérieux agresseur de June Chapman ? Son regard était si sombre, si intense, qu'elle dut détourner le sien.

— Il faut faire un peu attention, ma petite dame.

L'odeur de cigarette qui émanait de ses vêtements saturait l'espace confiné. Avery fit un pas de plus en arrière.

— Excusez-moi. Je ne vous avais pas vu.

— Est-ce qu'on se connaît ? demanda-t-il.

— C'est impossible.

— Vous avez l'air bien sûre de vous…

— Je ne suis pas d'ici. Je viens seulement d'arriver, expliqua-t-elle.

— Moi non plus, je ne suis pas d'ici. Enfin, plus maintenant. D'où venez-vous ?

— Excusez-moi, mais on m'attend.

Avery commença à le contourner ; il lui bloqua le passage.

— Minute, papillon ! Vous n'êtes pas obligée de me

parler sur ce ton. Je veux juste bavarder. Une jolie demoiselle comme vous, ça se remarque dans un coin comme ici.

Elle regarda derrière lui en espérant voir arriver quelqu'un – malheureusement, le couloir était désert.

— Monsieur, laissez-moi passer, s'il vous plaît.

— Vous m'avez bousculé, répliqua-t-il en appuyant une main contre le mur. Vous pourriez au moins me dire comment vous vous appelez.

Avery ne savait pas ce qui lui prenait. D'habitude, elle n'hésitait pas à se défendre, or il lui semblait impossible de détacher son regard de celui de l'inconnu, et encore plus de le repousser. Des gouttes de transpiration commençaient à perler sur son front.

Ressaisis-toi ! s'ordonna-t-elle. *C'est juste un gros lourd qui te drague.*

Elle releva le menton.

— Je vous ai demandé de vous écarter.

L'homme ne voulut pas l'écouter. Il tenta de la saisir par le bras, mais avant qu'il ait eu le temps de comprendre ce qui lui arrivait, elle l'attrapa à deux mains par le col du T-shirt et le plaqua violemment contre le mur.

— Hé, ça va pas ! protesta-t-il, stupéfait.

Avery pressa l'avant-bras contre sa trachée.

— Ne posez plus jamais vos sales pattes sur moi !

— C'est bon, j'ai compris.

Comme elle le relâchait, il se massa la gorge en poussant un juron.

— C'est quoi, votre problème ? marmonna-t-il.

— Approchez-vous encore de moi et vous le saurez vite.

Avery s'éloigna d'un pas furieux. Parvenue au bout du couloir, elle se retourna. L'homme n'avait pas bougé. Tandis que leurs regards se croisaient, un sourire mauvais éclaira son visage, et il porta un index à ses lèvres.

8

— Ça va ? s'enquit Max.

Avery s'était assise en face de lui et triturait sa serviette en papier.

— Oui. Pourquoi ça n'irait pas ?

— Je ne sais pas… Vous semblez un peu pâle.

— J'ai bousculé quelqu'un en sortant des toilettes. Je ne regardais pas où j'allais, et il en a fait tout un plat.

Max fronça les sourcils.

— Qu'est-ce qu'il vous a dit ?

— Ça n'a pas d'importance. C'était un abruti, voilà tout.

— Ça a de l'importance, vu comme ça vous a perturbée, insista Max. Où est-il ? Montrez-le-moi.

Elle leva les yeux au ciel.

— Non, je ne vais pas vous le montrer. D'abord, je ne le vois pas, et je n'ai pas besoin qu'un chevalier vole à mon secours.

— OK.

— Désolée… Je crois que ce type m'a vraiment déstabilisée.

— Vous n'avez pas à vous excuser. Et, soit dit en passant, je sais que vous n'avez pas besoin de mon aide. Je vous ai vue en action, vous vous rappelez ? Vous avez l'air d'être tombée sur un sacré numéro.

— Oublions ce type, d'accord ? Avec un peu de

chance, il est sorti par l'arrière du restaurant et on n'aura plus jamais affaire à lui. Je ne sais pas vous, mais moi, je meurs de faim.

Elle leva la main pour appeler une serveuse, qui s'approcha avec une carafe d'eau.

— Merci, Reggie, dit Max lorsque celle-ci eut fini de remplir leurs verres.

— Y a pas de quoi. Vous avez choisi, ou vous voulez que je vous laisse encore un peu de temps ? On sert le menu du jour jusqu'à 16 heures, sinon vous pouvez prendre à la carte.

Avery resta sans voix. Son cœur s'était soudain mis à battre plus vite. *Reggie ? Reggie Lamb, la mère de la fillette disparue ?*

C'était cette femme que June Chapman avait accusée d'avoir tué sa propre fille et de l'avoir enterrée dans les bois. Et dire que, vingt-huit ans plus tard, elle travaillait toujours dans cette petite ville !

La vie ne lui avait pas fait de cadeaux. Cela se voyait à son expression hagarde. Ses cheveux, qui avaient dû être blonds, avaient tourné au gris sale, et des rides profondes marquaient sa peau tannée. Petite et maigre, elle dégageait toutefois une grande force de caractère, et son regard était doux malgré tout ce qu'elle avait enduré.

— Avery ? Vous voulez étudier la carte ?

La voix de Max la ramena brusquement à l'instant présent. Se rendant compte qu'elle n'avait pas cessé de dévisager Reggie Lamb, elle détourna les yeux, gênée.

— Euh, oui, pourquoi pas ? Je vous laisse commander en premier.

— Je prendrai un burger cuit à point et des frites.

Avery fit mine de lire le menu, mais elle était incapable de se concentrer. D'abord, elle croisait ce type menaçant dans le couloir des toilettes, puis elle se retrouvait face à Reggie Lamb… Cela faisait beaucoup d'émotions en peu de temps. Sans parler de Max Winter qui avait fait son apparition dans le restaurant alors qu'elle venait à peine de s'y installer… Il ne pouvait pas avoir deviné qu'elle serait là. Avait-elle inconsciemment choisi un établissement proche du tribunal dans l'espoir de le rencontrer ?

Il était incroyablement séduisant avec ses cheveux ondulés et ses yeux bruns. Et que dire de sa bouche sensuelle, de ses pommettes ciselées ? Pendant toute sa vie d'adulte, Avery avait évité les hommes comme lui, tellement beaux qu'ils en devenaient intimidants. Mais c'était sa sagacité qui l'inquiétait le plus. Chaque fois qu'il la regardait dans les yeux, elle avait l'impression qu'il voyait au-delà des mensonges et des demi-vérités, et qu'il la jugeait par conséquent indigne de confiance. En l'occurrence, il avait raison. Pourquoi était-elle si sensible à son opinion ?

— Vous avez besoin de réfléchir encore, mademoiselle ? lui demanda Reggie avec son accent campagnard prononcé.

— Non, en fait je vais prendre comme Max, répondit-elle en reposant la carte.

— Deux burgers et deux frites. Très bien.

En se retournant, Reggie fit tomber son stylo. Avery le ramassa et le lui tendit.

— Merci. Je n'arrive pas à m'habituer à ce truc, expliqua-t-elle en montrant le bandage compressif qui lui enserrait la main droite.

— Que vous est-il arrivé ? s'enquit Avery. Si ce n'est pas trop indiscret, bien sûr…

— J'ai eu un accident de voiture il y a quelques semaines.

— C'était assez grave, d'après ce que j'ai entendu dire, intervint Max. Je suis surpris que vous ayez repris le travail si vite.

— Les factures ne se paient pas toutes seules, répliqua Reggie d'un ton très prosaïque. Pour l'instant, je suis incapable de porter des plateaux, mais je peux toujours prendre les commandes et aider en cuisine.

Elle coinça le stylo derrière son oreille, à l'ancienne.

— Je vous apporte autre chose ?

— Ça ira pour moi, répondit Max, tandis qu'Avery déclinait elle aussi.

Ils la regardèrent partir.

— Voici donc la célèbre Reggie Lamb, murmura la jeune femme.

— Je doute qu'elle apprécierait cette description. Comment connaissez-vous son nom ?

— Je suis tombée dessus au cours de mes recherches. Il n'y a pas grand-chose sur Internet au sujet de June Chapman, à part une interview à laquelle elle a répondu quelques jours après la disparition de sa petite-fille. Elle a insinué que Reggie avait tué son enfant.

— J'ai vu cette vidéo. Ça laisse pantois.

— Je ne vous le fais pas dire ! Ses accusations étaient-elles fondées ?

— Une boîte a été déterrée dans la forêt, derrière chez Reggie. On y a retrouvé une poupée et l'ADN de Maya. Reggie avait mauvaise réputation à l'époque, les gens étaient donc tout disposés à la soupçonner.

— Quel genre de réputation ?

— Elle aimait faire la fête, apparemment. Elle n'avait pas de très bonnes fréquentations.

Il regarda par la baie vitrée, les sourcils froncés.

— Il faut comprendre l'atmosphère qui régnait ici après la disparition de Maya. Les gens ne voulaient pas croire que la même chose pouvait arriver à leurs propres enfants ; ils ont vite cherché un coupable pour exorciser leurs peurs. Reggie était la cible idéale. Elle est devenue leur bouc émissaire.

— C'est tellement injuste !

— C'est humain. Un kidnapping est toujours terrible, mais quand ça arrive dans une petite ville comme Black Creek, où tout le monde se connaît, on n'a pas envie de penser que son voisin ou quelqu'un avec qui on a grandi pourrait être un pédophile. C'est plus facile de se dire qu'une jeune mère un peu paumée a commis une négligence et a tenté de couvrir son crime.

Il pianota distraitement sur la table, le regard perdu au loin.

— La disparition de Maya a profondément changé cette ville. Plus rien n'a été pareil, après.

— Vous connaissiez sa famille ?

Avery sentit un petit frémissement au creux de son ventre lorsque Max reporta son attention sur elle.

— Pas vraiment, répondit-il. La maison où j'ai grandi se trouve juste en face de celle de June Chapman, mais je n'y ai vu Maya qu'une seule fois. D'après ce que j'ai compris, c'était exceptionnel. June ne voulait pas entendre parler de ses petites-filles.

— Pourquoi ?

— C'est une longue histoire, qui remonte à la mort de son fils.

— Comment était-elle ?

— June ? Elle a toujours été un peu excentrique.

— Non, je parle de Maya.

Il haussa les épaules.

— J'avais cinq ans à l'époque où elle a été kidnappée. Je ne suis pas sûr d'avoir des choses très intéressantes à dire.

Avery se pencha vers lui, avide du moindre détail qu'il pourrait lui fournir.

— Après tout ce temps, vous vous souvenez encore de l'avoir vue, c'est bien qu'elle vous a fait de l'effet.

— Non, je m'en souviens parce que je revenais de l'enterrement de ma mère.

— Je suis désolée. Perdre un parent est difficile à tout âge, mais à cinq ans… J'imagine à quel point vous avez dû vous sentir seul et bouleversé.

Il la dévisagea pensivement.

— J'ai l'impression que vous parlez en connaissance de cause.

— Ma mère est morte quand j'étais au lycée, et mon père est décédé l'an dernier. Ça a été très soudain. Il s'est couché un soir et ne s'est jamais réveillé. Encore parfois, je n'arrive pas à me dire qu'il n'est plus là. Mais dès que j'entre dans son bureau vide, son absence est bien trop réelle.

— Je suis navré.

— On était très proches, confia-t-elle d'une voix mal assurée. Toujours là l'un pour l'autre, quoi qu'il arrive.

— Vous travailliez ensemble ?

— Oui, depuis mes années de lycée. C'est lui qui m'a tout appris du métier. Il ne se passe pas un jour sans qu'il me manque.

— Comme vous l'avez dit, c'est dur à tout âge de perdre un parent, mais ça l'est encore plus quand on ne s'y attend pas.

— Vous aussi, vous avez l'air de savoir de quoi vous parlez.

— C'était il y a longtemps, mais mon père est mort de façon brutale également.

Avery repensa à la photo des funérailles du juge Winter et au regard noir que le jeune Max lançait à la veuve du défunt.

— Vous étiez proches ? s'enquit-elle.

— Non. On ne se comprenait pas. C'est pour ça que j'ai passé presque deux ans en internat, expliqua-t-il avec un sourire sans joie. Ça a demandé beaucoup de temps et de patience à ma belle-mère, mais on s'entend bien, maintenant. Je crois que mon père serait content. Je ne leur ai pas fait de cadeaux, quand Gail et lui ont commencé à se fréquenter.

— Gail ?

— Le Dr Gail Mosier. Ne me dites pas que vous l'avez déjà rencontrée, elle aussi ?

— Non, je ne crois pas. Je n'ai parlé qu'avec deux personnes depuis mon arrivée : vous et l'inspecteur Slade.

Et June, bien sûr, mais Avery se garda bien de l'évoquer.

Distraitement, elle passa l'index sur la condensation qui s'était formée à l'extérieur de son verre, tout en se demandant comment leurs échanges avaient pu prendre un tour si personnel. Ce n'était pas pour rien qu'elle restait sur ses gardes, d'habitude : on ne pouvait pas faire confiance aux gens. Rien ne lui permettait de croire que Max Winter était différent. Pourtant, malgré son physique de rêve, il se révélait être un interlocuteur agréable, discret et capable d'empathie. Raison de plus pour s'en méfier…

— On s'est un peu écartés de notre sujet, fit-elle remarquer. Vous me parliez du jour où vous avez vu Maya Lamb chez sa grand-mère.

— Il n'y a pas grand-chose à dire. Elle et sa sœur portaient de jolies robes assorties. Cela m'a marqué, parce qu'on était en semaine. Je me suis demandé où elles allaient habillées comme ça.

Il marqua une pause.

— Je me souviens d'une chose à propos de Maya : elle m'a donné l'impression d'avoir peur de sa grand-mère.

— Comment ça, peur ?

— Elle se sentait intimidée, en tout cas. Mais je la comprends : June Chapman est une femme redoutable.

— Et Thea, comment était-elle ?

Max sourit.

— Elle ne mâchait pas ses mots, quand elle avait quatre ans. Elle est devenue plus réservée en grandissant, mais ce jour-là, j'ai fait l'erreur de dire qu'elle et Maya ne se ressemblaient pas, et elle m'est tombée dessus à bras raccourcis.

— Comment avez-vous réagi ?

— Je n'ai rien dit. Je crois que j'étais très impressionné par ces deux filles. Je me rappelle que Maya a pris ma défense. Elle a dit que je n'étais pas débile.

— C'était audacieux de sa part.

Max se mit à rire.

— Oui, j'ai apprécié son optimisme.

— J'ai vu une photo récente de Thea. Elle travaille au FBI, c'est bien ça ? Elle est revenue à Black Creek quand une autre enfant a été kidnappée chez Reggie. D'après l'article que j'ai lu, les similarités entre les deux enlèvements étaient assez troublantes.

— Troublantes, non. Tout était calculé, corrigea Max. Je n'ai pas le droit d'entrer dans les détails car l'affaire est en instance, mais je peux au moins vous dire que l'agente Lamb a très certainement sauvé la vie de cette fillette. Elle a eu une attitude héroïque.

Avery ne put s'empêcher de se demander s'il n'était pas encore un peu amoureux de la courageuse Thea Lamb…

— Vous pensez qu'elle a intégré le FBI à cause de la disparition de sa sœur ?

— J'en suis persuadé. Sa vie et celle de sa mère ont été bouleversées à jamais. Mais je suis surpris que vous en sachiez autant sur elles alors que June vous a contactée il y a seulement deux jours.

— Je vous l'ai dit, la recherche est une de mes spécialités.

Elle fut sauvée par un serveur qui venait leur apporter leurs assiettes. Reggie était occupée à nettoyer les tables à l'autre bout de la salle. Max attaqua son burger à pleines dents, tout en regardant d'un air amusé Avery qui découpait le sien au couteau et à la fourchette.

— Vous m'avez dit que Reggie faisait une cible facile à cause de sa réputation, reprit-elle au bout d'un moment. Et vous, est-ce que vous vous êtes déjà demandé si elle avait pu être responsable de la disparition de Maya ? Pensez-vous qu'elle ait pu être capable de tuer sa propre fille ?

Il posa son burger et prit le temps de s'essuyer les doigts dans sa serviette.

— J'imagine que vous voulez mon avis d'adulte.

— Oui, et de procureur.

— Je vous mentirais si je vous disais que l'idée ne m'a jamais traversé l'esprit, répondit-il après avoir bu une gorgée d'eau. Tout le monde à Black Creek a dû se poser la question à un moment ou à un autre. La façon dont Maya a disparu était quand même étrange.

— Qu'est-ce qu'il y avait d'étrange ? Cela arrive régulièrement que des enfants soient enlevés.

— Oui, mais Maya l'a été en plein milieu d'une fête. Des dizaines de personnes se trouvaient sur place cette nuit-là. D'accord, la plupart étaient sans doute complètement soûles, mais le coupable a quand même pris d'énormes risques en kidnappant la fillette avec tout ce monde autour.

— Moi, ça ne m'étonne pas, dit Avery. Au contraire, le bruit et la confusion lui fournissaient une bonne couverture.

— N'importe qui aurait pu entrer dans la chambre des jumelles pendant qu'il enlevait Maya, ou faire le tour de la maison alors qu'il repartait avec elle vers le bois. Le gars a vraiment eu de la chance.

Avery reposa ses couverts, oubliant son burger.

— Vous pensez qu'un des invités lui a indiqué quand la voie était libre ? Ou a fait diversion le temps qu'il reparte avec la fillette ?

— La police a toujours envisagé la présence d'un complice à l'intérieur de la maison. Le petit ami de Reggie à l'époque était un pauvre type nommé Derrick Sway. Il a été interrogé plusieurs fois par les flics du coin et par les agents du FBI. C'était le suspect idéal : un voleur et un dealer au comportement violent.

— Pourquoi Nadine Crosby n'a-t-elle pas parlé de lui, dans ce cas ?

— Ça, je n'en sais rien. Elle a aussi prétendu qu'elle ne connaissait pas l'identité de la personne qui a financé l'opération. Il est possible que son frère ne lui ait pas tout dit pour la protéger.

— Ou parce qu'il ne lui faisait pas confiance. Existait-il un lien entre les Crosby et Derrick Sway ?

— Pas que je sache. Mais j'ai appris l'existence de Denton et de Nadine Crosby il y a seulement quelques semaines.

Il fronça les sourcils.

— À l'époque, mon père était ami avec le chef de la police. Jusqu'à ce qu'il prenne sa retraite, Will Kent a toujours cru que Derrick Sway était impliqué dans l'enlèvement, mais il n'a jamais pu le prouver.

— Will Kent, répéta Avery. Pourquoi est-ce que je connais ce nom ?

— Vous avez dû le croiser au cours de vos recherches, encore une fois. Son nom est resté associé à l'affaire même après que le FBI a pris les choses en main.

Non, c'était dans le jardin de Tom Fuqua qu'elle avait

entendu parler de lui… Will Kent était l'homme que le sénateur avait appelé après le départ du policier. *Avec un peu de chance, ils concluront au simple cambriolage. Il n'y a pas de raison de penser que cette histoire est liée à l'autre affaire, mais on a tous les deux intérêt à faire profil bas pendant un moment.*

D'après l'article qu'Avery avait déniché sur Internet, Tom Fuqua, Will Kent et Clayton Winter avaient servi ensemble pendant la guerre du Vietnam. Quel rapport avaient-ils avec June Chapman et cette mystérieuse « autre affaire » ? Il semblait peu probable que l'illustre trio ait participé à l'enlèvement de Maya Lamb, mais pour quelle autre raison Tom Fuqua se serait-il inquiété de l'intrusion chez la vieille dame ?

Avery décida de ne pas rapporter cette conversation à Max pour l'instant. Si son père avait quelque chose à voir avec le kidnapping, il se retrouverait au mieux en situation de conflit d'intérêts, au pire tenté d'étouffer l'affaire. Elle avait envie de croire qu'il était honnête, mais elle savait également à quel point les rapports entre police, justice et politique pouvaient être complexes et entremêlés dans une petite ville.

— Une chose est sûre, c'est que Denton Crosby reste libre, dit-elle. Et on ignore toujours qui l'a recruté.

— Pour l'instant, nuança Max.

Elle grignota une frite, tout en observant Reggie Lamb qui remplissait des salières et des poivrières au comptoir.

— On devrait l'informer des révélations de Nadine Crosby. Elle est en droit de savoir, fit-elle remarquer.

Max jeta un coup d'œil par-dessus son épaule.

— Elle le saura un jour, mais nous ne devons pas abattre nos cartes trop tôt. J'espère que vous tiendrez votre langue, sans quoi vous risquez de compromettre la condamnation de Crosby.

— Ne vous inquiétez pas, Max. Je n'ai pas l'intention de trahir votre secret. Mais j'aimerais vous demander quelque chose en retour.

Il releva brusquement la tête.

— Quoi donc ?

— Que l'on partage nos informations. Je vous livre tout ce que je réussis à dénicher, et vous me tenez au courant des avancées de l'enquête sur l'agression de June Chapman. Pas besoin d'un accord officiel. Personne n'est obligé de savoir.

— J'y réfléchirai.

Avery fut étonnée qu'il ne l'ait pas tout de suite envoyée paître.

— C'est tout ce que vous avez à m'offrir, après ce qu'on a vécu ensemble ? le taquina-t-elle.

— J'en ai bien peur.

— Je vais devoir m'en contenter, alors. En attendant, je vous donne un nom pour vous prouver que je joue franc-jeu : Paul Bozeman. Il tient un magasin d'antiquités en ville, et c'est un parent de June Chapman. Cela vaudrait peut-être le coup de vérifier s'il était présent à la fête de Reggie la nuit où Maya a disparu.

Max eut l'air stupéfait.

— Où avez-vous entendu ce nom ?

— Les gens parlent ; moi, j'écoute.

— Vous écoutez aux portes, oui.

Elle ne nia pas.

— Ils vous ont laissée combien de temps toute seule, au juste, dans ce poste de police ? demanda-t-il sans cacher son irritation.

— Suffisamment longtemps pour que certaines personnes

oublient que j'étais là. Après avoir fait ma déposition, je suis retournée à Crescent Hill. Une voisine de June a accepté de répondre à mes questions à condition que je l'aide à désherber un parterre de fleurs. Elle n'a pas eu d'états d'âme à faire trimer une inconnue !

Elle montra une ampoule sur son pouce.

— Après, elle m'a offert un verre de limonade et on a bavardé un long moment sous son porche. June Chapman et elle sont voisines depuis des décennies. Elle m'a dit que le mari de June venait d'une famille riche.

— Pas seulement riche, précisa Max. On parle d'une vieille fortune, héritée de génération en génération. Avec toutes les casseroles et les attentes associées à ce genre de milieu.

— Je ne vous apprends sans doute rien, du coup. Vous m'arrêterez si vous connaissez déjà l'histoire.

Il lui fit signe de poursuivre.

— Le mari de June s'appelait Robert Chapman. Il avait une petite sœur, Sarah, qui était une sorte de rebelle et qui a fini par tomber enceinte d'un garçon peu recommandable. Le père l'a chassée de la maison, puis il l'a carrément exclue de l'héritage. Il a tout légué à Robert, qui à son tour a tout laissé à sa veuve, June. Sarah a essayé par deux fois de contester le testament, mais elle a été déboutée. June n'a jamais vraiment compati au sort de sa belle-sœur, et les deux femmes sont devenues des ennemies jurées. À la mort de Sarah, son fils Paul et la fille de celui-ci, Sidney, ont continué d'alimenter le conflit avec June. Selon la voisine, les Bozeman tentent depuis quarante ans de récupérer l'argent qu'ils considèrent comme le leur.

— Cela explique sans doute pourquoi June est convaincue qu'ils lui ont volé des choses.

— Vous êtes au courant ? Mme Carmichael, la voisine,

m'a confié qu'elle était certaine d'avoir vu un jour dans le magasin des Bozeman des chandeliers en argent qui avaient appartenu à June.

— Elle lui en a parlé ?

— Oui, mais apparemment June a refusé d'appeler la police, en expliquant qu'elle réglerait le problème à sa façon.

Avery jeta un coup d'œil autour d'elle pour vérifier que personne ne pouvait l'entendre.

— Dans ses aveux, Nadine Crosby a raconté que quelqu'un les avait payés pour kidnapper les jumelles, ajouta-t-elle en baissant la voix. Quand vous êtes arrivé, j'étais en train de m'interroger sur le mobile. Les fillettes étaient les seules héritières de June. Sarah et son fils Paul se sont peut-être dit qu'en se débarrassant d'elles, ils auraient plus de chances de récupérer l'héritage, au cas où June mourrait subitement. Ou, au moins, d'obtenir des indemnités devant un tribunal.

— C'est une théorie intéressante, répondit Max, mais il y a un souci : d'après Nadine, elle et ses complices ont chacun reçu une grosse somme d'argent en contrepartie de leurs services. Ça m'étonnerait que la famille Bozeman ait été suffisamment riche pour payer des kidnappeurs en liquide, même si le magasin tournait bien.

— Il leur suffisait de contracter un prêt. C'était risqué, bien sûr, mais il y avait des millions de dollars à récupérer. Quand le troisième kidnappeur a été assassiné et que Denton Crosby n'a pu enlever qu'une des deux fillettes, il est resté une héritière à June, Thea. Paul et sa fille en sont donc venus à voler la vieille dame, estimant que ces objets anciens leur étaient dus. La question, c'est pourquoi June les laisse faire. Par culpabilité ?

— Elle ne m'a jamais semblé du genre à être rongée par le remords, observa Max.

Avery frappa doucement la table de ses mains.

— Vous savez ce qu'on devrait faire ? On devrait aller discuter avec Paul Bozeman pour savoir où il était la nuit de l'enlèvement.

— Parce que vous croyez qu'il nous le dira ?

— Vous êtes procureur. C'est votre boulot d'obtenir la vérité, non ?

— Vous avez l'air de penser que mon travail est interchangeable avec celui d'un policier.

— C'est drôle, vous aviez l'air de penser la même chose hier soir, rétorqua-t-elle.

— D'accord. Mais en dehors de cette erreur de jugement, je n'ai pas l'habitude d'aller interroger prématurément les témoins potentiels. Si vous avez un peu de jugeote, vous vous retiendrez de vous immiscer dans une enquête de police.

— Et si les enquêteurs ne l'interrogent pas ? Black Creek est une petite ville, les effectifs sont limités. Combien de temps et quelle attention la police peut-elle se permettre de consacrer à chaque affaire ? Cal Slade est peut-être un bon inspecteur, mais il est seul.

— C'est vrai qu'il m'a quasiment dit la même chose, ce matin.

— Vous voyez ? On lui rendrait service.

— Ça, c'est un argument qui me plaît…

Elle lui lança un regard en coin.

— Vous en avez envie, je le vois dans vos yeux. Ça vous démange de passer à l'action.

— Vous voyez peut-être seulement ce que vous avez envie de voir, répondit-il, imperturbable.

— Ou peut-être que je vois plus que ce que vous voulez bien me montrer. En tout cas, je suis sûre d'une chose.

Elle désigna la cravate en boule à côté de lui.

— Vous aviez hâte de vous débarrasser de cette camisole.

Comme il ne répondait pas, elle poursuivit :

— N'êtes-vous pas au moins un peu excité à l'idée de découvrir quelque chose de nouveau, de différent ?

— Quelque chose, ou quelqu'un ?

— Les deux. Alors, vous en êtes ?

Il s'adossa à la banquette, une lueur énigmatique dans le regard.

— Je n'ai pas encore décidé.

9

Alors qu'il roulait dans le centre-ville de Black Creek à la recherche de Bozeman Antiquités, Max tenta de se convaincre qu'il ne trahissait pas Avery Bolt en allant rencontrer l'antiquaire sans elle. Après tout, il ne lui avait rien promis et, à bien y réfléchir, l'idée de faire équipe avec une femme qu'il connaissait à peine et en qui il n'avait pas vraiment confiance lui semblait très mauvaise. Il n'osait pas imaginer le genre d'ennuis qu'elle était susceptible de lui causer.

Pourtant… il fallait reconnaître qu'elle l'avait intrigué, avec sa théorie selon laquelle Paul Bozeman et sa mère auraient pu financer l'enlèvement de Maya. Il était d'ailleurs surpris qu'elle en soit venue à cette conclusion aussi vite, alors qu'elle ne connaissait l'histoire familiale de June Chapman que depuis le matin… C'était ce qu'elle prétendait, du moins. Elle pouvait très bien avoir commencé ses recherches longtemps avant d'arriver à Black Creek. Elle pouvait très bien nourrir de tout autres intentions que celle de protéger la vieille dame.

Tandis qu'il avançait au ralenti dans la circulation chargée, il ressortit la carte professionnelle d'Avery Bolt et composa le numéro de son agence à Houston. Il tomba directement sur le répondeur et laissa un message pour Sam Cusack.

Max n'avait pas l'intention d'empiéter sur le travail des policiers, mais Cal n'avait pas eu l'air d'attacher beaucoup d'importance aux liens de parenté entre les Bozeman et June Chapman. L'inspecteur avait estimé que leur implication dans l'agression de cette dernière était peu probable, tout en déplorant que les ressources de son service soient aussi limitées. Il avait même demandé à Max d'aller s'entretenir avec Will Kent à sa place. En l'absence de Nash Boden, Cal avait été nommé chef de police par intérim, et le dossier Chapman était loin d'être le seul qu'il avait à gérer. Peut-être Avery avait-elle raison : peut-être Max rendrait-il service à son ami en enquêtant de son côté.

Ça, c'est un argument qui me plaît.

Il y avait un autre point sur lequel Avery avait sans doute vu juste : Max avait envie d'action, peu importe le risque. Ou à cause du risque, justement. Rien ne lui semblait moins séduisant à cet instant que de rester enfermé dans son bureau.

Il fit le tour du pâté de maisons en jetant un coup d'œil de temps en temps dans le rétroviseur intérieur. Depuis qu'il s'était engagé dans la grand-rue, un SUV gris métallisé était resté à deux voitures derrière lui. Qui d'autre qu'Avery Bolt pouvait le suivre ? Elle avait dû guetter sa sortie du tribunal, comme elle avait surveillé la maison de June Chapman ce matin jusqu'à ce que Cal s'en aille.

Max s'en voulut de ne pas avoir été plus attentif. Mais après s'être séparé de la jeune femme, il avait aussitôt pensé à la montagne de dossiers qui l'attendaient au bureau, et il s'était préparé mentalement à travailler jusqu'au soir, comme à son habitude. Arrivé au premier étage du tribunal, cependant, il avait brusquement fait demi-tour pour ressortir du côté du parking. Depuis sa voiture, il avait appelé sa secrétaire afin d'annuler son rendez-vous de l'après-midi. Elle avait accepté son excuse vaseuse sans poser de question. Rien d'étonnant à cela : il n'avait jamais annulé de rendez-vous sans raison valable, n'avait jamais raté de réunion, n'avait jamais été malade, n'était jamais parti plus tôt du bureau. À l'âge vénérable de trente-trois ans, il était devenu ce qu'il avait jadis méprisé le plus : un bureaucrate qui ne vivait que pour son travail.

Comme il se garait le long du trottoir, le SUV gris passa devant lui et tourna dans la rue suivante. Max était certain qu'on l'avait suivi, et l'idée le troublait plus qu'il ne voulait l'admettre. Lui qui d'ordinaire savait plutôt bien juger les gens n'arrivait pas à cerner Avery Bolt. Était-elle vraiment du bon côté ?

Une fois de plus, il s'interrogea sur le bien-fondé de sa décision, mais il balaya très vite ses hésitations et descendit de voiture. Après avoir traversé la rue, il feignit de regarder les vitrines jusqu'à ce qu'il atteigne celle de Bozeman Antiquités. Flanqué d'une boutique de vêtements rétro d'un côté et d'une galerie d'art de l'autre, le magasin était situé dans le secteur branché du centre-ville, où Max ne s'était pas aventuré depuis une éternité. Ces dernières années, le quartier attirait de plus en plus de touristes, si bien qu'y circuler le week-end était devenu un vrai cauchemar. Voilà pourquoi Bozeman Antiquités avait échappé à son attention.

Il prit le temps d'admirer l'enseigne gravée de lettres dorées et les vieilles lampes à huile joliment exposées derrière la vitrine. Une petite cloche tinta lorsqu'il poussa la porte. Comme il s'y attendait à cette heure de la journée, la boutique était déserte.

Les petits objets de collection étaient présentés dans un long comptoir vitré : bijoux de turquoise, piluliers en argent, miroirs à main dorés… Les pièces plus volumineuses, telles que les chandeliers et les vases en cristal, étaient disposées derrière sur des étagères. Au-delà d'une large voûte, on apercevait un bric-à-brac de meubles et de tapis enroulés et, tout au fond, une double porte qui devait mener à la réserve.

Alors qu'il affectait de s'intéresser aux articles pour jeter un coup d'œil dans la rue, Max vit Avery sur le trottoir opposé, près de sa voiture. Malgré la casquette et les lunettes de soleil qu'elle portait, il reconnut tout de suite sa mince silhouette et son maintien assuré – épaules rejetées en arrière, posture impeccable. Il n'avait jamais rencontré de femme comme elle. Presque arrogante parfois, mais qui s'était laissé déstabiliser par un pauvre type dans un couloir mal éclairé…

Que diable faisait-elle ici ?

Elle traversa la rue et passa devant le magasin sans lui accorder un seul regard. Tandis qu'il se penchait pour la suivre des yeux, quelqu'un toussota discrètement dans son dos.

Un homme s'était matérialisé derrière le comptoir. Max avait dû l'interrompre en plein travail physique, car sa chemise de coton lui collait à la peau et son front dégarni était trempé de sueur. Il sortit un mouchoir blanc de sa poche et s'essuya vigoureusement le visage.

— Excusez-moi, je ne vous avais pas entendu entrer. La sonnette de la réserve doit être cassée.

— Ce n'est rien, lui assura Max. Je viens à peine d'arriver.

Il s'aperçut avec étonnement que les avant-bras du commerçant étaient couverts de tatouages figurant un entrelacs compliqué de vignes et de roses. Max aussi en avait quelques-uns, glanés au fil de sa jeunesse rebelle, mais ils étaient plus discrets – et moins bien faits, pour être honnête. Il avait pris grand soin de ne jamais les dévoiler à son père, craignant son mépris plus encore que sa colère ou sa déception. Cela n'avait pas empêché Clayton Winter de l'envoyer en internat.

L'antiquaire dut mal interpréter son regard, car il redescendit bien vite les manches de sa chemise.

— Je suis désolé de vous accueillir dans cet état, mais on vient de recevoir une grosse livraison, et le garçon qui nous aide d'habitude à décharger n'est pas venu aujourd'hui, expliqua-t-il. On se croirait dans un four, derrière.

— J'imagine. Il fait plus de trente degrés dehors.

— Malheureusement, en tant que propriétaire, je ne peux pas me permettre de me faire porter pâle, quelle que soit la météo.

— Il faut bien que quelqu'un tienne le navire, renchérit Max.

— Exactement.

L'homme lui adressa un sourire chaleureux.

— Je suis Paul Bozeman. Que puis-je pour vous ?

— En fait, je suis entré ici un peu par hasard… J'espère que ça ne pose pas de problème. D'après ce que j'ai compris, certaines boutiques du quartier n'acceptent les clients que sur rendez-vous en dehors du week-end.

— Ce n'est pas notre cas, répondit Bozeman. On est ouverts toute la journée du mardi au samedi, et les clients sont libres de déambuler dans le magasin comme ils le veulent. Avec quelques restrictions, bien sûr : les enfants ne sont acceptés que sous la surveillance d'un adulte, et il est interdit de manger ou de boire à l'intérieur. La plupart des pièces exposées sont uniques et irremplaçables.

— Je comprends.

Max fit mine d'examiner une bague en ambre à travers la vitre du comptoir, tout en observant Bozeman à la dérobée. Grand et maigre, il avait une petite cinquantaine d'années, et ses tempes grisonnantes lui conféraient sans doute une certaine classe en temps normal. À cet instant, il semblait surtout fatigué et accablé par la chaleur.

Sans un mot, il sortit le bijou et le déposa sur un carré de feutre devant Max. Puis il attrapa un chiffon sous le comptoir et essuya consciencieusement la vitre.

Était-il l'homme qui avait tiré deux fois sur June Chapman cette nuit, et qui avait failli abattre Max alors qu'il gisait au bas de l'escalier ? Avant qu'Avery assomme son agresseur, Max avait juste eu le temps d'apercevoir ses yeux brillants à travers sa cagoule.

— Elle est magnifique, dit-il en se forçant à se concentrer sur la bague. Je n'en ai jamais vu de semblable.

— C'est de l'ambre baltique serti sur un anneau d'or à 18 carats. Une pièce exceptionnelle.

Max la reposa sur le tapis de feutre.

— En fait, je ne cherche pas particulièrement un bijou. Peut-être quelque chose d'un peu moins personnel.

Il regarda autour de lui.

— Le moins qu'on puisse dire, c'est qu'il y a le choix... J'ai vécu à Black Creek presque toute ma vie, mais je crois que c'est la première fois que je mets les pieds ici.

— Ça ne m'étonne pas. J'avais deviné que vous n'étiez pas un collectionneur.

— En quelques minutes à peine ?

— Bien sûr, répondit Bozeman avec un petit sourire. Quand on fait ce métier, on apprend très tôt à distinguer le collectionneur passionné de l'acheteur occasionnel, et l'acheteur occasionnel du simple curieux. Ça fait gagner du temps à tout le monde.

— Eh bien, vous avez raison : je n'y connais rien en objets anciens. Je suis à la recherche d'un cadeau pour ma belle-mère. Elle aime beaucoup les vieilles choses comme celles que vous avez ici : elle dit que chaque pièce a son histoire.

— Elle a bien raison. S'agit-il d'une de nos habituées ?

— Je n'en ai aucune idée.

— Si je vous demande ça, c'est parce que cela pourrait m'aider à mieux vous conseiller.

Bozeman rangea son chiffon et recula d'un pas en continuant d'étudier Max d'un œil perçant.

— Si vous préférez choisir seul, c'est possible aussi, bien sûr, ajouta-t-il. N'hésitez pas à me poser des questions.

— Non, non, votre avis est le bienvenu. Gail est assez difficile.

Max montra les étagères derrière le commerçant.

— Je vois que vous avez des chandeliers en argent. Ça pourrait lui plaire.

— Vous recherchez une période ou un fabricant en particulier ?

— Non, pas vraiment. Je crois qu'elle apprécierait ce genre de chose, par exemple, dit-il en désignant une des pièces les plus élaborées.

Bozeman descendit précautionneusement le chandelier de l'étagère pour le poser devant Max. L'objet était bien trop tarabiscoté pour convenir aux goûts classiques de Gail, mais il n'aurait pas détonné chez June Chapman. Et peut-être venait-il justement de là…

— On est sur du rococo victorien de la fin du XIXe siècle, expliqua l'antiquaire. Ça présente bien, mais ce n'est pas si rare. Si votre belle-mère est très exigeante, elle préférera peut-être quelque chose d'un peu plus… prestigieux.

Comprenez : plus cher, songea Max.

— C'est pour quelle occasion, si je peux me permettre ?

— Aucune en particulier. J'ai juste envie de lui faire plaisir. Elle habite dans le quartier de la vieille dame qui s'est fait tirer dessus cette nuit. Vous devez être au courant, c'était à la une des journaux.

Une lueur de curiosité traversa le regard de Bozeman, aussitôt remplacée par une ombre de méfiance.

— Vous parlez de l'incident à Crescent Hill ? À la radio, ils ont dit que c'était sans doute un cambriolage qui avait mal tourné.

— Ma belle-mère vit dans la rue où ça s'est passé. Elle est choquée, comme vous pouvez l'imaginer. Tout le quartier est sens dessus dessous. C'est la première fois qu'il arrive une chose pareille à Crescent Hill.

— Est-ce que les policiers ont attrapé le coupable ?

— Je ne crois pas, mais ils doivent le rechercher activement. Avec un peu de chance, ils l'arrêteront bientôt.

— Il faut l'espérer, marmonna l'antiquaire.

— Évidemment, certains crimes ne sont jamais résolus, continua Max sur le ton de la conversation. Prenez l'enlèvement de cette petite fille… Cela fait près de trente ans, et ce n'est que maintenant que la police a du nouveau.

Bozeman releva brusquement la tête.

— Vous parlez de Maya Lamb ? Comment ça, du nouveau ?

— Ce n'est peut-être qu'une rumeur, mais il paraît que quelqu'un s'est présenté à la police avec de nouvelles informations.

— Après tout ce temps ? Pourquoi avoir attendu autant pour se faire connaître ?

Max perçut une pointe d'anxiété derrière l'attitude détachée de Bozeman. Il tenta de repérer d'autres signes révélateurs, un muscle qui tressaute, le pouls visible sur la carotide…

— Je ne sais pas s'ils l'ont précisé à la radio, mais la

victime d'hier est la grand-mère de Maya, dit-il. On peut se demander s'il n'y a pas un lien.

— Quel genre de lien ?

— Vous pourriez peut-être me le dire.

Max souleva le chandelier et fit semblant de chercher la signature du fabricant sous le pied.

— Qu'est-ce que vous insinuez ? s'enquit Bozeman d'un ton nettement plus froid.

— Vous avez des liens de parenté avec les deux victimes, non ?

Un long silence.

— Je ne sais pas de quoi vous parlez. Je n'ai aucun lien avec elles.

— Oh ! allons ! Le mari de June Chapman était le frère de votre mère. Cela fait de vous son neveu par alliance et le cousin issu de germain de Maya Lamb et de sa sœur, Thea.

D'un geste brusque, Bozeman rangea la bague sous le comptoir, avant d'arracher le chandelier des mains de Max.

— Qui êtes-vous ? Un journaliste ? Vous n'êtes pas du tout venu acheter un cadeau pour votre belle-mère, en tout cas. Qu'est-ce que vous voulez ?

— Je travaille pour le bureau du procureur, répondit Max en lui tendant sa carte. Mon nom est Max Winter. J'aimerais vous poser quelques questions.

— Vous vous adressez à la mauvaise personne. Je ne peux pas vous aider.

— Qu'en savez-vous ? Je ne vous ai même pas dit de quoi il s'agit.

— Peu importe. Je ne sais rien sur rien. Je suis un honnête commerçant, j'exerce dans cette rue depuis plus de vingt ans. Vous pouvez demander à mes associés et à mes clients : je travaille dur, je paie mes impôts, et je ne me mêle pas des affaires des autres.

— Je suis sûr que vous êtes un citoyen irréprochable, dit Max, tout en notant à quel point sa demande avait mis l'homme sur la défensive. Mais ça n'empêche pas que j'ai des questions à vous poser.

— Je vous ai dit que je ne pouvais pas vous aider !

— À votre place, je réfléchirais. Vous avez tout intérêt à vous montrer coopératif, monsieur Bozeman.

— Je serais heureux de coopérer si j'avais quelque chose à vous dire. Ce n'est pas le cas. Mais allez-y, je vous écoute. Faites vite, par contre, parce que j'ai du travail.

— Quand avez-vous parlé à June Chapman pour la dernière fois ?

Il haussa les épaules.

— On ne se parle pas. Je la connais à peine.

— Avez-vous communiqué avec elle depuis que vous et votre mère avez contesté le testament de son mari ?

Si la question le surprit, Bozeman n'en laissa rien paraître.

— C'est de l'histoire ancienne. On a perdu, on a encaissé le coup et on est passés à autre chose.

— Vous ne ressentez aucune animosité envers June Chapman, alors qu'elle a hérité d'une fortune que certains considéreraient comme vous revenant de droit ?

— Je ne l'apprécie pas, mais je ne lui veux aucun mal. Si c'est tout ce que…

— Où étiez-vous la nuit où Maya Lamb a disparu ? le coupa Max.

Cette fois-ci, l'antiquaire ne put cacher sa stupéfaction.

— C'est quoi, cette question ?

— Une question toute simple.

Il enfonça les mains dans ses poches et eut l'air de se faire violence pour garder son calme. Mais Max percevait quelque chose d'indéfinissable dans ses yeux, caché derrière la colère et l'indignation feinte. Quelque chose qui ressemblait à de la peur.

— Monsieur Bozeman, avez-vous l'intention de me répondre ?

— Comment voulez-vous que je me rappelle où j'étais il y a trente ans ?

— Vingt-huit, pour être précis. Presque tout le monde à Black Creek pourrait vous dire ce qu'il faisait la nuit où Maya Lamb a été kidnappée. Sa disparition a bouleversé la ville. Vous étiez un parent de la fillette, cela vous a forcément marqué.

— Pourquoi ? Je ne la connaissais pas.

Il se tut, prenant sans doute conscience que son commentaire manquait cruellement d'empathie. Comme pour échapper au regard scrutateur de Max, il lui tourna le dos et replaça le chandelier sur l'étagère avec un soin exagéré. Quand il lui fit de nouveau face, il semblait avoir repris – non sans mal – le contrôle de ses émotions.

— Ce qui est arrivé à cette gamine est terrible, mais je n'y suis pour rien, assura-t-il.

— Connaissiez-vous sa mère ?

— Black Creek est une petite ville, donc oui, je connaissais Reggie Lamb. Mais seulement de vue, pas personnellement. J'avais appris comment June l'avait traitée après la mort de Johnny. Je la plaignais, même si ça ne me surprenait pas.

— Étiez-vous à sa soirée la nuit où Maya a été enlevée ?

Une myriade d'émotions se succédèrent sur le visage de l'antiquaire. Il sembla partagé entre la nécessité de garder son sang-froid et l'envie d'envoyer son poing dans la figure de Max.

— Je viens de vous dire que je ne connaissais pas cette

femme. Pourquoi aurais-je participé à une fête organisée chez elle ?

— C'est non, alors ?

— Écoutez, monsieur…

— Winter.

— Je ne sais pas à quoi vous jouez, mais je suis à deux doigts d'appeler mon avocat. Et je vous préviens, c'est un vrai pitbull.

— Vous faites ce que vous voulez, répondit Max, imperturbable. J'essaie juste de déterminer qui était présent chez Reggie Lamb quand sa fille a disparu. Il existe une liste partielle dans le dossier, j'espère réussir à la compléter.

— Au bout de trente ans ?

— On ne sait jamais. Avec le temps, les gens éprouvent parfois le besoin de soulager leur conscience. Donc, juste pour être clair, vous dites que vous n'étiez pas chez Reggie Lamb le soir où sa fille a été kidnappée ?

Max crut entendre les rouages tourner dans la tête de Bozeman. Et si quelqu'un affirmait l'avoir vu à cette fête ? Valait-il mieux mentir, ou continuer de louvoyer au cas où il aurait besoin plus tard de modifier son histoire ? L'antiquaire choisit la deuxième solution.

— Je vous le répète : je ne me souviens plus où j'étais cette nuit-là. Ce que je sais, c'est que je n'ai pas kidnappé cette petite fille.

— Et la nuit dernière ? s'enquit Max. Vous vous rappelez où vous étiez entre minuit et 2 heures du matin ?

— Dans mon lit, comme la plupart des gens.

— Seul ?

— Oui, seul, même si je ne vois pas en quoi ça vous regarde.

— Quelqu'un peut-il l'attester ?

— Pourquoi aurais-je besoin d'un garant, alors que je n'ai rien fait de mal ?

Max réprima un soupir.

— Votre fille est-elle là ? demanda-t-il en regardant vers la réserve. J'aimerais lui parler.

— Non, elle n'est pas là.

— Quand pourrai-je la voir ?

— Sidney est partie pour la journée. Pourquoi voulez-vous lui parler, au juste ?

— J'ai quelques questions à lui poser. Savez-vous que June Chapman a raconté à des voisins que vous et votre fille veniez lui voler des objets de valeur en son absence ?

— Cette vieille bique raconte n'importe quoi, cracha Bozeman avec colère.

Elle ne le laissait donc pas aussi indifférent qu'il voulait bien le faire croire... Max observa une dernière fois les chandeliers, avant de pousser vers l'antiquaire sa carte professionnelle qui était restée sur le comptoir.

— Gardez mon numéro, au cas où la mémoire vous reviendrait.

— Je ne plaisantais pas quand j'ai dit que j'appellerais mon avocat, lui lança l'homme alors que Max se dirigeait vers la porte.

— Faites ce que vous avez à faire, monsieur Bozeman. Je vous recontacterai.

10

Dès que Max pénétra dans la boutique, Avery traversa la rue et longea l'étroite ruelle qui menait à l'arrière de Bozeman Antiquités. Encore marquée par sa mauvaise rencontre à la sortie des toilettes du restaurant, elle ne cessait de regarder par-dessus son épaule pour vérifier que personne ne la suivait. Quelle ironie ! songea-t-elle. L'experte en surveillance prise à son propre jeu…

Elle ignorait qui était cet homme et pourquoi sa simple présence lui avait inspiré un tel dégoût. Tout ce qu'elle savait, c'était qu'elle n'avait pas hâte de le recroiser, surtout dans un cul-de-sac. Le seul souvenir de sa main l'empoignant par le bras lui soulevait le cœur, lui donnait envie de s'enfuir en courant et d'aller s'enfermer chez elle à double tour. Voilà une réaction qui ne lui ressemblait pas… Avery n'était pas du genre à se laisser intimider, ni à succomber à des peurs irrationnelles. Elle n'avait jamais ressenti le besoin de se réfugier dans son cocon depuis l'époque où, petite fille, elle avait été tourmentée par ses cauchemars.

Jetant un dernier coup d'œil derrière elle, elle tourna au coin de la ruelle. Celle-ci débouchait sur un petit parking, qu'un mur en parpaings séparait des établissements donnant sur l'autre rue. À l'arrière du magasin d'antiquités, la porte métallique était ouverte. L'entrepôt semblait désert.

Avery fit le guet pendant quelques minutes, puis se faufila à l'intérieur.

Tout l'espace était envahi de meubles et d'objets anciens, disposés en rangées pour faciliter l'accès. Au fond, c'était le chaos : des cartons et des caisses en plastique s'empilaient jusqu'au plafond, et des dizaines d'articles, lampes, pièces de vaisselle et autres, attendaient sur des étagères d'être nettoyés ou réparés.

— Hé oh ! lança Avery. Il y a quelqu'un ?

Sa voix résonna dans la grande salle. Elle repensa à l'individu avec qui elle avait eu maille à partir un peu plus tôt, et au geste qu'il lui avait adressé pour lui intimer l'ordre de se taire. Une fois de plus, elle fut prise d'une envie irrépressible de fuir. *Calme-toi*, s'ordonna-t-elle. Luther l'avait mieux formée que cela.

Mais il lui avait aussi appris à écouter son instinct, et même si elle ne semblait pas courir de danger dans l'immédiat, tous ses sens étaient en alerte.

Alors qu'elle remontait lentement une des allées sans vraiment savoir ce qu'elle cherchait, elle entendit une porte claquer, puis une voix féminine retentit dans la réserve. Avery courut se cacher derrière une vieille armoire en acajou.

Une jeune femme vêtue d'un short en jean et d'un T-shirt délavé apparut en haut d'un escalier en bois qui desservait une galerie. Âgée d'une trentaine d'années, elle avait la peau bronzée et les mollets d'une coureuse. Elle semblait se disputer avec quelqu'un au téléphone. Un instant plus tard, la double porte menant à la boutique s'ouvrit à toute volée.

— Sidney, tu es là ? fit une voix d'homme.

— Je suis en haut, papa. Qu'est-ce qu'il y a ?

— Tu peux venir une minute ? Il faut qu'on parle.

La jeune femme raccrocha, glissa son portable dans

la poche arrière de son short et descendit rapidement les marches. Avery sortit de sa cachette pour s'avancer prudemment dans l'allée. Entre deux meubles, elle vit un type grand et maigre, le front dégarni, s'appuyer contre un bureau et s'essuyer le visage dans un mouchoir blanc. Elle aurait bien voulu l'imiter. Malgré les puissants ventilateurs qui tournaient au plafond, il faisait une chaleur étouffante dans le hangar. La sueur lui piquait les yeux et trempait son T-shirt, mais elle resta immobile, le regard rivé sur Paul Bozeman.

— Je viens de finir l'inventaire, annonça la jeune femme en s'approchant de lui. Qu'est-ce qui se passe ? On dirait que tu as vu un fantôme.

— Un type du bureau du procureur vient de passer. Un certain Max Winter.

— Max Winter ? répéta-t-elle, choquée. On ne parle que de lui aux infos, en ce moment. Apparemment, c'est un coriace qui ira loin. Qu'est-ce qu'il voulait ?

— Aussi incroyable que ça puisse paraître, me poser des questions sur la gamine qui a disparu.

Bozeman toussa dans son mouchoir et le rangea dans sa poche.

— Tu es sûr que ça va ? Tu es tout pâle.

— J'ai eu un peu chaud tout à l'heure. Ça ira mieux après une bonne nuit de sommeil, ne t'inquiète pas.

— Tu aurais dû me laisser décharger le camion. Je le savais.

— Je t'ai dit que ça irait mieux demain, répéta-t-il d'un ton brusque.

— OK, pas la peine de mordre ! Pourquoi Max Winter voulait-il te poser des questions sur cette fillette ?

Elle alla chercher une bouteille d'eau dans un petit réfrigérateur et la tendit à son père.

— Je croyais qu'ils avaient arrêté la coupable, reprit-elle. Et qu'est-ce que tu as à voir avec cette histoire, de toute façon ?

Bozeman but à grands traits.

— Je ne parle pas de Kylie Buchanan, qui a été kidnappée il y a quelques semaines, répondit-il en refermant le bouchon. Je parle de Maya.

— Maya Lamb ? Mais c'était il y a des années !

— Vingt-huit ans.

Un long silence se fit. Puis Sidney demanda, d'une voix plus douce :

— Qu'est-ce qui se passe, papa ?

— J'aimerais bien le savoir.

— Qu'a-t-il dit exactement ?

— Il a prétendu que quelqu'un avait apporté de nouvelles informations.

— Sur toi ?

— Sur le kidnapping, j'imagine. Il est resté très vague. Il voulait savoir où j'étais la nuit où Maya a été enlevée. Il m'a même demandé si j'avais participé à la soirée de Reggie Lamb.

À cet instant, le téléphone de la jeune femme se mit à sonner. Elle regarda l'écran, fronça les sourcils, éteignit l'appareil et le posa sur le bureau.

— Ça a l'air sérieux, papa. Qu'est-ce que tu lui as répondu ?

— Que je ne m'en souvenais plus.

Sidney s'assit sur une chaise en face de son père.

— Ne le prends pas mal, mais est-ce que tu crois vraiment que c'était la meilleure réponse à lui faire ?

— C'est la vérité.

— Papa… Tu as réellement oublié où tu étais la nuit où Maya Lamb a disparu ? Les gens en parlent encore !

— Et alors ?

— Et alors, ça veut dire qu'ils se rappellent ce qu'ils faisaient à ce moment-là.

Bozeman se leva d'un bond.

— Tu traites ton père de menteur ?

Elle haussa les épaules, nullement impressionnée par son accès de colère.

— J'essaie juste de comprendre ce qui se passe. Peu importe ce qui est arrivé cette nuit-là, je suis de ton côté. Je suis toujours de ton côté, tu le sais.

— Comment ça, « peu importe ce qui est arrivé » ?

— On est entre nous, papa, dit-elle en baissant la voix. Max Winter est parti, tu peux être honnête avec moi. Étais-tu à cette fête ?

— Je t'ai dit que je ne m'en souvenais plus.

Avery doutait de sa sincérité. De toute évidence, il cachait quelque chose. Et s'il avait été présent chez Reggie, ce fameux soir ? Et s'il avait servi de guetteur à Denton Crosby ?

Elle imaginait très bien la scène. Elle entendait presque la musique et les rires provenant de la fête et, plus près, la respiration des fillettes endormies. Elle voyait Bozeman, posté à un endroit d'où il pouvait surveiller leur fenêtre, donnant le signal voulu au moment opportun, puis attendant qu'une ombre traverse le jardin, grimpe dans la chambre et reparte chargée de son précieux fardeau, pour s'éclipser à son tour…

Bouleversée par cette vision, Avery se força à respirer lentement pour calmer les battements de son cœur. L'enquête allait-elle enfin être résolue, après des décennies d'impasse ?

La voix de Sidney Bozeman la tira de sa rêverie.

— Tu as entendu ce que j'ai dit, papa ?

— D'accord, répondit-il à contrecœur. Je suis peut-être

passé chez Reggie, mais je ne suis pas resté longtemps, et personne ne m'a vu. Personne qui s'en serait souvenu le lendemain, en tout cas.

— Pourquoi y es-tu allé ?

L'antiquaire s'appuya de nouveau contre le bureau, agrippant le bord de ses deux mains.

— Pas pour kidnapper Maya Lamb, si c'est ce que tu insinues.

— Je n'insinue rien du tout. Reggie n'était pas ton amie, n'est-ce pas ? Que faisais-tu chez elle ?

— Je ne sais pas. J'étais jeune, à l'époque, et j'étais sans doute curieux. Ses soirées étaient légendaires. Je voulais voir à quoi elles ressemblaient.

— Tu y es allé seul ?

— Oui.

Personne ne pouvait donc confirmer ses propos, songea Avery.

— À quoi tu penses ? demanda-t-il à sa fille.

— J'essaie de comprendre pourquoi tu as caché cette information à Max Winter.

— Sers-toi de ta cervelle, Sid. Je n'ai rien dit pendant toutes ces années, à quoi ça servirait d'avouer aujourd'hui que j'y étais ?

— Mais pourquoi tu n'as rien dit ?

— Personne ne m'a jamais rien demandé, et je ne voyais pas l'intérêt d'en parler. Je n'y suis resté que quelques minutes. J'ai vite compris que je n'étais pas à ma place. Je n'ai rien vu ni rien entendu qui aurait pu aider la police. Ta grand-mère était déjà malade, à l'époque. Les procès l'avaient épuisée physiquement et moralement. Après tout ce qui s'était passé avec June, je ne voulais pas que les flics viennent lui poser des questions qui risquaient de la contrarier.

— Tu vois, ça, ça tient la route ! C'est tout à fait compréhensible que tu aies voulu la protéger. Bon, réfléchissons un peu.

Elle se leva et commença à faire les cent pas. Avery en profita pour changer de position, étendre une jambe puis l'autre. Pendant quelques secondes, elle ferma les yeux, offrant son visage au léger courant d'air créé par les ventilateurs. Ayant toujours vécu à Houston, elle était habituée à la chaleur, mais elle commençait à se sentir claustrophobe au milieu de tous ces meubles.

— Selon Max Winter, il y a eu une avancée dans l'enquête sur l'enlèvement de Maya Lamb, dit Sidney en marchant jusqu'à la porte de l'entrepôt pour regarder dehors.

Bozeman attendit qu'elle revienne près de lui.

— C'est ce qu'il m'a fait comprendre, oui.

— Si ça se trouve, il bluffait. Ça m'étonnerait que quelqu'un ait apporté de nouvelles preuves après tout ce temps, ou qu'un témoin se soit subitement manifesté. En fait, il n'a rien.

— Tu ne peux pas le savoir. Le monde des antiquités est un milieu féroce. Je ne me suis pas fait que des amis au fil des ans. Un concurrent s'est peut-être mis en tête de propager des rumeurs pour essayer de me ruiner. Et puis ce Max Winter m'a paru très déterminé… Je ne lui fais pas confiance. Les gens comme lui sont prêts à tout pour se faire un nom.

— Malheureusement, tu as peut-être raison sur ce point.

La jeune femme retourna vers la porte, comme si elle ne pouvait pas tenir en place. Ou comme si elle attendait quelqu'un.

— Tu peux arrêter de bouger dans tous les sens ? demanda Bozeman d'un ton exaspéré. Tu me donnes mal à la tête.

— Excuse-moi.

Elle resta devant l'ouverture, à surveiller le parking.

— S'il a des ambitions politiques, Max Winter a tout intérêt à résoudre l'affaire Maya Lamb, souligna-t-elle. À supposer qu'il ait bluffé tout à l'heure, quelque chose a quand même dû le mettre sur ta piste. Tu as une idée de ce que ça pourrait être ?

— C'est évident, non ?

— June Chapman.

Ce nom sembla jeter un froid sur l'entrepôt. Paul Bozeman, soudain nerveux, regarda par-dessus son épaule comme s'il craignait que sa vieille ennemie se soit matérialisée derrière lui.

— Son agression a fait la une du journal, ce matin, dit Sidney.

Elle se détourna de la porte pour rejoindre son père.

— Pourquoi la police pense-t-elle que tu es mêlé à cette histoire ?

— Ça paraît assez clair. Nos familles se déchirent depuis des décennies.

— Plus depuis que mamie est morte.

Bozeman baissa la voix.

— Je t'en prie, Sid. Tu sais aussi bien que moi que ce n'est pas vrai.

Il y eut un lourd silence.

— Tu crois que June a dit quelque chose à la police ? s'enquit la jeune femme avec une pointe d'inquiétude. Si elle est toujours vivante, bien sûr. Le journaliste n'a donné aucun détail sur son état de santé.

— Bon sang, je déteste parler de cette femme, grommela l'antiquaire. Rien que d'entendre son nom, ça me file des boutons.

— Tu donnes l'impression qu'elle exerce un étrange pouvoir sur toi. Tu n'as pas à avoir peur d'elle, papa. June

Chapman n'est qu'une vieille avare qui s'est approprié ce qui ne lui appartenait pas, et quelqu'un le lui a enfin fait payer. Elle a de la chance qu'on ne s'en soit pas chargé avant.

Bozeman parut choqué.

— Pour l'amour du ciel, ne dis pas ce genre de choses trop fort !

— Détends-toi. Personne ne m'a entendue à part toi. Si c'est à cause de June Chapman que les autorités s'intéressent à nous, pourquoi Max Winter t'a-t-il questionné au sujet de Maya ?

— Il a l'air de penser qu'il y a un lien entre les deux affaires.

— Quel lien ? Et surtout, en quoi es-tu concerné ? Ils doivent avoir des éléments assez convaincants, pour qu'un procureur adjoint vienne te voir en personne.

Bozeman passa une main dans ses cheveux clairsemés.

— June a dit à ses voisins qu'on entrait chez elle quand elle n'y était pas, pour lui voler des choses.

— Elle a dit ça ? En nous impliquant tous les deux ?

— Tu n'y es pas retournée, Sid, j'espère ? Tu…

Il s'interrompit brusquement et fouilla l'entrepôt du regard.

— Qu'est-ce qu'il y a ? demanda sa fille.

— J'ai entendu un bruit.

Avery retint son souffle. Elle était certaine de n'avoir pas bougé, mais elle avait perçu elle aussi un léger grincement. Risquant un coup d'œil par-dessus son épaule, elle sursauta en découvrant quelqu'un derrière elle. Puis elle comprit qu'il ne s'agissait que de son reflet dans le miroir de la porte de l'armoire. Le courant d'air produit par les ventilateurs avait dû l'entrouvrir. De là où ils se tenaient, les Bozeman ne pouvaient pas voir Avery, mais s'ils s'avançaient dans l'allée…

— Je n'ai rien entendu, dit Sidney.

— Chut, écoute.

Le cœur battant, Avery regarda autour d'elle, à la recherche d'une meilleure cachette. Elle s'était déjà retrouvée dans des situations bien plus délicates. Que lui conseillerait Luther s'il était avec elle ? *La panique est ton pire ennemi. Garde ton sang-froid et laisse passer l'orage.*

— Tu deviens parano, marmonna Sidney. Ce type t'a vraiment chamboulé, ma parole.

— Ce n'est pas tous les jours qu'on vient m'interroger au sujet de l'enlèvement de Maya Lamb, lui fit remarquer son père. Tu es sûre qu'on est seuls ?

— Oui, j'en suis sûre. Le camion est parti il y a une heure et, depuis, j'ai fait plusieurs allers et retours dans la réserve. Je le saurais, s'il y avait quelqu'un.

— Bon. On en était où ?

— À June Chapman qui a raconté qu'on lui volait des choses.

— Tu me jures que tu n'as pas recommencé ?

— Quoi ? Bien sûr que non, je n'ai pas recommencé ! s'exclama-t-elle, sur la défensive. Je ne suis pas entrée chez elle depuis des années. Même si cette maison est légitimement la nôtre… Ne me regarde pas comme ça ! Je dis la vérité.

— On est entre nous, insista-t-il, faisant écho à ce qu'elle lui avait dit un peu plus tôt. Tu peux tout me raconter.

— De quoi tu m'accuses, au juste ?

Avery nota avec intérêt l'inversion des rôles. La relation entre le père et la fille semblait marquée par la méfiance.

— Je ne t'accuse de rien, assura-t-il. Je veux juste que tu sois honnête avec moi. Où étais-tu hier soir ? J'ai essayé de te joindre plusieurs fois, et tu ne m'as pas rappelé.

— Je suis sortie avec des amis et je suis rentrée tard. J'ai pensé que tu étais déjà couché, je n'ai pas voulu te réveiller.

— Est-ce que quelqu'un peut en témoigner ?

— Pourquoi ?

— Max Winter a demandé où tu étais. Il voulait savoir quand il pourrait te parler.

— Qu'est-ce que tu lui as dit ?

— Que tu étais partie pour la journée.

— Tu crois qu'il va revenir ?

— Je pense que c'est très probable, et qu'il faut se préparer au pire. Je ne sais pas quel genre d'information Winter a contre moi, mais la police risque de se pointer au magasin à tout moment avec un mandat de perquisition. Il faut que tu aies un alibi en béton pour la nuit dernière, et que tu t'assures qu'ils ne puissent rien trouver ici qui viendrait de chez June Chapman.

— Ne t'inquiète pas pour ça. Ils ne trouveront rien. Et j'étais réellement avec des amis hier soir.

— Très bien.

Bozeman semblait soulagé.

— Vraiment, papa, il faut que tu te détendes. Je comprends que ce soit un peu perturbant d'être dans le viseur de la police, mais il suffit d'attendre tranquillement que ça passe. Tu te souviens de ce que le médecin a dit ? Si tu ne veux pas faire une autre crise cardiaque, tu dois éviter les situations de stress. Il n'y a pas beaucoup de clients, aujourd'hui. Aucune loi ne nous interdit de fermer plus tôt. Rentre te reposer chez toi. Si Max Winter revient, je m'occuperai de lui.

C'est-à-dire ? se demanda Avery.

Le père et la fille discutèrent encore quelques minutes, puis Paul Bozeman retourna dans la boutique. Dès qu'elle fut seule, Sidney passa un appel sur son téléphone, tout en fouillant dans un des tiroirs du bureau.

— Salut, c'est moi, dit-elle. On a un problème. Un

procureur adjoint est venu fouiner au magasin tout à l'heure. Mon père est dans tous ses états.

Elle écouta un moment, avant de répondre :

— Oui, je sais, tu m'avais prévenue, bla bla bla, mais c'est trop tard maintenant. Il faut que tu viennes chercher les cartons au loft pour les transférer dans mon garde-meuble. Prends la camionnette. J'ai autre chose à te confier tant que tu seras là.

Une nouvelle pause.

— Oui, maintenant ! Je me fous que tu sois occupé. Ramène ta fraise tout de suite, ou j'appelle ta copine pour lui dire comment tu as occupé tes dimanches après-midi ces derniers temps.

Elle raccrocha et rangea l'appareil dans sa poche. Puis elle sortit un pistolet du tiroir, glissa un chargeur dans la crosse et coinça l'arme à l'arrière de son short, avant de rejoindre son père dans la boutique.

11

Avery attendit que la voie soit libre pour se diriger vers l'escalier. Elle avait bien l'intention de découvrir ce que renfermaient ces fameux cartons. Pour que Sidney Bozeman tienne tant à les faire disparaître avant l'arrivée éventuelle de la police, ils devaient sûrement contenir des objets compromettants.

Restait à savoir si ces derniers provenaient de chez June Chapman et, dans ce cas, s'ils avaient été dérobés avant ou après l'agression de la vieille dame. Avery n'avait qu'une certitude : le père et la fille cachaient – et *se* cachaient – quelque chose.

Il fallait faire vite. À tout moment, l'un ou l'autre pouvait revenir, et elle n'avait aucune raison d'être ici. Bien qu'elle ait réussi plus d'une fois à se tirer de mauvaises passes en inventant des excuses plus ou moins crédibles, le 9 mm coincé dans le short de Sidney Bozeman lui coupait toute envie de forcer le destin.

Le bois craqua sous ses pieds. Les marches étaient raides et dépourvues de rampe ; un seul faux pas et Avery finirait sur le sol de ciment avec une jambe ou la nuque brisée. Elle repensa à Max qui avait dégringolé un escalier similaire la nuit précédente. Malgré le choc, quand on lui avait tiré dessus, il avait eu la présence d'esprit de se rouler en boule pour protéger sa tête. Et alors qu'il gisait sur le dos au bas des marches, le tireur, plutôt que d'en profiter pour s'enfuir, s'était avancé vers lui. Avait-il reconnu Max ? Avait-il vraiment eu l'intention de le tuer ?

Elle se poserait ces questions plus tard. Pour l'heure, il fallait qu'elle se concentre sur sa mission.

Parvenue sur la galerie, où s'entassaient encore d'autres marchandises, elle se dirigea vers une porte qui se trouvait en face d'elle sur le palier, songeant qu'il était peu probable que des articles volés soient exposés au grand jour. Elle colla son oreille au battant ; ne percevant aucun bruit, elle tourna la poignée, et la porte s'ouvrit.

La première chose qu'elle nota en franchissant le seuil, ce fut la fraîcheur qui tombait sur son visage et ses bras. Après la fournaise de l'entrepôt, l'air climatisé offrait un répit bienvenu. Autre surprise : elle s'attendait à découvrir une simple pièce de rangement, mais c'est un loft luxueusement meublé qui se présentait à ses yeux. Celui de Sidney, sans doute, puisqu'elle l'avait vue en émerger un peu plus tôt.

Le soleil entrait à flots par une grande fenêtre donnant sur le toit d'un commerce voisin. Avery alla jeter un coup d'œil dehors. Juste en dessous passait la ruelle par laquelle elle avait accédé à l'arrière du magasin. À droite, tout au bout, elle apercevait la grand-rue et sa circulation dense. À gauche, le mur en parpaings, avec une benne à ordures posée devant.

Si la vue laissait à désirer, l'appartement en lui-même était impressionnant. Un canapé et deux fauteuils entouraient une table basse, près d'un poêle électrique qui séparait l'espace de vie de la chambre à coucher. À l'opposé de la fenêtre se trouvait la cuisine, tout en marbre et inox. Partout, les murs blancs étaient décorés de tableaux aux couleurs vives, et la moindre surface disponible accueillait un bol en porcelaine, une boîte ouvragée, une statuette ou autre, chaque pièce valant assurément une fortune. Dans d'autres circonstances, Avery se serait fait un plaisir de les admirer une par une, mais elle avait repéré des cartons empilés près du lit. Un gros rouleau de scotch et une paire de ciseaux étaient posés sur une des tables de chevet.

Elle retourna près de la porte pour s'assurer que personne n'arrivait, puis elle entreprit d'ouvrir le premier carton. À l'intérieur, les objets étaient emballés dans du papier à bulles et entourés de ruban adhésif. Avery réussit non sans mal à extraire une montre à gousset en or finement gravé, puis un miroir à main en argent incrusté d'ivoire et de jade. Les deux paraissaient très anciens, délicats et précieux ; ils n'auraient pas détonné dans la chambre somptueuse de June Chapman. Avery les photographia avec son téléphone, avant de les remballer soigneusement et de refermer le carton.

Elle se dirigea ensuite vers un petit bureau, placé contre un mur près de la fenêtre. Les tiroirs étaient fermés à clé. Elle ne prit pas la peine de crocheter les serrures, préférant se concentrer sur les papiers éparpillés sur le plateau. Une pile de factures attira son attention. Parmi les pièces listées sur l'une d'elles figuraient la montre et le miroir à main. Des objets de petite taille qui pouvaient facilement être glissés dans un sac lors d'un cambriolage…

Avery supposait que le contenu de chaque carton était détaillé de cette façon sur les autres reçus. Ceux-ci n'étant ni datés ni signés, elle était presque certaine qu'il s'agissait de faux. Elle étala les documents sur le bureau, prit quelques photos et replaça le tout comme elle l'avait trouvé.

Elle aurait voulu continuer d'explorer l'appartement, mais elle était déjà restée trop longtemps. Il devenait urgent de filer. Toutefois, alors qu'elle s'avançait vers la porte, un bruit l'arrêta net. Quelqu'un était en train de monter l'escalier.

L'adrénaline pulsant dans ses veines, elle chercha autour d'elle un endroit où se réfugier. Pas le temps de se glisser sous le lit et encore moins de trouver un placard ou une autre sortie ; elle plongea derrière le canapé. Une seconde plus tard, Sidney Bozeman entra dans l'appartement – du moins, Avery imaginait que c'était elle, car elle ne pouvait pas la voir depuis sa cachette.

Elle tendit l'oreille pour suivre la progression des pas dans la pièce. Lorsque ceux-ci s'éloignèrent, elle risqua un coup d'œil au coin du canapé. Sidney lui tournait le dos, debout devant le bureau. Pendant un moment, elle resta immobile, comme plongée dans ses pensées, puis elle rassembla les factures et les passa une par une dans une déchiqueteuse. Après avoir fourré les lamelles de papier dans un sac-poubelle, elle se dirigea vers la chambre.

Avery recula à quatre pattes vers l'entrée de l'appartement. Elle n'avait pas le choix, il lui faudrait s'enfuir en courant. Plus elle s'attardait, plus elle risquait d'être repérée, et que se passerait-il alors ? Sidney Bozeman était armée ; en Floride, face à un intrus, un propriétaire avait le droit de tirer avant de poser des questions.

Avery s'apprêtait à s'élancer quand la jeune femme réapparut avec un carton dans les mains. Elle fit plusieurs trajets ainsi, empilant son précieux chargement sur le palier. Elle ne semblait pas avoir remarqué qu'un des cartons avait été ouvert. Elle n'avait pas l'air non plus particulièrement pressée ou inquiète ; ses gestes étaient assurés, méthodiques. Lorsqu'elle eut terminé, elle ramassa le sac-poubelle au pied du bureau et sortit de l'appartement en fermant à clé derrière elle.

Avery poussa un soupir de soulagement. Sans un bruit,

elle s'approcha de la porte. Sidney se trouvait peut-être juste derrière, en train d'attendre l'homme qu'elle avait appelé au téléphone tout à l'heure.

Comme tout semblait silencieux sur le palier, Avery tourna doucement la poignée. Celle-ci était bloquée. Pour ouvrir, même de l'intérieur, il fallait une clé… Sidney s'était-elle rendu compte de quelque chose, finalement ? Avait-elle volontairement enfermé Avery, le temps que son associé arrive et l'aide à se débarrasser d'elle ?

Tu as trop d'imagination, se dit-elle. *Trouve plutôt un moyen de sortir d'ici.*

Il y avait forcément un double de la clé quelque part.

Elle fouilla partout, sur le bureau, dans les tables de chevet, dans les tiroirs de la cuisine – sans succès. Au bout de cinq minutes, elle décida de passer au plan B et ouvrit la fenêtre. *Tu parles d'un plan B…* Sauter du premier étage directement sur le pavé ne semblait pas franchement être l'idée du siècle.

C'est alors qu'elle aperçut, sous la fenêtre, une vieille échelle rouillée fixée au mur de brique. Elle avait dû faire office d'issue de secours, mais il lui manquait plusieurs barreaux, si bien qu'elle était difficilement accessible. Heureusement, Avery n'avait pas le vertige, et elle aimait l'aventure. Quelle autre solution avait-elle, de toute façon ? Rester enfermée dans l'appartement en attendant que Sidney Bozeman revienne avec son Glock ?

Elle enjamba le rebord et, appuyée sur le ventre, fit pendre ses jambes jusqu'à ce qu'elle sente le premier barreau sous ses orteils. Alors, elle se laissa glisser, en s'accrochant à l'appui de fenêtre le temps de tester la solidité de l'échelle. Celle-ci grinça et ploya sous son poids, mais elle tint bon et Avery put descendre rapidement.

À deux mètres du trottoir, cependant, son pied rencontra

le vide. Elle faillit perdre l'équilibre et réussit de justesse à remonter sur le dernier barreau alors qu'une camionnette surgissait dans la ruelle.

De nuit, elle aurait pu s'aplatir contre le mur en espérant se fondre dans l'obscurité, mais en plein jour, on ne devait voir qu'elle… D'ailleurs, le conducteur fonçait droit sur elle, bien trop vite vu l'étroitesse de la rue. Avery avait à présent deux possibilités : remonter dans l'appartement et tenter sa chance avec Sidney Bozeman, ou sauter en priant pour que le chauffard l'évite. Le barreau décida pour elle : il céda sous ses pieds, et elle tomba lourdement sur le dos. Le souffle coupé, elle mit quelques secondes à se relever.

La camionnette arrivait presque à sa hauteur. Au lieu de freiner, le conducteur se déporta vers elle. Délibérément. Comme s'il avait l'intention de lui rouler dessus ou de l'écraser contre le mur. Elle eut juste le temps d'apercevoir son visage barbu avant de tourner les talons et de s'élancer vers le fond de l'impasse.

Le véhicule était si proche qu'Avery sentait la chaleur du moteur dans son dos. Ignorant la douleur qui lui vrillait la cheville, elle chercha une issue à ce cauchemar, une porte, un passage, mais de chaque côté les murs de brique étaient aveugles. Sans arme, elle n'avait pas d'autre choix que de fuir.

Elle bondit sur la benne à ordures au moment où la camionnette pilait devant. Accroupie sur le couvercle en métal, Avery essaya de distinguer le conducteur à travers le pare-brise. Il planta son regard noir dans le sien, tout en faisant ronfler le moteur.

Soudain, il lâcha les freins, et le pare-chocs heurta la poubelle si violemment qu'Avery tomba à genoux. Dans la ruelle, Sidney Bozeman passa la tête par la fenêtre de son appartement et cria quelque chose, mais le bruit du véhicule couvrit ses paroles. Avery ne savait pas s'ils voulaient vraiment la tuer ou seulement lui faire peur. Elle pouvait au moins s'estimer heureuse que personne ne lui ait tiré dessus jusqu'ici.

Alors que le chauffard reculait pour prendre de l'élan, elle parvint au prix d'un effort désespéré à agripper le haut du mur. Elle se hissa à la force des bras, jeta un dernier regard derrière elle et sauta de l'autre côté.

Quelques minutes plus tard, Avery regagnait la rue principale, où elle eut la bonne surprise de reconnaître Max dans sa voiture. Elle s'approcha en boitillant et frappa à la vitre du côté passager. Après un instant de stupéfaction, il ouvrit rapidement la portière.

— Roulez ! ordonna-t-elle en se laissant tomber sur le siège.

Il démarra dans un grand crissement de pneus.

— Pas la peine non plus d'en faire des tonnes, marmonna-t-elle.

— Vous aviez l'air pressée. Je veux bien rouler, mais où dois-je aller ?

— Peu importe. Faites le tour du pâté de maisons.

Alors qu'elle jetait un coup d'œil à travers la lunette arrière, elle vit la camionnette déboucher de la ruelle ; le conducteur s'arrêta et regarda d'un côté et de l'autre. Avery s'enfonça dans son siège.

— C'est un ami à vous ? s'enquit Max, qui avait repéré le véhicule dans son rétroviseur intérieur.

— Pas vraiment. Il m'a surprise en train de m'échapper de l'appartement de Sidney Bozeman par l'échelle de secours, et il a essayé de m'écraser. Je pense qu'il travaille pour la famille. Si ça se trouve, il voulait juste me faire peur, mais il est allé un peu trop loin à mon goût.

— Que s'est-il passé ? Soyez précise. Et s'il vous plaît, n'omettez aucun détail important. Si je me rends complice d'un délit, je veux savoir exactement dans quoi je m'embarque.

Elle lui résuma ses exploits.

— Comment vous êtes-vous retrouvée dans l'appartement de Sidney Bozeman ? demanda-t-il, les sourcils froncés.

— Je vous l'ai dit, je suis tombée dessus par hasard en montant sur la galerie, dans la réserve du magasin.

Maintenant que l'adrénaline se dissipait, sa cheville recommençait à lui faire mal. Elle se pencha pour masser l'articulation et ne put réprimer une grimace de douleur.

— Vous êtes blessée ?

— Rien de grave. Ça passera avec un peu de glace.

— Vous devriez voir un médecin. Vous vous êtes peut-être cassé quelque chose.

— Non, je me suis juste tordu le pied. Tournez ici, dit-elle pour changer de sujet. On en était où ?

— Vous avez découvert le loft de Sidney Bozeman par hasard. Je dirais plutôt en fouinant… et en y entrant par effraction.

Elle lui coula un regard en coin.

— À votre avis, ça fait quoi, un détective privé ? Fouiner, c'est le cœur de notre métier.

— Je pensais que vous agissiez dans les limites de la loi, surtout quand vous vous trouvez dans un État non couvert par votre licence.

— Qu'est-ce qui vous dit que je n'ai pas le droit d'exercer en Floride ?

— Vous l'avez ?

— Non. Mais, techniquement, je n'ai pas besoin de permis.

— Techniquement, vous êtes quand même censée respecter la loi.

— La porte de l'entrepôt et celle de l'appartement étaient toutes les deux ouvertes. J'ai même signalé ma présence avant de pénétrer dans la réserve. Donc, *techniquement*, je ne suis pas entrée par effraction. Vous ne voulez pas plutôt savoir ce que j'ai trouvé ?

Elle lui fit signe de tourner à l'intersection suivante, tout en vérifiant qu'ils n'étaient pas suivis. Ils avaient quitté le centre animé de la ville et se trouvaient à présent dans une paisible banlieue aux rues bordées d'arbres. Avery ouvrit sa fenêtre, et le parfum des palmiers et des jasmins envahit l'habitacle. Cet endroit lui rappelait le quartier où elle avait grandi à Houston. Une profonde nostalgie l'étreignit soudain.

— Ça va ? s'enquit Max, avec une douceur qui la troubla.

— Oui, oui. J'avais juste besoin d'un peu d'air.

Elle remonta la vitre et s'éclaircit la gorge.

— Je crois qu'on peut affirmer sans trop se tromper que les Bozeman ne sont pas complètement réglo. D'une, je soupçonne la fille de tremper dans un trafic d'objets volés, et de deux, il me paraît très probable que le père a été mêlé d'une manière ou d'une autre à l'enlèvement de Maya Lamb. Sinon, pourquoi mentirait-il au sujet de sa présence chez Reggie ce soir-là ?

— Répétez-moi ce que vous avez entendu.

Elle lui rapporta en détail la conversation qu'elle avait surprise entre le père et la fille, et la façon subtile dont ils s'étaient soupçonnés l'un l'autre. Puis elle décrivit ce qu'elle avait découvert dans l'appartement : les factures non datées et non signées, les cartons remplis d'objets d'origine douteuse.

— D'accord, revenons un peu en arrière, dit Max. Paul

Bozeman a-t-il explicitement reconnu qu'il participait à la soirée de Reggie le soir de l'enlèvement, ou bien l'a-t-il juste insinué ?

— Il l'a dit clairement, même s'il jure n'être au courant de rien à propos du kidnapping. Il n'est resté sur place que quelques minutes. S'il n'en a pas parlé à la police, c'est parce que sa mère était malade et qu'il ne voulait pas qu'on vienne l'inquiéter avec des questions. Ça peut se comprendre, mais ça n'explique pas pourquoi il a continué à se taire après sa mort.

— Témoigner après coup aurait pu paraître suspect. Et il avait peut-être des choses à cacher.

— C'est ce que je pense.

Avery étudia le profil de Max, le contour de ses pommettes, de sa mâchoire. Aucune cicatrice, aucune imperfection… Elle frissonna. Cela n'aurait pas dû être autorisé d'être aussi beau.

— Je suis prête à aller raconter à la police tout ce que j'ai vu et entendu, mais le fait que j'aie pénétré sur les lieux sans y être invitée pourrait poser problème.

— Oui, et ce serait aussi votre parole contre la leur, souligna-t-il.

— C'est vrai. Je suis une étrangère ici, alors que Paul Bozeman est un commerçant respecté.

— Ça compte, dans une petite ville.

— Ça compte partout, répliqua-t-elle. Donc, pas de déposition pour l'instant. Mais au moins, maintenant, on a une piste solide. Quelqu'un a bien dû voir Paul Bozeman à la fête de Reggie. On n'a plus qu'à retrouver cette personne et à lui rafraîchir la mémoire.

— C'est plus facile à dire qu'à faire, après tout ce temps ! observa Max. Les gens oublient, déménagent, ne veulent pas s'attirer d'ennuis… Sans compter que la présence de Bozeman à cette soirée ne prouve rien.

— Ça ne prouve peut-être pas sa complicité, mais ça montre qu'il a eu l'occasion de la kidnapper. On sait déjà qu'il avait un mobile.

— Il reste présumé innocent. N'allons pas trop vite en besogne, Avery. La justice n'est pas un sprint, mais un marathon.

Elle éclata de rire.

— On dirait un mauvais slogan de campagne. J'espère que ce n'est pas le vôtre.

— Dieu m'en garde ! répondit-il avec un sourire penaud. Je ne suis pas un politicien.

— Pas encore, peut-être.

— Jamais de la vie. Parlons plutôt du contenu de ces cartons.

— Je n'ai eu le temps d'en ouvrir qu'un. Je ne suis pas experte, mais les pièces avaient l'air très anciennes et très précieuses. Le miroir, en particulier. Les incrustations étaient si délicates ! Je n'ai jamais rien vu d'aussi beau. Il aurait davantage sa place dans un musée, ou alors sur la coiffeuse de June Chapman.

Elle sortit son téléphone et fit défiler les photos.

— Compte tenu de ce que j'ai entendu, on peut imaginer que les objets enfermés dans ces cartons ont été volés chez la vieille dame, peut-être sur plusieurs mois voire plusieurs années. Mais je ne sais pas comment le prouver, dans la mesure où elle n'a jamais porté plainte.

— Envoyez-moi les photos, demanda Max. Je les montrerai à ma belle-mère. Si le miroir est aussi exceptionnel que vous le dites, elle se souviendra peut-être de l'avoir vu.

Ils échangèrent leurs numéros de téléphone. Avery lui

transféra les images, avant de se caler contre le dossier du fauteuil.

— Au risque de conclure trop vite, je crois vraiment qu'on tient quelque chose, dit-elle. Sinon, Sidney Bozeman ne se serait pas empressée de faire disparaître ces cartons. D'ailleurs, est-ce qu'une perquisition est vraiment envisageable ?

— Avec ce qu'on a ? Non.

— C'est bien ce que je me disais.

Elle regarda par la fenêtre en pianotant sur sa cuisse.

— À quoi pensez-vous ? s'enquit Max au bout d'un moment.

— Que Sidney soit impliquée ou non dans l'agression de June Chapman, elle cache quelque chose. Aux autorités, mais aussi à son père – et c'est réciproque. Ce qui veut dire qu'on peut tenter de les monter l'un contre l'autre.

— Comment ?

— Je ne sais pas encore. Je trouverai bien un moyen.

— Vu votre palmarès depuis que je vous connais, ce n'est pas pour me rassurer.

Le scepticisme de Max paraissait sincère, mais Avery percevait aussi une certaine excitation dans sa voix. Peut-être se faisait-elle des idées. Peut-être ne voyait-elle que ce qu'elle avait envie de voir, comme il le lui avait dit un peu plus tôt dans la journée.

Non, sa manière de se déplacer, de parler, l'air absent qu'il prenait parfois trahissaient une insatisfaction bien réelle. N'était-il pas allé interroger Paul Bozeman lui-même, au lieu de laisser faire la police ? Avery ne pouvait s'empêcher de penser que, pour une raison ou pour une autre, il avait lui aussi besoin de bousculer un peu les règles.

Il se gara le long du trottoir et éteignit le moteur.

— Que faites-vous ? lui demanda-t-elle.

— Je veux clarifier certaines choses.

Il se tourna vers elle, un bras appuyé sur le volant, et la fixa de ses yeux bruns avec une intensité troublante.

— OK, dit-elle dans un filet de voix.

— J'admire votre enthousiasme et votre capacité à sortir des sentiers battus, mais j'ai cru remarquer que vous aviez aussi tendance à jouer avec les limites, voire à les dépasser. Travailler avec vous pourrait s'avérer problématique pour quelqu'un dans ma position. Si j'utilise des preuves obtenues illégalement, je risque le renvoi et même la radiation pour non-respect de l'équité procédurale.

— Ça ne vous arrive jamais de repousser les limites ?

— Plus maintenant, et certainement pas dans l'exercice de mes fonctions.

— Comment ça, « plus maintenant » ? C'est quand, la dernière fois que vous avez dépassé les bornes ?

— Restons concentrés, s'il vous plaît. Les informations que vous avez découvertes sont intéressantes, mais les circonstances dans lesquelles vous les avez découvertes risquent de remettre en question leur recevabilité. S'il n'y avait que ma réputation en jeu, je pourrais fermer les yeux. Mais on parle d'une affaire d'enlèvement d'enfant.

— J'en suis bien consciente, répondit Avery. Ceci dit, quand je suis entrée dans cet entrepôt, je suivais une piste dont la police n'avait rien à faire. Vous l'avez dit vous-même. N'est-ce pas pour cette raison que vous avez décidé de questionner Bozeman en personne ? Vous ne faisiez pas confiance à votre ami inspecteur pour creuser dans cette direction.

Il parut sur le point de contester, mais changea finalement de tactique.

— Il n'empêche que certaines limites ne devraient jamais être franchies. Les conséquences sont très réelles.

Tous les jours, des prévenus sont relaxés pour vice de forme. Comment pourrez-vous continuer à vous regarder dans une glace si à cause de vous le kidnappeur de Maya reste libre ?

Il la dévisagea un moment.

— Je comprends que votre cliente soit votre priorité, poursuivit-il. Moi, ma priorité, c'est la famille de Maya. Ça fait presque trente ans que sa mère et sa sœur vivent dans l'incertitude. Vous imaginez le cauchemar ? Elles méritent que justice soit faite, pour pouvoir enfin tourner la page. Je ne vous laisserai pas compromettre cet objectif.

Avery fut bouleversée par la passion qui faisait vibrer sa voix.

— Je comprends, murmura-t-elle. Je vous promets de faire attention.

— Ceci étant dit…

— Quoi ?

— Si vous découvrez quelque chose que vous estimez important, vous pouvez toujours venir m'en parler, tant que vous n'avez enfreint aucune loi.

— Cela restreint les possibilités, fit-elle remarquer avec un sourire contrit. Je peux vous poser une question ? Seriez-vous allé voir Paul Bozeman aujourd'hui si je ne vous avais pas parlé de lui ? L'auriez-vous considéré comme un suspect dans l'affaire de l'enlèvement de Maya Lamb si je ne vous avais pas exposé ma théorie ?

— Je m'intéressais déjà à lui, alors qui sait ? Je vais être franc avec vous, Avery : vous m'inquiétez. Pas seulement à cause de vos méthodes, mais aussi parce que vous réveillez en moi un sentiment que j'avais réussi difficilement à contrôler.

— Que voulez-vous dire par là ? demanda-t-elle, intriguée.

— Vous prenez des risques. Vous êtes impulsive, parfois

imprudente, et ça me parle un peu trop. Une partie de moi a toujours été attirée par le danger et l'adrénaline.

— Vous pensez que je suis dangereuse ?

— Vous pourriez l'être.

— Alors pourquoi êtes-vous encore là ?

Il soutint son regard sans ciller.

— Parce que je vous aime bien. Parce que, en dépit du bon sens, j'apprécie de passer du temps avec vous. Vous êtes intelligente, drôle, et ça faisait longtemps que je n'avais pas parlé aussi librement avec quelqu'un. Et puis, vous êtes agréable à regarder, ajouta-t-il sur le même ton sérieux.

— Pas autant que vous, répliqua-t-elle.

Il lui sourit, et subitement le danger changea de camp. Le cœur d'Avery battait si fort qu'elle était incapable de penser clairement. À cet instant, de toute façon, elle n'avait pas envie de réfléchir. Tout ce qu'elle voulait, c'était assouvir cette pulsion qui la tenaillait depuis la minute où elle avait posé les yeux sur Max Winter.

12

Avery n'aurait su dire qui fit le premier pas. Cela n'avait pas d'importance, car à la seconde où les lèvres de Max rencontrèrent les siennes, elle fut emportée dans un tourbillon de sensations. Elle glissa un bras autour de sa nuque pour l'attirer plus près d'elle. Jamais un baiser ne lui avait fait un tel effet.

Au bout d'un long moment, il s'écarta et posa son front contre le sien.

— C'était sans doute une erreur, murmura-t-il.

— C'est drôle, ce n'est pas du tout l'impression que ça m'a donnée.

Max releva la tête. Son regard s'enflamma, et l'espace d'un instant elle crut qu'il allait l'embrasser à nouveau. Mais il se retint.

— Si je vous dis que je n'ai jamais rencontré une femme comme vous, ça fait cliché ?

— Oui. Mais comme c'est réciproque, ce n'est pas trop grave. En même temps, mon expérience en la matière est assez limitée… D'habitude, je fuis les types comme vous.

Il haussa les sourcils.

— Comment ça, les types comme moi ?

— Regardez-vous dans une glace, et vous comprendrez ce que je veux dire.

Il la dévisagea longuement.

— Vous ne vous en rendez vraiment pas compte, n'est-ce pas ?

— De quoi ?

— De l'effet que vous faites aux hommes. Que vous me faites, à moi. Une femme sûre d'elle, c'est sacrément attirant.

— Ah oui ?

Il lui prit la main et entrelaça ses doigts aux siens.

— J'aimerais beaucoup reprendre où on s'est arrêtés, mais il va falloir patienter un peu. Je dois retourner au bureau.

— Et après ? demanda-t-elle hardiment.

Il déposa un baiser sur le haut de ses phalanges.

— Je crois qu'il vaut mieux s'en tenir à une relation professionnelle, pour l'instant.

— C'est un peu tard pour y penser, fit-elle remarquer.

— Essayons, au moins.

Avery soupira.

— D'accord. De toute façon, j'ai plein de choses à faire avant ce soir. Je n'aurai probablement pas le temps de penser à vous. Loin des yeux, loin du cœur…

— Bon, vous n'êtes pas obligée de faire comme si c'était aussi facile ! Il vaut peut-être mieux que je ne sois pas au courant de votre programme. Juste un conseil : ne retournez pas au magasin. Attendez que les choses se tassent.

— Je n'en avais pas l'intention. Si vous voulez tout savoir, ma priorité pour les prochaines heures est de trouver un logement. D'ailleurs, si vous avez des pistes d'appartements à louer dans la région, je suis preneuse.

Max sembla pris de court par ce brusque changement de sujet. Un voile d'inquiétude passa sur son visage. Était-il à ce point angoissé à l'idée qu'elle reste dans les parages ?

La considérait-il vraiment comme un dangereux objet de tentation ? Cette hypothèse la réjouissait secrètement.

— Je croyais que vous aviez pris une chambre au Magnolia, dit-il.

— L'établissement est un peu trop vintage à mon goût. En plus, d'une manière générale, je n'aime pas franchement les hôtels. Je préfère avoir de l'espace pour m'étaler, et j'aime bien me faire à manger. Ça me détend.

Il marqua un silence.

— Si je comprends bien, vous comptez rester ici un moment ?

— Aussi longtemps qu'il le faudra, répondit-elle. Ça vous pose un problème ?

— Ça pourrait, pour les raisons qu'on vient d'évoquer. Et pour d'autres dont on n'a pas encore parlé.

Il relâcha enfin sa main, tout en soutenant son regard.

— C'est-à-dire ?

— La personne qui vous a tiré dessus chez June Chapman a sans doute vu votre visage. À ce moment-là ou plus tard, sur le chantier, quand vous êtes venue à mon secours. Le tireur sait qu'il y a un témoin dans la nature.

— Il portait une cagoule. Je serais incapable de le décrire. Et, soit dit en passant, vous êtes à la fois témoin et victime. Qu'est-ce qui l'empêche de chercher à vous éliminer ? Même s'il m'a aperçue dans l'ombre, il ne sait pas qui je suis. Vous, vous êtes célèbre ici. Il vous a peut-être reconnu – c'est peut-être même pour ça qu'il vous a tiré dessus.

— D'accord, répondit Max, mais ne faites pas l'erreur de vous croire protégée par l'anonymat. À notre époque, une telle chose n'existe plus, et elle n'a jamais existé dans les petites villes. Vous avez déjà parlé à la police. La nouvelle va se répandre comme une traînée de poudre. Quand le tireur connaîtra votre nom, il lui suffira de passer quelques coups de fil pour découvrir où vous logez.

— Raison de plus pour que je quitte cet hôtel. Écoutez, Max, je vous remercie de vous inquiéter pour moi, mais je suis une grande fille. Je peux me débrouiller.

— Je sais bien. Seulement, quand on a l'habitude d'opérer dans une grande ville, on peut facilement avoir un faux sentiment de sécurité dans un endroit comme Black Creek.

Avery contempla par la fenêtre les pelouses verdoyantes et les porches ombragés, les taches de couleur dans les parterres de fleurs et les passereaux qui voletaient d'arbre en arbre. Un décor paisible en surface, mais combien de secrets se cachaient derrière les murs de ces jardins ? Le passé semblait peser lourd sur Black Creek.

— Détrompez-vous, finit-elle par répondre. J'ai bien conscience de me trouver en territoire étranger. Il y a quelque chose dans cette ville…

Elle réprima un frisson.

— Je ne peux pas l'expliquer, mais je l'ai ressenti dès que je suis arrivée. Même en plein jour, j'ai cette impression qu'on a quand le crépuscule s'épaissit et qu'on perçoit soudain la présence d'une créature nocturne à l'affût.

— Waouh.

— Désolée, ça ne me ressemble pas d'être aussi mélodramatique. Excusez-moi d'avoir critiqué votre ville natale.

— Je vous en prie. Vous venez de résumer parfaitement ce que je ressens.

— C'est vrai ? Pourtant, vous restez.

— Parfois, je me surprends moi-même, reconnut-il.

Il sortit son téléphone.

— Revenons-en à votre situation. J'ai une bonne amie qui tient une agence immobilière. S'il y a des locations intéressantes dans le coin, elle le saura. Je lui envoie vos coordonnées.

— Merci.

Avery se demanda à quel point il était proche de cette « bonne amie », avant de se tancer mentalement. En quoi la vie privée de Max la regardait-elle ? Un simple baiser ne voulait rien dire, et c'était tant mieux, car elle n'était pas venue à Black Creek pour trouver l'amour.

— Je vous tiendrai au courant, lui promit-elle. En attendant, si vous pouviez me raccompagner à ma voiture…

Il se pencha pour redémarrer le moteur, mais avant de repartir, il la gratifia de ce sourire énigmatique qu'elle commençait à bien connaître.

— Une chose est sûre : je ne sais pas si c'est bien ou mal, mais depuis que vous êtes arrivée, je ne m'ennuie pas.

Après s'être garé sur le parking du tribunal, Max rejoignit l'entrée principale pour éviter les deux avocats qui discutaient devant la porte de derrière. Il n'avait aucune envie de tomber dans une embuscade, et il voulait profiter du court trajet jusqu'à son bureau pour penser à Avery Bolt. Malgré sa noble suggestion de s'en tenir à une relation professionnelle, il se demandait déjà quels risques il encourrait si les choses allaient plus loin. Au fond de lui, il s'en fichait. « Vivre l'instant présent », telle avait été sa devise à une époque.

Parfois, il rêvait de quitter le tribunal et de ne plus jamais y remettre les pieds. De monter dans sa voiture et de rouler jusqu'à l'océan pour s'y installer jusqu'à épuisement de ses économies. *Un jour*, se dit-il en remontant l'allée du bâtiment. Un jour, il sauterait le pas.

L'après-midi touchait à sa fin, mais le soleil était encore chaud et l'humidité, suffocante. Max s'arrêta à l'ombre pour renouer sa cravate. Sa camisole, avait dit Avery. La jeune femme était perspicace, aucun doute là-dessus…

En montant les marches, il repensa comme souvent au meurtre de son père. Les taches de sang s'étaient depuis longtemps effacées et ses souvenirs de ce jour-là avaient fini par s'estomper, mais il se rappelait encore le choc qu'il avait ressenti en apprenant la nouvelle. Il lui avait fallu du temps pour mettre de l'ordre dans ses émotions. Il n'avait jamais été proche de son père et, aujourd'hui encore, les vieilles rancœurs refaisaient surface à l'occasion. Pourtant, alors qu'il s'était promis de tracer son propre chemin, il avait fini par suivre l'exemple paternel.

Dos à la rue, Max sentit soudain les poils se dresser sur sa nuque. Son regard se leva vers la statue de la déesse de la justice érigée près de l'entrée. Pourquoi avait-il l'impression d'être surveillé ?

Lentement, il se retourna, observa les piétons sur le trottoir, les voitures qui passaient sur la route, le toit de l'immeuble, en face, d'où un sniper aurait une vue parfaite sur les marches du tribunal. L'idée qu'on puisse tenter de l'assassiner en plein jour paraissait insensée, mais son père avait bien été tué à 2 heures de l'après-midi… La femme s'était approchée de lui et avait ouvert le feu, tout simplement. Clayton Winter n'avait rien vu venir.

Max aussi s'était fait des ennemis au cours de sa courte carrière. Dans le milieu de la justice criminelle, il n'était pas rare de recevoir des menaces de mort. Toutefois, c'était une autre forme de danger qu'il appréhendait. Comme le lui avait rappelé Avery, il risquait autant qu'elle d'être considéré comme une menace par l'agresseur de June Chapman. Si la tentative de meurtre à l'encontre de cette dernière était bel et bien liée au kidnapping de Maya

Lamb, alors l'homme cagoulé n'hésiterait pas à éliminer tous les témoins.

Le crépuscule descendait sur Black Creek quand Avery rentra à l'hôtel. Elle salua le réceptionniste et grimpa au deuxième étage par l'escalier. Quoique bien éclairées, les parties communes étaient désertes, et elle se surprit à regarder plusieurs fois par-dessus son épaule alors qu'elle rejoignait sa chambre.

Lorsque Max l'avait déposée à sa voiture près de chez Bozeman Antiquités, elle avait surveillé la ruelle pendant près d'une heure, mais n'avait pas revu la camionnette blanche. Peu après, l'agente immobilière l'avait appelée pour lui proposer de lui faire visiter un duplex meublé dans un quartier calme de la ville. Conquise, Avery avait aussitôt payé la caution et l'avance sur le loyer. Elle emménagerait dès le lendemain.

Elle s'était retenue d'appeler Max pour le remercier de son aide, sachant pertinemment qu'elle cherchait juste une excuse pour lui reparler. Il avait raison, mieux valait s'en tenir à des relations de travail. Quand bien même elle avait très envie de le voir, elle se contenterait donc d'une douche chaude et d'un repas commandé au room service. En outre, il fallait qu'elle note ce qui s'était passé dans la journée tant que tout était encore frais dans sa mémoire.

Alors qu'elle ouvrait la porte, elle se figea sur le seuil. Une légère brise agitait les rideaux autour de la fenêtre, or elle était certaine de l'avoir fermée avant de partir ce matin. S'agissait-il d'un oubli de la femme de ménage venue aérer ? Ou bien quelqu'un était-il entré par l'escalier de secours ?

Elle pensa d'abord à l'homme qu'elle avait rencontré au restaurant, puis au conducteur de la camionnette blanche.

Celui-ci avait essayé de la renverser dans la ruelle, puis de l'écraser contre le mur. Si horrible que fût cette image, l'idée que le premier se soit faufilé dans sa chambre et qu'il ait touché à ses affaires la perturbait encore davantage. Pourquoi cet inconnu avait-il suscité en elle une telle aversion ? Ce n'était pas la première fois qu'un type louche l'importunait. Elle savait comment réagir. Mais sur le moment, toutes les leçons d'autodéfense de Luther s'étaient évaporées, et elle s'était retrouvée comme paralysée dans ce couloir.

Le même phénomène se produisit à cet instant, alors qu'elle restait plantée dans l'entrée, partagée entre l'envie de s'enfuir en courant et le besoin d'affronter son angoisse. Elle prit une profonde inspiration, referma doucement la porte derrière elle et s'avança dans la pièce. Comme elle regrettait d'avoir laissé son pistolet dans la boîte à gants de sa voiture ! *La prochaine fois, tu réfléchiras*, songea-t-elle.

Après avoir jeté un rapide coup d'œil dans la minuscule salle de bains, elle revint sur ses pas et ouvrit le placard en retenant son souffle. Petite, elle avait fait des cauchemars récurrents dans lesquels un méchant se cachait dans son armoire ou sous son lit. Elle se réveillait en hurlant. Luther venait alors vérifier tous les recoins de sa chambre, pendant que sa mère la berçait dans ses bras. Mais ses protecteurs étaient morts tous les deux, maintenant. Avery était obligée de se débrouiller seule.

Elle sortit la lampe de son sac et se mit à genoux pour éclairer sous le lit. Il n'y avait personne, évidemment. Si quelqu'un était venu ici, il était reparti depuis longtemps.

Vraiment ?

Le cœur battant, elle releva la tête et retint un cri. Un homme se tenait sur l'escalier de secours, juste de l'autre côté de la fenêtre. Elle voyait sa silhouette se découper derrière les rideaux blancs. Il avait dû s'éclipser pendant qu'elle se penchait pour regarder sous le sommier.

Elle bondit sur ses pieds et braqua le faisceau de sa torche sur lui. L'espace d'un instant, elle crut qu'il allait plonger à travers la fenêtre pour l'attraper.

— Qui êtes-vous ? cria-t-elle. Que voulez-vous ?

Il resta parfaitement immobile, à tel point qu'elle se demanda si elle n'était pas en train de rêver. Puis il fit volte-face, et elle entendit ses pas résonner sur les marches en métal.

Sans réfléchir, elle courut à la fenêtre et enjamba le rebord. À travers la grille du palier, elle repéra l'homme un étage plus bas.

— Arrêtez-vous !

Avery dévala l'escalier en tentant d'ignorer la douleur qui irradiait dans sa cheville. Parvenu en bas, le type se retourna pour la regarder. Elle ne distinguait pas clairement son visage caché sous la capuche de son sweat, mais un frisson familier l'envahit soudain. Elle s'arrêta, chancelante, et agrippa la rampe en fer.

— Qui êtes-vous ? répéta-t-elle.

— Et toi ? répliqua-t-il d'une voix rauque.

Avery eut l'impression qu'un étau glacé se refermait autour de son cœur. Elle connaissait cette voix, ainsi que l'odeur de cigarette qui émanait de lui. C'était l'homme du restaurant. Elle se rappelait parfaitement la lueur de sarcasme dans son regard et la façon sinistre qu'il avait eue de porter un index à ses lèvres.

Cette rencontre n'avait donc rien eu de fortuit. Il avait dû la suivre jusqu'aux toilettes et attendre qu'elle ressorte, en se postant dans le passage pour provoquer la collision.

Restait à savoir pourquoi.

De l'autre côté de la rue, le carillon invisible cliquetait

au gré du vent. Avery résista à l'envie de fermer les yeux, de laisser la mystérieuse mélodie la transporter jusqu'aux confins de sa mémoire.

— Tes cheveux sont différents, observa l'homme.

Comment pouvait-il savoir qu'elle avait modifié son apparence avant de venir à Black Creek ? L'avait-il suivie depuis Houston ?

— D'où me connaissez-vous ? demanda-t-elle.

— C'est une longue histoire.

Les jambes d'Avery se mirent à trembler si violemment qu'elle dut s'accrocher à la rampe pour ne pas tomber. À travers les battements effrénés de son cœur, elle entendit la voix de Luther : *Ne le laisse pas voir que tu as peur. Ne révèle jamais tes faiblesses à un ennemi.*

— Que faisiez-vous dans ma chambre ? s'enquit-elle en redressant les épaules. Que cherchiez-vous ?

— La même chose que toi : la vérité.

Il posa une main sur la rampe, comme s'il avait l'intention de monter vers elle. Avery se campa sur ses jambes alors même que son instinct lui criait de courir. Cet homme était dangereux. Il respirait le mal, et pourtant elle refusa de fuir. Elle ne lui ferait pas le plaisir de lui montrer qu'il la terrorisait.

Il commençait à gravir les marches quand des éclats de rire leur parvinrent depuis la rue. Un instant plus tard, le portail de la cour s'ouvrit brusquement et un petit groupe de joyeux fêtards se dirigea vers la piscine au milieu des exclamations et des gloussements.

Profitant de la confusion, l'homme fit volte-face et s'évanouit dans la nuit, aussi insaisissable qu'une vision de cauchemar.

13

En revenant de la salle d'audience le lendemain, Max fut surpris de trouver Avery dans le petit hall d'accueil à l'extérieur de son bureau. Elle portait sa tenue habituelle – jean, T-shirt, baskets –, sans la casquette. Quand elle le vit approcher, elle se leva et lui offrit un sourire timide, tout en ramenant ses cheveux noirs derrière ses oreilles.

Conscient que sa secrétaire les observait avec intérêt, Max salua la jeune femme d'un bref signe de tête et l'invita à le suivre dans son bureau. Après avoir refermé la porte, Avery posa un regard curieux sur le mobilier défraîchi.

— C'est sympa, ici. C'est vous qui avez choisi la décoration ?

— Oui, jusqu'aux taches d'humidité sur le plafond, répondit-il.

Elle leva les yeux.

— On dirait un cheval.

— C'est de l'art abstrait.

— Je comprends mieux pourquoi il a cinq jambes…

Elle s'avança dans la pièce, faisant craquer le vieux parquet sous ses pas. Max fut déçu de voir son sourire s'effacer. Leur badinage lui plaisait bien plus que de raison. C'était un vrai rayon de soleil dans une journée plutôt morne.

— Je suis étonnée que votre bureau se trouve dans

le bâtiment du tribunal, dit-elle. Est-ce habituel pour un procureur ?

— Ça l'est quand il y a la place et que l'administration a d'autres priorités budgétaires. Je ne suis que procureur adjoint, je vous rappelle. Mais c'est plutôt pratique.

— Ce lieu vous correspond bien, je trouve.

— Je ne sais pas comment je dois le prendre, répliqua Max, tout en posant son porte-documents et son téléphone sur sa table de travail.

— Prenez-le comme un compliment. Les vieux tribunaux ont une histoire, un caractère, contrairement à tous ces bâtiments modernes et stériles.

Elle montra la fenêtre derrière le bureau.

— Je peux ?

— Faites-vous plaisir. Mais je vous préviens, il n'y a pas grand-chose à voir.

Tandis qu'elle passait devant lui, le regard de Max fut irrésistiblement attiré par le mouvement de ses hanches, parfaitement moulées dans son jean.

— Vous avez une vue magnifique sur l'agence du prêteur de caution, fit-elle remarquer.

— Ça fait partie du charme des lieux. Quand le néon s'allume le soir, c'est encore plus pittoresque.

Elle jeta un coup d'œil sur la statue de la déesse de la Justice, à l'aplomb de la fenêtre.

— Ça doit être dur pour vous, de travailler ici, murmura-t-elle.

— Pourquoi ?

— Votre père a été assassiné sur les marches du tribunal par la femme d'un type qu'il avait envoyé en prison. Les images doivent vous revenir chaque fois que vous regardez dehors.

Max fronça les sourcils.

— Comment êtes-vous au courant de ça ?

— Je vous l'ai expliqué hier : j'ai entendu votre nom et j'ai fait une recherche sur Google. Je n'exagérais pas en disant que vous étiez partout sur Internet.

— N'empêche, vous avez dû creuser assez loin dans mon passé pour déterrer ce chapitre de ma vie.

Il se laissa tomber dans son fauteuil et se tourna vers elle. Étrangement, la curiosité d'Avery ne le contrariait pas. Après tout, les informations disponibles sur Internet étaient publiques. Et, pour tout dire, il se sentait flatté d'avoir suscité son intérêt.

— Je ne suis pas du genre à ressasser le passé, confia-t-il, ni à me considérer comme traumatisé. Des malheurs arrivent tous les jours, et la vie continue.

Il se rappela trop tard qu'elle avait perdu son père récemment. Un voile de tristesse passa sur son visage, et elle reporta son attention sur la rue. Max aurait voulu s'excuser pour son manque de tact, mais il devina qu'il valait mieux se taire.

Il joua un moment avec son stylo en observant le profil de la jeune femme.

— Et si vous me disiez ce qui vous amène ? suggéra-t-il.

— Je me demandais… Depuis quand on se connaît, Max ?

— Deux jours, si on compte la nuit de mardi, répondit-il, surpris par cette étrange question.

— Vous n'avez pas l'impression que cela fait plus longtemps ?

— Si, d'une certaine façon. Vous m'avez sauvé la vie. Ça aide à briser la glace. Où voulez-vous en venir ?

Avery s'assit en face de lui et plongea le regard dans le sien.

— J'ai l'impression qu'il y a quelque chose entre nous. Je ne parle pas de l'attirance physique, même si…

Le silence qui suivit se chargea d'électricité.

— Je parle d'un vrai lien. Ce n'est pas que moi, n'est-ce pas ?

— Non, en effet, répondit-il honnêtement.

— Vous êtes la seule personne en qui j'ai confiance ici.

— Que se passe-t-il, Avery ? Vous commencez à m'inquiéter.

— Je suis venue vous demander un service, mais cela pourrait vous mettre dans une position délicate par rapport à quelqu'un que vous connaissez probablement depuis toujours.

Max se laissa aller en arrière dans son fauteuil, intrigué.

— Je vous écoute.

— D'après ce que j'ai compris, l'ancien chef de la police, Will Kent, était un ami proche de votre père.

— Oui, et alors ?

— L'article que j'ai lu mentionnait qu'il avait aidé à porter son cercueil le jour des funérailles, avec un autre homme, un sénateur nommé Tom Fuqua. Leur amitié remontait à la guerre du Vietnam.

— Je sais tout ça, observa Max en fronçant les sourcils. De quel service parlez-vous ?

— J'aimerais discuter avec M. Kent, mais je doute qu'il accepte de me recevoir. Sauf si quelqu'un qu'il connaît et en qui il a confiance m'accompagne.

Max avait déjà prévu de rendre visite à Will, mais il prit le temps de considérer avec attention la requête de la jeune femme. Sa présence serait-elle utile ? Et surtout, qu'avait-elle en tête ?

— Pourquoi voulez-vous voir Will Kent ? s'enquit-il. Ça fait des années qu'il est à la retraite. Je doute qu'il vous apprenne quoi que ce soit que vous ne sachiez déjà sur votre cliente.

— Je pense que vous vous trompez. Je suis prête à parier qu'il a encore des contacts dans la police, notamment un neveu qui a été un des premiers agents à arriver chez June Chapman après l'appel au 911.

— Votre appel, précisa Max.

— Oui.

— Comment savez-vous qu'il a un neveu policier ?

— Pourquoi toutes ces questions ? rétorqua-t-elle, sur la défensive. On a le même but, je vous rappelle. Je vous fais confiance, mais j'ai l'impression que ce n'est pas réciproque.

— C'est vrai, reconnut-il. Mais j'y travaille.

— Peut-être que cela va vous aider.

Elle s'avança sur son siège, l'air nerveuse. Pour la première fois depuis qu'il la connaissait, elle semblait peu sûre d'elle-même. *Bigre !* songea-t-il. *Ça promet.*

— Il y a quelque chose que je ne vous ai pas dit à propos de la nuit de l'agression.

— Ah oui ?

— Je n'étais pas convaincue que cela avait de l'importance, mais plus j'y pense… Vous vous rappelez que je suis descendue du balcon par le treillage pour échapper aux policiers ?

— Vous ne vouliez pas perdre de temps à répondre à leurs questions, ni risquer qu'ils vous embarquent au poste alors qu'il y avait un suspect à rattraper.

— Voilà. En fait, je me suis cachée un moment dans le jardin du voisin, en attendant que la voie se libère.

— Vous n'avez donc pas poursuivi le tireur ?

— Pas tout de suite. Il y avait déjà des flics partout.

— Quel voisin ?

— Tom Fuqua. Évidemment, au départ je ne savais pas

que j'étais chez lui – je ne savais même pas qui il était. Il est sorti pour voir ce qui se passait, et je l'ai entendu parler avec le neveu de Will Kent. Après le départ du policier, Fuqua a appelé Kent pour l'informer de ce qui venait d'arriver. Il lui a dit qu'il n'y avait aucune raison de croire que l'agression était liée à « l'autre affaire », mais qu'ils avaient tous les deux intérêt à faire profil bas pendant un moment.

— Quelle autre affaire ? demanda Max.

— Justement, c'est ce que nous devons découvrir.

Elle se leva pour retourner à la fenêtre.

— Will Kent était chef de la police lorsque Maya Lamb a disparu, dit-elle en s'appuyant contre le rebord, face à Max. Vous avez dit vous-même que son nom était resté associé à l'enquête même après l'arrivée du FBI. Et s'il savait quelque chose ? Si cette « autre affaire » évoquée par Fuqua était le kidnapping de Maya ? Peut-être ont-ils caché des preuves…

— Vous allez un peu loin, remarqua Max, même si sa théorie l'intéressait au plus haut point.

— Vous trouvez ? Je n'en suis pas sûre.

— Je vous conseille de bien réfléchir avant de lancer des accusations pareilles. Ces deux hommes ont beaucoup d'admirateurs à Black Creek, et j'en fais partie. Je ne les imagine ni l'un ni l'autre dissimulant un crime aussi monstrueux que l'enlèvement d'une fillette. Quel aurait été leur mobile ?

— Le trafic d'enfants était déjà florissant, à l'époque.

Il l'observa un long moment.

— Encore une fois, vous parlez de deux hommes qui comptent parmi les plus respectés de cette communauté.

— J'en suis bien consciente, mais je sais aussi que les gens sont capables des pires horreurs. Si ça se trouve, ce n'était pas pour une question d'argent. Ils ont peut-être découvert que June Chapman était mêlée à l'affaire, et ils ont voulu la protéger.

— Pourquoi auraient-ils fait ça ?

— Je n'ai pas toutes les réponses. Je n'en ai même pas une seule ! s'exclama-t-elle, frustrée. J'ai juste cette intuition que l'affaire évoquée par Fuqua a quelque chose à voir avec Maya.

Max regarda le ciel d'un bleu pur derrière la fenêtre. Une journée typique en Floride, et pourtant une ombre planait sur son esprit. À l'époque de l'enlèvement de Maya, Will Kent et Tom Fuqua avaient été les meilleurs amis de son père. Un chef de police, un sénateur et un juge exerçaient beaucoup de pouvoir dans une ville comme Black Creek. Ils auraient très bien pu en effet couvrir le ou la coupable sans que personne en sache rien. Restait la question de leurs motivations... Pourquoi mettre en péril leur réputation en protégeant June Chapman ou qui que ce soit d'autre ?

— Comment justifiez-vous d'avoir attendu si longtemps pour me parler de cette conversation ? s'enquit-il.

— Je devais d'abord m'assurer que vous étiez digne de confiance. Qu'en tant que procureur, vous ne vous intéressiez qu'à la vérité, même si elle était difficile à entendre.

— Vous me connaissez depuis à peine plus de vingt-quatre heures, souligna-t-il.

— Presque quarante-huit, le corrigea-t-elle avec un petit sourire. Et j'ai l'impression que ça fait plus.

Oui, il ressentait la même chose. Il avait envie de lui faire confiance, lui aussi, mais il ne pouvait s'empêcher de s'interroger sur ses véritables objectifs. Que lui cachait-elle d'autre ?

Malgré ses doutes, il n'était pas loin de lui rapporter les propos que son père avait tenus à June Chapman, alors qu'ils discutaient de la punition à infliger à Max pour les fleurs volées. *Tu sais ce que c'est de prendre ce qui ne t'appartient pas, n'est-ce pas ?*

Max avait réussi à se convaincre que cette remarque ne voulait rien dire. Il ne savait pas à quoi son père faisait référence. Et puis, peut-être sa mémoire lui jouait-elle des tours… Jamais il n'avait douté de l'intégrité de Clayton Winter, quelles qu'aient été ses relations avec lui. Son père ne pouvait pas avoir couvert un kidnapping.

En était-il si sûr ?

— Alors, vous acceptez de m'emmener voir Will Kent ? le pressa Avery.

Max se força à reporter son attention sur leur conversation.

— Oui, j'irai avec vous. Par contre, vous me laisserez parler. Il est de la vieille école, il n'apprécie pas particulièrement les détectives privés.

La jeune femme acquiesça.

— Si j'éprouve le besoin d'intervenir, par contre, je ne me retiendrai pas, prévint-elle.

— Ça, je n'en doute pas une seule seconde.

Elle retourna s'asseoir sur sa chaise. Visiblement, elle n'était pas pressée de partir.

— Y a-t-il autre chose qui vous préoccupe ? lui demanda-t-il.

— Je ne sais pas si je dois vous en parler… Je n'ai pas envie de vous inquiéter.

— C'est raté.

— Quelqu'un est entré dans ma chambre d'hôtel hier soir, avoua-t-elle. Il n'a rien pris – enfin, je ne crois pas –, mais il a fouillé dans mes affaires.

— Il ne vous a pas fait de mal, j'espère ?

— Non, il n'y a pas eu d'altercation physique. Vous aviez raison, quand vous disiez que l'anonymat ne me protégerait pas… Je ne sais pas comment il a appris où je logeais, mais il est monté dans ma chambre par l'escalier de secours.

— Êtes-vous sûre que c'était un homme ?

— Je l'ai vu.

— OK, reprenez depuis le début. Racontez-moi exactement ce qui s'est passé.

— Je suis rentrée à l'hôtel après avoir rencontré votre amie qui travaille dans l'immobilier. À ce propos, elle m'a trouvé un duplex qui correspond parfaitement à ce que je cherchais, mais on pourra en reparler plus tard. Quand je suis entrée dans ma chambre, la fenêtre était ouverte. J'étais certaine de l'avoir fermée le matin. Avec le métier que je fais, vous imaginez bien que je porte une attention particulière à la sécurité.

Voilà qui n'était pas pour rassurer Max. De toute évidence, quelqu'un avait repéré la jeune femme.

— L'intrus était-il encore dans votre chambre ?

— Non, il était sorti sur l'escalier de secours. Quand je l'ai suivi…

— Vous l'avez suivi ? la coupa-t-il. Après tout ce qui s'est passé ?

— Que vouliez-vous que je fasse ?

— Je ne sais pas. Appeler la police, par exemple. Ou m'appeler, moi.

— Et vous croyez qu'il vous aurait attendu ?

Elle le regarda d'un air perplexe.

— Au cas où vous l'auriez oublié, je suis détective privée. Je suis formée aux techniques d'autodéfense, entre autres.

— D'accord. Continuez.

— Le type s'est arrêté en bas de l'escalier et il m'a regardée. Je lui ai demandé qui il était, ce qu'il voulait.

Il m'a répondu qu'il cherchait la même chose que moi : la vérité.

Elle se frotta les bras, comme pour en chasser un frisson.

— Que voulait-il dire par là, à votre avis ?

— Aucune idée, mais… Je l'avais déjà croisé, Max. C'est l'homme que j'ai heurté en sortant des toilettes, au restaurant. J'ai reconnu sa voix rocailleuse et son odeur de tabac froid.

— Avez-vous vu son visage ?

— Il faisait nuit et il avait une capuche, mais je sais que c'était lui. Hier, il a dû me suivre jusqu'au restaurant depuis le poste de police. Il m'a vue aller aux toilettes, et il a attendu dans le couloir que je sorte pour me…

Elle serra ses bras autour d'elle.

— Je ne sais pas ce qu'il voulait faire. Ce qui est sûr, c'est que personne ne m'a jamais inspiré une telle peur et un tel dégoût. Je parle d'une peur irrationnelle et paralysante.

— Vous n'avez aucune idée de son identité ? Vous ne l'avez jamais rencontré avant ? Il a pu vous suivre jusqu'ici depuis Houston.

— Je ne crois pas. Je fais peut-être fausse route, mais… pourriez-vous me décrire Denton Crosby ?

— Je peux faire mieux que ça.

Max ouvrit son ordinateur portable et tourna l'écran vers la jeune femme.

— Cette photo a été prise il y a quelques années. C'est sa sœur, Nadine, qui nous l'a fournie. Comme il n'a jamais été arrêté, on n'a pas de photo d'identité judiciaire.

— Il a pourtant été interrogé, non ?

— Oui, et libéré. Il n'y avait pas assez de preuves contre lui.

Avery rapprocha sa chaise du bureau pour examiner l'image qui apparaissait à l'écran.

— C'est bien lui, dit-elle. Il devait être chez June Chapman la nuit où elle s'est fait tirer dessus, et il pense que je suis capable de l'identifier. Sinon, pourquoi m'aurait-il suivie ?

Ses yeux brillaient.

— Vous savez ce que ça veut dire, n'est-ce pas ? ajouta-t-elle.

— Que vous êtes en danger ?

— Ça veut dire qu'on avait raison : il y a bien un lien entre l'agression de June et l'enlèvement de Maya. La sœur de Denton Crosby étant morte, la seule personne qui peut encore l'associer au kidnapping est celle qui l'a recruté : June Chapman. Il s'est introduit chez elle dans la nuit de mardi à mercredi pour la faire taire à jamais.

— Ça ne prouve rien de tout ça, répondit Max. Mais imaginons un instant que vous ayez raison. Denton Crosby a voulu tuer June Chapman parce qu'elle est le seul témoin encore vivant dans l'affaire du kidnapping de Maya. Et maintenant, vous êtes la seule personne capable d'associer Crosby à cette tentative de meurtre. Vous voyez le problème ?

Elle haussa les épaules.

— Je n'ai pas distingué son visage, cette nuit-là. S'il n'était pas revenu me chercher, il serait tranquille.

— Mais il ne peut pas prendre ce risque, n'est-ce pas ? S'il a réussi à rester libre pendant toutes ces années, c'est parce qu'il est prudent.

— Ou parce que quelqu'un l'a couvert, répliqua Avery. Ce que je ne comprends pas, par contre, c'est pourquoi il vous a tiré dessus. Il aurait pu s'enfuir et revenir s'occuper de moi plus tard. Blesser un procureur adjoint, ce n'est pas prudent du tout.

— Il attendait peut-être quelqu'un. Auquel cas, il a tiré non pas pour me descendre, mais pour mettre en garde la personne qu'il était censé retrouver.

— Un quatrième kidnappeur, murmura-t-elle.

Avery regardait par la fenêtre tandis qu'ils roulaient en direction de Myrtle Cove, un paradis pour pêcheurs fait de maisons sur pilotis, d'appontements et de longs porches ombragés avec vue sur la rivière. Plus ils s'éloignaient de la ville, plus le paysage devenait sauvage. Avery réprima un frisson. L'épaisse canopée au-dessus de la route faisait naître en elle un sentiment de claustrophobie aussi envahissant que les lianes de kudzu qui rampaient sur les granges délabrées et grimpaient autour des troncs noircis. L'air sentait la vase, la pluie et les vieux cauchemars. Portant une main à sa gorge, elle se tourna vers Max pour étudier son profil, en se demandant s'il ressentait lui aussi la tristesse étouffante qui émanait de ce décor, ou si le malaise qu'elle éprouvait était simplement dû aux événements des derniers jours.

Ils n'avaient presque pas échangé depuis qu'ils avaient quitté le tribunal. Avery aurait voulu préparer leur entrevue avec Will Kent, mais elle s'était laissé gagner par une angoisse écrasante comme elle n'en avait pas connu depuis des années. Une fois de plus, elle regretta que Luther ne soit plus là pour la rassurer.

— Ça va ? demanda Max. Vous avez l'air à des milliers de kilomètres.

— J'appréhende un peu cette rencontre, confia-t-elle en détournant les yeux. Vous ne pensez pas qu'on aurait dû le prévenir ? Il risque de se sentir piégé.

— Il vaut mieux arriver à l'improviste, répondit Max. S'il n'a pas envie de nous parler, il ne pourra pas trouver d'excuse pour nous éviter.

— À quand remonte la dernière fois où vous l'avez vu ?

— Ce devait être à l'enterrement de mon père. Depuis qu'il est à la retraite, il est devenu assez solitaire.

— Et s'il ne se souvient pas de vous ?

— Il se souviendra.

Le silence retomba dans l'habitacle, jusqu'à ce que Max emprunte une longue allée de graviers abritée par les saules et les pacaniers.

— C'est là, indiqua-t-il en se garant sur le côté de la maison.

Dehors, une légère brise agitait les arbres, transportant les parfums mêlés des fleurs et de la rivière. Max et Avery gravirent sans un mot les marches du porche et frappèrent à la porte.

Une femme aux cheveux gris vint les accueillir.

— Que puis-je pour vous ? leur demanda-t-elle à travers la moustiquaire, en s'essuyant les mains sur son tablier à fleurs.

— Je suis Max Winter, procureur adjoint.

Il lui montra sa pièce d'identité.

— Et voici Avery Bolt, une collègue. Nous aimerions poser quelques questions à M. Kent à propos d'une de ses anciennes affaires, s'il a un peu de temps à nous consacrer.

Un sourire radieux remplaça l'expression de méfiance sur le visage de leur interlocutrice.

— Max Winter… Le fils de Clayton ?

— C'est ça.

Elle ouvrit aussitôt la porte.

— Ça alors ! Tu es devenu bel homme, dis donc ! Tu

ne te souviens pas de moi, je parie ? Je suis Martha, la gouvernante de M. Kent. J'ai sans doute un peu vieilli.

Elle se tapota les cheveux en riant.

— Bien sûr que je me souviens de vous, dit Max. Vous faites les meilleurs brownies du monde.

— Le secret, c'est la crème aigre, confia-t-elle en lançant un clin d'œil à Avery.

Elle reporta son attention sur Max, et son sourire s'évanouit.

— Tu ressembles tellement à ton papa… Le juge était très beau, toujours élégant. Un vrai gentleman. C'est affreux, ce qui lui est arrivé. Et dire qu'il venait à peine d'épouser cette jeune femme, après avoir passé tant d'années tout seul ! Comment s'appelait-elle, déjà ?

— Gail Mosier.

— Ah oui, Gail. Certains la trouvaient trop jeune et peut-être un peu trop ambitieuse, mais je l'admirais d'avoir réussi à prendre sa vie en main comme elle l'a fait. Quand on sait d'où elle venait… Enfin, on s'en fiche, maintenant. Tu es là pour parler au chef, pas pour écouter mes bavardages.

— Il est ici ? lui demanda Max gentiment.

— Il est parti en bateau il y a quelques heures. Vous pouvez l'attendre à l'intérieur, si vous voulez.

— On ne voudrait pas vous déranger.

— Savez-vous quand il doit revenir ? intervint Avery.

Martha la dévisagea en plissant les yeux.

— Excusez-moi, comment avez-vous dit que vous vous appelez ?

— Avery Bolt. Je suis…

— C'est une collègue, la coupa Max.

— C'est bizarre, j'ai l'impression de vous avoir déjà vue quelque part, mais je ne connais pas de Bolt dans la région.

— Je ne suis pas d'ici, expliqua Avery, gênée par son regard insistant. Vous devez me confondre avec quelqu'un d'autre.

— Le chef vous a-t-il dit quand il rentrait ? s'enquit Max.

— Il a raté le déjeuner, donc il ne devrait pas tarder. Et si je vous apportais du thé glacé ? Vous pouvez l'attendre sous le porche, on y est bien au frais.

— C'est très gentil, mais ne vous donnez pas cette peine. On va descendre vers la rivière, comme ça, on le verra arriver.

— S'il n'a rien attrapé, il sera de mauvaise humeur, les prévint-elle.

— C'est noté.

Alors qu'ils s'éloignaient de la maison, Avery jeta un coup d'œil par-dessus son épaule. La gouvernante était toujours derrière la porte moustiquaire, en train de les observer. Ou plutôt, de l'observer, elle.

— Quelle femme étrange, chuchota-t-elle.

— Pourquoi dites-vous cela ?

— Vous avez vu comme elle m'a regardée ?

— Elle a cru qu'elle vous connaissait. Ça arrive. Dans les petites villes, tout le monde connaît tout le monde.

— En tout cas, elle se souvenait de vous.

— Ça, c'est l'influence de mon père. C'est parfois dur de s'y soustraire.

— J'ai l'impression que vous vous en sortez plutôt bien, fit-elle remarquer.

Il s'arrêta et se tourna vers elle. D'un geste tendre, il dégagea une mèche de cheveux que le vent avait soufflée en travers de la joue d'Avery. Elle ferma les yeux, parcourue d'un frisson.

— Vous ne savez rien de moi, à part ce que vous avez lu sur Internet, murmura-t-il.

— J'en sais peut-être plus que vous ne le pensez, répliqua-t-elle.

Il plongea le regard dans le sien. Avery aurait juré qu'il se retenait de l'embrasser. Mais à cet instant, un bruit lui fit tourner la tête vers la rivière.

— J'entends un moteur, dit-elle.

Bientôt, un petit bateau apparut et s'approcha du ponton. L'homme aux commandes, vêtu d'un jean et d'un gilet de pêcheur, en descendit pour l'amarrer. Âgé d'environ soixante-dix ans, il était grand, sec et bronzé, et arborait une masse de cheveux blancs coiffés en arrière. N'ayant visiblement pas remarqué leur présence, il prit son temps pour décharger sa glacière et son équipement. Avery nota qu'il portait un pistolet à la ceinture.

— Vous avez besoin d'aide ? lança Max en s'avançant vers le ponton, tandis qu'Avery restait en arrière.

L'homme se retourna, surpris, et leva une main pour se protéger les yeux du soleil.

— C'est un peu tard, mon garçon : j'ai déjà tout sorti du bateau.

— Désolé, mais je ne voulais pas risquer de vous faire peur, expliqua Max en montrant l'arme d'un signe de tête.

— C'était plus sage, en effet.

Will Kent posa un pied sur la glacière et s'appuya sur sa cuisse en regardant Max et Avery tour à tour.

— Qu'est-ce que je peux faire pour vous ?

— Je ne sais pas si vous vous souvenez de moi. Je suis Max Winter, le fils de Clayton.

— Je me souviens parfaitement de toi. Il me semble que je t'ai ramené plusieurs fois au poste pour non-respect du couvre-feu. Et aussi pour d'autres choses plus sérieuses, mais je ne suis pas sûr d'avoir envie de me rappeler lesquelles.

Avery comprenait mieux pourquoi Max avait été certain

que Will Kent ne l'aurait pas oublié. Ainsi donc, il avait été un rebelle dans sa jeunesse ? Peut-être l'était-il resté un peu, d'ailleurs…

L'ancien chef de la police se redressa.

— Qu'est-ce qui t'amène ici, fiston ?

— J'aimerais vous parler d'une vieille affaire. Je vous présente Avery Bolt, une enquêtrice avec laquelle je travaille, ajouta-t-il alors qu'elle les rejoignait.

— Enchantée, monsieur.

Ils se serrèrent la main.

— Détective privée ?

— Oui. Mon agence est installée à Houston.

— Vous êtes bien loin de chez vous, jeune femme.

Avery n'appréciait pas sa manière de s'adresser à elle, mais elle décida de laisser courir.

— J'ai une cliente à Black Creek. June Chapman.

Il la fixa un long moment, dubitatif.

— June Chapman est votre cliente ? *Notre* June Chapman ?

— Oui, monsieur.

— Je ne vous crois pas. Je connais June depuis plus de quarante ans. Jamais elle ne ferait appel à un détective privé, et encore moins venant d'un autre État. Cette femme ne fait confiance à personne.

— Elle a peut-être changé depuis qu'elle se sent menacée, fit remarquer Max.

L'ancien chef de la police garda les yeux braqués sur Avery.

— Par quoi se sentirait-elle menacée ?

— C'est justement pour le découvrir qu'elle m'a recrutée. Et vu qu'elle s'est fait tirer dessus avant-hier dans sa chambre, il semblerait qu'elle avait raison de s'inquiéter.

— C'est un cambriolage qui a mal tourné, répliqua

Kent. Je l'ai eue au téléphone le matin même. Si elle avait eu peur, elle me l'aurait dit, ou je m'en serais rendu compte. Elle allait très bien. Fidèle à elle-même. Et elle n'a pas du tout évoqué cette histoire de détective privé.

— De quoi avez-vous parlé ? s'enquit Avery, ignorant Max qui lui faisait les gros yeux.

— Ça ne vous regarde pas.

— Vous êtes proches, tous les deux ?

— Tout dépend de ce que vous entendez par « proches ».

Il se baissa pour prendre une bière dans la glacière.

— Tu me permets de boire un coup pendant qu'on discute ? demanda-t-il à Max en excluant volontairement Avery. J'ai bien transpiré, sur ce bateau.

— Je vous en prie. Est-ce que vous parlez souvent à June ?

— Une fois par semaine depuis que son mari est mort. Cinquante-deux semaines multipliées par quarante ans, ça fait beaucoup de conversations. Robert était un ami, et je me suis juré de prendre régulièrement des nouvelles de sa veuve, que ça lui plaise ou non.

Il but une longue gorgée de bière, avant de poser la bouteille sur la glacière.

— Tu voulais me parler d'une vieille affaire. Quel lien cela a-t-il avec June Chapman ?

— De nouvelles informations viennent de faire surface concernant la disparition de Maya Lamb, expliqua Max. Nous pensons qu'il pourrait y avoir un rapport avec la tentative de meurtre dont June a été victime.

— Je me disais bien que quelqu'un viendrait me voir à un moment ou à un autre… Vous parlez de cette femme qui a prétendu que, avec son frère et un autre gars, ils avaient été recrutés pour kidnapper Maya et Thea Lamb ?

— Vous êtes au courant ?

Max semblait exaspéré.

— Les aveux de Nadine Crosby étaient censés rester secrets, marmonna-t-il. Le temps qu'on trouve des preuves ou d'autres témoins pour corroborer ses dires.

Will Kent eut un rire méprisant.

— Vous ne trouverez aucune preuve. Elle a tout inventé.

— Pourquoi aurait-elle fait ça ? intervint Avery. Elle était mourante.

— Justement, le cancer avait peut-être atteint son cerveau. Qui sait ? Les gens avouent des crimes qu'ils n'ont pas commis pour toutes sortes de raisons. La plupart du temps, c'est pour attirer l'attention. Parfois, c'est pour se venger. Si elle en voulait à son frère, c'était une bonne façon de s'y prendre.

— Vous n'accordez aucune foi à son témoignage ?

Il se contenta de hausser les épaules.

— Connaissiez-vous Denton et Nadine Crosby à l'époque de l'enlèvement ? s'enquit Max.

— J'avais entendu parler d'eux à cause de ce qui était arrivé à leurs parents. Ils ont été percutés de plein fouet par un poids lourd alors que la gamine était encore toute petite. J'ai aidé la police de la route à fixer la scène. C'était horrible. Un des pires accidents que j'ai vus.

Il s'ébroua.

— Après ça, j'ai perdu la trace des enfants. Je crois qu'ils ont fini en famille d'accueil.

— Et Sarah Bozeman et son fils, Paul ? Est-ce que vous les avez soupçonnés ? demanda Avery.

— J'étais au courant pour les procès, si c'est à ça que vous faites allusion. June s'en plaignait souvent, mais ça se passait au civil. Je n'étais pas concerné.

— Saviez-vous que Paul Bozeman se trouvait chez Reggie Lamb le soir où Maya a disparu ?

— Et alors ?

— Et alors ? répéta-t-elle sans réussir à cacher son agacement. Il ne vous est pas venu à l'esprit que Paul et sa mère avaient des raisons de vouloir se débarrasser des seules héritières vivantes de June Chapman ?

Il se planta devant elle, les bras croisés et les jambes légèrement écartées.

— Je vais vous dire ce que je pense de cette affaire, et ensuite j'irai manger, si ça ne vous dérange pas. Je ne sais pas ce que vous insinuez, mais voilà la vérité : je n'ai jamais autant travaillé que sur le kidnapping de Maya Lamb. Je ne sais même pas combien d'interrogatoires j'ai menés, combien d'heures mes hommes ont passées sur cette enquête. On était dessus avant que le FBI arrive, et on y est restés bien après son départ. On n'a jamais cessé de chercher. Finalement, j'ai abouti à une conclusion à laquelle je continue de croire aujourd'hui.

Max et Avery attendirent la suite sans rien dire.

— Il est arrivé quelque chose à cette gamine pendant la soirée. Peut-être que c'était un accident, peut-être pas. En tout cas, j'ai toujours été persuadé qu'elle était morte avant de quitter cette maison. Quand on a retrouvé la boîte dans les bois avec son ADN dedans, ça a fini de me convaincre. Le copain de Reggie a dû s'énerver, il a perdu le contrôle et a frappé la fillette. Ils ont paniqué, se sont débarrassés du corps au plus vite dans la forêt, avant de revenir le déplacer. Ils n'ont pas voulu avouer et je n'ai pas pu prouver leur culpabilité, mais vous ne me ferez jamais changer d'avis, peu importe combien de fous et de folles viennent raconter des salades.

— Et si vous vous trompez ? demanda Avery.

— Je ne me trompe pas. Ça me fait mal de dire ça, mais Maya Lamb est morte. Elle est morte depuis vingt-huit ans.

14

Au retour de Myrtle Cove, Avery passa chercher ses affaires à l'hôtel avant d'emménager dans le duplex. Elle sortit ensuite faire quelques courses, puis s'installa à la table de la cuisine pour noter le plus précisément possible la conversation que Max et elle avaient eue avec l'ancien chef de la police.

Lorsqu'elle eut terminé, elle se reposa un moment dans la balancelle avec un verre de thé et une poche de glace autour de la cheville. Cette blessure la contrariait. Elle aurait bien aimé courir, ne serait-ce que pour évacuer les tensions et se familiariser avec son nouveau quartier… En fin d'après-midi, sur un coup de tête, elle reprit sa voiture et roula en direction de la banlieue vieillissante où vivait Reggie Lamb.

Si elle n'avait eu aucun mal à trouver l'adresse de cette dernière sur Internet, elle n'était toujours pas certaine de ce qu'elle ferait une fois sur place. Allait-elle frapper à la porte et demander à Reggie de lui raconter ce qui était arrivé à sa fille vingt-huit ans plus tôt ? L'interroger sur l'agression de June Chapman ?

Finalement, elle se gara au bout de la rue et décida de passer par les bois pour s'approcher de la maison par l'arrière, comme le kidnappeur avait dû le faire en cette nuit fatidique. Le soleil commençait à se coucher quand elle s'enfonça entre les arbres, et bientôt tout s'assombrit autour d'elle. Attentive à sa cheville fragile et au terrain accidenté, elle suivit un chemin qui prenait fin brusquement devant le portail du jardin de Reggie.

Avery ne le poussa pas tout de suite. Quelque chose l'empêchait d'aller plus loin – l'étrange pressentiment que son enquête lui en apprendrait bien plus qu'elle ne le demandait.

Elle avait déjà vu des photos du modeste pavillon de Reggie, ainsi qu'un gros plan de la fenêtre par laquelle Maya avait été enlevée. Comme celle-ci n'était pas visible de là où elle se tenait, Avery ouvrit le portail, traversa discrètement le jardin et s'accroupit au coin d'une cabane adossée au garage. Protégée de la rue par un buisson de lauriers-roses, elle avait une vue dégagée sur le côté de la maison et la fameuse fenêtre. Le ravisseur s'était-il arrêté là, lui aussi ? Avait-il attendu le feu vert d'un complice ?

À mesure que le crépuscule s'installait, les ombres s'étirèrent derrière elle. Le vent se leva, portant avec lui l'odeur de la pluie. Avery savait qu'elle devrait rebrousser chemin tant qu'il faisait encore un peu jour, mais elle ne bougea pas d'un pouce, les yeux rivés sur la fenêtre.

Malgré la chaleur, elle se surprit à frissonner. Comme les battements de son cœur s'accéléraient sans raison, elle se retourna pour fouiller les bois du regard. Elle avait l'impression que quelqu'un l'observait. L'avait-on suivie ? Cela ne lui ressemblait pas de se montrer aussi peu vigilante, mais depuis qu'elle était arrivée à Black Creek elle n'était plus elle-même.

Elle écouta les bruits de la nuit un long moment avant de reporter son attention sur la maison. Soudain, la chambre de Maya s'éclaira. Avery se plaqua contre la cabane tandis qu'une silhouette apparaissait derrière le carré de lumière.

L'espace d'un fol instant, elle crut que le kidnappeur était revenu sur la scène de son crime. Puis Reggie Lamb passa la tête dehors. Le vent agitait ses boucles grises en même temps qu'il faisait tourner le moulin décoratif dans le jardin. Reggie sembla tendre l'oreille au cliquetis régulier des pales, jusqu'à ce qu'une bourrasque plus forte ouvre violemment le portail. Avery sursauta. Peut-être l'avait-elle mal refermé. Ou bien quelqu'un était-il passé derrière elle ?

À la fenêtre, Reggie tourna la tête vers les arbres.

— Maya ?

Le prénom flotta dans la brise jusqu'à Avery, qui se demanda si elle ne l'avait pas imaginé. Mais la voix de Reggie retentit à nouveau, plus forte, plus plaintive :

— Oh ! ma toute petite fille…

Avery ferma les yeux, mortifiée. Elle n'avait pas le droit d'être là, à s'immiscer dans l'intimité d'une mère tourmentée. Impossible cependant de s'éclipser sans être vue. Elle n'avait pas d'autre choix que de rester accroupie dans les buissons et de refouler les larmes qui lui brûlaient soudain les paupières.

— Je sais que tu es encore vivante. Je le sens.

Reggie posa une main sur son cœur.

— Je suis là, Maya. Je t'attends.

Quand Avery se gara devant son duplex, elle était encore tellement bouleversée qu'elle eut le temps de sortir de sa voiture et de remonter l'allée avant de se rendre compte qu'il y avait quelqu'un sur la balancelle. Son premier réflexe fut de croire que Denton Crosby avait réussi à trouver sa nouvelle adresse, puis elle reconnut Max à la lueur de la lune. Une vague de soulagement l'envahit.

Alors qu'elle murmurait son nom, il se leva et descendit les marches du porche pour s'arrêter devant elle. Quelque chose dans son expression, dans sa manière de la regarder, l'inquiéta.

— Qu'y a-t-il ?

— Je crois que j'ai compris, dit-il d'une voix étrange.

— Compris quoi ?

Il ne répondit pas, et elle sentit son cœur s'emballer.

— Qu'avez-vous compris, Max ?

— C'est toi, n'est-ce pas ? Tu es Maya Lamb.

15

— Réponds-moi. Es-tu Maya ?

Avery alla s'asseoir sur les marches et entoura ses genoux de ses bras.

— Je ne sais pas, murmura-t-elle. C'est possible.

— C'est pour ça que tu es venue à Black Creek, dit-il en la rejoignant. Tu n'as jamais parlé à June Chapman, n'est-ce pas ? Elle ne t'a jamais appelée, ne t'a jamais recrutée. C'était juste une couverture.

— Il fallait que je justifie ma présence chez elle cette nuit-là. Je n'avais pas trop envie de finir en prison... J'espérais que mon diplôme de détective aiderait à convaincre les autorités, et je savais que mon associé me soutiendrait si quelqu'un l'appelait.

— C'était malin.

Bizarrement, Max ne semblait pas en colère contre elle, seulement perplexe et curieux. Les avant-bras appuyés sur les cuisses, il regardait au loin. Sa voix, chaleureuse et familière, résonnait dans la nuit.

Avery lui lança un coup d'œil.

— Je suis désolée de t'avoir menti.

— Je sentais bien qu'il y avait quelque chose, mais je n'arrivais pas à mettre le doigt dessus. Tu es très belle ; j'étais sûr d'avoir déjà été impressionné par cette beauté.

Il se tourna vers elle.

— Par contre, Maya avait les cheveux blonds et bouclés.

— Je les ai colorés et lissés avant de venir. J'avais peur d'attirer l'attention. Apparemment, ça n'a pas empêché Denton Crosby de me reconnaître.

— Même avec les cheveux bruns, tu ressembles à Thea, et parfois aussi à Reggie, observa Max. Quand as-tu commencé à te poser des questions ? As-tu eu un flash-back ? Quel a été l'élément déclencheur ?

Elle serra ses jambes plus fort.

— Ça ne s'est pas fait d'un coup. Tu sais, mon adoption a toujours été entourée de mystère. On m'a dit que j'avais été abandonnée à quatre ans devant une caserne de pompiers de Houston. Personne ne savait qui j'étais ni d'où je venais, d'autant plus que je n'ai pas prononcé un mot pendant un an. L'assistante sociale qui s'est occupée de mon cas en a conclu que j'avais subi un traumatisme psychologique sévère.

« Mes parents – Luther et Charity Bolt – tentaient d'adopter depuis des années. Ils avaient fait des demandes dans toutes les agences publiques et privées de l'État, mais le boulot de mon père posait problème. À l'époque, il travaillait dans une société de sécurité internationale et voyageait beaucoup. Parfois, il devait quitter le pays pendant plusieurs mois. Il venait d'accepter une mission de longue durée à l'étranger quand ils ont reçu l'appel me concernant. Je ne sais pas comment ils ont fait, mais ils ont obtenu l'autorisation de m'emmener en Allemagne. On a vécu là-bas pendant trois ans avant de revenir à Houston.

— C'est assez inhabituel, comme façon de faire. À votre retour aux États-Unis, on ne devait plus trop parler de la disparition de Maya. Tu n'as aucun souvenir d'avant ton adoption ?

Avery avait du mal à trouver les mots pour décrire cette

impression étrange que provoquaient en elle certaines odeurs ou certains bruits. Ou ces rêves qu'elle avait faits étant petite à propos de gens qu'elle ne connaissait pas – des rêves qui la plongeaient dans une incompréhensible tristesse pendant plusieurs jours.

— Parfois, quelques fragments me reviennent, mais ce ne sont pas de vrais souvenirs, répondit-elle. Cela ressemble plus à un sentiment de déjà-vu. Je me rappelle le bruit d'un carillon en bambou, par exemple. Je ne sais pas du tout pourquoi ce son est important, je sais juste qu'il l'est. Je veux préciser une chose avant de continuer, ajouta-t-elle soudain avec véhémence. Tu t'interroges sûrement sur mes parents. J'ai bien vu la tête que tu as faite quand je t'ai parlé de l'Allemagne… Luther et Charity étaient des gens formidables. Je les aimais beaucoup, et je leur suis extrêmement reconnaissante pour tout ce qu'ils m'ont donné et appris. Que ce soit bien clair, ils n'ont rien fait de mal.

Max parut sur le point de contester, mais eut la sagesse de se taire.

Elle poussa un long soupir.

— Ceci étant dit, j'ai quand même besoin de connaître la vérité. C'est pour ça que je suis ici. Tu m'as demandé quel avait été l'élément déclencheur. En fait, après le kidnapping de la petite Kylie Buchanan, je suis tombée sur une photo de Thea sur Internet. Il y avait quelque chose dans son visage, dans son port de tête… On ne se ressemble même pas tant que ça, mais j'ai senti que cette jeune femme était quelqu'un d'important pour moi. Comme si elle faisait partie de moi.

Elle ferma les yeux un instant.

— J'ai tapé son nom sur Google. De l'affaire Kylie Buchanan, mes recherches m'ont vite menée à Maya.

— As-tu trouvé des photos d'elle ?

— Oui, mais ça ne m'a pas provoqué la même réaction qu'avec Thea. Ce qui n'a aucun sens, si c'est moi, non ? L'interview de June Chapman m'a beaucoup plus ébranlée. Cette façon d'insinuer que Reggie Lamb avait tué sa fille... Il fallait que j'aille sur place pour découvrir ce qui s'était réellement passé.

— Et donc, tu t'es introduite chez June Chapman. Pourquoi pas chez Reggie ?

— Je ne sais pas. Peut-être qu'au fond de moi j'avais peur de ce que je trouverais. Pourtant, j'ai imaginé plusieurs fois d'aller frapper à sa porte. J'ai fini par m'y rendre tout à l'heure, c'était plus fort que moi. Même au restaurant, hier, ça m'a démangée de tout lui raconter.

— Tu ne l'as pas reconnue ?

— Pas consciemment, mais disons que sa présence ne m'a pas laissée indifférente.

— Et quand tu es entrée chez June ? s'enquit Max. Cela t'a rappelé des souvenirs ?

— Une scène m'est revenue à propos d'une poupée. Je n'avais pas le droit d'y toucher parce que j'avais les mains sales. Je crois que c'est June qui m'a dit ça.

— Ça lui ressemble bien.

Ils restèrent silencieux un moment, perdus dans leurs pensées. La nuit était calme. Seules quelques voitures passaient dans les rues alentour, et un chien aboyait au loin. Avery posa une main sur la cuisse de Max ; il la couvrit de la sienne. Pour la première fois depuis que son père était mort, elle ne se sentait pas seule.

— Maintenant que tu sais que j'ai livré un faux témoignage à la police, qu'est-ce que tu vas faire ? lui demanda-t-elle. Je comprendrais que tu sois obligé de me dénoncer.

— Pour l'instant, ça reste entre toi et moi. Tu as vu à quelle vitesse la nouvelle s'est répandue à propos des aveux de Nadine Crosby… Denton t'a suivie, mais il n'a encore rien fait. J'imagine qu'il attend d'être sûr de lui. Il faut qu'on agisse avant lui.

— Comment ça ?

— J'ai un plan.

Avery se gara derrière Max et coupa le moteur. De l'autre côté de la rue, la maison de June Chapman était plongée dans le noir. Seule une petite lumière jetait un pâle halo sur le porche, faisant briller le ruban jaune de la police qui barrait la porte. Il n'y avait aucun signe de vie, ni à l'intérieur ni à l'extérieur.

Alors que Max l'attendait sur le trottoir, Avery prit le temps d'admirer la façade majestueuse de sa maison d'enfance, laissant errer son regard sur l'immense véranda et les gracieuses colonnes. Toutes les fenêtres du rez-de-chaussée étaient éclairées. Gail Mosier se tenait en haut des marches.

Max proposa son bras à Avery, et ils se dirigèrent ensemble vers sa belle-mère qui les observait en souriant. Avery crut pourtant déceler une lueur hostile au fond de ses yeux, mais elle se faisait sans doute des idées… Gail portait un jean et un blazer blanc, ainsi qu'un collier en or et de petites perles aux oreilles. Ses cheveux étaient rassemblés en chignon sur sa nuque. La parfaite thérapeute, impeccable dans sa tenue comme dans son attitude.

— Je te présente Avery Bolt, lui dit Max. Avery, voici ma belle-mère, le Dr Gail Mosier.

Celle-ci tendit la main à la jeune femme sans se départir de son sourire – ni de son regard glacial.

— Enchantée, Avery. Je vous en prie, entrez.

— Je ne voudrais pas m'imposer.

— Vous ne vous imposez pas du tout. J'ai un peu de temps avant ma séance de groupe du jeudi soir.

Elle s'effaça pour les laisser pénétrer dans la maison. Avery sentit au bas de son dos la main de Max qui la poussait gentiment. Très vite, son appréhension laissa place à la curiosité. C'était donc ici qu'il avait grandi… Quel contraste avec le pavillon de banlieue où Avery avait passé son enfance ! Chez les Bolt, les maîtres mots avaient été confort et hospitalité. Ici, tout semblait sorti d'un magazine de décoration intérieure – tapis et tableaux d'art abstrait dans les tons de beige et de blanc, chaque chose à sa place et pas un grain de poussière sur les meubles.

Gail les conduisit à travers un large couloir jusqu'au salon. Max et Avery s'assirent côte à côte sur le sofa blanc, suffisamment près pour que leurs cuisses se touchent. Comme leurs regards se croisaient, il l'encouragea d'un signe de tête.

— Je vous sers quelque chose à boire ? demanda Gail.

— Non, merci, répondit Avery.

Max déclina également.

— Je t'ai expliqué la situation au téléphone, dit-il, mais je suis sûr que tu te poses des questions.

— Un certain nombre, en effet.

Elle s'installa en face d'eux dans un fauteuil et croisa les jambes. Malgré l'éclairage flatteur, ses traits semblaient tirés, et les rides autour de ses yeux et de sa bouche étaient beaucoup plus prononcées qu'Avery ne l'avait remarqué auparavant.

— Vous avez des trous de mémoire, si j'ai bien compris.

— Oui. Plus précisément, je ne me souviens plus de rien avant mes quatre ou cinq ans.

— Ce n'est pas rare, même si des études récentes

semblent montrer que nos premiers souvenirs pourraient remonter à nos deux ans.

— Deux ans ? s'exclama Max. Je n'en ai aucun d'aussi ancien !

— C'est ce que tu crois. En fait, on a tendance à mal dater nos souvenirs d'enfance. Et, selon les chercheurs, on en aurait bien plus qu'on ne le pense.

— Même lorsqu'on a subi un gros traumatisme psychologique ?

— L'amnésie traumatique est un tout autre sujet. Au téléphone, tu m'as parlé d'hypnose régressive. Je vais répéter pour Avery ce que je t'ai déjà dit : l'hypnose n'est pas une méthode fiable pour retrouver la mémoire, et elle peut s'avérer extrêmement préjudiciable pour le patient. Je ne la recommande pas, sauf dans de rares cas. On implante trop facilement de faux souvenirs dans l'esprit d'un sujet sensible.

— Que me suggérez-vous, alors ? s'enquit Avery.

— On peut essayer de les faire remonter naturellement. Il existe des techniques de relaxation efficaces. Quand un souvenir ancien vous revient, il en entraîne souvent d'autres en cascade.

— C'est aussi simple que ça ? dit Max, dubitatif.

— En se faisant guider, oui. Je peux montrer quelques exercices à Avery. Ensuite, si elle ressent quand même le besoin de tenter une thérapie régressive, je l'adresserai à un confrère compétent en la matière.

À cet instant, le téléphone de Max se mit à sonner. Il le sortit de sa poche pour jeter un coup d'œil sur l'écran.

— Max… Pas de portable ici, le gronda Gail.

— Désolé, mais je vais devoir répondre. Continuez sans moi, je reviens tout de suite.

Un moment plus tard, Avery entendit la porte d'entrée s'ouvrir et se refermer. Elle se frotta les cuisses, gênée.

— Je ne suis pas sûre d'avoir envie de poursuivre, avoua-t-elle à Gail. C'était une idée de Max de venir ici.

— Pourquoi ne pas me parler un peu de vous, en attendant ? Il m'a dit que vous aviez été adoptée. Je suppose que les souvenirs refoulés datent d'avant cette adoption ?

Avery acquiesça, tout en se demandant ce que Max avait raconté à sa belle-mère.

— Vous êtes née et avez grandi à Houston ? s'enquit Gail.

— J'y ai été élevée, sauf pendant les trois années que j'ai passées en Allemagne avec ma famille. Je ne sais pas où je suis née.

— Quel est votre plus ancien souvenir ?

En voyant la réaction d'Avery, Gail ajouta d'un ton apaisant :

— Détendez-vous. Il n'y a aucune pression. Prenez votre temps et réfléchissez.

— Excusez-moi, lâcha la jeune femme en se levant précipitamment. Je dois aller parler à Max.

Elle se sauva avant que Gail ait pu protester. Lorsqu'elle rejoignit Max sur la véranda, il était en train de rempocher son téléphone, le visage sombre.

— Tout va bien ? lui demanda-t-elle.

— C'était Cal Slade. June Chapman a fait un infarctus dans la soirée. Elle risque de ne pas passer la nuit.

Avery referma la porte.

— Est-ce qu'on doit aller à l'hôpital ?

— Moi, j'y vais, mais je ne pense pas que tu devrais. Tu ne seras pas autorisée à la voir, de toute façon.

— Je sais. Ça me paraîtrait approprié, pourtant.

— Qui que tu sois, tu ne lui dois rien, lui assura Max d'une voix douce. Il vaut mieux que tu restes ici pour travailler avec Gail. Elle est douée, tu sais. Elle peut t'aider, si tu acceptes de lui faire confiance.

— S'il est tellement facile de retrouver ses vieux souvenirs, pourquoi n'y suis-je pas arrivée jusque-là ?

Max posa les mains sur ses épaules.

— Parle-lui. Qu'est-ce que tu as à perdre ? Je t'appelle dès que j'en sais plus. En attendant, ne dis rien à personne sur l'état de June. Cal fera une déclaration le moment voulu.

Elle le regarda descendre les marches et trottiner jusqu'à sa voiture. Quelques secondes plus tard, il avait filé.

La porte s'ouvrit derrière elle.

— Que se passe-t-il ? s'enquit Gail. Où est Max ?

— Il a été appelé pour une urgence.

— Quel genre d'urgence ?

— Du genre judiciaire, j'imagine, répondit Avery en haussant les épaules. Je devrais sans doute y aller moi aussi. Ça me gêne vraiment de vous envahir comme ça. Nous pourrions peut-être prendre rendez-vous pour un autre jour ?

— Puisque vous êtes là, bavardons un moment. En plus, je suis sûre que Max vous a déjà chanté mes louanges, alors je n'ai plus le choix, il faut que je vous prouve qu'il a raison !

Avery la suivit à contrecœur dans la maison. Gail leur avait servi à chacune un verre de vin.

— Je croyais que vous aviez une séance de groupe, ce soir.

— Un petit verre, ça ne peut pas faire de mal. Au contraire, ça nous aidera à briser la glace ! C'est un délicieux cabernet.

Soulagée d'avoir quelque chose à faire de ses mains, Avery sirota son vin en observant la pièce autour d'elle.

Son regard s'arrêta sur une photo de Max exposée sur une crédence en noyer.

— Vous vous apprêtiez à me parler de votre plus ancien souvenir, lui rappela Gail.

— C'était mon premier Noël en Allemagne, expliqua Avery. Ma maman avait décoré la cheminée avec une poupée de saint Nicolas qui me terrifiait. Quand on éteignait la lumière le soir, je voyais ses yeux qui me fixaient à travers la fenêtre.

— Avez-vous expliqué à votre mère que ce personnage vous faisait peur ?

— Non. Je n'ai pas prononcé un mot, cette année-là.

— Pas un seul ?

Avery secoua la tête, les yeux rivés sur la photo de Max. Elle voyait les pales du ventilateur au plafond se refléter sur la vitre du cadre, et leur mouvement l'hypnotisait. Ou peut-être était-ce l'effet du vin... Elle avait vidé son verre sans s'en rendre compte, et elle se sentait toute molle. Elle ferma les yeux, appuyant sa tête contre le canapé.

— Excusez-moi, je crois que j'ai bu un peu vite.

— Relaxez-vous, Avery. Laissez-vous partir dans le passé.

La voix de Gail lui semblait étrangement lointaine.

— Vous rappelez-vous le trajet en avion vers l'Allemagne ?

— Oui. Ma mère m'a lu un livre pour que je m'endorme. C'est drôle, j'avais oublié cette scène. Elle avait une voix très douce. Comme ses mains.

— Essayez de remonter plus loin encore. De plus en plus loin, avant l'Allemagne. Vous flottez. Vous remontez le temps. Les souvenirs vous reviennent, maintenant.

Avery avait bel et bien l'impression de flotter, de dériver loin, très loin de l'Allemagne et de Houston, jusqu'à ce que la voix de sa mère soit peu à peu remplacée par un chuchotement tremblant qui sortait de sa propre bouche. *J'ai peur, Sissy.*

— Qu'y a-t-il, Avery ? De quoi vous souvenez-vous ?

— Du carillon de maman, murmura-t-elle. Et du chien du voisin qui aboie dans la forêt.

— Êtes-vous en Allemagne ?

— Non.

— À Houston ?

Elle secoua la tête.

— Où êtes-vous ?

— Dans ma chambre, avec Sissy.

Elle crut entendre Gail retenir son souffle.

— Que vous rappelez-vous d'autre ?

— J'entends des voix.

— Quelqu'un vous dit quelque chose ?

— Non, ils se parlent entre eux. Il fait noir dans la chambre, mais je les vois, au bout de mon lit.

— Percevez-vous ce qu'ils se disent ?

— « Prends-en une et reviens chercher l'autre », siffla Avery. « Dépêche-toi, on n'a pas beaucoup de temps. »

Le verre glissa de sa main et se fracassa sur le parquet. Brusquement ramenée au présent, elle bredouilla une excuse et voulut se pencher pour ramasser les morceaux, mais son corps était lourd et ses muscles ne répondaient plus. Elle eut vaguement conscience qu'une troisième personne venait d'entrer dans la pièce.

Max était-il de retour ?

— Alors, tu me crois, maintenant ? lança Gail. Je t'avais dit que c'était elle.

Une ombre passa devant Avery, traînant derrière elle une odeur de tabac froid.

— Qu'est-ce que tu lui as donné ?

— Un sédatif. Normalement, il est assez puissant, mais les gens réagissent différemment selon leur métabolisme.

L'homme se pencha sur Avery.

— Ses paupières bougent. Tu crois qu'elle nous entend ?

— Ça ne va pas durer. Dans quelques minutes, elle ne sera plus là.

— Très bien. Je suis allé faire un tour à la grotte de McNally. Ils ont tout détruit, mais le trou de l'entrée est encore assez grand pour y fourrer un corps. Quand ils l'auront fait sauter, il ne restera plus rien d'elle.

— On ne devait pas la mettre dans sa voiture et la pousser dans la rivière ?

— Il y a trop de maisons autour. Trop de regards indiscrets. Et puis, il ne faudrait pas qu'elle remonte à la surface. C'est mieux de la faire exploser. Pas de cadavre, pas d'enquête. Détends-toi, d'accord ? Je sais ce que je fais.

— Dans ce cas, pourquoi June Chapman est-elle encore en vie ?

— Cette vieille bique est plus résistante que je le pensais, mais elle n'en a plus pour longtemps. Deux balles dans le buffet à son âge ? Elle ne s'en remettra pas.

— Il vaut mieux pour toi.

— Il vaut mieux pour *toi*, répliqua l'homme. Tu as bien plus à perdre que moi. Mais chaque chose en son temps.

Il poussa Avery, qui tomba sur le côté sans opposer la moindre résistance.

— Je vais la charger sur la banquette arrière de mon pick-up. Tu me suivras jusqu'à la grotte au volant de sa voiture. Mais d'abord…

Il remonta le T-shirt d'Avery. Elle tenta de repousser sa main, mais elle n'en eut pas la force.

— Qu'est-ce que tu fais ? gronda Gail.

— Il faut que tu échanges ton haut avec le sien et que

tu te trouves une casquette. De loin, les voisins curieux penseront que c'est elle. Après, on se débarrassera de son véhicule et je te ramènerai ici. Ni vu ni connu.

Gail s'accroupit devant Avery et lui souleva les paupières pour vérifier la dilatation de ses pupilles.

— Allez, il faut que tu t'endormes, ma grande. Arrête de lutter. Ferme les yeux et laisse-toi partir.

— Tu veux que je l'aide ? demanda Crosby.

— Non.

Gail caressa les cheveux d'Avery.

— Je suis désolée, Maya. Vraiment. Il aurait été plus simple pour tout le monde que tu restes morte.

16

En arrivant à l'hôpital, Max envoya un texto à Cal Slade, qui le rejoignit devant les ascenseurs du service de réanimation. L'inspecteur semblait nerveux.

— Comment va-t-elle ? s'enquit Max.

— Pas bien. Elle a sombré dans un coma profond. D'après les médecins, la fin est imminente. On a prévenu l'agente Lamb, sa plus proche parente à ce que l'on sait. Elle est en route.

— Tant mieux.

Max ne put s'empêcher de penser à Avery, restée seule chez Gail.

— Et Reggie ? demanda-t-il.

— Je me suis dit qu'il valait mieux laisser Thea l'informer. Vu son histoire avec June…

— Tu as sans doute raison.

— Sinon, il est arrivé quelque chose d'étrange tout à l'heure, confia Cal. La vieille dame a eu comme un sursaut de vitalité. Il paraît que cela arrive souvent.

— Comment ça ?

— Deux heures avant sa crise cardiaque, elle a repris conscience. Elle a demandé à parler à l'inspecteur chargé de l'enquête. Quand je suis arrivé, elle semblait parfaitement lucide. C'était même étonnant, vu la gravité de ses blessures… Elle a voulu faire une déposition.

Cal entraîna Max à l'écart du bureau des infirmières.

— Tu avais raison, poursuivit-il en baissant la voix. Elle a tout avoué.

— C'est-à-dire ?

— C'est bien elle qui a financé l'enlèvement des jumelles. En revanche, elle prétend n'avoir jamais été en contact direct avec les kidnappeurs. Quelqu'un d'autre a tout organisé pour elle. Cette personne a enrôlé Denton et Nadine Crosby, qui ont à leur tour recruté Gabriel Jareau.

— Qui est la personne en question ?

Cal détourna les yeux.

— J'y viens. Quelques mois plus tôt, June a été mise en relation avec une organisation clandestine dont j'aurais juré qu'elle n'était qu'une légende urbaine. Ce groupe était constitué de policiers, d'agents du FBI, de juges et de travailleurs sociaux – autant de professionnels qui avaient fait l'expérience des failles et de l'iniquité de notre système judiciaire vis-à-vis des enfants maltraités ou en danger. Ils intervenaient en dernier ressort, quand les tribunaux, la police et les services de protection de l'enfance avaient échoué à leur mission.

— En quoi consistait leur intervention ?

— Ils faisaient disparaître les gamins, tout simplement. Ceux-ci passaient de lieu sûr en lieu sûr jusqu'à ce qu'on puisse leur attribuer une nouvelle identité et leur trouver une famille d'adoption.

Max fit la moue. Cette histoire d'organisation secrète lui semblait un peu invraisemblable – et bien pratique pour se dédouaner de sa responsabilité. Mais il avait entendu plus étrange.

— Comment June a-t-elle découvert leur existence ? demanda-t-il à Cal. Et surtout, comment a-t-elle réussi à les convaincre que les fillettes étaient en danger ?

— Elle est restée vague sur ce point. Je pense qu'elle continue de protéger quelqu'un, même sur son lit de mort.

Max songea à la conversation téléphonique qu'Avery avait surprise entre Will Kent et Tom Fuqua, deux hommes de pouvoir qui avaient dû nouer de nombreux contacts au fil de leur carrière. Il pensa également à la réplique que son propre père avait renvoyée à June Chapman : *Tu sais ce que c'est de prendre ce qui ne t'appartient pas, n'est-ce pas ?*

Il jeta un coup d'œil vers la salle de réanimation où June s'accrochait à la vie. Peut-être avait-elle déjà renoncé. Maintenant qu'elle avait confessé son terrible crime, elle pouvait partir la conscience apaisée.

— Tu m'as dit que quelqu'un avait tout organisé pour elle. T'a-t-elle donné un nom ?

— Oui.

Cal posa une main sur son épaule.

— C'était Gail, Max. June lui a versé un million de dollars pour qu'elle kidnappe les enfants de sa meilleure amie.

C'était Gail. C'était Gail. C'était Gail.

La petite phrase tournait en boucle dans sa tête tandis que Max se garait dans un crissement de pneus devant sa maison d'enfance. Il grimpa les marches de la véranda, enfonça la sonnette puis frappa bruyamment à la porte. Tout était noir, et la voiture d'Avery avait disparu. Peut-être la jeune femme était-elle rentrée directement chez elle après le départ de Max. Peut-être Gail avait-elle regagné son cabinet pour sa séance de groupe. Il ne servait à rien d'imaginer le pire. Sa belle-mère ne pouvait pas savoir que June avait avoué. Il essaya une nouvelle fois de contacter Avery, sans succès.

Ça ne veut rien dire, songea-t-il. *Elle a le droit d'avoir envie d'être seule.*

— Vous cherchez Gail ? lui lança une vieille dame qui promenait son chien.

Max la rejoignit à grands pas sous le lampadaire où elle s'était arrêtée.

— Oui. Vous l'avez vue ?

— Elle était sous son porche tout à l'heure, avec la jeune femme qui m'a aidée à désherber mon parterre de fleurs hier. Une très belle fille. On aurait dit un ange.

— Attendez…

Cette description lui rappelait quelque chose.

— Vous êtes Mme Carmichael ?

— Vous pouvez m'appeler Evelyn.

— Je crois qu'on s'est parlé hier au téléphone. Je suis Max Winter, le fils de Clayton.

— Max Winter ?

Elle inclina la tête.

— Je veux bien vous croire, mais je ne me souviens plus de la raison de votre appel.

— C'est vous qui m'avez appelé, la corrigea-t-il.

— C'est vrai ? Excusez-moi, j'ai la mémoire qui flanche. Que vous ai-je dit ? Je n'ai pas été impolie, j'espère ?

— Pas du tout, ne vous inquiétez pas. Vous vouliez me prévenir que vous aviez vu Maya Lamb.

— Ah oui ! s'exclama-t-elle avec un grand sourire. Je m'en souviens, maintenant. Je l'ai vue, ça ne fait pas de doute, mais… C'est impossible, n'est-ce pas ?

— Je ne sais pas. Était-ce la même jeune femme qui a désherbé votre jardin ?

— Ce n'est pas possible non plus. Elle m'a dit qu'elle s'appelait Avery.

— Vous l'avez aperçue sur la véranda tout à l'heure. L'avez-vous vue partir ?

— Oui, il n'y a pas longtemps. J'étais installée sous mon porche comme tous les soirs à cette saison. Il y fait frais, et j'aime bien sentir le parfum des fleurs… Elle est montée dans une voiture gris métallisé.

— Quelqu'un d'autre est-il sorti de la maison ?

Mme Carmichael réfléchit un instant.

— Non, je ne crois pas.

— Vous êtes sûre qu'il s'agissait d'Avery ? Comment était-elle habillée ?

— En jean, il me semble, avec un T-shirt blanc et une casquette rouge.

— Elle ne vous a pas paru contrariée, ou apeurée ?

— Apeurée ? Oh ! Seigneur… J'espère qu'elle n'est pas en danger ?

— C'est ce que j'essaie de déterminer.

— À bien y réfléchir, elle semblait assez pressée. Elle a fait demi-tour dans la rue, au lieu d'aller jusqu'au carrefour.

— Par où est-elle partie ?

La vieille dame lui montra la direction.

Si Avery avait quitté Gail par ses propres moyens, alors elle ne devait pas aller trop mal, se dit Max. Mais elle ne répondait toujours pas au téléphone et, lorsqu'il passa devant son duplex, sa voiture n'y était pas. Où pouvait-elle être allée ?

Il ne voyait qu'une possibilité. Pour peu que des souvenirs d'enfance lui soient revenus, elle avait sûrement voulu voir Reggie.

Le pick-up s'arrêta brusquement, puis le plafonnier s'alluma quand Denton Crosby ouvrit sa portière. Avery resta immobile, les yeux fermés. Voilà plusieurs minutes qu'elle avait repris conscience, mais elle n'avait pas encore assez de force pour attaquer. Si Luther lui avait appris une chose, c'était bien la patience.

Crosby vint la secouer par l'épaule.

— Tu es réveillée ? Hé oh !

Il la gifla plusieurs fois ; elle ne broncha pas.

En entendant un véhicule se garer derrière eux, elle reconnut le moteur de sa voiture. Bientôt, la voix de Gail retentit.

— Finissons-en. Je dois filer à mon cabinet au cas où Max passerait.

— À cette heure ? Tu travailles trop, grogna Crosby, tout en saisissant Avery sous les bras pour la sortir du pick-up.

Il la reposa sans ménagement sur le sol.

— Elle dort encore ? demanda Gail en braquant sa lampe torche sur le visage d'Avery.

— Je ne l'ai pas entendue de tout le trajet. C'est puissant, ce que tu lui as donné.

— Je t'ai dit que l'effet n'était pas forcément le même suivant les patients.

Une légère bruine s'était mise à tomber ; Avery sentait la fraîcheur vivifiante des gouttelettes sur sa peau.

— Allons-y, dit Gail.

Crosby hissa la jeune femme sur son épaule.

— Je suis trop vieux pour ça, grommela-t-il.

— Si ta sœur avait tenu sa langue, on n'en serait pas là.

— Que veux-tu, elle a toujours eu le cœur tendre.

— Pas comme toi, répliqua Gail.

— Tu peux parler.

Ils marchèrent un moment en silence.

— Ouvre-moi le portail, demanda Crosby. J'ai sectionné le cadenas quand je suis venu tout à l'heure.

Avery entendit un grincement, puis ils gravirent une

pente. Elle réprima une grimace quand Crosby la laissa retomber sur le sol rocailleux.

— Tu veux lui faire tes adieux ? demanda-t-il, sardonique.

— Tais-toi. Je n'ai jamais voulu ça.

— On ne récolte que ce que l'on sème.

— En effet.

Avery sursauta lorsqu'un coup de feu éclata à moins d'un mètre d'elle. Instinctivement, elle se roula en boule pour protéger ses organes vitaux. Comme il ne se passait rien, elle risqua un coup d'œil derrière elle. Gail, qui lui tournait le dos, était occupée à traîner le corps inerte de Denton Crosby vers l'entrée de la grotte.

Lentement, sans un bruit, Avery se mit à quatre pattes, puis s'accroupit. Tout à ses efforts, la belle-mère de Max ne lui prêtait aucune attention. Avery aurait bien tenté de la désarmer, mais elle ressentait encore les effets des sédatifs et elle préféra s'éloigner le plus discrètement possible. Elle avait presque atteint le grillage quand une deuxième balle siffla tout près d'elle.

Cette fois-ci, elle lui était destinée.

Avery franchit le portail et s'enfonça dans les bois. Gail n'était pas loin – elle entendait les feuilles et les brindilles craquer derrière elle. Mais elle continua, courant et trébuchant, jusqu'à ce qu'elle comprenne où son instinct la menait. La maison de Reggie était à quelques centaines de mètres devant elle.

Ne t'arrête pas. Tu es bientôt chez toi.

Max se gara dans l'allée de Reggie et s'avança à grands pas vers l'entrée. Il fut surpris de voir la propriétaire des lieux surgir au coin de la maison, comme si elle l'attendait.

— Vous avez fait vite ! lança-t-elle, avant de s'arrêter net.

— Bonjour, Reggie. Je suis Max Winter. Vous vous souvenez, je suis venu manger au restaurant hier.

— Qu'est-ce que vous faites là ? J'ai appelé la police, pas le procureur !

Il s'approcha d'elle prudemment, craignant de lui faire peur.

— Pourquoi avez-vous appelé la police ? Que se passe-t-il ?

— J'étais sous le porche, à l'arrière, quand j'ai entendu des coups de feu dans la forêt. Un seul, d'abord, puis trois à la suite. Avant, les gens s'entraînaient sur des cibles, mais ils ne faisaient jamais ça la nuit. Et puis ça fait bien longtemps que plus personne ne chasse. Ça m'a inquiétée.

— Reggie, dit Max en s'efforçant de chasser la panique de sa voix. Il faut que je vous pose une question. Vous vous souvenez de la jeune femme avec qui j'ai déjeuné hier ? Une petite brune, mince et sportive. Elle vous a demandé comment vous vous étiez blessée au poignet.

— Elle portait une casquette. Et elle était très belle. Oui, je me souviens bien d'elle.

— L'avez-vous vue dans l'heure qui vient de s'écouler ?

— J'ai fini à 15 heures, donc si elle est venue au restaurant…

— Non, je veux dire ici. Est-elle passée vous voir ce soir ?

— Pourquoi serait-elle venue chez moi ? demanda Reggie en s'avançant vers lui, comme si elle devinait ce qui allait suivre. Qui est-elle ?

— Nous n'en sommes pas sûrs, c'est important que vous gardiez cela en tête. Mais… nous pensons qu'il pourrait s'agir de Maya.

Reggie le fixa sans rien dire. Brusquement, ses jambes

se dérobèrent sous elle, et il la rattrapa de justesse. Alors, elle se mit à répéter le prénom de sa fille comme une prière.

— Maya… Maya…

— Écoutez-moi, Reggie. Vous êtes sous le choc, mais il faut que vous soyez forte. Cette jeune femme, qui qu'elle soit, est peut-être en danger.

À cet instant, un coup de feu résonna dans les bois.

— Ça se rapproche, murmura Reggie.

— Rentrez chez vous. Fermez toutes les portes à clé et rappelez la police. Demandez l'inspecteur Cal Slade, et dites-lui que c'est une question de vie ou de mort.

Avery trébucha. À l'instant où elle tombait, une balle fit exploser un tronc devant elle. Elle tenta de se relever, mais Gail l'avait déjà rattrapée.

— Ne bouge pas.

Avery se retourna lentement, les mains en l'air. Gail la menaçait d'un pistolet.

— On va tranquillement retourner à la grotte. Si j'étais toi, je n'essaierais pas de courir.

— Pourquoi ? Vous allez me tuer, de toute façon.

— Je vais t'expliquer pourquoi. Reggie cherche encore Maya dans cette forêt. Des gens l'ont croisée à toute heure du jour et de la nuit. Si je te descends ici, il y a de grandes chances pour que ce soit elle qui découvre ton corps. Tu ne voudrais quand même pas lui imposer ça, non ?

Avery eut un rire nerveux.

— Vous vous inquiétez pour Reggie Lamb ? Après ce que vous lui avez fait ?

À la lumière de la lune qui filtrait à travers les arbres, elle s'aperçut que Gail semblait sincèrement affectée.

— Il faut que tu comprennes. Je ne voulais pas lui faire de mal. C'était ma meilleure amie, mais je ne pouvais pas vous laisser dans cette situation, Thea et toi. À l'époque, Reggie était une mère épouvantable. June avait raison : vous méritiez tellement mieux !

— Combien ma grand-mère vous a-t-elle payée ? s'enquit Avery sans se laisser attendrir.

— Je ne vais pas te mentir, l'argent a pesé dans ma décision. Tu n'imagines pas ce que ça signifie, un million de dollars, pour une fille comme moi. Une fille qui partait de *rien*. Ça a complètement changé ma vie. J'ai aidé tellement de gens grâce à l'éducation que j'ai pu me payer… Et je savais que Thea et toi auriez droit à une vie bien meilleure que celle que Reggie était capable de vous offrir.

— Mais c'était faux, répliqua Avery. Regardez Thea, regardez comme elle a réussi.

— Sans ta disparition, elle ne serait pas devenue ce qu'elle est. Reggie aussi a changé. Qui sait à quoi aurait ressemblé votre existence si elle avait continué sur la même voie destructrice ?

— Vous avez eu vingt-huit ans pour peaufiner vos excuses. Mais tôt ou tard, la vérité finira par éclater.

— Pas ce soir, en tout cas.

Alors que Gail lui faisait signe de se mettre en route, le craquement d'une brindille les arrêta net. Avery faillit crier à l'aide, mais elle se retint. Si Reggie surgissait, comment réagirait Gail ?

Les bruits de pas se rapprochèrent, puis une voix masculine s'éleva dans la nuit.

— C'est Max. Ne tire pas.

Gail sembla pétrifiée.

— Va-t'en, Max ! Tu n'as rien à faire ici.

— Je ne vais pas partir, répondit-il calmement. Je sais ce que tu as prévu de faire et ce que tu as déjà fait.

Il émergea d'entre les arbres, les bras levés, et regarda tour à tour sa belle-mère et Avery.

— Si tu la tues, tu devras me tuer aussi.

— Arrête, le supplia Gail. Tu es mon fils, je ne peux pas te tuer. Va-t'en, j'ai des choses à régler.

— C'est fini. June Chapman a repris conscience il y a quelques heures et elle a tout avoué à la police.

— Je ne te crois pas.

— Elle a expliqué comment tu avais organisé l'enlèvement. C'est toi qui as recruté les kidnappeurs. Tu as tenu Reggie à l'écart, cette nuit-là, n'est-ce pas ? L'as-tu droguée ?

— Je n'ai pas eu besoin. Elle m'a facilité la tâche.

Un cri déchirant résonna soudain dans la forêt, suivi d'un coup de feu. Gail porta une main à sa poitrine, puis elle tomba à genoux en lâchant son pistolet. Alors, Reggie apparut, serrant son arme dans ses deux poings. Elle s'avança d'un pas décidé vers Gail.

— Tu étais ma meilleure amie, dit-elle d'une voix sourde. Ma sœur. Tu as fouillé ces bois avec moi, tu as crié le nom de ma fille, alors que tu *savais*. Tu m'as serrée dans tes bras nuit après nuit pendant que je pleurais toutes les larmes de mon corps, et tu *savais*.

Elle se tenait à présent au-dessus de Gail.

— Tu savais. Tu savais !

— Reggie, ne faites pas ça, intervint Max. Elle va être punie. Elle va passer le reste de sa vie en prison, je vous le promets.

Le pistolet ne trembla pas. Reggie était déterminée.

— Elle vous a déjà pris Maya une fois, insista-t-il. Ne la laissez pas recommencer.

Jusque-là, Avery était restée muette, prise dans un tourbillon d'émotions. Mais il lui suffisait de prononcer un mot pour débloquer la situation.

— Maman ?

L'arme tomba des mains de Reggie tandis qu'un gémissement aigu s'échappait de sa gorge. Elle se précipita vers Avery et l'entoura de ses bras.

— Maman est là, ma chérie, murmura-t-elle en la serrant contre elle. Maman est là.

17

Presque personne n'assista aux funérailles de June Chapman. Sans parler des rumeurs qui commençaient à circuler sur son implication dans la disparition de sa petite-fille, qui aurait voulu rendre hommage à une femme qui s'était aliéné tous ses proches ?

Après la mort de son fils, elle avait vécu comme une recluse. Avait-elle seulement ressenti une once de culpabilité ? Max en doutait. Pourtant, elle avait éprouvé le besoin d'avouer son crime avant de mourir, ce qui semblait montrer qu'elle avait une conscience, finalement.

Max se tenait à l'écart du petit groupe rassemblé autour de la tombe. Sans trop savoir pourquoi, il s'était senti obligé de venir, et il avait été surpris de voir arriver Avery flanquée de sa mère et de sa sœur. Une chose était certaine : elles n'étaient pas là pour pleurer June, mais plutôt pour clore ce long chapitre de leur vie.

Paul Bozeman était présent, bien sûr. Sans doute tenait-il à faire taire les ragots selon lesquels sa fille et lui volaient la vieille dame depuis des années. Ce n'était pas très bon pour le commerce… Il espérait peut-être aussi figurer dans le testament de June.

Le regard de Max s'arrêta sur Will Kent et Tom Fuqua. S'il avait encore des soupçons quant au rôle que ces deux-là et son propre père avaient joué dans l'enlèvement de Maya, June avait emporté leur secret dans sa tombe. D'une manière ou d'une autre, Max allait devoir accepter l'idée de ne jamais savoir.

Il partit avant la fin de la cérémonie pour respecter l'intimité de la famille. En outre, il avait du travail. Et quelques détails à régler de son côté.

Deux jours plus tard, il se rendit chez Reggie Lamb. En voyant Avery et Thea assises côte à côte sur le porche, il repensa à ce jour, vingt-huit ans plus tôt, où il avait été ébloui par deux fillettes de quatre ans installées devant la maison de June Chapman.

— Ça fait plaisir de te revoir, lui lança Thea lorsqu'il les rejoignit.

Elle lui toucha le bras en souriant, puis s'éclipsa. Max prit la place qu'elle venait de libérer à côté d'Avery.

— Salut.

La jeune femme le dévisagea un long moment.

— Je commençais à me demander quand tu viendrais. Si tu viendrais un jour.

— Tu savais que je finirais par venir.

— Je l'espérais.

— Tu le savais.

Il posa une main sur son genou, et elle la couvrit de la sienne.

— Comment dois-je t'appeler, maintenant ? s'enquit-il.

— Ça n'a pas d'importance. Je suis la même personne que celle que tu as rencontrée il y a quelques jours.

— Ça m'étonnerait. Même moi, j'ai changé.

— Il est arrivé beaucoup de choses, concéda-t-elle.

— C'est pour ça que je ne suis pas venu avant. Je voulais te laisser le temps de te retourner. Comment ça se passe ?

Elle poussa un soupir.

— C'est à la fois bizarre, un peu effrayant et complètement irréel. Reggie et Thea sont formidables, mais… on a toutes besoin de temps. Et toi, tu es allé voir Gail ?

— Non, et je n'en ai pas l'intention.

— Tu as le droit d'avoir envie de la voir, tu sais. Elle fait partie de ta famille. Les sentiments ne disparaissent pas en une nuit.

— Peut-être plus tard. Il vaut mieux que je garde mes distances jusqu'au procès. Un autre procureur adjoint va être affecté sur cette affaire, bien sûr. Moi, de toute façon, j'en ai fini avec tout ça.

— Qu'est-ce que tu veux dire par « tout ça » ?

— J'ai donné ma démission.

— C'est vrai ? Quand ça ? demanda-t-elle, les yeux écarquillés.

— Hier. Je n'ai pas fait ça sur un coup de tête : ça faisait un moment que j'y pensais.

— Bigre…

Elle marqua un silence.

— Qu'est-ce que tu vas faire, maintenant ?

— Je ne sais pas. J'ai plusieurs idées. Je pourrais monter un cabinet privé à Tallahassee, par exemple. Je crois que ça me plairait. Ou bien essayer quelque chose de complètement différent. Je ne suis pas obligé de décider tout de suite.

— Quelque chose de différent, répéta Avery d'un ton songeur. C'est amusant que tu me parles de ça. Je me disais justement aujourd'hui que je pourrais ouvrir une succursale à Tallahassee ou à Jacksonville pour me rapprocher de Reggie et de Thea. J'aurais besoin d'un bon enquêteur, quelqu'un qui m'aiderait à rester dans le droit chemin.

— Et tu penses que je suis l'homme de la situation ?

— On forme une bonne équipe, je trouve. Ça pourrait valoir le coup d'essayer.

— Présenté comme ça…

Il regarda le jardin autour d'eux.

— Quand je suis arrivé tout à l'heure et que je t'ai vue assise là avec ta sœur, ça m'a tout de suite fait penser au jour où j'ai posé les yeux sur toi pour la première fois. Tu avais une robe rose.

Elle secoua la tête en riant.

— C'est incroyable que tu te rappelles ce détail après tout ce temps.

— Personne ne t'a oubliée à Black Creek, Maya, murmura-t-il en portant la main de la jeune femme à ses lèvres.

— Les gens se souviennent de ce qui m'est arrivé. Toi, tu te souvenais de moi.

— Ce jour-là, je revenais de l'enterrement de ma mère, et j'avais l'impression que ma vie était finie.

Il plongea le regard dans le sien, en espérant qu'elle y lirait tout l'amour qu'il ressentait.

— Comment aurais-je pu savoir en te voyant qu'elle ne faisait que commencer ?

NICOLE HELM

Secrets et mensonges

Traduction française de
DOMINIQUE TRUFFANDIER

BLACK ROSE

HARLEQUIN

Titre original :
COWBOY IN THE CROSSHAIRS

1

Elsie Rogers n'avait qu'une envie : retrouver son ordinateur. Elle venait de passer deux jours dans un bunker aménagé sous une ferme, sur un ordinateur qui n'était pas le sien. Cela ne l'avait pas dérangée à proprement parler, mais elle se serait bien passé de finir à l'hôpital après avoir été droguée.

Mallory, l'une des agentes de terrain de la North Star, venait tout juste de la ramener au QG de l'organisation. Elle était assise devant son ordinateur depuis à peine trente secondes – il n'avait même pas encore démarré – quand Shay entra dans son bureau, arborant sa mine des mauvais jours. Elsie comprit aussitôt qu'elle ne pourrait pas pirater tranquillement avant un certain temps.

— Comment est-ce que tu te sens ? demanda Shay.

Elsie adorait travailler sous les ordres de Shay. Quand elle avait fait ses débuts dans le département informatique de la très secrète North Star, les choses étaient bien différentes. Granger McMillan était le directeur de l'organisation, dont l'unique mission était de démanteler les Sons of Badland, un dangereux gang de motards.

Parce qu'elle avait elle-même souffert de la violence d'un homme, elle avait été ravie de mettre son expertise informatique au service de la North Star afin de les aider à démanteler les Sons. Elle avait été promue chef du département informatique peu après, mais elle ne s'était jamais sentie à l'aise devant Granger McMillan qui, comme la plupart des hommes de la North Star, était grand, bourru et très sérieux. Autant de caractéristiques dont elle se méfiait depuis son enfance.

Pourtant, elle avait fini par se faire à la carrure et au sérieux des hommes de la North Star. Elle s'était même libérée d'une partie des peurs et des angoisses que lui inspiraient les hommes.

Mais elle préférait quand même avoir une femme comme supérieure, même si Shay était tout aussi dangereuse que n'importe lequel de ses collègues masculins – peut-être parce qu'elle était l'unique membre de la North Star à n'avoir aucune spécialisation.

Shay excellait en tout.

— Je me sens très bien, dit Elsie avec une gaieté forcée.

Elle posa un regard morose sur son écran.

— Nous avons le nom de la seconde cible, dit Shay.

Du travail. C'était parfait. Deux des chefs d'équipe de la North Star étaient partis sur les traces de deux tueurs à gages. La North Star ne savait rien sur eux, pas plus que sur les personnes qu'ils avaient été chargés d'éliminer. Ils avaient seulement suivi la trace de deux boîtes de munitions destinées aux fusils dont se servaient leurs mystérieux assassins, dans l'espoir de les retrouver avant qu'ils passent à l'acte.

Holden Parker, chef d'équipe numéro un, n'avait trouvé aucune des deux cibles. Par contre, il avait contribué à sauver la vie d'une jeune femme dont les parents étaient espions et indirectement liés à l'affaire.

Bien qu'Elsie n'ait rien d'un agent de terrain, elle avait été envoyée sur place pour fouiller l'ordinateur de la jeune femme et s'était malencontreusement retrouvée au beau milieu de l'affrontement final. Ligotée dans ce bunker par l'un des espions, qui avait perdu tout contact avec la réalité, elle avait ressenti une terreur qui lui avait un peu trop rappelé celle qu'elle éprouvait enfant, quand elle essayait d'esquiver les coups de son père.

Mais puisqu'ils avaient le nom de la seconde cible, elle allait pouvoir se plonger dans le travail et oublier sa terreur.

— Donne-moi son nom et je te dirai tout.

Shay sourit, mais ce sourire était forcé et n'avait rien de réconfortant. Rien du tout.

— Nous ne savons pas encore contre quoi nous nous battons, dit-elle. Sabrina a pu obtenir quelques informations de l'intérieur, mais nous devons être très prudents.

Sabrina Killian, l'une des autres chefs d'équipe de la North Star, était partie pour les Tetons suivre la piste de la seconde boîte de munitions. Si elle n'avait pas encore trouvé le tueur à gages, elle avait identifié sa cible – ainsi, apparemment, que celle du second tueur.

— Super, dit Elsie.

Un frisson d'excitation la traversa. Elle avait un peu craint que Shay la mette sur la touche pendant quelques jours, le temps qu'elle récupère.

— Donne-moi ce nom. Je suis en pleine forme, prête à me mettre au travail.

— Je suis ravie de l'entendre, dit Shay.

Elle inspira profondément, ce qui était de mauvais augure, et s'assit à côté d'Elsie.

— Els, il va falloir que tu t'occupes de cette affaire.

— Bien sûr. Donne-moi seulement ce nom.

Mais Shay secoua la tête sans mot dire avant de la dévisager attentivement, ce qui ne fit que la conforter dans son sentiment que ce que sa patronne s'apprêtait à lui dire n'allait vraiment pas lui plaire.

Son instinct la poussait à détourner le regard, voire à prendre la fuite, mais elle ne fit ni l'un ni l'autre. Ses années au sein de la North Star lui avaient appris à faire face.

— Non, Els. Tu vas aller sur le terrain.

— Je ne peux pas aller sur le terrain !

Elle rit, parce que c'était dingue.

— Je suis… j'appartiens au département informatique.

— Tu es bien plus que ça.

— Peut-être, mais je ne suis pas agent de terrain. Je ne connais rien au travail de terrain. Regarde ce qui s'est passé la dernière fois que j'y suis allée : j'ai fini à l'hôpital !

— Tu n'y es pour rien. Écoute : la première partie de cette mission ne requiert aucune aptitude au combat ; seulement de la discrétion.

— Et où est-ce que je suis le plus discrète ? Sur un ordinateur.

Le visage de Shay se durcit.

— Tu es la seule qui puisse le faire, dit-elle sèchement. La cible de notre second tueur, un certain Nathan Averly, habite à Blue Valley, dans le Montana. Il est au Revival Ranch, le centre de rééducation pour soldats blessés. Est-ce que ces noms ou ces lieux te semblent familiers ?

Un étrange bourdonnement emplit les oreilles d'Elsie. Cela faisait longtemps qu'elle n'avait pas eu cette réaction spécifique – mais cela faisait longtemps que personne n'avait prononcé le nom de sa ville natale devant elle. Ici, dans la North Star, son passé n'existait pas. Tous ignoraient d'où venaient leurs collègues, ou faisaient mine de l'ignorer. Elle n'entendait le nom de sa ville natale qu'à Noël, quand elle prenait des congés pour aller voir sa famille.

Elle déglutit et, pour la première fois, se prit à regretter d'être entrée dans la North Star… et de ne pas savoir mentir.

— Je ne peux pas…

Shay se pencha vers elle.

— Il le faut, Els. Tu es la seule que je puisse envoyer sans éveiller les soupçons. Tu as grandi à Blue Valley, et ta sœur est mariée à l'un des dirigeants du Revival Ranch. La ville est tellement petite que je parie que tu connais même Nathan.

Elsie se sentit prise d'une étrange faiblesse.

— Je… J'ai entendu parler de lui, oui.

Elle connaissait surtout son frère, Garrett, qui était adjoint au shérif du comté à l'époque où elle vivait à Blue Valley. Il avait arrêté son père deux ou trois fois.

Son père. Blue Valley.

Les choses avaient changé. Son père était mort, sa mère avait déménagé… mais si Elsie retournait à Blue Valley pour Noël, ce n'était que pour voir ses deux sœurs aînées et leurs enfants. Et voilà que Shay lui demandait d'y aller dans le cadre de son travail, un travail dont ses sœurs ignoraient tout.

— Shay, tu sais bien que je suis très mauvaise menteuse.

— Oui, et je suis consciente de te demander beaucoup en attendant de toi que tu mentes à ta famille, mais j'ai foi en toi. Je n'ai aucune envie de t'envoyer sur le terrain, mais je n'ai pas d'autre solution : tu es la seule qui puisse te rendre à Blue Valley sans préavis, et sans éveiller les soupçons.

— Mais Nate… Il saura !

— Il sait que la North Star envoie quelqu'un, mais il ignore qui. Jusqu'ici, nous avons dû faire preuve de la plus grande prudence pour communiquer avec lui, parce que nous ne savons pas qui pourrait nous écouter. Mais tu pourras établir une ligne sécurisée et l'aider à enquêter sur ses théories sans que personne se doute de rien.

— Shay, je ne me pense pas capable de faire ça. Je ne suis pas… comme toi, ou comme Sabrina.

Shay posa la main sur son épaule.

— Il faut que tu fasses de ton mieux.

Elle était coincée. Elle ne pouvait pas décevoir Shay, pas plus que la North Star. Elle parvint à sourire faiblement.

— On dirait que je rentre à la maison.

Nate Averly repoussa son chapeau de cow-boy en arrière et s'essuya le visage de la manche. Même en plein été, il était rare qu'il fasse aussi chaud dans le Montana. Il se serait presque cru revenu au Moyen-Orient.

Un an plus tôt encore, cette pensée aurait pu suffire à le déstabiliser. Mais ces jours-ci, toute sa confusion et sa colère étaient dirigées vers autre chose, vers une croisade qui lui tenait à cœur. Et il ne s'agissait pas de rééducation, mais de représailles.

Ce n'était pas l'explosion dans laquelle il avait été pris qui avait mis un terme à sa carrière dans les marines, mais un tout autre événement. Il n'aurait jamais dû faire confiance à ce civil, il s'en rendait compte, maintenant. Mais jamais il n'avait compris qu'on le licencie pour manquement à l'honneur à cause de cette unique erreur – d'autant que son frère d'armes, Connor Lindstrom, avait subi le même sort alors qu'il n'avait rien fait, sinon l'assister pour quelques interrogatoires.

Donc, au lieu de tourner la page, il avait continué à enquêter, à rassembler des preuves, jusqu'à obtenir une image assez claire des événements. Malheureusement, personne ne l'avait cru. Quand vous étiez étiqueté paranoïaque, les gens n'accordaient qu'un intérêt limité à vos théories, quelle que soit la part de vérité qu'elles renfermaient.

Mais la situation évoluait. Son ancienne petite amie lui

avait envoyé un courriel très étrange. Il était pratiquement certain qu'il s'agissait d'un message codé, qui renfermait suffisamment d'indices pour qu'il comprenne qu'elle était mêlée à toute l'histoire.

Quant au coup de fil qu'elle lui avait passé ensuite, il cherchait encore à en saisir le sens. Parce qu'il était codé, lui aussi. Mais il était pratiquement certain qu'elle avait voulu lui laisser entendre qu'elle était entrée en contact avec Connor, et que le paquet qu'il avait envoyé à son ami avait été détruit.

Nate avait des sauvegardes, bien sûr, mais il était inquiet de voir que Connor semblait être pris pour cible, sans doute à cause de ce paquet. Autrement dit, s'il lui arrivait malheur, Nate en serait seul responsable.

Si son interprétation était juste – et si l'homme que Brina lui avait passé était réellement Connor.

Toutes ces zones d'ombre le rendaient nerveux, autant que le message énigmatique qui avait suivi : quelqu'un allait arriver au Revival Ranch pour le seconder dans sa « quête ».

Il ne savait pas s'il pouvait vraiment faire confiance aux messages de Brina, mais il ne changea rien à ses habitudes : il garda ses interrogations pour lui et attendit, en accomplissant les tâches qui lui avaient été attribuées.

Quand il était enfant, il s'était promis de ne pas passer sa vie à se briser le dos sur une exploitation au bord de la faillite, comme le faisait son père sur le petit ranch familial de Blue Valley, Montana. Pourtant, c'était exactement ce qu'il faisait ici, même si ce ranch était loin de la faillite et qu'il avait pour unique but d'aider les soldats démobilisés à guérir de leurs traumatismes, tant physiques que psychologiques.

Sa rééducation s'était déroulée sans encombre. Une fois

ses blessures guéries, il s'était senti sain de corps et d'esprit. S'il était encore sur le Revival, ce n'était qu'à cause de ce que sa thérapeute appelait « son obsession ».

Il se renfrogna à cette pensée. Il n'était pas obsédé, mais déterminé. Son unique but était de faire tomber les personnes qui l'avaient renvoyé de l'armée sans raison valable, et il travaillerait sans relâche jusqu'à l'avoir atteint.

Cet objectif n'avait rien d'une obsession, et tout d'une soif de justice. Mais plus son séjour au Revival se prolongeait, plus il comprenait que jamais il ne parviendrait à convaincre sa psychologue ou son frère de ce qui lui était arrivé. Ils pensaient qu'il exagérait, qu'il déformait faits et souvenirs de façon à ce qu'ils confirment ses dires.

Il avait donc changé de tactique : depuis quelque temps maintenant, il faisait tout pour que son entourage – psychologue, amis, frère et parents – pense qu'il était enfin délivré de ce qu'ils persistaient à considérer comme une obsession. Et il sentait qu'il était sur le point de les convaincre.

Un bruit de moteur se fit entendre, le mettant aussitôt en alerte. L'étrange message qu'il avait reçu disait que quelqu'un allait venir l'aider. Pouvait-il s'agir de son contact ? Était-ce réellement de l'aide ? Ou un piège ?

Il continua de travailler pour ne rien montrer de sa méfiance. Si la personne qui arrivait était réellement son contact, il préférait ne lui fournir aucun indice.

Une berline poussiéreuse s'arrêta devant le bâtiment principal et une petite brune en descendit. Elle ressemblait suffisamment à ses sœurs pour qu'il devine qu'il s'agissait de l'une des « filles Rogers ». Elle n'était plus une fille, bien sûr mais, dans une ville comme Blue Valley, on ne se défaisait jamais d'un sobriquet.

Puisque les deux sœurs aînées vivaient ici et qu'elle

semblait trop âgée pour être tout juste sortie de l'université, il s'agissait sans doute de l'une des cadettes. Billie, ou Elsie ? Probablement Elsie, qui avait environ trois ans de moins que lui. Billie était plus jeune.

Kyle Olsen approcha, s'appuya sur la pelle avec laquelle il nettoyait les écuries et siffla doucement en regardant Elsie prendre un sac à main sur la banquette arrière de sa voiture.

— Hé bien, hé bien… Qu'est-ce que nous avons là ? demanda-t-il.

— Tu ferais mieux de te tenir, prévint Nate.

— Pourquoi ?

— D'abord, tu es marié. Et ensuite…

Il inclina la tête vers la femme, dont les gestes saccadés trahissaient la nervosité.

— Si Jack apprend que tu baves sur sa belle-sœur, il te taillera en pièces.

Kyle jura avec bonne humeur.

— Combien de belles-sœurs a-t-il ? C'est la première fois que je vois celle-ci.

— Les filles Rogers sont cinq.

Aucun doute, il s'agissait bien d'Elsie Rogers. Comme ses sœurs, elle avait les cheveux bruns, les yeux marron et une silhouette élancée. Mais s'il avait toujours senti une pointe de dureté chez les aînées, les plus jeunes avaient le regard vide des enfants qui ont grandi dans une atmosphère de violence.

Nate, qui avait coutume de garder un œil sur les allées et venues des habitants du ranch, savait que la sœur d'Elsie, Rosie, était dans les bureaux du Revival avec ses enfants. Pourtant, au lieu de s'éloigner dans cette direction, Elsie vint droit vers lui. Comme Kyle roulait des mécaniques, il lui jeta un regard réprobateur.

— Bonjour, Nate, dit-elle.

— Euh… bonjour. Elsie.

Elle souffla, mais il n'aurait su dire si c'était une marque de soulagement ou d'autre chose.

— Tu te souviens de moi, dit-elle.

— Bien sûr. Comment oublier les filles Rogers ?

Une ombre passa sur son visage, mais elle se força à sourire.

— C'est vrai. Eh bien, je suis venue parce que…

Elle laissa sa phrase en suspens et toussota. Maintenant, en plus de Kyle, deux soldats qui venaient de revenir à cheval les observaient attentivement.

Elle le regarda dans les yeux et lui sourit, mais le frémissement qu'il distingua à la commissure de ses lèvres ressemblait à de la panique.

— Nous avons une amie commune, dit-elle.

— Vraiment ?

— Sabrina Killian. Tu la connais, non ?

Nate cligna des yeux. Après l'étrange courriel que lui avait adressé Brina, il ne pouvait pas s'agir d'une coïncidence.

— Oui, je… je l'ai connue.

— Je travaille avec elle.

Impossible. Ce n'était pas elle qu'on lui avait envoyée. Parce que si la petite Elsie Rogers était son contact avec une espèce d'organisation secrète qui avait décidé de l'aider après que Brina s'était retrouvée mêlée à ce guêpier…

Ils étaient fichus tous les deux.

2

Elsie aurait préféré ne pas aller aussi ouvertement vers Nate, mais il fallait qu'elle trouve un moyen d'établir le contact. Par contre, à en juger par son expression, il aurait préféré qu'on lui envoie quelqu'un d'autre. Il ne la regardait plus comme « l'une des filles Rogers » mais plutôt comme une créature tout droit sortie d'un cauchemar.

— Il faut que j'aille dire bonjour à ma sœur et la prévenir que je vais rester quelque temps. À bientôt.

Elle fit volte-face pour se diriger vers le bâtiment principal. Comme Rose n'était pas chez elle, elle se trouvait sans doute ici, avec Becca.

Son estomac n'était plus qu'un amas de nœuds. Elle allait devoir mentir à sa sœur. Elle n'était aucunement pressée de le faire, mais il fallait qu'elle s'éloigne de Nate. Il était grand et large d'épaules, avec des yeux très noirs, et il dégageait une dureté qu'elle n'avait jamais sentie chez aucun des Averly.

Que cette rigidité provienne de son passé de soldat, quelle soit celle d'un homme recherché par un tueur à gages ou liée à tout autre chose, sa présence l'emplissait de malaise. Elle n'aimait pas les hommes durs au regard chargé de colère.

— Attends une seconde, lança-t-il.

Il la rejoignit en trottinant.

— Tu connais Brina ? demanda-t-il d'une voix méfiante.

Elsie acquiesça. Sabrina qui ne craignait personne, qui était toujours au top. Elle dut se secouer mentalement. Elle n'était peut-être pas au top comme Sabrina, mais elle était une agente de la North Star – ce qu'elle avait toujours tendance à oublier quand elle revenait dans sa ville natale.

Mais cette fois, elle ne pouvait pas se payer ce luxe. Elle devait chasser la petite fille angoissée qu'elle avait été et se concentrer sur sa mission. Elle se redressa, imagina qu'elle était dans son bureau, avec son ordinateur en guise de bouclier, et planta son regard dans celui de Nate.

— Donne-moi deux heures pour établir une ligne sécurisée et tu pourras lui parler, et parler à Connor.

— Connor… C'est donc bien lui que j'ai eu au téléphone, ce matin.

— Oui. Sabrina le protège et je…

Elle ne pouvait pas dire à Nate qu'elle avait été envoyée pour le protéger, et encore moins qu'elle serait son soutien technique.

— Mon domaine est l'informatique. Je saurai te mettre en relation avec eux sans que personne puisse écouter votre conversation ni vous localiser. Tu as forcément des informations qui nous aideront à résoudre ce mystère.

— Ça n'a rien d'un mystère, dit-il, comme pour lui-même. Ils savent où je suis. Ils le savent forcément. Si Connor est visé, c'est uniquement parce que…

Il s'interrompit et fronça les sourcils.

— Qu'est-ce que tu sais exactement ?

— Elsie ?

Elle sursauta en entendant la voix de sa sœur et se sentit rougir. Elle se plaqua un sourire sur le visage avant de se tourner vers Rose qui se tenait à la porte, un bébé aux cheveux blonds sur la hanche.

— Salut, sœurette.

Mais quand elle découvrit son neveu, qu'elle n'avait jamais vu qu'en photo, toute sa gêne s'envola. Elle se précipita pour prendre Rose dans ses bras, oubliant tout de Nate Averly et de l'énergie désagréable qui émanait de lui. Elle contempla le visage méfiant du tout-petit.

— Regardez-moi cette petite cacahuète !

Rose la dévisagea. Elle semblait soucieuse.

— Ça ne te ressemble pas d'arriver quelques heures après avoir prévenu de ta visite par texto.

Elsie se fit violence pour croiser le regard sagace de sa sœur.

— Je sais. Je t'expliquerai. C'est tellement bon de te voir !

Sans se départir de son air soucieux, Rose passa son bras libre autour des épaules d'Elsie et l'entraîna à l'intérieur. Si elle avait vu Nate, elle l'ignora complètement.

— Je suis heureuse que tu sois ici, dit-elle en refermant la porte d'un coup de hanche. Je suis seulement inquiète.

— Tu n'as pas à l'être. Je dois travailler sur un projet, et j'avais besoin de… de calme.

Rose fit sauter Xander dans ses bras.

— Tu n'en trouveras pas ici, ma chérie, pas plus que chez Delia. N'oublie pas qu'elle a deux enfants en bas âge, elle aussi.

— Je sais. Mais le calme du Montana et les soirées en famille m'empêcheront d'être obsédée par mon travail.

Elle avait peaufiné son prétexte en venant de l'aéroport. Elle prit une grande inspiration et se força à sourire. Elle ne mentait pas. Pas vraiment.

— Voilà pourquoi j'espérais pouvoir m'installer dans le petit chalet du Revival. Je sais qu'il est destiné aux familles qui rendent visite aux soldats, mais…

— Je pense qu'aucune visite n'est prévue. Je demanderai à Becca de me le confirmer. Quand je pense que tu as fait tout ce chemin et que tu ne seras ni chez Delia ni chez moi…

— Je pourrais utiliser le chalet comme bureau et passer la nuit chez toi ou chez elle, suggéra Elsie. De toute façon, vous n'aimeriez pas que je vous encombre avec tout mon matériel.

— C'est vrai. Il y a déjà bien assez de désordre avec les enfants.

Mais Rose semblait toujours aussi préoccupée.

— Els, ça va ? Tu es pâle, et tu as l'air nerveuse.

— Oui, ça va, je t'assure.

Hors de question d'avouer à sa sœur qu'elle avait été droguée quelques jours plus tôt.

— Le projet sur lequel je travaille est vraiment important, enchaîna-t-elle. Je veux faire de mon mieux. Je risque donc d'être un peu tendue… mais c'est pour ça que je voulais être à la maison. Ici, je sais que je pourrai faire une pause quand le boulot m'accaparera un peu trop.

— Depuis que tu es partie, c'est la première fois que je t'entends appeler Blue Valley « la maison », remarqua Rose.

Elsie inspira. C'était sans doute vrai, mais elle était restée elle-même. Elle n'avait pas menti.

— Delia et toi m'aidez à voir les choses autrement.

Ses sœurs s'étaient construit de vraies vies sur les décombres de leur enfance malheureuse, ce qui l'avait en partie réconciliée avec sa ville natale.

— Très bien, dit Rose en souriant. Allons voir Becca. Elle est dans son bureau, avec les autres enfants. Mais d'abord, je veux que tu me dises de quoi tu parlais avec Nate Averly.

— Oh !

Elle sentit qu'elle rougissait de nouveau et se racla la gorge.

— Tu ne m'avais jamais dit qu'il était l'un des pensionnaires du Revival.

— Je ne savais pas que tu le connaissais.

— En quelque sorte.

— Ma chérie, je sais que tu es adulte et que cela ne me regarde pas, mais ne te laisse pas embobiner par…

— Oh ! non, coupa-t-elle. Ce n'est pas ça du tout.

Elle partit d'un rire un peu forcé.

— Pas question de flirter. Nous nous sommes reconnus, rien de plus.

Pourtant, s'ils faisaient mine de s'intéresser l'un à l'autre, cela leur fournirait un prétexte pour se rencontrer.

Sa nervosité redoubla. Qui croirait que Nate puisse s'intéresser à elle ? Et comment pourrait-elle jouer la comédie alors que cette pensée suffisait à la faire rougir ?

— Il est… trop grand.

Rose partit d'un petit rire.

— Crois-en mon expérience, ce n'est pas parce qu'un homme est grand qu'il faut se méfier de lui, dit-elle en pressant l'épaule d'Elsie. Les hommes grands ne sont pas nécessairement violents.

— Je sais bien. Seulement…

Elle secoua la tête. Leur père n'avait rien à voir dans cette histoire.

— Je ne sais pas quoi dire, reprit-elle. J'ai un travail important à faire, et je vais me concentrer dessus.

C'était la stricte vérité.

Rose posa Xander dans son parc, se tourna vers Elsie et la prit par les épaules pour l'examiner de la tête aux pieds.

— Promets-moi que tu vas bien.

Elsie regarda sa sœur droit dans les yeux, parce que cette réponse aussi allait être sincère.

— Je te promets que je vais bien, et même très bien.

En fin de compte, sa seule tâche était de mettre son expertise informatique au service de Nate. Mais c'était une tâche importante, qui sauverait peut-être des vies, dont celle de Nate.

En plus de donner un sens à sa vie, la North Star l'avait dotée d'une force et une confiance en elle qu'elle n'avait jamais eues auparavant. Grâce à la thérapie qu'elle avait suivie et à ce travail qui la passionnait, elle n'était plus la petite fille battue d'autrefois, contrairement à ce que ses sœurs pensaient encore de temps en temps.

Maintenant, elle avait une chance de le prouver.

Nate avait eu tellement de mal à se concentrer pendant le reste de l'après-midi qu'il s'était éraflé les mains en réparant la porte d'une stalle avant de renverser la moitié d'un sac de nourriture pour chevaux.

Au dîner, il avait écouté les rumeurs qui couraient dans le réfectoire. Vivian, leur cuisinière, avait appris à son frère Jack qu'Elsie s'installait dans le chalet habituellement réservé aux familles venues rendre visite à l'un des pensionnaires.

Il s'était aussitôt éclipsé. Si quelqu'un lui avait demandé où il allait, il aurait répondu qu'il avait l'estomac retourné.

Il aurait pu attendre qu'il fasse nuit pour rejoindre Elsie au chalet, mais il était à bout de patience. Cela faisait maintenant des heures qu'il attendait. S'il ajoutait le temps écoulé depuis l'appel de Brina au ranch, ce matin…

Elle ne lui avait donné aucune information claire. Tout son message était codé. Il avait cru comprendre que Connor était avec elle, et que les preuves qu'il lui avait envoyées quelques jours plus tôt avaient été détruites.

Il ne savait ni ce que Brina venait faire dans cette histoire, ni ce que savait Connor, ni quelle était la nature du danger qu'il courait. Par contre, Elsie Rogers détenait ces informations. Il avait du mal à l'accepter. Il avait si longtemps cru qu'il était le seul à connaître les tenants et les aboutissants de cette affaire...

Il allait donc glaner autant d'informations que possible auprès d'elle et se fonder dessus pour poursuivre son enquête. Il n'était pas un parangon de patience mais, pour se remettre des graves blessures qu'il avait récoltées dans une explosion, il avait dû apprendre à se contenter de progrès lents et réguliers.

Il traversa la propriété jusqu'au petit chalet. Au loin, les montagnes de son enfance se dressaient telles des sentinelles. Il ne s'était pas engagé dans la Navy parce qu'il haïssait Blue Valley, mais pour découvrir tout ce que le monde avait à lui offrir.

Et il l'avait découvert, c'était le moins qu'on puisse dire. Il l'avait même rapporté jusqu'ici.

Il jeta un rapide coup d'œil derrière lui pour s'assurer que personne ne le regardait et se glissa derrière le chalet. S'il y restait jusqu'à la tombée de la nuit, il pourrait regagner son baraquement en catimini. Si ses compagnons de chambrée l'interrogeaient sur son absence, il répondrait qu'il était allé faire un tour.

Il frappa à la porte et attendit en réfrénant son impatience. Quand Elsie lui ouvrit, il fut surpris de voir combien elle avait changé depuis l'après-midi. Elle lui fit signe d'entrer en le regardant droit dans les yeux, sans rougir. Sa nervosité avait disparu, remplacée par une assurance sereine.

— Est-ce que quelqu'un t'a vu venir ? demanda-t-elle.

— Non.

— Bien. Nous devrons trouver un prétexte pour passer

du temps ensemble mais, pour le moment, occupons-nous des choses sérieuses.

Elle referma la porte derrière lui et il entra dans une pièce accueillante, bien qu'elle ne contienne que le strict nécessaire. Partout où se posait son regard, il y avait du matériel informatique. Des ordinateurs, de bureau et portables, des écrans, des câbles… Il y en avait partout, jusque sur le canapé. Il avait l'impression d'être entré dans une espèce de centre de commandement.

— Commençons par le commencement : appelons Sabrina.

— Je ne peux pas l'appeler. Je ne sais pas qui écoute.

Il se crispa en attendant qu'elle pose sur lui ce regard pensif, légèrement gêné, qu'on réserve à un homme qui croit aux petits hommes verts. Ou qui est obsédé par un licenciement pour manquement à l'honneur survenu des années plus tôt.

Mais elle acquiesça, comme si elle était d'accord avec lui.

— C'est justement pour éviter qu'on nous écoute que j'ai apporté tout ça, répondit-elle avec un ample geste du bras.

Elle sortit un téléphone.

— Il ne peut être ni localisé ni mis sur écoute. Tu vas appeler Sabrina. Quand j'aurai toutes les informations dont j'ai besoin, je pourrai me mettre au travail.

Maintenant qu'elle était dans son élément, elle était pleine d'assurance. Le changement était intéressant.

— Qu'est-ce qui me dit que je peux vous faire confiance, à toi et à Brina ?

Elle pinça les lèvres, comme si elle réfléchissait. Ses cheveux bruns étaient aussi raides que des baguettes mais semblaient étinceler. Ses yeux étaient d'un brun profond et chaud. Par contre, elle était un peu trop maigre et beaucoup trop pâle, comme si elle se remettait juste d'une maladie.

Il en savait quelque chose.

— Je ne sais pas si je peux te le prouver mais, pour faire court, nous travaillons toutes deux pour une organisation secrète qui a été créée dans le seul but de mettre les criminels hors d'état de nuire. Nous sommes une équipe composée de personnes qui ont chacune leur spécialité. Par exemple, Sabrina travaille sur le terrain et je suis informaticienne. Sabrina cherchait à localiser un tueur à gages quand elle a effectué la liaison avec Connor Lindstrom. Ils ont vite compris que Connor était la cible de ce tueur et en ont déduit que cette affaire avait un lien avec le renvoi de Connor – et donc avec toi.

Cela cadrait assurément avec la situation présente.

— Brina m'a appelé ce matin, sur la ligne du ranch. Elle m'a fait comprendre que le paquet que j'avais envoyé à Connor avait été détruit.

— Il l'a été, oui, avant que Connor le reçoive. Qu'y avait-il dedans ?

Pendant qu'il réfléchissait à ce qu'il pouvait lui répondre, elle lui plaqua le téléphone dans la main.

— Pour le moment, rien ne te force à me le dire. Appelle Sabrina.

Elle avait déjà composé le numéro. Que pouvait-il faire, sinon presser l'icône d'appel ?

— Killian, répondit une voix sèche, légèrement rauque.

— Brina.

Sabrina Killian et lui s'étaient rencontrés au tout début de la formation suivie par les aspirants marines et ils n'avaient pas tardé à sortir ensemble. Brina était comme un tourbillon d'énergie, toujours prête pour la bagarre. Nate était tombé en admiration devant sa détermination à devenir une marine.

Mais son rêve avait été brisé net par une grave blessure, subie durant la phase d'entraînement au combat terrestre. Sabrina avait rompu dans une explosion de rage et disparu de sa vie.

Nate était parti à la guerre. Si sa fierté avait été meurtrie, son cœur était pratiquement indemne. Au fil des mois, Brina était devenue telle une note de bas de page dans le livre de sa vie, une note à laquelle il lui arrivait parfois de repenser avec tendresse.

— Salut, Nate. Comment va ? demanda la voix familière de Brina, avec sa force habituelle.

Il grimaça et écarta légèrement le téléphone de son oreille. Brina n'avait pas changé : elle ne connaissait toujours pas la demi-mesure. Cette constatation atténua son malaise.

— Pas mal. Ton amie est ici.

— Els ? Sois gentil avec elle. Il n'y en a pas deux comme elle. Elle te fournira tous les renseignements dont tu auras besoin. Je peux te le garantir.

— D'accord.

— Tu devrais parler à Connor, reprit-elle. Vous comprenez mieux cette histoire que moi, tous les deux. Mais il me répétera tout ce que tu lui auras dit. Nous faisons équipe, lui et moi.

— Brina…

Il ne savait même pas par quoi commencer.

— Cette affaire est sérieuse. Dangereuse.

— Oui. J'ai pigé. Je te le passe.

Il y eut des bruissements, la voix étouffée de Brina, et ensuite une autre, grave et posée, qu'il connaissait aussi bien que celle de son frère biologique. Parce que Connor était devenu pour lui un peu comme un frère dans les marines.

— Salut.

Ils avaient pris part à des missions ensemble. Ils avaient été amis. Frères. Et ils avaient été virés de l'armée ensemble.

Mais, parce que Connor lui avait conseillé de tourner la page alors qu'il était encore en pleine convalescence, il avait graduellement pris ses distances avec lui – non parce qu'il lui en voulait, mais parce qu'il était tout simplement incapable de passer à autre chose. Il avait agi de même avec tous ceux qui le croyaient fou : il avait pris ses distances, le temps de rassembler assez de preuves concrètes pour qu'on le croie.

— Tu peux m'expliquer comment tu t'es retrouvé avec mon ex ? demanda-t-il de but en blanc.

— Et toi, riposta Connor, tu peux m'expliquer pourquoi mon amie est à l'hôpital, pourquoi mon chalet a été détruit et pourquoi on m'a tiré dessus ?

Nate grimaça.

— Je sais que tu m'avais dit de laisser tomber…

— Non, dit Connor. Je t'ai dit de construire ta vie. Ce n'est pas la même chose.

— Oui, eh bien…

Il regarda Elsie, qui pianotait déjà sur son clavier, et lui demanda :

— Tu es sûre que personne ne peut nous entendre ?

— Sûre et certaine, répondit-elle sans lever les yeux.

Il soupira.

— D'accord, l'amie de Brina me dit que personne ne peut nous localiser ni nous écouter. Je dois sans doute lui faire confiance. J'ai essayé de te tenir à l'écart de cette histoire, Connor. J'ai vraiment essayé. Mais elle ne concerne pas que moi ou nous. Il s'agit ni plus ni moins d'une gigantesque affaire de corruption, au sein même de l'armée.

Connor ne dit rien mais Nate sentait son agacement, autant qu'il sentait le regard pensif qu'Elsie posait sur lui.

— Je sais que ça a l'air dingue, poursuivit-il, tellement dingue que je ne peux en parler à personne. Mais je sais aussi ce que j'ai découvert. Le paquet que je t'ai envoyé contenait des preuves que le contre-amiral Daria vend des armes au plus offrant. Voilà ce que mon informateur au Moyen-Orient était sur le point de me dire. Ça explique tout le reste.

Comme Connor ne répondait pas, il ressentit le besoin de combler le silence.

— On pourrait croire que j'ai tout inventé, mais ce n'est pas le cas. Après notre licenciement, je me suis rendu compte que tout le désignait comme étant coupable. J'ai donc enquêté jusqu'à trouver les preuves nécessaires, que je t'ai envoyées pour qu'elles soient en lieu sûr. Après tout, tu étais là toi aussi, et tu as été congédié en même temps que moi. Tu étais déjà mêlé à cette affaire. Je t'ai donc envoyé les preuves que j'avais…

— Elles ont été détruites.

— Oui, Brina me l'a fait comprendre.

Nate marqua une pause. Faisait-il vraiment confiance à ces gens ? Peut-être que Connor était passé du mauvais côté de la barrière. Tout dans cette histoire était… bizarre, à commencer par la présence de Brina. Pourtant, il avait toujours fait confiance à Connor. Il allait donc continuer. Et si Connor finissait par le tuer… peut-être qu'il n'aurait que ce qu'il méritait.

— J'ai gardé un double de tout ce que je t'ai envoyé.

— Nate…

— Tu ne me crois pas.

— On m'a tiré dessus et mon chalet a été réduit en cendres. Je te crois.

Un long silence suivit ces paroles mais, cette fois, Nate ne sut pas comment le combler.

— Seulement, je ne sais pas ce que nous allons faire. Ils ont essayé de me descendre, et ils vont sans doute aussi vouloir te tuer.

— Ce ne sera pas la première fois.

C'était la première fois en revanche qu'ils étaient visés spécifiquement, et non en tant que porteurs de l'uniforme ennemi. Et pourquoi Connor avait-il été ciblé alors que personne ne s'en était pris à lui, bien que ce soit lui qui cherche à rassembler des preuves ? Parce qu'il vivait sur un ranch, entouré de militaires ?

À moins qu'ils aient pensé que la mort de Connor lui servirait d'avertissement… Peut-être qu'il n'aurait pas dû envoyer ces preuves. Peut-être que… Bon sang, il ne savait plus quoi penser.

— Je suis désolé de t'avoir entraîné là-dedans, dit-il.

— Pas moi.

Il y avait quelque chose d'étrange dans la façon dont Connor prononça ces mots, sans que Nate puisse dire quoi.

— Est-ce que quelque chose pourrait te faire croire qu'ils t'ont trouvé ? demanda Connor.

— Non. On dirait qu'ils ont seulement voulu que les preuves ne tombent pas entre les mains de n'importe qui. Avant de te les envoyer, j'avais l'impression que quelqu'un rôdait dans le coin. Qu'on me surveillait. Mais je pense que c'était essentiellement de la paranoïa.

— On pourrait penser qu'ils sont plus…

Connor s'interrompit et souffla.

— Je sais ce que je dois faire. Ne bouge pas. Surveille tes arrières. Et laisse l'équipe que t'a envoyée Sabrina t'aider.

« L'équipe » ? La petite Elsie Rogers était loin de constituer une équipe.

— Ils m'ont envoyé leur spécialiste en informatique, marmonna-t-il en espérant qu'elle ne l'entendait pas.

— Et qu'a-t-elle fait ? Rien, sinon établir une ligne sécurisée pour que je sache ce qui se passe. Comment ont-ils osé ? rétorqua Connor, pince-sans-rire.

— Tout ce que je dis, c'est que toi, tu es avec la coriace qui a failli entrer dans les marines.

— Oui. Dommage que ton ancienne petite amie n'ait pas pu voler à ton secours. Vous auriez pu vous réconcilier. Quelle belle histoire ç'aurait été !

L'idée était tellement ridicule que Nate éclata de rire.

— Brina et moi ne nous réconcilierions jamais. Nous n'étions que des gamins, à l'époque. Notre histoire est finie, et bien finie.

Pourquoi parlaient-ils de…

— Je vois, dit Connor. J'ai couché avec elle.

Nate cligna des yeux, abasourdi.

— Je… Que veux-tu que je te dise ?

— Rien. Je voulais seulement que tu le saches.

Ces mots suffirent pour qu'il comprenne : le problème n'était pas que Connor ait couché avec son ex-petite amie, mais qu'il tienne à ce que Nate le sache. Comme s'il s'apprêtait à partir pour une mission suicide.

— Oh ! non. Pas question. Ne va pas jouer les héros, Connor. Je ne veux pas que tu me dises par téléphone ce que tu as sur le cœur. Je ne sais pas ce que tu vas faire, mais je compte sur toi pour revenir sain et sauf et venir me dire en face que tu as craqué pour mon ex.

— J'y compte bien, répondit Connor. De ton côté, fais ce que te dit leur informaticienne. Je ne comprends pas comment fonctionne cette équipe, mais je sais qu'ils font ce qu'il faut.

— Tu en es sûr ?

— Oui, j'en suis sûr, dit-il avant de raccrocher.

Nate garda le téléphone à l'oreille pendant quelques instants en regardant Elsie à la dérobée.

Ce n'était pas parce que Connor faisait confiance à ces gens qu'il devait l'imiter. Mais… il pouvait donner le change. Il était devenu un spécialiste des faux-semblants.

3

— Eh bien, c'était instructif, dit Elsie avec une gaieté forcée.

Elle ne savait pas pourquoi elle ressentait le besoin de plaquer un sourire de façade sur son visage. Pour masquer sa gêne d'avoir écouté la conversation, sans doute. Elle n'avait pas été indiscrète, puisque Nate savait qu'elle était juste à côté de lui, mais elle en avait appris bien plus qu'elle l'aurait voulu.

— Vraiment ? répondit Nate.

Il contemplait toujours le téléphone comme s'il s'était agi d'un insecte, qu'il ne savait pas s'il devait écraser ou relâcher.

— Sabrina n'a jamais parlé de votre… passé sentimental.

Il grimaça.

— Nous n'étions que des gamins. Est-ce que je garde ce téléphone ?

— Je voulais seulement dire…

Que voulait-elle seulement dire ? Elle ne savait pas.

— Garde-le, oui. Sabrina ou Connor pourront te joindre dessus, et tu peux t'en servir pour passer tous les coups de fil que tu veux sans craindre qu'on te localise ou qu'on t'écoute. Et maintenant… qu'est-ce que tu as sur ce Daria ?

Il ne répondit pas tout de suite. Elle comprenait sa réticence. Ils avaient peut-être grandi dans la même petite ville, mais pourquoi lui aurait-il fait confiance ? Pour lui, elle n'était qu'une inconnue dont le seul domaine d'expertise était l'informatique, envoyée par une mystérieuse organisation.

Mais plus tôt ils se mettraient au travail, plus tôt elle pourrait cesser de mentir à sa famille – et plus tôt le danger s'éloignerait d'eux. D'ailleurs, en parlant de danger…

— Sabrina et Connor s'occupent du premier tueur à gages, mais il y en a un second, et nous avons perdu sa trace. Il est très probablement en chemin pour venir ici. Si tu me donnes tout ce que tu as sur Daria, je pourrai voir si je trouve un lien entre lui et le milieu criminel. Ce sera un point de départ.

Nate posa un regard soupçonneux sur son matériel. Ne se méfiait-il que des ordinateurs, ou d'elle aussi ?

— Ça fait beaucoup à accepter d'un seul coup, dit-elle, non sans empathie. J'aimerais te laisser plus de temps mais, comme je te l'ai dit, il y a un tueur à gages dans la nature.

— Comment ton organisation en sait-elle autant ? Et de quelle façon Sabrina est-elle mêlée à tout ça ? Je ne…

— Sabrina fait partie de l'équipe, depuis des années. Depuis plus longtemps que moi, d'ailleurs. Notre but a toujours été de faire le bien mais, contrairement aux autorités officielles, nous pouvons nous permettre quelques entorses à la loi. C'est l'une de ces agences officielles qui nous a demandé de collaborer avec elle pour résoudre cette énigme.

— Quelle énigme ?

— Eh bien… cette histoire est assez énigmatique. Dernièrement, notre organisation a été chargée d'arrêter deux tueurs à gages. La piste laissée par le premier a mené Sabrina jusqu'à Connor, et tous les deux ont déduit que le second tueur était chargé de t'éliminer. Je suppose que ce Daria veut te faire taire parce que tu en sais trop.

Elle fronça les sourcils et posa les yeux sur son écran.

— Ce qui ne me semble pas logique, c'est qu'ils aient d'abord cherché à éliminer Connor alors que c'est toi qui es à l'origine de tout.

Nate ne répondit pas. Il se tenait parfaitement immobile, comme figé sur place.

— Nate ?

Il inspira profondément et souffla.

— C'est peut-être parce que j'ai envoyé à Connor les preuves que j'avais rassemblées.

— Peut-être, oui, répondit-elle en pianotant sur le bureau. Mais pourquoi ne sont-ils pas passés à l'action plus tôt ?

— Je commençais à avoir l'impression qu'on me surveillait. J'ai donc été très prudent : j'ai confié le paquet à un ami qui se rendait en ville en lui demandant de le remettre à mon frère pour qu'il l'envoie. Si quelqu'un m'épiait, il aura forcément mis un peu de temps avant de comprendre ce que j'avais fait.

Son frère… Il y avait quelque chose d'irréel dans cette situation, qui voyait se rejoindre la North Star, où elle n'était qu'une informaticienne, et Blue Valley, où flottait toujours le fantôme de la violence de son père. Il lui suffit d'un coup d'œil vers Nate pour comprendre, à son expression circonspecte, qu'il savait que Garrett avait parfois arrêté son père… mais aussi qu'il lui était arrivé de ne pas l'arrêter.

Ce n'était pourtant pas la raison de sa présence ici.

— Si tu as envoyé les preuves en douce, comment ont-ils su qu'ils devaient les suivre jusqu'à Connor ?

— Je l'ignore.

Elle tapa cette question en dessous des autres, dans le document qu'elle venait d'ouvrir. Elle ne serait pas en mesure de répondre à toutes, mais mieux valait en dresser la liste.

— Est-ce qu'ils peuvent penser que Connor a les preuves, et donc qu'ils n'ont pas à s'en prendre à toi ?

— Je suppose.

— Pourtant, tu as gardé un double. Ces preuves ne sont peut-être pas assez concrètes pour déboucher sur une arrestation, mais…

— Personne ne me croit, dit-il d'une voix sourde.

Il serra et desserra le poing avant de poursuivre.

— J'ai alerté toutes les autorités civiles et militaires auxquelles j'ai pu penser, mais personne ne m'a cru. Tout le monde pense que je souffre d'une sorte de paranoïa causée par un syndrome post-traumatique.

Cette fois, ce fut Elsie qui souffla.

— Tout le monde ?

— Plus ou moins.

Pour sa part, elle avait suffisamment de preuves qu'il n'était pas paranoïaque, ce qui la confortait dans son idée qu'elle était la personne adéquate pour ce travail. Grâce à ses connaissances en informatique, elle allait l'aider à faire éclater la vérité.

— En te discréditant, ils t'ont rendu parfaitement inoffensif. Mais parce que les preuves représentaient un danger, ils sont partis à la recherche de Connor.

Elle fronça les sourcils et ajouta :

— Tout ça pour que personne ne sache que ce type revendait illégalement des armes militaires ?

— Il le faisait. Je sais qu'il le faisait, dit Nate.

Pas étonnant que les gens le croient paranoïaque. Son regard farouche et sa voix cassante étaient typiques du fanatique déconnecté de la réalité. Elsie se sentit un peu coupable d'avoir cette pensée, mais sa culpabilité recula devant un pressentiment des plus désagréable : cette affaire était peut-être encore plus complexe que la North Star le pensait.

Mais elle n'était pas agente de terrain. Elle allait se borner à faire son travail, qui était de rassembler des preuves afin de fournir à la North Star des faits tangibles, en plus du ressenti de Nate.

Elle n'était pas tout à fait convaincue que les deux coïncident.

— Génial. Même toi, tu ne me crois pas.

— Ce n'est pas…

— J'ai des preuves.

Elle leva un regard interrogateur vers lui.

— Vraiment ?

Il la dévisagea. Son regard était dur et sa posture, rigide. Comme s'il ne se maîtrisait qu'à grand-peine.

Le pouls d'Elsie s'emballa aussitôt, sous l'effet d'une peur inconsciente dont elle ne parviendrait jamais complètement à se libérer, mais aussi d'une tout autre émotion, qui lui était inconnue et qu'elle ne comprit pas vraiment. Elle dut se faire violence pour soutenir son regard.

— Si quelqu'un me surveille d'assez près pour savoir que j'ai envoyé des preuves à Connor, il pourrait…

Il n'acheva pas sa phrase, mais elle comprit ce qu'il voulait dire : il craignait que l'intervention de la North Star fasse de lui une cible encore plus évidente.

— Personne ne sait pourquoi je suis ici. Aussi longtemps que tu ne dis à personne que nous travaillons ensemble, il est impossible de deviner que j'ai un rapport avec cette affaire.

— Et qui te dit que personne ne nous écoute en ce moment ?

Il grimaça, comme s'il se rendait compte que seul un paranoïaque aurait posé ce genre de question.

— Il n'y a aucun risque. J'ai pris toutes les précautions nécessaires. Je te promets que personne ne peut entendre ce qui se dit ici.

— Mais si quelqu'un me surveille, il se demandera pourquoi je viens ici sans arrêt.

Tout en installant son matériel, elle s'était efforcée de trouver un prétexte plausible. Elle avait passé toutes les options en revue. Mais seule une convenait vraiment.

— Eh bien… nous allons devoir inventer une histoire.

— Une histoire ?

— Tu vas devoir faire semblant de t'intéresser à moi, Nate.

Elle sentit son cou s'empourprer.

— J'espère vraiment que tu es bon acteur.

Nate avait beau tourner et retourner ces mots dans son esprit, ils n'avaient aucun sens.

— Tu veux que je fasse semblant…

Il était abasourdi.

— Il faut que tu puisses expliquer pourquoi tu passes du temps dans ce chalet, dit-elle. Si tu as une meilleure idée…

Fasciné, il regarda ses joues se teinter d'un joli rose, qui atténuait sa pâleur maladive.

— Jake me tuerait.

Ce fut la seule réponse qui lui vint à l'esprit. Il ne savait pas quoi penser de… de tout ça. Il avait travaillé seul, en secret, perdant lentement tout espoir d'être jamais cru, et voilà que cette mystérieuse organisation lui proposait son aide et que la petite Elsie Rogers lui suggérait de feindre de s'intéresser à elle.

— Effectivement. Tu vas devoir décider par quelle main tu préfères mourir.

Et elle sourit, comme si ces paroles avaient un sens.

Les talents d'acteur que Nate perfectionnait depuis des années lui faisant soudain défaut, il dut faire appel à tout son stoïcisme. Il garda la bouche close et le dos droit, comme on le lui avait enseigné dans les marines.

— Tu as sans doute besoin de temps pour y réfléchir, et c'est normal, dit-elle gentiment.

Il soupira, parce qu'on n'avait pas toujours le temps de réfléchir pour prendre les bonnes décisions. Serait-il ici s'il l'avait eu, dans cette ville du Moyen-Orient où personne ne pouvait se fier à son semblable ?

Il devait faire un choix.

— Il ne faut pas que nous allions trop vite, sous peine d'attirer l'attention sur nous.

— Nous n'avons pas le temps, répondit-elle. Le tueur pourrait arriver d'un moment à l'autre.

— Pourtant, il le faut. Quand j'aurai besoin de te parler, je m'arrangerai pour venir ici. La nuit, de préférence. En journée, nous nous arrangerons pour que nos chemins se croisent et ferons semblant de… de nous intéresser l'un à l'autre.

Lui et Elsie Rogers ? Ce n'était pas à proprement parler délirant, mais… cela faisait longtemps qu'il n'avait pas eu de penchant pour une femme. Toute son existence tendait vers un seul but : prouver au monde qu'il n'était pas paranoïaque, que son licenciement avait été abusif et qu'on cherchait à le faire renoncer à son enquête.

Il pensa à Brina – et à Connor, qui avait couché avec elle. Franchement, il ne voyait pas ce qui avait pu l'attirer chez elle. Connor n'avait jamais supporté l'arrogance, et Brina était l'arrogance personnifiée. À moins qu'elle ait changé, tout comme lui.

— Nate ? dit Elsie.

Il se hérissa. La douceur de sa voix lui rappelait trop celle de sa thérapeute.

— Tu as dit que tu avais des preuves que Daria volait du matériel à l'armée et le revendait au plus offrant.

Elle parlait comme si elle ne faisait que se plier à ses lubies. Comme tous les autres.

— D'autres preuves que celles que tu as envoyées à Connor, précisa-t-elle.

Il posa les yeux sur le matériel qui encombrait la pièce. Il avait quelques notions de piratage informatique, mais il lui semblait évident qu'il avait affaire à une experte en la matière. S'il voulait progresser, il allait devoir lui faire confiance… et il n'en était pas encore là.

La confiance ne s'accordait pas sur un claquement de doigts. Elle se construisait. Elle se testait.

Il allait donc chercher un moyen de l'éprouver.

— Nous en parlerons demain, dit-il en se dirigeant vers la porte.

Elle fronça les sourcils.

— Nate, apparemment, tu ne comprends pas. Un tueur à gages pourrait s'apprêter à t'éliminer. En ce moment même.

— Ils ont eu deux ans pour le faire, Elsie. Et je suis toujours là.

Elle ne sembla pas réconfortée par ces mots. Elle se leva et alla se planter devant la porte, les bras croisés.

— Mais comme tu ne sais pas pourquoi ils ne sont pas passés à l'acte, ils pourraient le faire à tout moment. Le passé n'a aucune importance. On a tiré sur ton ami. Cette semaine. Et, d'après ce que j'ai entendu dire, il serait mort si Sabrina n'avait pas été là pour le protéger. Si tu dissimules des preuves, tu risques…

Elle leva les bras au ciel, comme si les mots lui manquaient pour décrire la gravité de la situation.

— Tu risques trop gros, Nate, acheva-t-elle.

Il réfléchit un court instant avant de marcher droit vers elle. Comme il s'y était attendu, elle s'écarta.

— Nous en parlerons demain, Elsie, répéta-t-il.

Et il sortit, sans un regard en arrière.

4

Elsie n'avait pas l'intention d'attendre le lendemain. Puisqu'elle avait un nom et tout le matériel nécessaire, elle pouvait commencer à enquêter.

Le contre-amiral Ronald Daria était, en apparence, un officier de la Navy comme les autres. Son dossier militaire était succinct, mais sans tache. Non, cet homme n'avait rien de particulièrement intéressant.

Mais Elsie savait comment aller au-delà des apparences. Grâce aux renseignements que Holden avait pu amasser sur Ross Industries – un groupe qui fournissait des tueurs d'élite armés –, elle changea d'approche et poursuivit ses recherches.

Quand ses yeux commencèrent à fatiguer, elle releva la tête et regarda la pendule. Elle travaillait depuis deux heures, et non une quinzaine de minutes comme elle l'aurait dit. Pendant ces deux heures, elle avait compris que Daria avait joué un rôle prépondérant dans la fourniture d'armes de type militaire à Ross Industries.

Elle avait hâte de voir quel type de preuves Nate détenait, parce qu'elle-même n'avait découvert que des preuves indirectes, ou presque. Daria s'était montré extrêmement prudent. Même si elle avait déniché des indices et des commencements de pistes, elle devrait encore travailler pendant des heures avant de trouver quelque chose de solide.

Elle y était prête, quitte à passer une nuit blanche. Que Nate garde pour tout lui : elle lui remettrait un dossier renfermant toutes les preuves qu'il avait sans doute mis deux ans à rassembler.

Mais d'abord, il fallait qu'elle mange quelque chose. Dès le lendemain, elle se sentirait obligée d'avaler les vrais repas que Rose lui préparerait sans doute mais, pour le moment, elle pouvait encore vivre comme elle l'entendait.

Il lui fallait des oursons en gélatine – et du Coca. Après tout, le médecin de l'hôpital lui avait donné pour consigne de bien s'hydrater. Elle se leva mais, avant qu'elle ait pu sortir ses en-cas de sa valise, on frappa à la porte. Sa première pensée fut que Nate était revenu, peut-être pour lui apporter ses preuves. Elle ouvrit… et se retrouva nez à nez avec sa sœur aînée.

— Delia.

Il faisait nuit noire. Un petit frisson fusa dans son dos. N'importe qui pouvait rôder dans les ténèbres.

— Tu n'es pas venue seule jusqu'ici, au moins ?

Delia haussa un sourcil.

— Est-ce que j'aurais dû venir avec une escorte armée ?

— Bien sûr que non. Mais il est tard, il fait nuit et…

Et elle aurait dû aller voir sa sœur dès son arrivée. Le ranch Shaw, où Delia vivait avec son mari, n'était pas très éloigné. Mais elle avait été retenue, d'abord par Nate, ensuite par ses recherches sur Daria.

— Els, nous sommes à Blue Valley. Il ne se passe jamais rien, ici.

— Ne dis pas ça, répondit Elsie.

Comme si cela pouvait porter malheur.

— D'accord, ce n'est pas tout à fait vrai, mais je ne risque rien. Pas toi ?

— Bien sûr que si.

Sa sœur posa un regard suspicieux sur son matériel et commenta :

— Ça a l'air d'être du lourd. Dire que je ne sais même pas me servir de mon ordinateur portable…

Elsie avait toujours admiré la force dont Delia et Rose avaient fait preuve tout au long leur enfance malheureuse. Delia en particulier s'était toujours occupée de ses cadettes jusqu'à les arracher aux griffes de leur père, l'une après l'autre. Elle avait tout sacrifié pour elles.

— Sœurette…, dit Elsie.

Les mots se pressaient en elle, impatients de sortir, mais elle ne pouvait rien lui confier.

— Tu travailles, dit Delia. Tu ne veux pas que je te dérange.

— Ce n'est pas ça.

Elle regretta aussitôt sa réponse. Elle aurait dû bondir sur ce prétexte. Ainsi, elle n'aurait pas eu à mentir.

— Si, c'est ça, la contredit Delia. Et ce n'est pas grave. J'aime te voir dans ton élément, même si je n'y comprends rien. Mais je veux que tu trouves le temps de venir dîner au ranch, un de ces soirs.

— Bien sûr, répondit-elle, la gorge nouée. Je parie que Sunny et Gideon ont poussé comme de la mauvaise herbe. J'ai vraiment envie de vous voir, je te le promets, mais…

— Tu as un travail important à faire, acheva Delia pour elle. Tu n'as pas à te sentir coupable. Tu es la fille aux ordinateurs, et nous sommes heureux que tu réussisses.

— Mais tu t'inquiètes.

— Je ne cesserai jamais de m'inquiéter pour vous toutes, répondit Delia en la prenant dans ses bras. Mais je suis fière de toi, et heureuse que tu sois à la maison. Même si tu te terres dans ce chalet, les premiers temps.

Sa sœur la relâcha, pointa un doigt menaçant vers elle et répéta :

— Les premiers temps.

Elsie se força à sourire.

— Je te promets de venir.

— Très bien. Dans ce cas, je vais te laisser travailler.

Elle reposa les yeux sur les ordinateurs et secoua la tête.

— Ça me dépasse. Ça me dépasse complètement.

Elle regagna son camion et, même s'il ne se passait jamais rien à Blue Valley, Elsie la suivit des yeux jusqu'à ce qu'elle ait redémarré.

Nate devait prendre cette affaire plus au sérieux. Il vivait au milieu de toute sa famille. Un tueur à gages professionnel se trompait rarement de cible, mais il pouvait tuer de sang-froid toute personne se dressant en travers de son chemin.

Au fait, pourquoi n'avait-elle pas eu de nouvelles de Betty ou Sabrina ? Cela faisait des heures maintenant qu'aucun des membres de la North Star ne l'avait contactée. Sabrina et l'équipe qui l'avait rejointe étaient peut-être encore à la recherche des hommes qui les traquaient, lui et Connor. La chaîne des Tetons, où ils se trouvaient, était une région sauvage, où il était facile de se dissimuler.

Mais elle aurait quand même dû avoir des nouvelles. Elle referma la porte d'entrée sur la fraîche soirée de ce début d'automne, prit son téléphone et appela le quartier général. Comme personne ne répondait, elle devina qu'il s'était passé quelque chose de grave.

Elle appela Shay, Betty et Mallory, sans plus de résultat. Elle composa enfin le numéro du portable de Holden, en tremblant d'inquiétude.

— Parker, aboya-t-il.

— Holden…

— Hé, salut, Els ! C'est le bazar ici, est-ce que tu peux…

— J'ai appelé tout le monde, et tu es le seul qui réponde. Qu'est-ce qui se passe ?

Holden soupira, ce qui l'alarma d'autant plus. Même s'il avait traversé beaucoup de choses ce mois-ci, Holden était toujours resté égal à lui-même : charmeur et exubérant. Maintenant, il semblait anxieux, comme abattu.

— Sabrina a reçu une balle.

Elsie se laissa tomber sur sa chaise.

— Quoi ?

— C'est… c'est grave. Nous sommes tous sur cette affaire. Quelqu'un te donnera des nouvelles quand il y en aura.

— Mais…

Il avait déjà raccroché.

Sabrina avait reçu une balle. Elle était gravement blessée.

Non, c'était impossible. Sabrina était…

Elsie prit une inspiration tremblante. Elle avait vécu une situation similaire quelques mois plus tôt, quand un criminel avait tiré sur Reece. Mais comme elle faisait partie de l'équipe pour cette mission, elle avait toujours su tout ce qui se passait. Elle n'avait pas été laissée dans l'ignorance, comme maintenant.

Elle posa les yeux sur son ordinateur. Elle pouvait obtenir des informations. Il lui suffisait sans doute de pirater le système informatique de l'hôpital pour tout savoir sur l'état de Sabrina.

Mais qui pouvait avoir tiré sur elle, sinon le tueur à gages chargé d'abattre Connor Lindstrom ? Autrement dit, son collègue se rapprochait forcément de Nate, en ce moment même.

Il ne s'agissait plus d'une hypothèse.

Allongé sur son lit, Nate lançait et rattrapait une balle de base-ball. C'était l'un des mécanismes de défense que sa thérapeute, Monica, lui avait enseignés. D'après elle, si ses mains étaient occupées par une tâche répétitive, il se concentrerait plus facilement.

Mais son esprit ne se laissait pas berner. Il était focalisé sur Elsie Rogers, sur Brina, et sur Connor. Sur tout ce qu'il avait découvert au cours des deux ans qui avaient suivi son licenciement et que personne n'avait voulu croire.

Il était soulagé de voir qu'il avait raison – ou du moins que certaines personnes le pensaient. Mais ce soulagement était mêlé d'une étrange anxiété. Que ferait-il si on le croyait vraiment, si Sabrina, Elsie et Connor suivaient toutes les pistes qu'il avait trouvées ?

Des coups retentirent sur la porte, lourds, insistants. Olsen regarda par la fenêtre et lança :

— Averly ? C'est la nénette de cet après-midi.

— « La nénette » ? répéta-t-il. Comment as-tu réussi à trouver une femme, Olsen ?

Il se leva pour aller ouvrir la porte. Il allait dire deux mots à Elsie, lui faire comprendre qu'il était hors de question qu'elle vienne le chercher dans le baraquement qu'il partageait avec trois autres hommes.

Il sortit et referma la porte derrière lui afin que ses compagnons de chambrée ne puissent pas écouter.

— Tu dois prendre tout ça plus au sérieux, lança-t-elle de but en blanc.

— Prendre quoi plus au sérieux ?

— Tout. Un tueur à gages te recherche, et tu m'envoies balader. Je n'ai rien dit, mais toute ma famille est ici et…

— Calme-toi.

— Non. Je ne me calmerai pas. Des gens sont en danger. Tu es en danger.

— Comme je te l'ai déjà dit, Elsie, je ne vois pas pourquoi ils décideraient de me tuer maintenant, après tout ce temps sans rien faire.

— En tout cas, quelqu'un a tiré sur Sabrina, cracha-t-elle.

Pendant quelques secondes, il n'entendit plus que le martèlement de son propre cœur.

— Quoi ? parvint-il à demander d'une voix étranglée.

— Je ne sais pas comment elle va, répondit-elle. D'ailleurs, je ne sais rien de ce qui se passe parce que, au lieu d'être au quartier général, je suis ici à jouer les nounous. Et tu ne prends même pas au sérieux la menace qui pèse sur toi.

Il ne fallait surtout pas qu'il se laisse gagner par sa panique.

— Oh ! Doucement.

Il devait récapituler les faits. Trouver un sens aux événements.

— Holden dit que c'est grave.

Nate ne savait pas qui était Holden. Quelqu'un d'informé, sans doute.

— C'est le tueur qui traque Connor qui a tiré sur Sabrina ?

Elsie cessa son va-et-vient et cligna des yeux.

— Je… Eh bien, je ne sais pas qui lui a tiré dessus. Mais je sais qu'elle a été blessée, et que c'est grave.

— Autrement dit, tu n'en sais pas assez pour déduire quoi que ce soit.

— Et moi, je te dis que j'en sais assez ! À moins que toutes les personnes avec lesquelles je travaille se trompent, ce qui n'est pas le cas, il y a un second tueur à gages dans la nature et tout indique que c'est toi qu'il recherche. Pourquoi est-ce que tu ne veux pas prendre cette affaire au sérieux ?

Sans qu'il sache pourquoi, ces mots l'irritèrent. Pendant des années, empêtré dans cette affaire qui avait bien failli le rendre fou, c'était lui qui avait essayé de convaincre les gens de lui accorder du crédit. Et cette femme lui reprochait sa désinvolture ?

On avait tiré sur Sabrina, et Connor… Quelqu'un dans leur organisation se souciait-il seulement du sort de Connor ? Et pourquoi cette femme, qu'il ne connaissait que depuis quelques heures, exigeait-elle qu'il lui dise tout ce qu'il savait, alors que cela faisait des années qu'il se débattait seul dans cette situation ?

Elle n'avait pas le droit d'être furieuse contre lui, et encore moins de le sermonner.

Il avança de quelques pas pour se planter sous la lumière extérieure et ouvrit grand les bras.

— Et là, est-ce que je suis assez sérieux pour toi ? lança-t-il. Allez, le tueur ! Viens ! Je t'attends !

Les traits d'Elsie se déformèrent d'une façon qu'il trouva fascinante, peut-être à cause des ténèbres que seule cette lumière extérieure repoussait ou parce que le spectacle de la petite Elsie habitée par une telle fureur avait quelque chose d'irréel.

Elle avança de quelques pas et lui décocha un coup de poing étonnamment puissant dans le ventre. Venant d'elle, le geste était tellement inattendu qu'il ne vit rien venir. Il fut tellement abasourdi qu'il resta cloué sur place, sans chercher à esquiver.

— Tu es un imbécile. Et je te déteste, dit-elle.

Elle vibrait littéralement de colère. Elle fit volte-face et disparut dans les ténèbres.

Nate inspira péniblement, une fois, puis deux. Eh bien… la petite Elsie pouvait vraiment couper le souffle à un homme.

Quant à lui, il était assez dégoûté de voir qu'il s'était laissé entraîner par l'énervement que provoquait l'absence totale de logique de la situation, alors que l'essentiel était ailleurs : on avait tiré sur Brina, qui était gravement blessée.

Uniquement à cause de cette histoire avec le contre-amiral Daria. Son histoire.

Il se frotta le visage des deux mains. Il avait porté ce fardeau seul pendant des années, sans pouvoir en parler à personne et soudain, des gens le croyaient et voulaient l'aider.

On avait tiré sur Brina.

Autrement dit, que cela lui plaise ou non, il allait devoir faire confiance à certaines personnes.

Il rentra dans le baraquement, et Olsen fut immédiatement à ses basques.

— Comment est-ce que tu as pu faire aussi vite ?

— Je n'ai rien fait. Je connais Elsie depuis toujours.

Il écarta Olsen et s'agenouilla à côté de son lit.

— Tu la connais… comment ça ?

— Occupe-toi de tes affaires, Olsen, marmonna-t-il. Si tu appelais ta femme ?

Olsen ne bougea pas, mais Nate s'en moquait. On avait tiré sur Brina, Elsie était furieuse… Il ne pouvait plus jouer la sécurité. Le moment qu'il attendait depuis si longtemps était enfin arrivé : quelqu'un le croyait. Elsie le croyait. Elle lui reprochait même de ne pas prendre l'affaire assez au sérieux. Lui reprocher ça, à lui !

Oui, sa vie avait basculé, et il n'avait pas le temps de s'en étonner. Ses vœux avaient enfin été exaucés, il devait agir en conséquence. Il récupéra le dossier qu'il dissimulait sous son matelas et fourra la clé USB qui en tomba dans sa poche.

Sans se soucier du regard entendu d'Olsen, il ressortit du baraquement. Il fallait qu'il rejoigne Elsie et fasse ce qu'il avait attendu de pouvoir faire pendant des années.

Il était temps.

5

Elsie arpentait le chalet, rendue furieuse par la situation et, pire encore, par elle-même.

C'était la première fois qu'elle trahissait sa promesse de ne jamais frapper quelqu'un. Les abdos d'acier de Nate Averly n'avaient sans doute subi aucun dommage, mais elle avait reçu suffisamment de coups dans son enfance pour savoir que la violence était la pire façon d'exprimer sa colère et ce, que les coups fassent mouche ou non.

Sabrina avait été blessée, et elle venait de frapper un homme qu'elle connaissait à peine et de lui dire qu'elle le détestait. Comment Shay avait-elle pu la penser capable d'intervenir sur le terrain ? Elle n'était pas faite pour ce genre de travail. Sa place était dans le coin d'une pièce, le nez collé à l'écran de son ordinateur.

Elle se laissa tomber sur le canapé et se prit la tête dans les mains. Elle ne pouvait pas se mettre dans tous ses états. Pour se ressaisir, elle fit l'un des exercices de respiration conseillés par sa thérapeute pour repousser une crise d'angoisse.

Le parcours qu'elle avait suivi était étrange. Quelques années plus tôt, elle était complètement paumée. Son travail, au sein d'une entreprise technologique, était trop routinier, trop peu exigeant pour qu'elle puisse faire abstraction de la peur que lui inspirait le monde. Un jour, Granger

McMillan l'avait contactée après avoir lu un article qu'elle avait écrit pendant ses études à l'université. Il l'avait mise au défi de pirater un serveur protégé par des mesures de sécurité sophistiquées.

Après qu'elle eut relevé le défi en dix minutes, il l'avait soumise à d'autres tests, chacun plus compliqué que le précédent. Bien qu'elle se méfie de lui, ces tests étaient devenus pour elle un point d'ancrage. Se mesurer à une énigme informatique l'emplissait d'assurance, lui donnait l'impression d'être à sa place.

Il avait fini par la convaincre de rejoindre la North Star, et une toute nouvelle vie s'était ouverte à elle. Elle avait cessé d'avoir des attaques de panique et de faire des cauchemars, parce qu'elle avait enfin pu se raccrocher à quelque chose.

Elle refusait que Nate – ou qui que ce soit d'autre – lui fasse perdre le contrôle qu'elle avait enfin sur sa vie.

S'il refusait de prendre la situation au sérieux, elle pouvait agir de son côté, en renforçant le système de sécurité du Revival, par exemple. La propriété regorgeait de cachettes potentielles, mais elle pouvait rendre beaucoup plus difficile toute intrusion.

Oui, c'était ce qu'elle allait faire. Pas pour Nate, mais pour sa famille et pour tous ceux qui déambulaient autour de ce baril de poudre susceptible d'exploser à tout moment.

Elle venait de lancer un test du système de vidéosurveillance quand on frappa à la porte de derrière. Il était trop tard pour qu'il s'agisse de l'une de ses sœurs, et un criminel n'aurait sans doute pas pris la peine de frapper. Elle alla donc ouvrir et Nate entra sans un mot, un dossier sous le bras.

— Qu'est-ce que c'est ? demanda-t-elle en guise de bienvenue.

— Toutes les preuves que j'ai réunies contre Daria.

Elle avait donc réussi à le convaincre. En le frappant ? Elle secoua la tête. Non. Jamais elle n'aurait dû l'agresser.

— Avant que… que nous nous occupions de ça, j'ai quelque chose à te dire.

Il haussa les sourcils sans mot dire. Il était tellement grand et semblait tellement irrité qu'elle se sentit mal à l'aise. Mais elle n'avait pas peur de lui : elle l'avait frappé sans qu'il réagisse, sans même qu'il exige des excuses. Pourtant, il en méritait.

— Je te demande pardon pour le coup de poing. C'était mal.

— Est-ce que tu crains de m'avoir blessé ? demanda-t-il d'un ton incrédule.

— Pas du tout. Je doute même de t'avoir fait mal. Mais la colère ne justifie pas la violence. Jamais.

— Permets-moi de te contredire, lança-t-il.

Aussitôt, il grimaça et posa sur elle un regard circonspect, parce que le fantôme de la fillette qu'elle avait été flottait toujours à Blue Valley. Ses sœurs avaient fini par effacer leur passé en construisant une vie dans cette ville, mais pas elle.

— Si nous devons en parler, parlons-en.

Il se fourra les mains dans les poches et se balança sur les talons. Il semblait particulièrement mal à l'aise.

— De quoi ?

Tant pis s'il était gêné : ils devaient crever l'abcès pour pouvoir passer à autre chose.

— Mon père avait l'habitude de nous frapper, mes sœurs et moi. Toute la ville le savait. Ton frère l'a arrêté une fois ou deux, mais il n'a rien pu faire de plus. Je n'en veux à personne, sinon à mes parents. Mon père était le coupable, ma mère était sa complice.

— Et quelqu'un aurait dû intervenir. Point final.

Elle n'aurait su dire si ces mots la réconfortaient ou non. Parce que personne n'était jamais intervenu, et elle avait dû travailler longtemps avant de pouvoir l'accepter.

— Parfois, personne ne peut intervenir. C'est comme ça, c'est tout.

— Garrett…

— Ton frère a fait tout ce qu'il a pu mais, sans preuve ni témoignage fourni par un adulte, la justice n'a pas donné suite. Si c'est ce qui t'inquiète, je ne vous reproche rien – que ce soit à lui ou à toi, parce que tu es son frère.

— Je n'étais pas…

Il fronça les sourcils. Il semblait toujours aussi mal à l'aise.

— C'est tout ce qu'il y a à dire sur le sujet. Si nous passions à autre chose, maintenant ? Je ne suis plus une petite fille battue. Je suis une adulte et j'exerce un métier difficile, qui vise à rétablir la justice dans le monde.

Il la dévisagea avant de hocher la tête.

— En ce cas, rétablissons-la. Ensemble.

Avant qu'elle ait pu savourer ce petit pas en avant, son téléphone sonna.

— Allô ?

— Saluts, Els. C'est Betty.

— Quelles sont les nouvelles ?

— Sabrina devrait se remettre. La blessure est moche et elle va subir une lourde opération, mais tu la connais : elle est robuste et têtue.

— Et les autres ?

— Toujours sur le terrain. Je n'en sais pas plus. Je suis à l'hôpital avec elle.

— Ils me mettront sans doute au courant dès qu'ils le pourront.

— Est-ce que ta mission se passe bien ? demanda Betty.

La médecin de la North Star semblait épuisée.

— Oui, tout va bien. Va te reposer, Bet.

— Appelle si tu as besoin de quoi que ce soit.

— Bien sûr.

Mais elle n'en ferait rien. Elle allait affronter seule la situation. Pour Sabrina. Pour la fillette qu'elle avait été, et qui avait cru qu'elle ne ferait jamais rien de sa vie. Pour sa famille – ses familles, plutôt : ses sœurs, et la North Star.

Quand elle eut raccroché, elle se tourna vers Nate.

— Sabrina devrait s'en sortir. Elle n'est pas encore tirée d'affaire, mais elle est forte. C'est… Sabrina.

— Ce ne sera pas la première fois qu'elle revient de loin.

Elle acquiesça, réconfortée d'entendre Nate exprimer ses propres espérances. Oui, Sabrina allait s'en sortir. Mais son travail n'était pas fini pour autant.

— Quelqu'un va venir pour toi, Nate. C'est obligé.

Il hocha la tête, le visage sombre.

— Voyons ce que nous pouvons faire pour l'en empêcher.

Nate n'avait jamais vraiment connu la panique avant son licenciement. Même quand le bâtiment dans lequel il se trouvait avait explosé, il avait gardé son calme. Il avait été entraîné à affronter ce genre de situation, il avait accepté la possibilité de mourir au combat. Il savait quoi faire quand tout semblait perdu.

Par contre, rien ne l'avait préparé à être renvoyé pour manquement à l'honneur, à voir toutes ses preuves rejetées par tout le monde et à ce que ses amis, sa famille, et même une psychothérapeute diplômée le tiennent pour dérangé. Mais il avait fini par tout accepter – et même s'y habituer.

À tel point qu'il lui semblait inconcevable de confier tout ce qu'il avait à une tierce personne. Aussi ne sortit-il pas la clé USB de sa poche. Et quand il tendit son dossier à Elsie, ce simple geste fit s'emballer son cœur comme s'il fuyait un bâtiment en flammes.

Sans mot dire, elle étudia les documents avec toute l'attention qu'ils méritaient, alors que tous ceux à qui il les avait montrés auparavant les avaient à peine parcourus.

— Tu as piraté ses comptes en banque ? demanda-t-elle.

Elle paraissait surprise.

— Non, j'ai payé quelqu'un pour le faire. Je doute que toutes les données soient là, mais j'ai remarqué que certains versements coïncidaient avec des opérations militaires.

Ces preuves n'étaient sans doute pas de nature à convaincre un juge mais pour lui, elles suffisaient à prouver que Daria était malhonnête.

Elsie continua à étudier les documents. Il réprima sa nervosité croissante et resta là où il était : assez près de la porte de derrière pour prendre la fuite s'il en ressentait le besoin. Les jambes légèrement écartées, les mains derrière le dos, dans la position d'un militaire qui attend qu'on lui passe un savon.

— C'est ce que tu as envoyé à Connor ? demanda-t-elle.

— Oui.

— Pourquoi aller jusqu'à abattre un hélicoptère pour faire disparaître ces documents ? demanda-t-elle sans masquer sa perplexité. Ce ne sont que des hypothèses. Il va te falloir des preuves plus solides pour coincer Daria.

Il pensa à la clé USB qu'il n'avait pu se résoudre à lui confier. Elle contenait certains documents qui… Mais si Elsie les jugeait sans valeur, ou prouvait qu'il s'était trompé ?

Il pouvait lui donner les renseignements qui concernaient Daria et travailler seul sur le reste, sans personne pour lui dire qu'il fabulait.

— Sans doute, mais c'est un point de départ, répondit-il.

— Oh ! c'est bien plus que ça. Mais pourquoi s'en prendre à Connor et pas à toi ? Ce n'est pas logique.

Il ne sut quoi répondre. Mentir était devenu pour lui une seconde nature quand il parlait avec son frère, sa thérapeute ou les autres pensionnaires du ranch et pourtant, il ne pouvait se résoudre à mentir à Elsie. Heureusement, cette pensée était assez terrifiante pour qu'il se taise tandis qu'elle étudiait les documents une fois de plus.

Le téléphone d'Elsie sonna de nouveau, le faisant sursauter. Il grimaça, agacé par cette marque de faiblesse.

— Rogers, dit Elsie.

Elle ouvrit une fenêtre sur l'écran de son ordinateur et, le téléphone coincé entre l'épaule et l'oreille, se mit à taper sur le clavier. Elle s'était un peu redressée sur sa chaise, et Nate se demanda si son interlocuteur était un supérieur.

Cela faisait bien longtemps qu'il n'avait accordé aucune attention au physique d'une femme, ni à la réaction qu'il éveillait en lui mais, pour la première fois, il se rendit compte qu'Elsie était vraiment très jolie. Surtout maintenant que ses cheveux s'étaient échappés de son élastique.

Comme si c'était le moment de remarquer ce genre de chose.

— Qu'est-ce que je dois faire maintenant ? demanda-t-elle. D'accord… Bien sûr… Prends ton temps. Merci, Shay.

Elle raccrocha, le regarda et ouvrit la bouche, mais il lui fallut quelques secondes pour parvenir à parler.

— Ils ont arrêté Daria.

Étrangement, il fut presque choqué par la nouvelle.

— Quoi ?

— Lui et ses acolytes sont en garde à vue, reprit Elsie en posant un regard perplexe sur son téléphone. Et personne d'autre que Sabrina n'a été blessé.

Elle leva les yeux vers lui.

— Il ne me reste plus qu'à faire en sorte que les preuves que tu as rassemblées contre lui soient assez solides pour convaincre un tribunal, et tout sera terminé.

Le ventre de Nate se noua. Rien ne l'empêchait d'abonder dans son sens et de reprendre le cours de sa vie, mais il savait que l'affaire ne s'arrêtait pas avec l'arrestation de Daria.

Rien ne l'obligeait à le lui dire. Mais elle était venue le chercher jusque dans son baraquement et s'était mise en colère parce qu'il minimisait le danger qui pesait sur lui – et qui, par ricochet, menaçait la famille d'Elsie.

Si quelqu'un le soupçonnait d'avoir plus d'informations, ce danger pouvait effectivement exister, et également concerner Elsie elle-même…

S'il était incapable de se fier à elle et à ses collègues, qui avaient fait tomber Daria alors que personne d'autre ne s'était jamais intéressé à ses agissements, autant renoncer à faire éclater un jour la vérité.

Il ferma les yeux et soupira.

— Non, Elsie. Ce n'est pas terminé.

Maintenant, il ne pouvait plus revenir en arrière. Daria était tombé. C'était très bien mais, pour aller plus loin, il devait accepter de l'aide. Et c'était apparemment Elsie qui allait la lui apporter.

— Au contraire : ce n'est que le commencement.

6

Elsie avait pensé que plus rien ne pouvait la surprendre : elle était dans sa ville natale dans le cadre d'une mission pour la North Star, Sabrina avait été gravement blessée, et Daria était aux arrêts. Mais Nate lui disait maintenant que…

Elle secoua la tête.

— Je ne comprends pas.

— En faisant des recherches sur Daria, j'ai découvert qu'il n'était qu'un petit rouage dans une grosse machine très complexe.

— Je t'ai entendu parler de corruption au sein de l'armée au téléphone, tout à l'heure, mais j'ai pensé…

— Que j'étais fou ?

Elle le regarda de travers.

— Pourquoi est-ce la conclusion à laquelle tu sautes toujours ? Pourquoi est-ce que tu ne peux pas me donner cinq secondes pour réfléchir sans penser que…

Ce fut alors qu'elle comprit.

Tout le monde l'avait cru paranoïaque. Personne n'avait accordé le moindre crédit à ses allégations. Pour avoir vécu une situation similaire, elle savait ce qu'il pouvait ressentir. Mais alors que ses sœurs l'avaient toujours soutenue, Nate était seul.

Contrairement à ses collègues agents de terrain, elle avait le cœur trop tendre pour rester de marbre devant une histoire aussi triste. Nate n'aurait pas aimé le savoir, mais elle avait pitié de lui.

— Personne ne m'a cru pendant très longtemps, dit-il. Ni ma famille ni les personnes que je côtoie sur le ranch. Pourquoi est-ce que tu serais différente des autres ?

Son visage était défait, comme s'il rendait les armes.

— Parfois, les personnes qui t'aiment ne peuvent pas s'empêcher de s'inquiéter. Elles ne pensent pas à mal. Mais leur inquiétude peut déformer leur perception des choses.

— Ce n'est pas tout ce qui l'a déformée, remarqua-t-il d'une voix teintée d'amertume.

— Moi, je n'ai que les faits, et ils confortent tes dires.

Il la dévisagea sans parvenir tout à fait à masquer sa surprise. Mais elle n'avait pas plus le temps de s'attarder sur son étonnement que sur sa réticence.

— Il faut que tu me donnes tout ce que tu as, reprit-elle. Si tu gardes certaines informations pour toi de peur que je ne te croie pas, je ne pourrai pas t'aider.

Son incrédulité laissa place à de la colère.

— Je n'ai pas peur, lança-t-il en se redressant.

— Si ce n'est pas de la peur, qu'est-ce que c'est ?

— Je…

Elle attendit qu'il poursuive. Sa gentillesse innée la poussait à dire quelque chose, à changer de sujet pour lui épargner ce moment de malaise. Il lui était assez souvent arrivé d'avoir peur pour savoir que c'était un sentiment qui pouvait déformer la perception que l'on avait du monde.

Pour que Nate cesse d'avoir peur, il fallait qu'il comprenne que c'était bien de la peur qu'il éprouvait – et qu'il en trouve la raison. Ensuite, la North Star pourrait accomplir sa mission : arrêter les criminels. Si Daria n'était qu'un élément dans une affaire plus vaste…

Elle souffla. Le temps pressait.

— Nous avons beaucoup à faire, Nate. Je ne sais pas si c'est la peur qui te retient ou un courage inimaginable…

C'était la peur, elle le savait.

— Mais tu dois collaborer avec moi, reprit-elle. Sinon, ma présence ici est inutile et Sabrina aura été blessée pour rien. Je pourrais comprendre de quoi il retourne sans ton aide, mais cela prendrait du temps, et nous n'en avons pas. Il y a toujours un tueur à gages dans la nature.

— S'ils voulaient vraiment me tuer, ils l'auraient déjà fait.

— Est-ce que tu préfères attendre de voir ? Après ça, je comprendrai peut-être pourquoi ils ont attendu.

Il secoua la tête, mais elle voyait bien qu'il était en proie à un dilemme. Même s'il refusait de lui faire confiance, il réfléchissait à ses paroles.

— J'ai besoin de temps, dit-il d'une voix rude.

Elle retint un gémissement de frustration. Mais le piratage informatique lui avait appris la persévérance : quand elle rencontrait des obstacles, il lui suffisait généralement de changer d'approche pour tomber sur une brèche. Elle pouvait trouver un moyen de vaincre la résistance de Nate. Elle le pouvait… et elle le devait.

— Tu n'as pas le temps. Point final.

Il fourra ses mains dans ses poches et lui jeta un regard circonspect.

— Eh bien, jamais je n'aurais pensé me faire commander un jour par la petite Elsie Rogers.

— Et moi, jamais je n'aurais pensé que j'échapperais à Blue Valley pour devenir quelqu'un qui peut commander les autres.

Elle prit un instant pour mesurer la portée de ses propres paroles. Non, elle n'avait jamais pensé en arriver là un jour et pourtant, elle y était. L'idée avait quelque chose de vertigineux, mais elle refusait de se laisser impressionner.

— Parfois, le changement est bénéfique.

— J'espère que tu es prête à le prouver, marmonna-t-il.

Il sortit une main de sa poche et lui tendit une clé USB.

— Voilà tout ce que j'ai réuni en deux ans. Je n'ai envoyé à Connor que ce qui concerne Daria, mais personne ne pouvait le savoir. Par contre, si les véritables instigateurs de ce trafic découvrent ce que j'ai contre eux…

Elle prit la clé USB, traversée par un mélange de soulagement et de satisfaction. Enfin, elle était parvenue à le convaincre !

— Tout indique qu'ils le savent, dit-elle. Tu le leur as fait comprendre en envoyant ce paquet à Connor.

C'était la conclusion qui s'imposait, une conclusion qui ne plaisait pas à Nate, à l'évidence.

— Très bien, dit-il. Nous allons partir du principe qu'ils sont passés à l'acte parce que j'ai envoyé des preuves à Connor. Mais ils n'avaient aucun moyen de savoir que je ne lui avais pas tout envoyé.

— Pourquoi ne l'as-tu pas fait ?

— J'ai pensé que c'était trop gros pour qu'il y croie. J'ai beaucoup de pistes qui confirment l'existence d'une bande plus importante, mais aucun fait pour les étayer. J'avais besoin que quelqu'un me croie et travaille avec moi. J'ai choisi Connor parce qu'il était déjà impliqué. Je pensais m'occuper d'abord de Daria avant de passer aux autres.

— Tu es certain que tout est là ? demanda-t-elle.

Elle se sentait obligée de lui poser la question, même si elle n'était pas certaine de le croire s'il répondait par l'affirmative. Quand il acquiesça, son regard étincelait pourtant d'une telle colère qu'elle fut forcée d'admettre qu'il disait la vérité.

Elle inséra la clé dans la prise USB et se mit au travail.

— Pas mal pour un amateur, dit Elsie.

Elle avait passé de longues minutes à lire les documents qu'il avait sauvegardés sur cette clé au cours des deux dernières années, et il avait dû prendre sur lui pour ne pas lui demander ce qu'elle en pensait.

— Merci, marmonna-t-il, irrité.

Un amateur, lui ? Pourtant, à voir les doigts d'Elsie voler sur le clavier, il devait bien se rendre à l'évidence : il était loin d'être un professionnel.

Elle lui jeta un regard étonné, comme si elle avait oublié sa présence, et se passa la main dans les cheveux avant de s'étirer. Le tissu de son chemisier se tendit sur ses…

Nate baissa les yeux. Qu'est-ce qui clochait chez lui ? Il ne pouvait pas se permettre d'être attiré par elle. Dorénavant, il allait fixer le plancher, et il s'enfuirait à la première occasion.

— Le seul problème, c'est que tu ne sais pas comment procéder discrètement, dit-elle. Dès que tu sauvegardais quelque chose, ils s'en apercevaient sans doute. Il ne leur restait plus qu'à effacer ou modifier le document que tu avais piraté pour que ta copie ne paraisse plus authentique.

Oubliant tout de la façon dont elle s'était étirée, il releva vivement les yeux.

— Est-ce que c'est pour ça que personne ne m'a cru ?

Il avait envoyé ce qu'il pensait être des preuves solides à plusieurs hauts responsables de la Navy, et comment avaient-ils réagi ? En passant un coup de téléphone à sa thérapeute.

Si les documents étaient modifiés dès qu'il les avait sauvegardés, pas étonnant que tout le monde ait douté de sa santé mentale.

— Sans doute, répondit Elsie. Il aurait suffi d'enquêter pour s'apercevoir que les documents avaient été modifiés, mais personne ne s'en est chargé. Sans doute pour éviter de chercher des noises à un gradé aux états de service irréprochables sans disposer de preuves irréfutables. Malheureusement, il semble que quelqu'un a fait en sorte que les tiennes ne le soient pas.

— Donc…

Ce fut alors qu'il comprit que l'affaire n'était peut-être pas aussi simple qu'il l'avait cru. Il avait toujours pensé que ses amis ne lui faisaient pas assez confiance, mais si des gens œuvraient réellement pour le discréditer ?

C'était trop beau pour être vrai.

Du moins, ça l'aurait été si on n'avait pas tiré sur Sabrina. Qu'elle survive ou non, jamais elle n'aurait dû se retrouver mêlée à cette histoire. Elle avait déjà enduré bien assez de choses. Pourtant, le fait qu'elle ait été blessée semblait confirmer tout ce qu'il avait toujours cru. Enfin.

Elsie s'éloigna de l'écran, cligna des yeux et soupira.

— Maintenant, je vais essayer de déterminer ce qui a été modifié, quand, comment, et par qui. De qui Daria reçoit-il ses ordres ?

Elle posa la question en bâillant.

— On est en pleine nuit. Tu ne dors jamais ?

Elle balaya la question d'un geste de la main.

— Je n'ai pas besoin de beaucoup de sommeil. Le médecin m'a prévenue que je pourrais être plus fatiguée qu'à l'accoutumée, mais je peux tenir. J'ai des provisions.

Elle montra du doigt deux canettes de soda vides, posées à côté de l'ordinateur. Elle ne se nourrissait donc que de sucre ? Mais… il y avait plus important.

— Le médecin ? Quel médecin ?

— Oh ! C'est vrai.

Elle s'agita nerveusement sur sa chaise et répondit, en se gardant bien de croiser son regard :

— Juste un petit… incident, il y a quelques jours.

Il croisa les bras.

— Si tu m'expliquais ?

— C'est sans importance.

— Explique-moi, insista-t-il.

Elle leva les yeux au ciel, souffla et le regarda de travers.

— Ce n'est rien de grave. Je n'ai pas été blessée. En général, je ne vais pas sur le terrain. Mais cette fois, j'ai dû aller pirater un ordinateur, et j'ai été droguée.

— Tu as été droguée ?

Voilà qui expliquait sa pâleur maladive. Mais pourquoi diable travaillait-elle aussi dur ?

— Ce n'est rien, je t'assure. Je ne m'en souviens même pas. Par contre, j'ai de la peine pour Willa. Elle est… Pour faire court, son père était agent secret. Il a perdu les pédales et il s'apprêtait à… à tous nous tuer, je suppose. Y compris sa propre fille. Elle est bien plus à plaindre que moi.

Nate la fixa, interdit. Le père d'Elsie aurait très bien pu faire la même chose. Pourquoi toutes leurs conversations les ramenaient-elles toujours à ce sujet ?

Il savait exactement ce qu'elle avait enduré et ne comprenait pas comment elle pouvait n'en vouloir à personne – et se croire moins à plaindre que quelqu'un d'autre.

Son expression s'adoucit soudain.

— Tu sais, dit-elle, ta mère a essayé de nous aider.

— Quoi ?

— Elle nous a apporté à manger un jour, après que Garrett avait arrêté mon père, sans parvenir à le faire inculper. Tu te souviens du shérif de l'époque : mon père et lui étaient copains. Il le tirait toujours d'affaire et les services sociaux n'ont jamais pu avoir aucune preuve contre lui. Mais Garrett a quand même arrêté papa, ce jour-là. Je pense que c'était sa première année à Valley County.

— Il est shérif de Blue Valley, maintenant, commenta Nate. La ville ne dépend plus du comté, elle a son propre bureau.

— Vraiment ? demanda Elsie en souriant. J'en suis heureuse. Il doit faire du bon travail. Jamais je n'aurais cru qu'il commanderait toute une unité.

— Oh ! il n'y a que lui et Mme Lindley, la régulatrice.

Mais ce n'était pas vraiment de cela qu'il voulait parler.

— Ma mère… ?

— Oh ! oui. Garrett lui avait sans doute parlé, parce qu'elle nous a apporté un ragoût de poulet aux pâtes. Il sentait divinement bon.

Nate fut gagné par un affreux pressentiment. S'il n'avait jamais eu vent de cette histoire, c'était sans doute parce qu'elle ne finissait pas bien.

— Je crois me souvenir que Rose et Delia avaient déjà quitté la maison. Quoi qu'il en soit, ta mère a proposé à la mienne de nous conduire à Billings avant le retour de papa.

Elle sourit, même s'il devinait ce qui allait suivre.

— Bien sûr, ma mère a refusé et a jeté le ragoût à la poubelle. Mais ta mère a essayé de nous aider.

Nate ne savait pas quoi dire. Ce geste ressemblait bien à sa mère : elle n'était pas particulièrement démonstrative, mais elle avait un sens aigu du bien et du mal.

— Ma mère a toujours refusé qu'on l'aide à partir, reprit Elsie. Elle racontait tout à mon père, qui s'abstenait de boire et de nous battre jusqu'à la visite des services sociaux. Parce qu'il y avait toujours quelqu'un pour l'avertir de leur visite.

— Je ne sais pas quoi te dire.

— Il n'y a rien à dire. Ce n'est pas un sujet tabou. Je ne vais pas m'effondrer si nous en parlons. Tout ce que je voulais te dire, c'était que ta mère et Garrett ont essayé de nous aider, mais que nos parents ont toujours refusé toute ingérence.

— Il aurait fallu que d'autres personnes interviennent.

— Il aurait fallu, oui. Parfois, c'est le cas. Il m'est arrivé d'aider des enfants prisonniers de situations pires que la mienne… Si j'ai voulu crever l'abcès tout à l'heure, c'est parce que je ne veux pas que tu me traites comme si mon enfance faisait de moi quelqu'un de fragile.

— Je ne te crois pas fragile.

— Bien.

— Mais si tu as été droguée il y a quelques jours, tu devrais te reposer.

— Tu as peut-être raison, mais Sabrina a été blessée aujourd'hui, et elle n'est pas encore tirée d'affaire. Il est pratiquement certain qu'un tueur à gages te recherche, et tu vis entouré de ma famille et de mes amis. Comment veux-tu que je me repose avant d'être sûre et certaine que ni toi ni eux ne risquez rien ?

— Même quand j'étais dans les marines, je me reposais de temps en temps.

— Tu peux aller te reposer, Nate. Je ne te retiens pas.

Il n'était pas d'accord. Pas question d'aller se reposer en la laissant accomplir seule tout le travail.

— Qu'est-ce que je peux faire ? demanda-t-il.

Elle posa sur lui un regard tellement pénétrant que seul son passé de marine le retint de se tortiller.

— Prendre des notes, comme au lycée. Tu vas noter et organiser tout ce que je vais te dire.

— Je n'étais pas très bon élève, objecta-t-il.

Elle lui décocha un bref sourire auquel son corps réagit en se tendant de façon extrêmement déplaisante.

— Je suis sûre que tu y arriveras. Je crois en toi.

C'était la première fois depuis très longtemps que quelqu'un croyait en lui. Comme il ne savait pas trop quoi en penser, il décida qu'il allait lui obéir et prendre des notes.

7

Quand Elsie se réveilla, sa nuque était endolorie et sa joue, posée sur ce qui semblait être un clavier. Elle se redressa et se rendit compte qu'elle avait effectivement utilisé le clavier comme une sorte d'oreiller – une fois de plus.

Elle se frotta le visage en bâillant, regarda autour d'elle et sursauta : Nate occupait toujours le canapé où il s'était assis pour prendre des notes. Le carnet sur les genoux, le stylo dans la main, il dormait à poings fermés. Comme elle pressentait qu'il se réveillerait en sursaut si elle faisait le moindre mouvement, elle ne bougea pas.

Avec ses cheveux ébouriffés et sa barbe naissante, il semblait encore plus redoutable qu'à l'accoutumée. Cet homme n'était pas son genre, ne serait-ce que parce qu'il était trop grand et large d'épaules à son goût mais, en toute objectivité, il était beau.

Un petit frémissement de désir naquit dans sa poitrine. La sensation était tellement inédite pour elle qu'elle en resta interdite. Elle avait eu des petits amis quand elle était à l'université, mais une fois entrée dans le monde du travail, elle n'avait plus trouvé le temps de rechercher une compagnie masculine.

C'est bien le moment de penser à ça. Tu es en mission, et cet homme vient de la même ville que toi.

Comme s'il avait lu dans ses pensées, Nate se réveilla

soudain. Elle aurait dû détourner les yeux, mais ils étaient comme rivés aux siens.

— On dirait que nous nous sommes endormis, dit-il d'une voix grondante.

L'estomac d'Elsie fit un drôle de petit bond, comme si elle était sur les montagnes russes. Mais avant qu'elle ait pu dire un mot, on frappa à la porte. Elle bondit sur sa chaise.

— Tu dois…

— Disparaître, acheva-t-il pour elle en se levant.

Elle déglutit pour calmer sa nervosité, qui avait tellement de causes qu'elle ne savait pas quoi en penser.

On frappa de nouveau. Nate filait déjà par l'arrière, mais elle voulait lui laisser le temps de disparaître. Elle se leva, entrouvrit la porte et écarquilla les yeux en voyant sa sœur aînée, Gabrielle dans les bras et Xander dans le porte-bébé.

— Rose, couina-t-elle. Il est bien tôt.

— Oui.

Sa sœur la gratifia d'un regard soupçonneux et ordonna :

— Ouvre cette porte, Elsie.

Elle obéit, aussi lentement que possible, et Rose entra en fronçant les sourcils. Comme Gabrielle se tortillait en tendant les bras vers elle, elle la prit et adressa un sourire engageant à sa sœur.

— Qu'est-ce que tu caches ? demanda Rose.

— Rien du tout, répondit-elle en faisant sauter la fillette dans ses bras.

Mais Rose ne semblait pas convaincue.

— Beignets ! cria Gabriella en se tortillant furieusement dans les bras d'Elsie.

— Nous avons apporté des beignets, oui, convint Rose. Mais cet endroit n'est pas pour les enfants. Tu aurais pu le dire au lieu de faire tout ce cinéma pour nous ouvrir.

— Désolée, dit Elsie. Je me suis endormie devant l'ordinateur hier soir. Je suis un peu patraque.

Rose lui caressa la joue, un geste où elle sentit toute l'inquiétude qu'elle devait fuir. Elle aimait Rose et Delia de tout son cœur mais, si elle évitait Blue Valley, c'était moins à cause du fantôme de son père que de la façon dont celles-ci la couvaient, comme si elle était incapable de voler de ses propres ailes.

— Ne sois pas désolée. Qu'est-ce que tu fais au juste, Els ?

— Je te l'ai dit. Je travaille sur un projet important.

— S'il doit t'épuiser et te rendre aussi nerveuse, tu devrais peut-être…

— Non, coupa-t-elle. Ne fais pas ça.

Elle s'éloigna de sa sœur et, d'une voix aussi égale que possible, reprit :

— Ne me sous-estime pas.

— Ce n'est pas le cas, protesta Rose.

Elle semblait blessée.

— Je peux le faire. Parfois, il m'arrive de m'endormir en travaillant et parfois…

Ce n'était pas le moment de parler de Nate.

— Je peux le faire, répéta-t-elle. Et je suis adulte.

— Je sais.

— Vraiment ?

— Oui, dit Rose, sur le même ton blessé. Tu peux réussir tout ce que tu entreprendras, Els. Nous le pouvons toutes. Si j'ai pu rester ici, épouser Jack et devenir mère, n'importe laquelle d'entre nous peut réussir, quoi qu'elle entreprenne. Mais… je ne veux pas que tu te surmènes. Ce n'est pas sain de travailler aussi dur.

— Ça peut l'être, si le résultat en vaut la peine, répondit-elle en frottant son nez contre la joue de Gabs.

Quand je vous regarde, Delia et toi, je vois qu'être mère est un travail difficile. Et pourtant, vous le faites.

— Oui, parce que les enfants sont des êtres vivants. Nous n'avons pas vraiment le choix.

— Il y a toujours un choix possible, dit-elle, et nous sommes bien placées pour le savoir.

Rose soupira.

— Je m'inquiète pour vous, les filles. Je n'y peux rien.

Si seulement elle avait pu expliquer en quoi consistait son travail, peut-être sa sœur aurait-elle cessé de s'inquiéter. Par contre, Rose ne la croirait sans doute jamais assez forte pour fréquenter Nate Averly…

Mais pourquoi diable pensait-elle à Nate ? Elle avait une mission à mener à bien.

— Il faut que tu comprennes que j'ai été sauvée par ce travail, Rose. Tout comme Delia et toi l'avez été.

— Je ne…

— Tout comme vous, répéta-t-elle. Tu vas devoir me faire confiance : je sais ce que je fais.

— D'accord, d'accord ! lança Rose. Je vais te laisser tranquille.

Elle jeta un nouveau regard sur les ordinateurs avant de prendre le carnet posé sur le canapé.

— Ce n'est pas ton écriture, remarqua-t-elle.

Elsie fit appel au souvenir de tous les agents de terrain avec lesquels elle avait travaillé pour arborer un visage neutre, bien que son esprit fonctionne à toute vitesse.

— C'est celle de mon patron. Des notes sur le projet.

Elle parvint même à sourire.

Rose haussa les épaules et laissa tomber le carnet.

Elle aurait dû lui demander de partir pour se mettre au travail. Elle ne savait pas trop où Nate et elle en étaient quand ils s'étaient écroulés. Il fallait qu'elle reprenne leurs recherches là où ils en étaient restés.

Mais puisque sa sœur avait apporté le petit déjeuner…

— Est-ce qu'il fait assez chaud pour manger ces beignets dehors ?

— C'est une très bonne idée, répondit Rose en souriant.

Nate savait qu'il avait commis une erreur tactique. Il aurait dû regagner discrètement son baraquement au petit matin, avant que les premiers réveils sonnent, au lieu de s'attarder dans ce chalet et de s'accorder le luxe de s'endormir sur le canapé. Il ne savait pas trop ce qui s'était passé. Il se souvenait qu'Elsie, aussi solennelle qu'un général d'armée, était en train de lui parler d'une bande et d'une mission à laquelle elle avait pris part…

Quand il avait rouvert les yeux, elle le regardait fixement et une jolie rougeur gagnait son cou.

Arrête ça.

Il entra dans le baraquement. La plupart des hommes s'étaient sans doute déjà regroupés dans le réfectoire pour le petit déjeuner. Ils avaient probablement remarqué son absence et tiré des conclusions qui ne pourraient que lui valoir des remontrances de la part de la sœur d'Elsie, de son beau-frère, ou de sa thérapeute.

Il aurait pu inventer une histoire plausible si Olsen n'avait pas vu Elsie frapper à la porte du baraquement la veille… mais il l'avait vue, et cet homme était un vrai moulin à paroles.

Il se doucha et s'habilla rapidement. Il allait devoir suivre sa routine habituelle : le petit déjeuner au réfectoire, la séance de thérapie avec Monica, et les corvées dans le ranch.

Quand il entra dans le réfectoire, il eut l'impression que

tous les yeux étaient braqués sur lui. Il n'était peut-être pas fou, mais il avait du mal à se défaire de sa paranoïa.

Il se servit au buffet et s'assit à une table déjà occupée par deux soldats.

— Tu ne perds pas de temps, lança Drake Worthington.

— Je ne vois pas de quoi tu parles.

— Oh si, tu vois très bien, répliqua Drake avec un rire tonitruant. Olsen a mis tout le monde au courant.

— Au courant de quoi ?

— De la nuit que tu as passée avec la belle-sœur de Jack.

Nate le regarda de travers.

— Olsen est un menteur.

— Tu n'as pas dormi au baraquement.

— Et ça te suffit pour croire ce que dit Olsen ?

Comme Drake haussait les épaules, il comprit qu'il n'était pas parvenu à le convaincre. Au lieu d'insister, au risque de s'enfoncer, il fit ce qu'il faisait le mieux : il se tut.

Une fois son petit déjeuner avalé, il se dirigea vers les écuries, pour sa séance avec Monica. Le Revival Ranch fondait son activité sur la thérapie équine, dont les résultats s'avéraient excellents chez beaucoup des hommes.

Mais ces séances ne lui étaient d'aucune aide, parce qu'il était sain d'esprit. S'il était ici, ce n'était que parce que sa famille l'avait supplié de s'inscrire au programme.

— Bonjour, dit Monica.

Nate savait qu'elle faisait de son mieux. Il s'était toujours efforcé de ne pas passer son agacement sur elle mais, par moments, il avait bien du mal à se retenir.

— Bonjour, répondit-il.

Leur tâche était de seller les chevaux et de les conduire jusqu'aux hommes qui les attendaient pour accomplir leurs corvées du matin. L'après-midi, une fois leur travail terminé, ces hommes les bouchonneraient et feraient prendre de l'exercice aux chevaux qui avaient été laissés au repos le matin. Il fallait bien le reconnaître : grâce à Monica et à Becca Maguire, qui dirigeait le ranch, le travail accompli ici était assez impressionnant.

Mais il aurait quand même préféré être ailleurs.

— Où étais-tu cette nuit, Nate ?

La question le ramena sans douceur à la réalité.

— En quoi est-ce que cela te regarde ? rétorqua-t-il.

Monica sangla la selle sur le cheval dont elle s'occupait, sans relever cette réaction agressive.

— Si tu veux quitter le ranch, tu dois suivre un protocole. Tu dois nous informer du lieu où tu te trouves, pour ta propre sécurité.

— Ma sécurité ? Je vais très bien.

Il devait mettre la patience de Monica à rude épreuve et pourtant, elle gardait toujours son calme. Jamais cette pensée ne l'avait traversé auparavant. Désormais, parce que Elsie le croyait, il posait un regard neuf, moins amer, sur le monde qui l'entourait.

Il chercha un mensonge à lui fournir. D'habitude, quand il ne refusait pas catégoriquement de lui parler, il lui mentait dans l'espoir de la convaincre qu'il allait mieux. Cette fois, il allait mentir pour ne pas attirer l'attention sur Elsie.

— J'ai voulu aller chez Garrett ou chez mes parents. J'avais besoin de calme, pour réfléchir. Ce n'est qu'après coup que j'ai compris que je m'y étais mal pris. J'aurais dû t'en parler, mais j'ai pensé que tu refuserais que je parte seul.

Monica opina du chef et ils continuèrent à seller les chevaux en silence. Quand elle parla enfin, ce fut pour demander, avec le plus grand calme :

— Et Elsie Rogers ?

— Qu'est-ce que tu veux dire ?

— Les gens parlent, Nate. Je n'écoute jamais les rumeurs, surtout celles de ce genre, mais celle-ci m'a inquiétée.

Va au diable, Olsen.

— Je ne vois pas de quoi tu parles.

— On raconte que tu as passé la nuit dans son chalet.

— Olsen raconte, rectifia-t-il. Tu sais aussi bien que moi qu'on ne peut pas lui faire confiance.

— Olsen n'est pas le seul à parler, et c'est le genre de rumeur qui peut empoisonner l'atmosphère pour tout le monde. Elsie ne fait pas partie du ranch.

— J'en suis parfaitement conscient. Je la connais depuis toujours. Bien mieux que toi, sans doute.

Il devait prendre sur lui pour continuer à s'occuper des chevaux sans brusquerie. Si ces séances de thérapie ne l'avaient pas guéri, elles lui avaient appris à contrôler ses émotions. Ce qui, somme toute, était peut-être un élément du processus de guérison.

— Que veux-tu dire par là ? demanda Monica.

— En quoi cela te regarde ?

Elle soupira, mais son visage ne trahissait aucun agacement. Il n'y lisait qu'une réserve inépuisable de patience, mêlée à une autre émotion, qui l'avait toujours rendu nerveux : l'inquiétude.

— Quoi que tu en penses, Nate, je suis de ton côté. Je veux t'aider.

Jusqu'ici, il avait toujours vu Monica comme une ennemie. Maintenant qu'il savait que toutes les preuves qu'il avait découvertes avaient été modifiées après qu'il les avait téléchargées, il comprenait qu'elle faisait de son mieux, en se fondant sur les informations dont elle disposait.

Même si les personnes qui effaçaient toutes les preuves n'en avaient pas forcément l'intention, elles le faisaient passer pour un fou aux yeux de son entourage. L'impression qu'il avait parfois d'être épié n'arrangeait pas son cas, parce qu'il lui arrivait de croire qu'il se faisait des idées.

Pourtant, quelqu'un s'en est pris à Connor après que tu lui as envoyé les preuves.

Non, il n'était pas fou, contrairement à ce qu'ils pensaient tous. Il leur en avait voulu, mais s'il essayait de considérer l'affaire du point de vue de Monica ou de Garrett…

Dans un éclair de lucidité assez désagréable, il comprit qu'il aurait agi exactement comme eux : il aurait seulement essayé d'aider l'homme qui portait des accusations insensées qu'aucune preuve ne venait étayer.

Mais Elsie trouverait ces preuves. Il devait y croire.

Il arrêta de travailler et fit appel à tout son calme. Son entourage se trompait. Il était dans le vrai. Il avait un cerveau parfaitement fonctionnel et, grâce à ce cerveau, il allait convaincre Monica de lui accorder ce dont il avait besoin. Il aurait pu se passer de son approbation, mais l'obtenir lui faciliterait la tâche.

— Je veux quitter le Revival pendant quelques jours. Ça me fera du bien. Quand je reviendrai, peut-être qu'Elsie sera repartie et que les rumeurs se seront éteintes d'elles-mêmes.

Monica le dévisagea pensivement. Même s'il l'avait souvent prise pour cible, car les séances de thérapie ne lui inspiraient que de l'aversion, il savait qu'elle était compétente et pleine de bonnes intentions. Elle voulait faire de son mieux, il en était persuadé.

Enfin, elle secoua la tête.

— Je pense qu'il n'est pas dans ton intérêt de rester seul.

— Très bien. Je demanderai à Garrett de m'accompagner.

Il allait devoir mentir à son frère, mais un plan commençait à prendre forme dans son esprit, un plan qui aurait déplu à son entourage – et à Elsie.

La solution était simple : il ne lui en dirait pas un mot.

8

Elsie retourna au chalet, rassasiée de beignets et l'âme pleine de la sensation chaleureuse d'être à la maison. Rose s'était vraiment construit une vie magnifique : elle avait épousé un homme qui la chérissait, lui avait donné des enfants adorables et travaillait avec elle sur un ranch où l'on venait en aide à des hommes qui en avaient besoin.

Ce qui ramena ses pensées vers Nate. Il semblait enfin prendre la situation plus au sérieux. C'était un premier pas. Mais si quelqu'un l'avait cru, serait-il ici ?

Elle secoua la tête. Elle n'avait pas le droit d'entretenir ce genre de pensées. Elle ne pouvait pas s'intéresser à Nate en dehors du cadre de sa mission.

Cette pause en compagnie de Rose lui avait donné une idée : elle allait pirater le système de vidéosurveillance du ranch et visionner les bandes de ces derniers jours afin de voir s'il s'était produit quelque événement étrange.

L'aide de Nate lui aurait été bien utile, mais il était essentiel qu'il ne change rien à ses habitudes pour éviter qu'on la démasque, et nc pas indiquer au tueur qu'ils savaient ce qui allait se produire.

Mais s'il agit maintenant ? Si un innocent est blessé ?

Elle souffla. Reece Montgomery, un ancien agent de terrain de la North Star, lui avait dit un jour que l'unique moyen d'aborder une mission était de procéder par étapes, et non de la considérer dans sa globalité, sous peine d'être complètement dépassé.

Reece lui manquait. Passé son malaise initial, elle avait fini par apprécier cet homme qui vibrait d'intensité sous ses dehors calmes. Si Sabrina était une boule d'énergie et Holden un charmeur invétéré, Reece était la constance même.

Mais il avait quitté la North Star et s'apprêtait à se marier. En attendant la naissance de son premier enfant, il jouait au base-ball avec son beau-fils. Elsie était ravie de le savoir aussi heureux dans sa nouvelle vie. Elle se promit de lui téléphoner dans la soirée pour lui rappeler qu'il lui devait encore un sachet de bonbons et lui demander comment s'était déroulé le dernier match de Henry.

Mais pour le moment, elle devait se mettre au travail.

Elle pirata le système de sécurité du ranch avec une telle facilité qu'elle envisagea de conseiller à Becca de le faire renforcer. Peut-être qu'elle proposerait même de s'en charger à titre gratuit… une fois sa mission terminée.

Comme souvent, elle fut bientôt trop prise par son travail pour penser à regarder l'heure ou à faire un vrai repas. Elle visionna des heures de vidéos, identifiant les pensionnaires du ranch grâce aux photos qui figuraient dans leurs dossiers.

Comme ces dossiers étaient confidentiels, elle ne consulta que les noms des pensionnaires et les baraquements qu'ils occupaient afin d'être certaine qu'ils se trouvaient bien là où ils étaient censés être.

Quand elle remarqua une femme qui apparaissait un peu trop souvent sur les vidéos alors qu'elle semblait n'avoir aucune raison d'être là, elle lança une rapide recherche qui lui apprit que cette femme était la sœur de l'un des soldats. Mais pourquoi se promenait-elle seule sur le ranch ? La plupart des visiteurs passaient tout leur temps en compagnie de la personne qu'ils étaient venus voir.

Elle s'apprêtait à faire des recherches supplémentaires dans les bases de données de la police quand la porte de derrière s'ouvrit sur Nate, qui se glissa sans bruit à l'intérieur.

Elle fut soulagée de voir qu'il venait en cachette. L'alerte de ce matin lui avait suffi. Si Rose était entrée sans frapper…

Elle n'aurait rien vu de compromettant, Elsie étant assise sur une chaise et Nate sur le canapé, mais Elsie aurait quand même dû trouver une explication à lui fournir. Et elle n'aurait pas pu lui dire que Nate et elle étaient…

Elle sentit ses joues s'enflammer.

— Tu n'as pas de lunettes qui bloquent les rayons bleus ? demanda Nate en l'observant.

— Oh ! des lunettes anti-lumière bleue ? Si. Elles doivent être quelque part par là.

Elle se promettait toujours de les porter, mais une fois qu'elle était plongée dans son travail, elle oubliait tout de leur existence.

Nate lui tendit les lunettes. Elle le regarda, prise de court par ce geste et, tout comme quand il s'était réveillé et que leurs regards s'étaient croisés, elle sentit son estomac décrire un lent looping. Tout compte fait, la sensation était plutôt agréable. Assez en tout cas pour qu'elle cède à l'envie de continuer à le regarder. Mais il lui agita les lunettes sous le nez et elle fut ramenée à la réalité.

Elle prit les lunettes, les chaussa et dit :

— J'ai piraté le système de vidéosurveillance du Revival, et j'ai peut-être trouvé quelque chose d'intéressant. Est-ce que tu reconnais cette femme ?

Elle tendit le doigt vers l'écran, où elle avait mis la vidéo en pause. Nate se pencha, scruta l'image, et une expression indéchiffrable traversa son visage. Ensuite, il la regarda.

— C'est la sœur de Justin Sherman.

— Oui. Peu de visiteurs apparaissent seuls à l'écran aussi souvent qu'elle.

— Son mari et elle vivent tout près d'ici, dit Nate. Ils viennent souvent voir Justin.

— Son mari ? Où est-il donc ?

Elle ouvrit une capture d'écran sur laquelle on voyait la femme debout, devant le baraquement de Nate.

— Et son frère ?

Elsie avait trouvé quelque chose d'important, elle le sentait. Il pouvait sembler étrange que la sœur d'un soldat soit mêlée à l'affaire, mais pourquoi cette femme rôdait-elle ainsi sur le ranch ?

— Écoute…, dit Nate, je vais me faire rare pendant quelques jours.

Elle le fixa, abasourdie. Est-ce qu'il avait reçu un coup sur la tête ?

— Mais nous devons suivre cette piste. Tout de suite.

Il haussa les épaules, comme si c'était sans importance.

— Des rumeurs courent à cause de cette nuit. Tous les hommes me charrient et Jack m'envoie des regards assassins. Même ma thérapeute a abordé le sujet.

— Il ne fallait pas t'endormir sur mon canapé.

— Fais ce que tu as à faire. J'en ferai autant de mon côté. Nous nous reverrons dans quelques jours.

— Tu n'es pas mon patron, Nate.

Il semblait pourtant avoir enfin admis qu'il courait un danger – ou du moins qu'il pouvait avoir confiance en elle. Non, s'il agissait ainsi, c'était parce qu'il avait une idée derrière la tête.

— Tu n'es pas ma patronne non plus, Elsie, riposta-t-il.

Il haussa les épaules et s'en alla, comme si la question était réglée.

Exaspérée, elle jeta un regard noir vers la porte. Elle savait qu'il lui mentait. Il avait de nouveaux éléments, peut-être une nouvelle piste, et il la mettait à l'écart.

Eh bien, cela n'allait pas se passer comme ça. Que cela lui plaise ou non, ils faisaient équipe, et elle savait comment le lui faire comprendre. Elle prit son téléphone et appela le siège de la North Star.

Quand Shay décrocha, elle envoya un sourire menaçant à la porte qu'il venait d'emprunter.

— Shay ? J'ai besoin de renforts.

Nate avait fini par obtenir de Monica l'autorisation de s'absenter du Revival pendant deux jours, mais il prendrait tout le temps qu'il faudrait. Et ce, que cela plaise ou non à la thérapeute.

Maintenant, il allait devoir se résoudre à mentir à son frère, parce qu'il ne pouvait pas faire autrement. Il prépara son sac à dos et annonça qu'il s'absentait à une poignée d'hommes – parmi lesquels Justin Sherman. Mais à ce dernier, il raconta une histoire légèrement différente de celle qu'il avait livrée aux autres : il lui dit la vérité.

Il s'était toujours méfié de la sœur de Justin, avec ses attitudes séductrices, et l'évitait autant que possible. Les images que lui avait montrées Elsie le confortaient dans son jugement. Mais vu la tournure que prenaient les événements, il devait agir dans l'espoir de la pousser à dévoiler son jeu.

Il avait eu beau se répéter pendant deux ans qu'il n'était pas en proie à des bouffées délirantes, une petite voix lui demandait parfois s'il était certain de ne pas être un peu… dérangé. Mais le passé était sans importance. Maintenant, il était sûr de lui. Et il savait qu'il devait tenir Elsie à l'écart, parce qu'elle n'était pas…

Il marqua un temps d'arrêt et s'efforça de déterminer ce qu'était, ou n'était pas, Elsie, mais se remit aussitôt à la tâche. Elsie n'était pas son problème, il ne lui devait rien, sinon des remerciements pour lui avoir montré ces images. Il lui avait fourni toutes les informations dont il disposait, et dont elle pourrait sans doute se servir pour étayer ses théories, mais il refusait qu'elle se trouve en danger à cause de lui.

Il profita de ce que l'un des hommes allait faire des courses à Bozeman pour se faire déposer à Blue Valley. La ville consistait essentiellement en une rue principale bordée d'un restaurant, d'un bar, de quelques magasins de fournitures pour les ranchs de la région – et d'un petit bâtiment en pierre qui abritait le département de police.

Nate entra dans le bâtiment. Une cellule avait été aménagée dans un coin de la pièce principale, où trônaient deux bureaux : celui du shérif, et celui de la régulatrice. Une porte donnait sur un couloir étroit qui menait à un cabinet de toilette et à une pièce exiguë meublée d'un lit de camp, où son frère dormait beaucoup plus souvent depuis que sa femme l'avait quitté, l'année précédente.

Garrett était assis à son bureau, son chien Barney couché à ses pieds, comme toujours. Barney portait autour du cou le petit foulard orné d'un écusson de police que la régulatrice, Mme Linley, avait fabriqué pour lui.

— Tu es venu avouer tes crimes ? lança gaiement Garrett.

Mais il regardait Nate comme si celui-ci portait les stigmates d'un syndrome post-traumatique sur le visage. Parce qu'il était garant de l'ordre dans la petite ville – en plus d'être l'aîné –, Garrett pensait que tout ce qui se passait à Blue Valley relevait de sa responsabilité.

— Monica m'a accordé une permission de deux jours, répondit Nate. Je voulais emprunter ta cabane de pêche.

Ce n'était pas un mensonge. Parce qu'elle se trouvait sur une île, accessible uniquement par bateau, la cabane de pêche de son frère était l'endroit idéal pour essuyer une attaque.

Le sourire amical de Garrett disparut aussitôt.

— Nate…

— J'ai l'autorisation de ma thérapeute, coupa-t-il. Je ne bougerai pas de l'île. J'ai seulement besoin de souffler.

Il espérait vraiment que ses ennemis allaient passer à l'attaque. Il voulait en finir, sans que l'affrontement fasse de victimes collatérales.

Le visage d'Elsie surgit dans son esprit, mais il le chassa. Elle n'était qu'un petit bout de femme dont la place était devant un ordinateur. Elle n'était pas faite pour l'action sur le terrain. Contrairement à lui.

— Nate…

— Tu peux répéter mon prénom avec ta voix de grand frère autant que tu voudras, cela ne change rien au fait que Monica m'a donné son accord. Elle a dit que cela me ferait du bien de passer un peu de temps seul avec moi-même.

L'air soucieux de Garrett ne disparut pas pour autant.

— Je veux fouiller ton sac.

Nate ne fut pas surpris. D'ailleurs, il savait exactement ce que Garrett allait y chercher. Il le lui tendit en disant :

— Je ne vais pas me suicider, Garrett.

— Heureux de l'entendre.

Mais il fouilla néanmoins, comme il l'aurait fait pour un criminel lambda. Quand il eut fini, il rendit son sac à Nate en le regardant droit dans les yeux.

— Je t'aime et je ne veux pas qu'il t'arrive malheur.

— Je vais bien. Je te le promets.

Ce n'était pas tout à fait un mensonge. Mentalement, il allait bien. Mais… peut-être qu'un tueur le cherchait vraiment. Et c'était pour cela qu'il avait caché son pistolet dans le pot de fleurs qui ornait l'avant du bâtiment.

Garrett prit un porte-clés dans un tiroir et en ôta une clé, mais sans la lui donner.

— Prends de quoi manger. Il n'y a rien là-bas. Cela fait un moment que papa ou moi n'y sommes pas allés.

— Je pensais emprunter la voiture de maman. Elle me donnera tout ce qu'il faut, et même plus.

— Tu comptes lui dire que tu vas à la cabane ?

— Oui. Comme je te l'ai dit, ce n'est qu'une pause, Garrett. Vous n'avez aucune raison de vous inquiéter.

Mais ils s'inquiéteraient quand même. Il le savait aussi bien que si Garrett avait exprimé ses pensées à voix haute. Ce qui l'agaça suffisamment pour qu'il retourne la situation.

— Et si tu t'inquiétais de toi-même ?

— Je vais bien, grommela Garrett.

— Combien de nuits as-tu passées sur ce lit de camp cette semaine ?

Ce fut Mme Linley qui répondit.

— Toutes.

Elle gratifia Garrett d'un regard réprobateur et Barney roula sur lui-même en grognant, comme pour appuyer ses dires.

— Est-ce que tu aurais envie de dormir dans ton lit après avoir découvert que ta femme y a couché avec un autre ?

Nate haussa les épaules.

— Brûle-le. Déménage. Ça fait un an, Garrett. Tu dois tourner la page.

Garrett le fixa, incrédule. Si les membres de leur famille ne se privaient pas de donner leur avis sur la santé mentale de Nate, ils évitaient tous de mentionner la femme de Garrett.

— Où est ton attirail de pêche ?

Nate ne chercha pas à l'empêcher de changer de sujet. Il avait obtenu ce qu'il voulait, c'était tout ce qui importait.

— Chez papa et maman.

Il tendit la main et attendit. Garrett y déposa la clé, mais il semblait soucieux.

— Je pourrais t'accompagner.

— En laissant la ville à la merci de hordes de criminels qui la mettront à feu et à sang ? Que penseront tes concitoyens ?

— D'accord, d'accord, marmonna Garrett. Si tu te moques de moi, c'est que tu n'es pas si perturbé que ça.

— Ta foi en moi est touchante, Garrett, répliqua-t-il en souriant. Je te rends la clé dans quelques jours.

— Dans quarante-huit heures, Nate. Et je veux que tu m'appelles tous les soirs.

Nate leva les yeux au ciel et tourna les talons, fuyant les recommandations que Garrett continuait à lui lancer.

Une fois dehors, il récupéra son pistolet et le fourra dans son sac en surveillant les alentours à la dérobée. Rien ne lui parut louche. Personne ne semblait l'épier. Il partit à pied pour le ranch de ses parents sans chercher à passer inaperçu, bien au contraire.

Il avait passé la première étape. Maintenant, aux suivantes.

9

Quand Nate avait annoncé à Elsie qu'il ne la reverrait pas avant quelques jours, elle avait aussitôt compris qu'il avait l'intention de quitter le Revival. Elle doutait qu'il aille chez ses parents, ou qu'il s'éloigne trop de Blue Valley. Quelques recherches lui avaient suffi pour deviner quel endroit il avait choisi : la cabane de pêche de son frère.

Dès qu'il avait vu la photo de cette femme, il s'était complètement replié sur lui-même. S'il la soupçonnait de quelque chose, pourquoi ne le lui disait-il pas ? Peut-être parce qu'il doutait de ses compétences… À moins que le regard des autres lui ait donné l'habitude de toujours agir seul.

Mais elle refusait d'avoir pitié de lui. Il savait qu'elle le croyait. Il devait donc lui faire confiance. Ne rien lui cacher.

Pourtant, il s'était éclipsé sans un mot, comme si la vue de cette femme l'avait poussé à agir. Pour tendre un piège à ses ennemis, sans doute.

Une silhouette se matérialisa soudain dans le chalet. Elle ne sursauta même pas. Elle avait demandé des renforts et s'attendait donc à ce qu'un agent de la North Star surgisse à tout moment.

— Tu as fait vite, dit-elle.

— J'étais déjà en chemin, répondit Mallory Trevino en venant vers elle. J'attendais que tu aies besoin d'aide.

Mallory était l'une des recrues les plus récentes de la North Star, mais Shay savait qu'Elsie préférait faire équipe avec une femme.

— Et j'en ai bien besoin. Notre homme se croit malin, mais il va découvrir qu'on ne se débarrasse pas aussi facilement de moi. Je suis quasiment sûre qu'il va se rendre dans un lieu isolé, où il pourra se retrouver seul face aux personnes qui le traquent.

Elle afficha une carte sur son écran.

— Je pense qu'il sera ici, dit-elle en désignant l'endroit. Est-ce que tu sais piloter un bateau ?

Mallory se fendit d'un sourire narquois.

— Évidemment.

— Comment ne pas adorer les agents de la North Star ? Tu n'es pas venue à moto, j'espère ?

Mallory éclata de rire.

— Non. Sur ce genre de terrain, je la laisse à Sabrina.

Elsie dut surmonter un petit sursaut d'inquiétude pour dire :

— D'après ce que j'ai entendu, elle va se remettre.

— Exact. Mais quand je pense que je me tournais les pouces au lieu d'être avec elle…

— C'est le boulot qui veut ça. Tu ne peux pas sauver tout le monde à toi toute seule. Nous sommes une équipe.

— Je le sais bien, dit Mallory avec un sourire sans joie. Maintenant, je vais te faire marcher un peu. J'ai laissé la jeep à quelques kilomètres d'ici pour ne pas éveiller les soupçons.

— Parfait, répondit Elsie. Je suis prête à partir.

Elle rangea son ordinateur portable dans son sac à dos.

— Donc, si je comprends bien… tu veux que nous arrivions là-bas avant ta cible, que nous nous introduisions dans la cabane et que nous l'attendions ?

— Oui. J'espère qu'il aura la peur de sa vie. Ça lui apprendra à me mentir.

Par contre, elle ne savait toujours pas comment expliquer son absence à Rose et à Delia. Tout dépendrait sans doute de la réaction de Nate.

— Qui aurait cru que tu avais des tendances sadiques ?

— Pas moi. D'ailleurs, je n'en avais peut-être pas avant de rencontrer Nate Averly.

Elle l'aurait frappé avec joie. Une fois de plus.

— Oh oh…

Elle leva les yeux vers Mallory.

— Quoi, « oh oh » ?

— Ne me dis pas que tu n'as rien remarqué.

— Qu'est-ce que j'aurais dû remarquer ?

— Il y a eu Reece, puis Holden. Et maintenant, c'est au tour de Sabrina. Mais il semblerait qu'elle n'ait pas l'intention de démissionner. La rumeur court que Connor pourrait rejoindre les rangs de la North Star.

Elsie éclata de rire en comprenant le sous-entendu. Reece était tombé amoureux pendant sa mission, puis Holden… et, apparemment, Sabrina.

— Tu ne crois quand même pas que…

Mallory haussa les épaules.

— Je ne suis pas un agent, protesta Elsie.

— Mais tu es une femme, et Nate Averly est un homme.

— Un homme exaspérant.

— Tu m'en diras tant, répliqua Mallory.

Elle sortit du chalet, balaya les alentours du regard et se dirigea vers les arbres. Elsie lui emboîta le pas.

— Je vais te poser une question, à laquelle tu ne peux répondre que par oui ou par non. Est-ce qu'il est séduisant ?

— Je…

— Oui ou non, Els.

— Oui, marmonna-t-elle, agacée. Mais les hommes que tout le monde trouve séduisants ne m'attirent pas.

Mallory laissa échapper un petit rire.

— Ne me fais pas rire, Elsie. On va nous repérer.

— Qu'est-ce qui t'amuse autant ?

— Tu es attirée par lui.

— Bien sûr que non. Je porte un jugement objectif sur son physique.

— À d'autres. Si tu le trouves séduisant, c'est qu'il t'attire. Point final. Tu ne sauteras pas forcément le pas pour autant, mais tu ferais mieux de te méfier. Si Sabrina est touchée par les flèches de Cupidon, que Holden est amoureux fou d'une fermière, et que Reece a été terrassé par une petite blonde et son enfant, aucun d'entre nous n'est à l'abri.

Elsie posa un regard réprobateur sur le dos de Mallory. Balivernes. L'attirance n'avait rien à voir avec l'amour, et Reece, Holden et Sabrina étaient tellement formidables qu'elle n'était pas étonnée qu'ils aient trouvé l'âme sœur. Elle pouvait comprendre que Mallory la croie sur le point de tomber amoureuse de Nate, mais que le sentiment soit réciproque ? C'était à hurler de rire.

Il leur fallut une bonne heure avant d'arriver à la jeep – et Elsie savait que c'était elle qui les avait retardées. Elle se sentait affreusement mal, et les séquelles de la drogue qui lui avait été administrée n'étaient pas seules en cause. Sa forme physique laissait à désirer. Elle se promit de se mettre au sport quand elle en aurait fini avec cette mission.

— Je suppose que tu n'as pas suivi les recommandations du médecin, dit Mallory quand elles furent enfin dans la jeep. Laisse-moi deviner… tu ne dors pratiquement pas et tu manges n'importe quoi.

Elsie se renfrogna sans répondre.

Mal prit le chemin du lac en suivant ses indications. Une fois à destination, elle gara la jeep à l'abri des regards curieux et toutes deux se dirigèrent vers le ponton branlant et la barque qui y était amarrée. Elsie posa un regard méfiant sur l'embarcation.

— Ce truc va vraiment nous emmener de l'autre côté ?

Si elles chaviraient, son portable serait bon à jeter.

— Bien sûr. Je vais te laisser sur l'île, revenir ici et attendre ton signal.

— Bien.

Le soleil éclairait vivement le petit bout de terre et la cabane rustique qui s'y dressait. Mais les nuages orageux qui s'amoncelaient à l'horizon conféraient à la petite île un aspect plus menaçant que bucolique.

Elle se redressa. Puisque c'était le lieu que Nate avait choisi…

Elle lui réservait la plus grosse surprise de sa vie.

C'était tellement bon de ramer, d'être seul, loin du ranch et des hommes…

Nate avait passé des heures chez ses parents et en était reparti chargé de provisions… et de recommandations. Il avait pris tellement de retard que le soleil se couchait déjà, teintant de rouge et d'orange vifs les nuages qui s'amoncelaient à l'horizon.

Il comprenait pourquoi Garrett venait ici. L'endroit était isolé, mais on ne s'y sentait pas seul. Les montagnes escarpées, le lac à la surface aussi lisse qu'un miroir, le ciel immense – tout semblait grouiller de vie.

Mais Nate n'était pas ici pour apaiser son âme. Il était venu pour prouver que Courtney Prokop n'était pas celle qu'elle prétendait être.

Malgré ses recherches sur elle, son mari et son frère, il

n'avait jamais rien découvert. Il allait donc laisser à Elsie le soin de prendre le relais pendant qu'il passait à l'action. Que ce soit un tueur ou Courtney elle-même qui le rejoigne ici, cela lui fournirait un élément de réponse. Parce que, en dehors des membres de sa famille, seul Justin savait où il se trouvait.

Il avait atteint le milieu du lac quand il distingua une lueur vacillante, derrière le rideau de la fenêtre de la cabane. Il y avait quelqu'un à l'intérieur. Comme c'était exactement ce qu'il avait voulu provoquer, il sortit discrètement son pistolet de son sac.

Il accosta en épiant à la dérobée le moindre frissonnement du rideau. Il faisait maintenant trop sombre pour qu'il puisse inspecter la berge, mais il sentait une présence. Quelqu'un le surveillait. L'attendait.

Il était cerné.

Peut-être que tu aurais dû accepter de l'aide.

Non. Il pouvait gérer la situation seul. Il avança lentement vers la cabane et fronça les sourcils en constatant que la porte d'entrée était entrebâillée. Son ennemi était étrangement insouciant. À moins qu'il s'agisse d'un piège ? En ce cas, ils le prenaient vraiment pour un imbécile.

Il faut en être un pour faire ce que tu vas faire.

Il musela la petite voix qui s'élevait dans sa tête et poussa doucement la porte. D'instinct, il retrouvait les gestes tactiques du marine qu'il avait été – sans l'équipement ni la possibilité de demander des renforts.

Mais il n'y avait dans la cabane ni criminel prêt à l'abattre ni espion – si Courtney Prokop était une espionne.

Il n'y avait qu'Elsie.

Elle était assise par terre, en tailleur, un ordinateur portable posé sur les cuisses. Ses cheveux étaient ébouriffés et elle portait les mêmes habits que la veille… parce qu'elle avait sans doute passé toute la journée devant son ordinateur. Sans manifester la moindre inquiétude à la vue de l'arme qu'il pointait sur elle, elle bâilla et dit :

— Eh bien, tu as mis le temps.

Il était tellement abasourdi qu'il ne baissa même pas son arme. Comment… Comment… ?

— Bon sang, qu'est-ce qu'il se passe ?

Elle leva les yeux de son écran – elle semblait vraiment s'être donné pour but de se ruiner la vue – et posa sur le pistolet un regard empli d'ennui.

— Est-ce que tu veux bien… ?

Il baissa son arme, entra et ferma la porte derrière lui.

— Qu'est-ce que tu fais ici, Elsie ?

— C'est la question que je m'apprêtais à te poser.

— C'est la cabane de mon frère. J'ai toutes les raisons d'être là. Toi, par contre, tu n'en as aucune.

Comment avait-elle deviné qu'il viendrait ici ?

Elle planta son regard dans le sien. Il y lut une fermeté inébranlable et comme une étincelle de colère, tellement incongrue chez elle que son ventre se noua étrangement.

— On m'a envoyée ici pour travailler avec toi, Nate, mais on dirait que tu es trop borné pour le comprendre.

Elle avait employé le ton lénifiant que l'on utilise pour raisonner un enfant capricieux… ou un homme en proie à des accès de paranoïa.

— Je n'ai pas demandé ton aide.

— Mais tu en as besoin.

— Non, je n'en ai pas besoin. Sinon, je t'aurais demandé de m'accompagner. D'ailleurs, comment as-tu su que je viendrais ici ?

— Tu es tellement prévisible… La façon dont tu as regardé la photo de cette femme a suffi à me faire comprendre que tu avais une idée derrière la tête. Ensuite, quand tu m'as dit que nous ne nous verrions pas pendant quelques jours, j'ai deviné que tu allais quitter le ranch. Tu vois, j'ai rencontré pas mal d'anciens soldats à la tête dure comme du bois, qui sont convaincus de pouvoir sauver le monde à eux seuls.

Elle marqua une courte pause avant de reprendre.

— Que tu l'aies demandé ou non, que cela te plaise ou non, nous formons une équipe. C'est comme ça. Tu peux continuer à montrer tes muscles et à essayer de t'éclipser, mais sache que je devinerai chacun de tes gestes. Ne complique pas les choses. Collabore avec moi.

Assise par terre, elle ressemblait plus à une petite fille abandonnée qu'à une fée de l'informatique, mais le regard hautain qu'elle levait vers lui était celui d'une femme hautement responsable.

Il s'apprêtait à lui dire qu'elle ne serait jamais responsable de lui quand il perçut un bruit, de l'autre côté de la porte. Il fit volte-face, prêt à tirer sur l'intrus, mais Elsie soupira.

— Du calme. Elle est avec moi.

Une femme apparut, toute vêtue de noir et comme tombée du ciel.

— Évidemment, marmonna-t-il en abaissant son arme.

La femme lui sourit avant de se tourner vers Elsie.

— Il y a quelqu'un dehors. Je ne sais pas s'il nous observe ou s'il a l'intention de nous surprendre, mais j'ai préféré ne pas attendre de le savoir.

— Bien vu. Mallory, voici Nate. Nate, Mallory.

— Salut, lui dit la femme. Tu as du nouveau, Els ?

— Pas encore. Si je lance la caméra de la jeep, est-ce que tu penses que nous pouvons l'identifier ?

La femme sembla y réfléchir, mais Nate intervint.

— Pas la peine. Je sais de qui il s'agit ; ou qui l'a envoyé, du moins.

— La femme de la vidéo, dit Elsie.

Sa voix était trop calme, trop détachée. Comme si elle était furieuse contre lui. Pourquoi était-il mal à l'aise à cette idée ? Il avait fait le bon choix… et Elsie et son amie devaient filer d'ici.

— Je n'ai jamais su quel rôle jouent les Prokop dans cette affaire, mais je sais qu'ils y sont mêlés. En tout cas, Courtney l'est.

— Ah ! Et tu n'as pas pensé à me le dire ? Je vois.

D'autant plus agacé par ce reproche qu'il était justifié, il riposta :

— Tu la trouvais déjà suspecte. J'ai pensé que tu te renseignerais sur son compte.

— Pendant que tu t'éclipsais pour aller jouer les héros ?

— Pendant que j'essayais de mettre un terme à un cauchemar d'une année, Elsie.

— Très bien, dit Mallory en les dévisageant. Pendant que vous vous disputez, je vais voir ce que fait notre visiteur. D'accord ?

Elsie marqua son assentiment d'un signe de la tête et Mallory ressortit sans un bruit.

— Est-ce que tu es la responsable ?

Elle partit d'un petit rire.

— Pas vraiment, même si je pense que c'est moi qui dirige l'équipe sur cette mission. Mais peu importe. Parlons plutôt de toi, de tes mensonges et de ta façon d'agir sans réfléchir.

— Hé ! protesta-t-il.

— Nous devons comprendre le rôle que joue cette femme dans l'affaire. J'ai fait quelques recherches sur son frère. Justin Sherman était dans l'armée de terre. Je présume donc qu'il n'avait aucun lien avec les marines et toi.

— Pas que je sache.

Elle posa un regard perplexe sur son écran.

— Quand Justin a été admis au Revival, Courtney et Don ont tout quitté pour venir s'installer à Blue Valley, poursuivit-elle. Ce n'est peut-être pas à votre passé dans l'armée que nous devons nous intéresser, mais aux dates. En sortant de l'hôpital, tu es revenu dans le ranch de tes parents…

Elle s'interrompit pour taper quelques mots, et Nate fut gagné par une sensation désagréable. Elle savait beaucoup trop de choses à son sujet.

— Au bout d'un an, tu es admis au Revival, reprit-elle. Justin arrive un mois plus tard. Les dates ne sont pas assez proches pour que ce soit suspect, mais il va falloir que je me renseigne sur la date à laquelle il a fait sa demande d'admission. Et sur ses états de service. Et aussi…

— Comment peux-tu avoir toutes ces informations ? coupa Nate.

Elle leva vers lui des yeux légèrement hagards, mais elle battit des paupières et son regard retrouva toute sa dureté. Aucun doute, elle était toujours furieuse contre lui.

— Les dossiers du Revival sont faciles à pirater, Nate. Si je le voulais, je pourrais même lire les comptes rendus de ta thérapeute. Heureusement, j'ai un code moral. Je ne pirate que les informations qui me sont nécessaires.

— Je n'ai rien à cacher.

— Sauf Courtney Prokop.

Elle tourna l'ordinateur vers lui. Elle avait lancé une autre bande de vidéosurveillance, sur laquelle on voyait Courtney le suivre à l'intérieur de son baraquement.

Nate grimaça.

— Ce n'est pas… ce qu'on pourrait penser.

— Oh ! et qu'est-ce qu'on pourrait penser, Nate ? demanda-t-elle, feignant l'innocence.

Heureusement, ce fut le moment que Mallory choisit pour passer la tête par l'entrebâillement de la porte.

— Nous avons un type qui arrive en bateau.

Elsie lui fit un signe de la tête, mais Nate n'y prêta aucune attention.

— Emmène-la loin d'ici, dit-il à Mallory. Je m'en occupe.

10

Elsie aurait dû se sentir offensée, mais le spectacle était tellement comique qu'elle éclata de rire. Nate pensait-il vraiment qu'il pouvait commander un agent de la North Star ?

— Est-ce que ce type est sérieux ? lui demanda Mallory avec un sourire amusé.

— Je crois. Ne lui en veux pas trop : il n'a pas l'habitude qu'on l'aide.

Mallory se tourna vers Nate.

— Petit conseil de pro : les gens n'aiment pas qu'on leur donne des ordres, et de toute façon je n'en ai pas à recevoir de toi. Vous allez rester ici tous les deux pendant que j'observe notre visiteur. Si j'ai besoin de renfort, je sifflerai.

— Pas question, dit Nate. C'est vous qui allez rester ici toutes les deux…

— Parce que je suis une femme ? répliqua Mallory.

Elle croisa les bras et lui décocha un regard meurtrier.

Amusée, Elsie regarda l'expression de Nate passer graduellement de la perplexité à l'agacement. Il secoua la tête et continua à argumenter.

— Que tu sois une femme ou une extraterrestre, cette histoire me regarde, riposta-t-il. C'est mon problème. Je m'en suis occupé seul pendant deux ans. Je ne vous ai pas demandé de venir vous en mêler.

Elsie reprit son sérieux, parce qu'elle avait une nouvelle fois presque pitié de lui. Il n'avait que de bonnes intentions, elle en était certaine, mais il semblait incapable de se délivrer des mécanismes de protection qu'il avait érigés tout autour de lui à l'époque où personne ne le croyait.

Personne. Pas même son propre frère. Au moins, Elsie avait toujours pu compter sur ses sœurs, mais Nate était seul depuis son renvoi de l'armée. Pas étonnant qu'il soit incapable d'accorder sa confiance, d'intégrer une équipe. Ce qui lui donna une idée.

— Si cela peut te convaincre d'accepter notre aide, nous pourrions demander à Connor de nous rejoindre.

Nate se tourna vers elle et fronça les sourcils.

— Tu… Quoi ?

— Il faudra sans doute une journée pour tout organiser, mais c'est possible. Connor a fait équipe avec Sabrina et joué un rôle essentiel dans l'arrestation de Daria. Si sa présence peut t'amener à accepter notre aide, il peut aussi faire équipe avec nous.

Nate regarda Mallory avant de reposer les yeux sur elle.

— Je ne comprends pas.

— Notre seul objectif est de t'aider, de comprendre qui a recruté ces tueurs à gages, mais aussi la situation dans son ensemble. Parce que nous ne savons toujours pas de quoi il retourne, au juste. Mallory a pour mission de te protéger, même si c'est sans doute un peu dur à avaler. Et moi, je suis chargée de trouver les indices qui nous permettront de faire toute la lumière sur cette affaire. Mais je n'y arriverai que si tu coopères vraiment avec moi.

Nate se frotta la joue. Il semblait complètement perdu, en proie à des émotions conflictuelles. Sans la présence de Mallory, il aurait fallu à Elsie toute sa force de volonté pour ne pas se lever, aller vers lui et lui offrir un geste de réconfort.

Un geste strictement amical, bien entendu.

— Procédons par étapes, reprit-elle doucement. Quelqu'un arrive donc en bateau.

— Oui, répondit Mallory. Un homme lourdement armé. Peut-être le tueur.

— Très bien. Tu vas t'occuper de ce type. Si tu as besoin que Nate te vienne en renfort, siffle.

Mallory ressortit sans bruit avant que Nate ait pu protester – ce qu'il s'apprêtait sans doute à faire – et Elsie prit une grande inspiration. Elle n'était pas très à l'aise dans ce rôle de chef d'équipe, mais elle devait l'assumer jusqu'à ce que Nate oublie sa méfiance et intègre réellement leur petit groupe.

— Maintenant, parlons de Connor.

— Non. Il a déjà bien assez été mêlé à cette histoire.

Elle aurait dû se douter que cette tête de mule ne choisirait pas la solution la plus simple. Elle posa son ordinateur par terre et se leva. Sans le bouclier de son écran, elle se sentit comme nue, vulnérable, mais ce qu'elle éprouvait était sans importance.

Elle planta son regard dans celui de Nate et s'efforça de trouver des mots qui perceraient sa douleur. Parce qu'elle savait qu'il souffrait depuis des années, et que ses blessures lui avaient été infligées par des personnes en qui il avait eu confiance.

Ce n'était pas le genre de déchirement dont on pouvait se libérer sur un claquement de doigts. Pourtant, elle devait tenter sa chance.

— Écoute-moi bien, Nate. Il faut que tu comprennes une chose, et que tu la comprennes vite, avant que cet homme débarque sur l'île. Tu fais partie d'une équipe, maintenant. Tu dois te reposer sur nous et nous permettre de nous reposer sur toi. Nous poursuivons le même but que toi, et nous sommes ici pour t'aider. Mais si tu refuses notre aide, nous n'y arriverons jamais.

Il fixait un point sur le mur, derrière elle, ses bras puissants croisés sur son torse.

— Je veux que personne ne soit en danger.

— Nous le sommes déjà, Mal et moi, et ce n'est pas la première fois. Mais, contrairement à toi, rien ni personne ne nous oblige à être ici. C'est notre métier. Nous avons choisi de le faire, et nous l'aimons.

Ses yeux noirs plongèrent dans les siens. Il semblait abasourdi.

— Pourquoi ?

— Pour beaucoup de raisons, sans doute.

— Je ne parle pas des autres, mais de toi. Pourquoi t'exposer au danger après… ?

Toutes leurs conversations semblaient toujours les ramener à son enfance malheureuse. Malgré sa gêne, elle ne détourna pas les yeux. Il fallait qu'il lise sa sincérité dans son regard. Il fallait qu'il la croie.

— Personne n'est à l'abri du danger en ce monde, Nate – les femmes encore moins que les hommes. J'ai choisi de garder le contrôle sur ce danger et d'aider mon prochain à y échapper. C'est une option que je n'ai pas eue dans mon enfance, et qui me permet de donner à mon prochain la possibilité de faire un choix, lui aussi. Tu as le choix, Nate.

— Le choix ? répéta-t-il.

— Oui.

Sans réfléchir à son geste, elle posa la main sur son avant-bras et le pressa.

— Et tu en auras bien d'autres quand cette histoire sera

terminée. Tu dois te fier à nous, arrêter de t'opposer et de nous tenir à distance. S'il te plaît. Et si tu ne peux pas avoir confiance en nous tous, aie au moins confiance en moi.

— Ce n'est pas cela…

— En ce cas, montre-le.

— C'est… difficile.

— Je sais.

Elle aurait dû retirer sa main et ne penser qu'au danger qui venait vers eux, au lieu de s'attendrir sur lui. Mais il semblait tellement perdu qu'elle n'en fit rien. Il baissa les yeux vers elle, et tous les mots qui se pressaient dans son esprit se dissolurent dans son regard, tellement sombre, tellement direct.

Ce n'était que le regard d'un homme qui réfléchissait. Si elle pensait qu'il regardait sa bouche, elle délirait. Mais ce délire était accompagné d'une forme de désir dont elle ne savait pas quoi penser.

Soudain, un coup de feu claqua.

Nate sursauta, trébucha et lâcha un juron. Une fleur rouge vif s'épanouit lentement sur son T-shirt.

Nate laissa le flot de jurons se déverser de lui. La douleur qui irradiait dans son bras était aussi vive qu'une brûlure.

Ce ne fut que quand il eut fini de jurer qu'il se rendit compte qu'Elsie parlait à en perdre haleine.

— Tu saignes. Tu as été touché. Tu… Mal. Non. Je…

— Ce n'est que mon bras. Respire, Els.

— On t'a tiré dessus, reprit-elle. Nous devons…

Elle s'interrompit, inspira profondément et souffla lentement avant de se diriger vers son sac à dos.

— Très bien. Nous allons bander la blessure.

Elle sortit une petite trousse de premiers secours.

Il doutait qu'un sparadrap suffise à régler le problème,

mais il fallait qu'il réfléchisse. Comme la balle avait traversé le mur, il doutait que le tireur l'ait spécifiquement visé.

Mais qu'en était-il de Mallory ? Elle n'avait pas sifflé pour demander des renforts.

Elsie prit son bras et examina la blessure. Elle était affreusement pâle, mais ses mains ne tremblaient pas. Elle s'était ressaisie, parce que ce n'était pas la première fois qu'elle affrontait le danger. Peut-être même qu'elle avait déjà essuyé des coups de feu. Non, ce genre de situation n'avait rien de nouveau pour la petite Elsie Rogers. Elle avait l'habitude de mener des missions, de travailler en équipe.

En équipe… La dernière fois qu'il avait pensé faire partie d'une équipe, il avait été blessé et congédié pour manquement à l'honneur alors qu'il n'avait cherché qu'à agir de la façon la plus honorable possible.

Le pansement qu'elle appliqua sur la plaie ne suffirait pas à arrêter le saignement, mais il s'en soucierait plus tard. Il dégaina son pistolet et se dirigea vers la porte en ordonnant :

— Ne bouge pas d'ici.

— Tu ne peux pas sortir !

Elle attrapa son bras. Comme il laissait échapper un sifflement de douleur, elle le relâcha et se planta devant la porte, lui barrant le passage.

— Ce tueur veut t'abattre, Nate !

— Et Mallory ? Tu crois qu'elle fait un pique-nique ? Je dois aller l'aider. À moins que tu veuilles qu'elle meure ?

Elle secoua la tête sans mot dire. Ses yeux étaient immenses.

— Laisse-moi passer, et ne bouge pas d'ici. Est-ce que tu as une arme ?

Elle se précipita vers le petit pistolet qui était posé à côté de son ordinateur. Petit ? Il était minuscule !

— N'hésite pas à t'en servir. Si un inconnu entre dans cette cabane, ne pose pas de question. Tire. Compris ?

Elle acquiesça, les doigts crispés sur la crosse. Si elle n'avait pas été en danger, le spectacle aurait pu être amusant : elle se vantait d'avoir l'habitude d'être confrontée au danger, mais il avait suffi d'un coup de feu pour qu'elle perde tous ses moyens.

— Ne bouge pas d'ici, répéta-t-il. Je suis sérieux.

Il sortit sans bruit. Les grenouilles coassaient et les insectes bourdonnaient. L'orage n'était pas encore sur eux mais des éclairs fusaient au loin. À la faveur de l'un d'entre eux, il vit que la barque qui avait transporté leur visiteur était partie à la dérive. L'intrus ne l'avait pas amarrée au ponton.

Il fit le tour de la cabane et entendit un bruissement, quelque part dans la petite forêt. Il se dirigea vers le bruit et ne tarda pas à distinguer une lumière. Quelques pas encore, et il s'arrêta net.

Mallory, une lampe-stylo coincée dans la bouche, attachait les mains d'un homme très baraqué dans son dos – puis aux mains d'un autre homme. Les deux inconnus étaient inconscients.

— Qu'est-ce que…

— Désolée, dit-elle en faisant le dernier nœud.

Elle laissa tomber la lampe dans sa main et poursuivit :

— Le type que j'ai vu arriver avait un complice qui l'attendait sur l'île. Il m'a sauté dessus avant que son copain accoste. Nous nous sommes battus et j'ai eu le dessus, mais l'autre est arrivé, l'arme à la main. Un coup est parti dans la bagarre. Heureusement, je n'ai pas été touchée.

— Il y avait un autre homme ? demanda Nate.

Il n'avait pas envisagé qu'une autre personne qu'Elsie ait pu arriver avant lui.

— Oui. Dans ce bosquet. Il devait être ici depuis un moment.

Mallory fit jouer ses épaules et jura à mi-voix avant de diriger le faisceau de sa lampe vers lui.

— Tu saignes.

— Oui, la balle perdue m'a éraflé.

— Zut. Il faut soigner ça. Je vais aussi appeler ma patronne et lui demander de nous envoyer des renforts.

Nate hésita. La situation échappait de plus en plus à son contrôle. De nouveaux intervenants, qu'il ne connaissait pas ? Son expérience lui avait appris que c'était ainsi qu'on finissait toujours par se faire rouler.

Mallory enjamba les deux hommes inconscients pour s'approcher de lui.

— Écoute… je ne te connais pas et tu ne me connais pas. Je comprends que tu n'aies pas confiance en nous, mais essaye au moins de te fier à Elsie. Elle croit en toi et elle veut t'aider. Je sais qu'elle est la meilleure, alors c'est ce que je veux, moi aussi. Mais tu dois accepter notre aide.

— Oui, je…

Oui, il devait consentir à cette aide. Il en avait d'autant plus envie que c'était ce qu'Elsie attendait de lui.

Bon sang…

— Je préférerais que Connor fasse partie de l'équipe, s'il est d'accord.

— Très bien, dit Mallory. Allons retrouver Elsie.

11

Elsie ne gérait pas très bien l'incident, et elle le savait. Elle tenait le pistolet braqué vers la porte, mais ses mains étaient moites.

Elle n'aimait pas les armes à feu, mais Shay avait tenu à ce qu'elle apprenne à tirer et possède quelques bases d'autodéfense. Si elle était suffisamment calme, elle tirait tout à fait correctement, mais cela ne lui plaisait pas pour autant. Encore moins que de savoir que, pendant qu'elle suait à grosses gouttes comme une mauviette, Mallory et Nate étaient dehors, à la merci d'un tueur à gages.

Elle n'était vraiment pas faite pour le terrain. La dernière fois qu'elle avait quitté le quartier général, elle avait été droguée alors qu'elle essayait seulement de pirater un ordinateur. Comment Shay avait-elle pu la précipiter dans cette situation ? Elle n'était qu'une experte en informatique !

Est-ce que tu veux vraiment la décevoir ?

Soudain, elle entendit des voix se rapprocher de la cabane. Elle tendit l'oreille et reconnut celles de Nate et de Mallory. Dieu merci.

Dès qu'ils entrèrent, elle enclencha la sécurité sur son arme, la reposa et se leva.

— Est-ce que vous allez bien, tous les deux ?

— Très bien, répondit Mallory. J'ai neutralisé deux hommes. Ils sont dehors. Et j'ai appelé Shay.

Elle referma la porte derrière Nate avant de poursuivre.

— Elle envoie Connor et quelques agents en renfort, mais ils ne seront pas là avant demain matin.

— Est-ce que nous restons ici ?

— Je pense. L'endroit est parfait pour guetter l'arrivée de l'ennemi. Nate et moi monterons la garde à tour de rôle.

Elsie fit un pas en avant mais s'arrêta, terrassée par l'impression d'être parfaitement inutile. Elle tendit le doigt vers le bras de Nate.

— Nate, il te faut un…

— J'ai des bandages dans mon sac.

Mallory ôta le pansement ridicule qu'Elsie avait appliqué sur la blessure et la pansa tout en discutant des derniers événements avec Nate, à mi-voix. Elsie se sentit un peu blessée d'être tenue à l'écart de leur conversation, mais c'était eux qui avaient fait le plus dur du travail. Ils savaient comment manier une arme, répondre à une menace…

Ils avaient les compétences nécessaires pour agir, contrairement à elle, qui n'était ni soldate ni espionne. Mais au lieu de se sentir accablée par le poids de tout ce qu'elle ne savait pas faire, il était temps qu'elle se rappelle qu'elle avait ses propres compétences et se mette au travail.

Shay l'avait peut-être chargée de cette mission essentiellement parce qu'elle avait de la famille ici, mais elle ne voulait pas que ce soit l'unique raison. Elle prit son téléphone et se dirigea vers la porte.

— Elsie.

Nate voulut la retenir, mais elle se dégagea. Malgré la pluie qui avait commencé à tomber, elle s'approcha des deux hommes et dirigea son téléphone vers eux.

— Un petit sourire, messieurs !

Debout à la porte de la cabane, Nate la regarda prendre

deux photos. Quand elle revint vers lui, il resta bouche bée pendant un instant avant de demander :

— Qu'est-ce que tu fais ?

Elle avait retrouvé toute son assurance.

— Ce que je fais le mieux, répondit-elle. Rentrez-les dans la cabane. Nous allons les identifier.

Elle allait les identifier.

Nate et Mal traînèrent les deux hommes à l'intérieur. Seul l'un d'entre eux avait vraiment repris connaissance et cherchait à se libérer de ses liens. Maintenant, ils étaient tous trempés jusqu'aux os, mais Elsie n'y prêta aucune attention. Elle avait déjà transféré les photos dans son ordinateur et s'apprêtait à entamer ses recherches.

— Pas la peine que tu cherches celui-là, dit Nate avec un regard furieux pour le chauve, qui était toujours inconscient. C'est Don Prokop.

Elsie haussa les sourcils, mais ne quitta pas son écran des yeux. Ce n'était pas parce qu'ils connaissaient le nom de cet homme qu'ils savaient tout sur lui.

— C'est lui qui attendait dans les bois, dit Mallory. L'autre est le tueur.

Il fallut moins d'une minute à Elsie pour découvrir ce qu'elle recherchait sur Prokop.

— Pour votre information, Don est connu sous au moins deux autres noms. Et les deux ont un casier judiciaire. Il faudra que je voie vers qui ces deux autres noms peuvent nous mener, mais examinons d'abord qui est notre candidat numéro deux.

L'homme en question avait cessé de se débattre mais ses yeux étaient chargés de haine. Comme s'il attendait son heure.

— Bonne chance, fillette, gronda-t-il.

Elle le gratifia d'un regard méprisant et entama ses

recherches. Elle trouva plusieurs identités qui correspondaient à la photo, toutes fausses, ce qui acheva de la convaincre que l'information qu'elle recherchait était cruciale. Et elle savait comment la trouver.

— Eh bien, tu collectionnes les faux noms, lança-t-elle gaiement au bout de quelques minutes. Mais le vrai est Lee Braun. Est-ce que je me trompe ?

Toute fureur quitta le visage de l'homme, remplacée par un abasourdissement presque comique.

Elsie le gratifia d'un sourire mielleux.

— Je vais prendre ça pour un oui.

S'il en avait eu le temps, Nate aurait été sidéré par la transformation qui s'était opérée en Elsie. La femme qui était dans tous ses états à cause d'une simple égratignure quelques minutes plus tôt était devenue une reine de l'informatique… et de la repartie. Il y avait de quoi être un peu désarçonné.

En tout cas, Lee Braun, tueur à gages de son état, semblait aussi hébété que si on venait de le frapper avec une planche.

— Merci pour cet agréable spectacle, parvint-il à dire.

Elle se retourna pour lui sourire.

— J'y ai pris beaucoup de plaisir, moi aussi.

Elle semblait tellement contente d'elle-même qu'il ne put s'empêcher de lui sourire en retour. Quand elle souriait, une minuscule fossette se creusait dans sa joue et…

Mallory toussota et Elsie reposa aussitôt les yeux sur son ordinateur. Ses joues avaient rosi, mais quand elle parla, ce fut d'une voix calme et égale.

— Bien. Il faut que j'approfondisse mes recherches. Qu'allons-nous faire de ces hommes ? Nous pourrions demander aux autorités locales de venir chercher Don.

D'après son casier, il n'est pas bien dangereux. Je doute qu'il soit le cerveau de l'opération.

« Les autorités locales ». Le ventre de Nate se noua – mais cette angoisse était bien plus supportable que la sensation diffuse, complexe et désagréable, qui s'était logée dans son ventre quand il avait échangé ce sourire avec Elsie.

— Ne… Trouve une autre solution, bredouilla-t-il.

— Trop tard, intervint Mallory. Shay a déjà pris les choses en main. Elle tirera les mêmes conclusions qu'Elsie.

— Vous ne pouvez pas appeler des locaux, insista-t-il. Vous ne pouvez pas…

Mallory le regarda comme s'il avait perdu la tête.

— Don est inoffensif. Nous garderons le tueur à gages et…

— Rappelle cette Shay et refuse, coupa-t-il. Ou dis-lui d'appeler le département de Valley County. Il n'y a qu'un homme pour tout Blue Valley et…

— Tu as un problème avec lui ? suggéra Mallory.

— On peut dire ça, oui.

— C'est son frère, expliqua Elsie, qui semblait pourtant ne leur prêter aucune attention.

Elle pianotait toujours sur son clavier, le visage bien trop proche de l'écran. Si elle ne voulait pas devenir aveugle avant d'avoir quarante ans, elle allait devoir apprendre à faire des pauses, de temps en temps.

Et aussi à ne pas déballer sa vie privée, devant qui que ce soit.

— Je ne veux pas qu'il soit mêlé à cette affaire, dit Nate d'un ton ferme. Pour son bien.

Et puis, si Garrett voyait qu'il avait été blessé…

— S'il doit l'être, il est trop tard, remarqua Mallory en haussant les épaules. Shay a déjà organisé son transfert. On ne peut plus rien y faire.

Nate retint un gémissement. Qu'avait pensé son frère en recevant pour consigne de se rendre à la cabane de pêche ? Il imaginait sans doute le pire.

— Je vous dis que mon frère est seul, insista-t-il. Il ne peut pas s'occuper de ce type. C'est à peine s'il a une cellule !

— Détends-toi, Nate. Si Shay a appelé ton frère, c'est qu'elle sait qu'il peut s'occuper de Prokop. D'ailleurs, mieux vaut avoir affaire à un petit département. Cela nous permet de contourner certaines règles.

Nate renonça à argumenter. Son bras commençait à le lancer, mais il avait bien d'autres chats à fouetter. Comment allait-il expliquer la situation à Garrett ? Il ne la comprenait pas lui-même !

— Vous feriez mieux d'aller l'attendre sur la berge, tous les deux, dit Elsie. Il pourrait y avoir d'autres hommes sur l'île.

Nate toisa leurs deux prisonniers.

— Et ces deux-là ?

— Ils sont immobilisés. Et je vais prendre un grand plaisir à répéter à Lee tout ce que j'apprends à son sujet.

Elle cherchait vraiment les ennuis. Pourquoi avait-il fallu qu'elle le suive ? Il aurait très bien pu s'occuper seul de Don et de ce tueur à gages. Il les aurait neutralisés, et… et quoi ? Il ne disposait pas de toute une équipe derrière lui, et ses maigres connaissances en informatique ne lui auraient jamais permis de découvrir les faux noms de Don ou l'identité de Braun. Il n'aurait eu personne à appeler pour s'occuper des deux hommes, hormis Garrett. Et encore ! Il aurait d'abord fallu que son frère le croie.

Il devait se rendre à l'évidence : il avait besoin d'Elsie, de Mallory et de leurs collègues. Seul, il ne pourrait jamais régler ce problème comme il le voulait – autant pour prouver qu'il avait raison que pour empêcher les personnes qui le traquaient de faire d'autres victimes.

Il avait eu sa part de révélations au cours de ces dernières années, mais aucune d'aussi étrange que celle-ci : il avait besoin de ces deux femmes et de leurs collègues. Par contre, il ne supportait pas la pensée qu'Elsie puisse être blessée. Il prit l'arme qu'elle avait posée quand Mallory et lui étaient revenus et la mit sur la table, à côté d'elle.

— S'il le faut, n'hésite pas à t'en servir.

Elle plissa le nez mais hocha la tête.

Nate rejoignit Mallory après un dernier regard à leurs prisonniers. Don était toujours inconscient, mais Lee fusillait Elsie du regard. Il n'aimait pas la laisser seule avec ces deux criminels, mais rien dans leur situation ne lui plaisait.

À peine arrivèrent-ils sur la berge que Nate entendit le ronronnement d'un moteur.

— Il a fait vite, remarqua Mallory.

Nate grogna. Garrett répondait à tous les appels dans les plus brefs délais, mais il avait sans doute battu tous les records de vitesse pour celui-ci.

— Tu aurais dû me laisser faire, marmonna-t-il.

— Désolée. Je ne savais pas que ton frère était flic.

— Si tu l'avais su, tu aurais agi exactement de la même façon.

Mallory partit d'un petit rire.

— Tu as raison.

Son arme à la main, elle inspectait la zone. La pluie avait cessé mais le tonnerre grondait toujours, comme pour annoncer l'imminence d'une nouvelle averse.

— Tu es sûr que c'est lui ? demanda-t-elle.

Le canot était maintenant assez proche pour qu'il distingue

les traits de son frère à la lueur de la lampe torche qu'il avait fixée sur son torse.

— Oui, c'est bien Garrett.

Ce dernier accosta et sauta souplement sur le ponton. Mallory laissa échapper un petit sifflement appréciateur.

— Qu'est-ce qu'ils mettent dans l'eau, dans le Montana ?

Elle lui adressa un clin d'œil avant de retourner vers la cabane.

— Tu vas bien, dit Garrett.

Sa plaque étincelait à la lumière de sa lampe torche, telle une barrière qui se dressait entre eux en permanence. Garrett était né pour être flic : il avait un sens aigu du bien et du mal, et il savait que loi et justice n'étaient pas toujours synonymes. Voilà pourquoi il avait persévéré jusqu'à ce que Blue Valley soit dotée d'un département indépendant.

Nate aussi avait aidé son prochain, même s'il s'était engagé dans l'armée surtout par désir de vivre une aventure. Mais il avait fait le bien.

Jusqu'au jour où il était rentré à la maison et… Il souffla. Il avait toujours eu raison. Il lui était arrivé de craindre d'être réellement paranoïaque, comme le pensaient Garrett, ses parents et Monica, mais Elsie avait prouvé qu'il était parfaitement sain d'esprit.

Maintenant, ils devaient agir. Nate aurait préféré que Garrett reste à l'écart de ce combat, mais désormais, il allait devoir s'en accommoder.

— Nate ? insista Garrett d'un ton sinistre.

L'ennemi les épiait peut-être en ce moment même, mais il se sentait cloué au sol devant son frère. Garrett apparaissait comme l'incarnation de la justice, alors que Nate ne ressentait qu'injustice devant la façon dont on l'avait traité.

— Je vais bien, oui. Où est Barney ?

C'était une question idiote, mais il ne savait pas quoi dire d'autre.

— Nate, répéta Garrett en regardant la cabane. Qu'est-ce qu'il se passe ? Qui diable est cette femme ? Ta petite amie ? Est-ce que c'est pour ça que tu voulais venir ici ?

— Non. Ce n'est pas…

Il laissa sa phrase en suspens en voyant Elsie sortir de la cabane et venir vers eux, une lanterne à la main. Il lut sur son visage une tension qui ne s'y trouvait pas quand il l'avait quittée.

— Bonjour, officier Averly. Shérif Averly, plutôt, d'après ce que m'a dit Nate.

— Vous êtes l'une des…

Garrett s'arrêta net avant de prononcer le mot « filles ».

— Elsie, c'est bien ça ?

— Oui, répondit-elle en souriant. Je crains que nous ayons besoin de votre aide. Je pourrais inventer toute une histoire mais, puisque Nate est mêlé à cette affaire, mieux vaut que vous connaissiez la vérité.

— Je ne comprends rien à ce que vous me dites.

— Entrez. Nous allons tout régler.

Nate doutait que ce soit possible, mais il les suivit à l'intérieur de la cabane. Elsie s'assit devant son ordinateur, posé sur la table du coin cuisine, et Mallory resta près de la fenêtre pour surveiller l'extérieur. Debout au milieu de la pièce, Nate regarda Elsie expliquer toute l'histoire à Garrett, sans pouvoir se défaire de l'étrange sensation d'avoir été projeté dans une réalité parallèle.

Elle lui expliqua tout : qu'elle appartenait à une organisation secrète, et que Nate avait découvert l'existence d'un vaste trafic d'armes au sein même de l'armée. Elle lui parla de Brina, de Connor… de tout.

Garrett l'écoutait sans mot dire. Quand elle eut terminé, il secoua la tête pendant une bonne minute avant de parler.

— Je suis désolé. Je ne…

Il se passa une main sur le visage.

— C'est donc vrai.

— Je n'ai pas arrêté de te le dire, marmonna Nate.

Il aurait pu être réconforté de voir son frère à ce point choqué par ces révélations, mais il ne ressentait qu'un profond malaise. Jamais il n'avait rêvé de lui prouver qu'il disait la vérité, parce qu'il savait que, tout comme les autres, son frère n'avait jamais eu l'intention de le blesser. Nate n'avait jamais eu qu'un seul but : écarter la menace qui pesait sur lui pour pouvoir enfin tourner la page.

— Nous en reparlerons plus tard, dit-il. Pour le moment, est-ce que tu peux te charger de Don Prokop ?

— Il faudrait que vous le gardiez dans une cellule pendant quelques jours, en interdisant toute visite, enchaîna Elsie. Nous installerons un moyen de communication sécurisé qui vous permettra de contacter notre quartier général si quelqu'un demande à le voir. Nous allons aussi renforcer la sécurité de votre département.

Garrett fronça les sourcils.

— Et Nate pourra prouver… tout ce qu'il a essayé de prouver ?

Elsie acquiesça.

— Oui. Et nous mettrons un terme aux activités de cette bande qui revend des armes au marché noir, envoie des tueurs à gages et Dieu sait quoi d'autre.

— Très bien, dit Garrett en contemplant leurs prisonniers. Mais cet homme a besoin de voir un médecin, et mon frère aussi.

— Pas la peine, dit Nate. Je vais bien.

Il bougea son bras blessé et réprima une grimace de

douleur. Garrett le gratifia d'un regard réprobateur mais n'insista pas.

Elsie et Mallory échangèrent un regard.

— Bien, dit Mallory. Je vais vous aider à emmener Don au commissariat. J'appellerai l'un de nos médecins en visioconférence pour savoir quels soins lui prodiguer, et nos techniciens m'aideront à renforcer votre système de sécurité. D'accord ?

Garrett leva les yeux vers Nate. Il semblait complètement dépassé, mais il hocha la tête.

— D'accord, dit-il d'un ton ferme.

12

Elsie se retrouva seule dans la cabane avec un tueur à gages hors d'état de nuire – et furieux de l'être – et sa cible, laquelle lui posait des problèmes d'une nature bien différente, auxquels elle n'avait pas le temps de réfléchir.

Les techniciens allaient équiper le commissariat de Blue Valley, mais elle devait leur envoyer ses directives. Il faudrait ensuite qu'elle appelle Shay pour savoir à quelle heure arriveraient les deux agents chargés du transfert du tueur. Et elle n'en avait pas fini avec ses recherches.

Nate était debout près de la fenêtre. Il regardait dehors mais son arme demeurait braquée sur leur prisonnier. Si elle voyait qu'il bouillait de rage, elle sentait aussi qu'il s'inquiétait pour son frère et pour Connor – ainsi que, sans doute, du tour qu'allaient prendre les événements.

Il semblait ne pas accorder la moindre importance à sa blessure, comme si recevoir une balle dans le bras n'avait rien d'exceptionnel pour lui. Surtout maintenant que Mallory avait pansé la plaie, bien plus efficacement qu'elle.

Mais il devait quand même faire attention à lui. Elle se leva, attrapa un en-cas dans son sac et le rejoignit.

— Tu devrais manger quelque chose.

Il prit en grommelant la barre de céréales qu'elle lui tendait, la déballa et mordit dedans à contrecœur.

— Il y a des pépites de chocolat, dit-il, la bouche pleine.

— Bien sûr que oui. Comment peut-on manger des céréales sans chocolat ?

— Tu as vraiment un problème, Elsie, dit-il en lui rendant la barre.

— J'aime le sucre. C'est loin d'être un problème.

Elle finit la barre elle-même, le regard perdu dans la nuit. Elle aurait dû retourner à ses recherches, mais Nate semblait avoir besoin que quelqu'un lui parle.

Ou peut-être était-ce elle qui en avait besoin.

— D'après toi, que va-t-il se passer maintenant ?

— Je ne sais pas. Je ne comprends rien à ce qui arrive. Qu'est-ce que tu as découvert sur notre homme ?

— Je n'ai trouvé aucun lien entre lui et le milieu militaire, et il n'y a aucun moyen de savoir qui l'a engagé.

Par contre, elle avait détecté une connexion entre l'armée et une autre personne, dont le mari était mêlé à l'affaire. Elle rechignait à aborder ce sujet, mais elle ne pouvait pas se permettre d'être faible.

— Et cette Courtney Prokop ?

— Comment ça ?

Elle avait vu les images de vidéosurveillance. Nate pouvait s'être laissé embobiner par cette femme, lui avoir confié certains détails quand elle l'avait suivi dans ce baraquement pour… pour quoi ? Elle devait le savoir. Non par curiosité, mais parce que c'était nécessaire.

— J'ai trouvé des liens.

— Avec quoi ?

Elle ne se laissa pas intimider par la colère qui frémissait en lui. Son travail l'amenait parfois à révéler des détails déplaisants, qui provoquaient la fureur des personnes concernées.

— Avec l'armée, ce qui n'est pas bien grave en soi parce qu'elle emploie beaucoup de monde, mais n'oublions pas que le comportement de cette femme est suspect. Mes collaborateurs se chargent d'enquêter sur elle et m'envoient tout ce qu'ils trouvent, au fur et à mesure. Nous devrons étudier leurs rapports, mais…

— Je n'ai pas couché avec elle, marmonna Nate.

Elle aurait aimé poser la main sur son visage pour en effacer toute la tension qui s'y accumulait… mais elle ne pouvait pas se permettre de se laisser attendrir.

— Cela ne me regarde pas.

— Eh bien, je ne l'ai pas fait. Pourtant, elle a essayé.

Elsie leva les yeux au ciel.

— Pas la peine d'insister, Nate. Si tu me demandes de te croire, je te croirai.

Il en resta bouche bée. Elle pouvait donc le surprendre au point de lui faire perdre l'usage de la parole ? Ce n'était pas une sensation déplaisante.

Quand il fut revenu de sa surprise, il lança, sur un ton légèrement outré :

— Elle a essayé. Tu peux penser ce que tu veux de moi, mais je sais ce qui s'est passé dans ce chalet.

— Vous n'avez pas couché ensemble, répliqua Elsie sans pouvoir masquer son sarcasme.

— Non, et pour plusieurs raisons. D'abord, elle est mariée.

— Pour tout dire, je n'en suis pas tellement sûre.

— Quoi ?

Elle souffla et inclina la tête vers leur prisonnier.

— Nous en parlerons plus tard.

Nate la prit par le bras et l'entraîna vers la porte. Le contact de ses doigts suffit à faire crépiter la peau d'Elsie, comme si elle n'était plus qu'une boule de nerfs.

Mais ce genre de sensation était parfaitement déplacé.

— Explique, ordonna-t-il quand ils furent dehors.

La nuit s'était considérablement rafraîchie depuis l'orage, mais elle ne sentait que la chaleur de la main de Nate sur son bras. Il l'avait entraînée devant la fenêtre afin de pouvoir surveiller leur prisonnier, mais elle savait qu'elle avait toute son attention.

Elle savait aussi que, compte tenu de sa blessure, elle aurait facilement pu se dégager si elle l'avait voulu. D'ailleurs, elle aurait sans doute dû le vouloir.

Et pourtant, ce n'était pas le cas.

— Je n'ai trouvé aucune trace de mariage entre Courtney et Don.

Les doigts de Nate relâchèrent leur emprise sur son bras.

— Je ne pense pas que ce soit très important. Et toi ?

— Oui et non. Quand on cherche à confondre une bande de criminels, le plus difficile est de rassembler des preuves concrètes. Mais des indices peuvent finir par déboucher sur des preuves, et le fait que Courtney utilise le nom de Prokop sans être mariée avec lui est un indice.

— Vers quoi mène-t-il ?

— J'ai fait quelques recherches à partir de son nom de jeune fille. Mes collaborateurs s'intéressent en ce moment même à son compte en banque, où ils ont remarqué des virements qui semblent provenir de l'armée. Nous cherchons un lien entre elle et toi, ou Connor – voire Daria ou l'un des endroits où tu étais stationné. Comme elle ne semble pas utiliser de faux nom, j'ai demandé à mon équipe de fonder les recherches sur son nom de jeune fille : Loren.

Les doigts de Nate se crispèrent de nouveau.

— Attends… Loren, tu dis ? Elle ne s'appelle pas Sherman, comme Justin ?

— Non. J'ai vérifié. Justin et elle sont nés de pères différents. Son nom de jeune fille est Loren.

— Je…

On aurait dit que Nate venait de voir un fantôme. Il secoua la tête, lui relâcha le bras et recula même d'un pas.

— C'est forcément une coïncidence, dit-il, plus pour lui-même que pour elle.

— Quoi ?

— L'ex-femme de Garrett. Son nom de jeune fille était Loren. Mais…

Il passa sa main libre dans ses cheveux.

— Elsie. Mon Dieu…

— Quel est son prénom ?

— Savannah, mais ce n'est pas poss…

Elle retourna dans la cabane sans attendre qu'il ait fini sa phrase. Garrett jouait-il un rôle dans cette affaire ? Faisait-il partie de la conspiration visant à discréditer son frère ? N'aurait-ce pas été logique, atrocement logique ?

Elle devait le découvrir aussi vite que possible. En ce moment même, Mallory était avec lui et un homme qui avait essayé de la tuer. Elsie ne s'était même pas assurée que la barque atteignait la berge opposée. Mal pouvait se défendre, bien sûr, mais… si elle l'avait envoyée prêter main-forte à un flic corrompu, comment pourrait-elle jamais se pardonner ?

Son estomac se souleva. Contrairement à Rose et à Delia, jamais elle n'avait haï les policiers de Valley County quand elle était enfant. Garrett avait essayé de les aider. Jamais elle n'avait remis son honnêteté en doute.

S'était-elle trompée à son sujet ? Cet homme trahissait-il son frère, en plus de sa fonction ?

Elle commença à pianoter sur son clavier. Elle allait le découvrir. Au plus vite.

Nate avait un peu l'impression qu'on venait de l'assommer. Il vibrait d'une tension qu'il ne pouvait pas extérioriser et son cerveau bourdonnait de pensées inachevées. Mais il était suffisamment lucide pour savoir qu'il ne voulait pas laisser Elsie seule avec leur tueur à gages.

Quand il la rejoignit dans la cabane, elle était déjà penchée sur son ordinateur. Son visage, qui disparaissait presque derrière le rideau de ses cheveux noirs, lui évoqua quelque créature sauvage. La vision avait quelque chose d'étrangement fascinant, mais il n'avait pas le temps d'être fasciné.

Cette histoire de nom était forcément une coïncidence. Savannah ne pouvait pas être mêlée à cette affaire. C'était impossible. Garrett l'aurait découvert.

Il n'avait jamais aimé cette femme, mais elle n'était quand même pas… Il se passa une main sur le visage. Il ne pouvait pas se permettre de tirer des conclusions hâtives. Il devait attendre le résultat des recherches que menait Elsie en ce moment même. Ensuite, ils aviseraient en fonction de ce qu'elle aurait découvert.

Il s'approcha d'elle et, quand il lut les mots affichés sur son écran, oublia tout le reste.

— Qu'est-ce que tu fabriques ? Fais des recherches sur l'ex-femme, pas sur…

Il s'interrompit parce qu'il ne voulait pas prononcer le nom de Garrett devant leur prisonnier.

— Mon agent de terrain est avec lui, répondit Elsie sans interrompre son travail. C'est sur lui que je dois me renseigner.

Nate ne voulait pas trop se rapprocher d'elle, parce que ses doigts gardaient un souvenir trop vif de la chaleur de son bras. Mais il se pencha quand même pour chuchoter, tout près de son oreille :

— Garrett n'est pas un ripou.

Elle leva vers lui des yeux étincelant de rage.

— Qu'est-ce que tu en sais ?

Il devait ne penser qu'à l'inquiétude que lui inspirait son frère, faire abstraction de la façon dont son corps réagissait en sentant Elsie aussi proche.

— Bon sang, je le connais ! Et je connais sa femme. Elle l'a trompé avant de se volatiliser, il y a un an…

La coïncidence le frappa de plein fouet. Non. Ce n'était pas…

— Nate ? Qu'est-ce qu'il y a ? demanda Elsie.

— Elle est partie à peu près au moment où… Comme mes contacts dans l'armée ne croyaient pas un mot de ce que je leur disais au sujet de Daria, j'ai commencé à enquêter sur d'autres personnes. Tu me suis ?

Elle hocha la tête et se pencha encore plus vers lui afin qu'ils puissent poursuivre cette conversation à voix basse. S'il ne fut pas distrait en voyant ses lèvres aussi proches des siennes, ce ne fut que parce qu'une boule pesante s'était formée au creux de son ventre.

— J'ai tout montré à Garrett. Au lieu de m'aider, il a insisté pour que je me fasse admettre au Revival. Quelques jours plus tard, Savannah a disparu sans laisser de traces alors qu'il venait de découvrir qu'elle le trompait. Je suis entré au Revival, et j'ai laissé Garrett s'occuper de ses problèmes personnels. Mais quel rôle Savannah peut-elle jouer dans cette affaire ?

L'idée semblait folle, mais la coïncidence était trop grosse.

— Que sais-tu sur elle ?

Pas grand-chose. Il ne l'avait jamais vraiment connue. Elle lui avait clairement fait comprendre qu'elle ne voulait pas avoir affaire à un déséquilibré tel que lui. Il ne lui en avait même pas réellement voulu, parce que tout le monde le prenait pour un fou.

— Je ne sais rien, avoua-t-il. Garrett pourrait te renseigner, bien sûr, mais…

Elsie balaya la suggestion d'un geste de la main.

— Je peux trouver leur acte de mariage.

Elle se remit à pianoter et à cliquer. Nate ne comprenait ni ce qu'elle faisait, ni comment elle pouvait retenir les informations qu'elle ne faisait que survoler. Tout allait trop vite pour lui.

— Oh ! souffla-t-elle soudain.

— Quoi, « oh » ?

Il se pencha vers l'écran et déchiffra le document qui s'y affichait.

— Un certificat de décès ?

Elsie leva les yeux vers lui. Son regard était doux, plein de compassion.

— Elle est morte.

— Quoi ?

— Il y a quatre mois, dit-elle à voix basse. Elle a été admise dans un hôpital du Texas. Elle…

Elsie s'interrompit et le regarda de nouveau.

— Quand as-tu dit qu'elle avait quitté Blue Valley ?

— Il y a un an. Presque jour pour jour.

— Hum. Je ne sais pas comment t'annoncer la nouvelle…

Elle inspira et posa le doigt sur le passage qui précisait les causes du décès.

— Elle est morte en donnant le jour à des jumeaux.

Le cerveau de Nate se vida de toute pensée.

— Ça ne veut pas dire que…

Comme il laissait sa phrase en suspens, Elsie reprit, d'une voix très douce :

— Je ne sais pas ce que ça signifie. Les jumeaux ont été confiés aux grands-parents de Savannah et… mon Dieu… ce n'est pas tout, Nate.

Elle rapprocha encore son nez de l'écran.

— C'était la cousine de Courtney. Voilà le lien que nous cherchions. Leur grand-père, celui qui a actuellement la garde de ces bébés, est vice-amiral dans la marine.

Nate sentit ses genoux se dérober sous lui et dut s'agripper à la table pour ne pas s'effondrer.

— Je ne comprends pas.

— Moi non plus, admit Elsie. Mais nous allons devoir nous pencher sur toutes ces informations.

13

Elsie s'était efforcée de convaincre Nate de dormir, en vain. De son côté, elle avait continué à travailler jusqu'à en avoir mal à la tête. Et elle n'avait toujours rien trouvé d'intéressant, que ce soit dans les états de service du vice-amiral Ray Loren ou dans ses comptes en banque.

Moins elle en trouvait, plus elle était persuadée qu'il était la clé de voûte de toute l'affaire. Mais sa vision se brouillait, l'empêchant de poursuivre ses recherches.

Elle ferma les yeux. Elle allait les reposer le temps de compter jusqu'à cent et se remettre au travail.

Elle les rouvrit en entendant un claquement et vit la main de Nate posée sur son ordinateur portable, qu'il venait de fermer.

— Ne touche pas mon matériel, l'avertit-elle.

— Je n'aurais pas à le faire si tu étais raisonnable. Regarde-toi : tu dors debout.

Elle redressa les épaules.

— Je connais mes limites, Nate.

— Non, tu ne les connais pas.

— Est-ce que tu es toujours aussi arrogant, condescendant et autoritaire ?

— Et toi, riposta-t-il, est-ce qu'il faut toujours que tu travailles jusqu'à l'épuisement ? Je te rappelle que tu sors à peine de l'hôpital. Tu ne dois pas te surmener.

— Parce que tu crois que c'est le moment de se tourner les pouces ?

— Même les soldats ont besoin de se reposer.

— Je ne suis pas un soldat, Nate. Je suis assise devant un ordinateur et je tape sur un clavier. C'est tout.

— C'est tout, répéta Nate avec un rire amer. Pourtant, tu viens de mettre ma vie sens dessus dessous.

Elle fut blessée par ces mots, qui sonnaient comme un reproche.

— Je ne suis que la messagère.

— Je sais bien, dit-il plus doucement.

Il souffla longuement en se passant la main dans les cheveux. Même s'il refusait de l'admettre, il était au bout du rouleau, tout comme elle.

— Elsie… fais une pause. Tes collaborateurs peuvent prendre le relais. Va te reposer. Juste un peu.

— Et qu'est-ce que tu feras pendant ce temps ?

Il se renfrogna mais consulta sa montre.

— Tes amis devraient arriver dans trois heures. Deux heures de repos pour toi, une pour moi.

Elle croisa les bras et lui décocha un regard réprobateur, sans mot dire.

— D'accord, marmonna-t-il. Une heure et demie pour chacun de nous, mais seulement si tu vas dormir la première.

— Tu as intérêt à me réveiller, riposta-t-elle. Sinon… je ne sais pas ce que je te ferai, mais je trouverai. Compte sur moi.

— D'accord. Marché conclu.

Elle se leva et lui tendit la main, qu'il regarda comme s'il hésitait à la prendre. Elsie en fut quitte pour insister, agitant sa main jusqu'à ce qu'il se renfrogne et l'emprisonne dans la sienne, plus grande et rêche. Quand il voulut la relâcher, elle resserra les doigts. Elle ignorait pourquoi elle ne voulait pas qu'il se dégage. Ce n'était qu'une impulsion, une impulsion étrange, qui la poussait à maintenir ce contact entre eux.

Aucun doute, le manque de sommeil la faisait délirer… à moins qu'elle soit déjà endormie et qu'il ne s'agisse que d'un rêve ? En ce cas, elle pouvait faire tout ce qu'elle voulait.

Elle s'approcha de lui et leva les yeux. Il posait sur elle un regard méfiant mais, s'il l'avait voulu, il aurait très bien pu dégager sa main et s'éloigner au lieu de la regarder ainsi.

— Nate…

Elle s'arrêta net en voyant trois personnes apparaître sur le seuil. Ce n'était donc pas un rêve. Elle souffla longuement.

— Nate, voici Shay et Gabriel. Tu connais déjà Connor.

Nate se tourna vers la porte. Une série d'émotions se succédèrent sur son visage, aussitôt remplacées par le même stoïcisme typiquement militaire qu'affichait Connor Lindstrom.

Elle aurait dû relâcher sa main et s'éloigner de lui, mais son cerveau était hors service.

— Vous êtes un peu en avance, dit-elle.

— Je suppose, répondit Shay d'une voix égale.

Elsie connaissait assez bien sa patronne pour savoir que celle-ci avait déjà analysé la situation et que les conclusions qu'elle en avait tirées n'étaient pas à son avantage. Pourtant, elle ne bougea pas. Ce fut Nate qui dégagea sa main et s'éloigna de quelques pas.

— Emmenons notre ami, dit Shay.

Elle inclina la tête vers leur prisonnier, qui semblait toujours aussi furieux, et appela Gabriel. L'agent se pencha vers Lee Braun, l'empoigna et le traîna à l'extérieur. L'homme n'opposa aucune résistance, sans doute parce qu'il savait qu'il n'avait aucune chance face à quatre anciens soldats ou agents parfaitement entraînés.

Ensuite, Shay se tourna vers elle.

— Si nous allions discuter dehors, toutes les deux ?

Ce n'était pas une suggestion. C'était un ordre. Elsie se força à sourire et suivit à Shay à l'extérieur en se gardant bien de croiser le regard de Nate ou de Connor.

L'aube commençait à poindre sur un monde que l'orage de la nuit semblait avoir lavé. Gabriel installait déjà le tueur à gages dans un canot à moteur. Il démarra et s'éloigna sans que Shay ait prononcé un seul mot. Elsie sentit que si elle ne brisait pas le silence, elle allait éclater en sanglots. Elle était tellement épuisée qu'elle se sentait affreusement émotive, et même le froid mordant du petit matin ne parvenait pas à lui faire retrouver son équilibre.

— Vous avez fait vite, dit-elle gaiement. Mais je croyais que les patrons étaient censés rester en retrait et déléguer.

Shay éclata de rire.

— C'est vrai, mais cette affaire prend des proportions énormes et nous manquons de personnel. Holden et sa femme sont repartis dans leur ferme et Sabrina est hors service pour un moment. J'ai bien essayé de convaincre Reece de revenir, mais il n'a rien voulu entendre.

— Tu as d'autres agents.

— Je sais. Gabriel et Mallory forment une bonne équipe, mais cette affaire concerne des hauts gradés. Nous avons besoin de tous les agents que nous pouvons trouver.

— Le terrain te manque, dit-elle dans un élan de compassion.

Shay dirigeait la North Star de main de maître, mais elle n'était pas faite pour se borner à coordonner les mouvements et s'occuper de la paperasse. C'était une femme d'action.

— J'ai passé beaucoup de temps sur le terrain, cette année, remarqua Shay en haussant les épaules.

— Oui, parce que ça te manque.

— Peut-être que oui.

Elle la regarda attentivement avant de poursuivre.

— Je sais que toi, par contre, tu ne veux pas travailler sur le terrain. Tu peux retourner au quartier général. Nous prendrons le relais. Je n'ai pas voulu que tu partes avec Gabe et le tueur à gages, mais…

Elle laissa sa phrase en suspens et la dévisagea.

— Quoi ? lança Elsie, atterrée. Partir ? C'est impossible.

— Tu as rempli ta mission, Els. Nous avons discrètement établi le contact avec Nate et tu as découvert des indices essentiels. Mallory peut…

— Tu ne peux pas me renvoyer au quartier général.

Shay haussa les sourcils.

— Je ne peux pas ?

Elsie déglutit. Elle était en proie à trop d'émotions pour pouvoir les cataloguer, et encore moins les gérer.

— Ma famille pourrait être en danger. Je dois rester ici, sur le terrain. Avec vous.

— Tu nous crois incapables de protéger ta famille ? demanda Shay d'une voix neutre.

Elsie la connaissait assez bien pour savoir qu'elle était à la fois étonnée et déçue.

— Tu sais bien que ce n'est pas ça, Shay.

Sa patronne la dévisagea.

— Qu'est-ce qui se passe au juste, Els ?

— J'ai grandi ici. Je ne te parle pas seulement de ma famille mais de Garrett Averly, par exemple. Il a été l'une des rares personnes qui aient cherché à nous aider, mes sœurs et moi. Et Nate est…

Shay haussa les sourcils de plus belle et Elsie sentit ses joues s'enflammer.

— Je ne suis pas un agent de terrain, mais je dois aller

jusqu'au bout de cette mission. Ne me renvoie pas, Shay. S'il te plaît.

Nate ne savait pas quoi dire à Connor. Son ami, qu'il avait entraîné dans cette galère, était là. Dans cette cabane.

— Nous devrions fouiller l'île pour être certains qu'il n'y a personne, dit Connor. Ce serait plus sage, je pense.

— Je pense, répéta Nate.

Il avait beau se trouver dans une cabane de pêche perdue au fin fond du Montana, il avait l'impression d'avoir été renvoyé au Moyen-Orient. Là-bas aussi, il était arrivé à Connor de le dévisager en se demandant dans quoi il l'avait entraîné.

Mais aujourd'hui, malgré le fait qu'ils aient un objectif commun, ils n'appartenaient plus à la même équipe.

— Il paraît que tu as rejoint cette organisation ?

Il n'avait pas trouvé d'autre moyen de briser le silence oppressant qui régnait entre eux.

— Oui, répondit Connor avec son laconisme coutumier.

— Je croyais que tu aimais ton métier de secouriste.

— Je l'adore, mais celui que je fais lui ressemble. La seule différence, c'est que ma chienne ne peut pas m'accompagner.

— Pourquoi avoir quitté un métier que tu adores pour un autre, même s'il lui ressemble ?

— Parce que c'est celui de Sabrina, répondit Connor en haussant les épaules.

Nate réprima une grimace.

— Bizarre, comme sujet de conversation.

Son ex-petite amie, qui était maintenant celle de Connor… Oui, c'était bizarre.

— Je suppose.

— Comment va-t-elle ?

— Bien, répondit Connor avec l'ombre d'un sourire. Toujours aussi insolente et irritable. C'est bon signe.

Nate fourra ses mains dans ses poches et Connor inspira profondément. Quand il parla, Nate comprit enfin que la gêne qui flottait entre eux n'avait rien à voir avec Sabrina.

— Tu avais raison. Depuis le début.

— On dirait, oui, convint Nate. Mais ne t'en veux pas trop de ne pas m'avoir cru. Par moments, je ne me croyais pas moi-même.

— Pourtant, tu avais raison.

— Elsie pense qu'on a modifié tous les documents que j'avais pu trouver afin que personne n'accorde le moindre crédit à mes allégations. Pourquoi m'aurait-on cru ? Aucune preuve ne corroborait mes théories.

— Sauf celles que tu fournissais.

— Je n'étais pas une source fiable. Je le comprends, maintenant. Je n'en veux à personne.

Connor le dévisagea dans ce silence qu'il avait toujours su si bien garder. Enfin, il sourit. De façon imperceptible.

— Alors, qu'est-ce qu'on fait maintenant ? demanda Nate.

— Nous allons résoudre cette énigme pour comprendre qui a essayé de bousiller notre vie.

— Et l'arrêter.

Connor acquiesça.

— Nous n'y serions sans doute pas arrivés seuls, mais avec la North Star… je pense que c'est possible.

— En ce cas, mettons-nous au travail.

À peine avait-il prononcé ces mots que Shay et Elsie réapparurent – la grande blonde bien bâtie et la petite brune mince à l'esprit brillant. Leurs visages étaient indéchiffrables.

— Très bien, dit Shay d'un ton ferme. Voyons ce qui va se passer maintenant. Gabriel va remettre le tueur à gages à nos contacts au sein de l'armée. Je vous promets qu'ils sont honnêtes. Ils l'interrogeront et nous transmettront toutes les informations utiles. Comme cet assassin recherchait toujours Nate malgré l'arrestation de Daria, nous continuons à enquêter. Je peux d'ores et déjà vous dire que l'un des collaborateurs d'Elsie a découvert un lien entre cette affaire et les Ross Industries.

Elle se tourna vers Nate.

— Elsie m'a dit que tu avais des preuves.

— Quelques-unes, oui. Je lui ai donné tout ce que j'avais. Elle est bien plus douée que moi.

— Elle est bien plus douée que tout le monde, répliqua fièrement Shay. Elle va continuer à creuser.

D'un ton plus ferme, elle poursuivit :

— Tu ne peux pas retourner au Revival. La nouvelle de l'arrestation de Don et du tueur va forcément se répandre, et tes ennemis en déduiront que tu as du renfort. Tu vas rester ici, et nous posterons des hommes tout autour du lac.

— Quel rôle joue Loren dans cette affaire ? demanda Nate.

— Nous ne le savons pas encore, répondit Elsie.

Elle ouvrit son ordinateur portable en réprimant un bâillement, ce qui rappela à Nate le moment où il l'avait fermé, puis celui où elle lui avait tenu la main, et…

Il ne pouvait pas s'autoriser ce genre de pensées en ce moment. Shay continuait à parler, avec une autorité digne d'un commandant de la Navy.

— Personne ne sait qu'Elsie travaille sur cette affaire. Je vais la ramener chez sa sœur en espérant que son absence sera passée inaperçue. Elle continuera ses recherches de là-bas.

Nate posa les yeux sur Elsie qui fixait l'écran de son ordinateur en plissant le front. Elle avait besoin de repos, et de calme pour se concentrer sur sa tâche. Mieux valait qu'ils se séparent. Pour lui comme pour elle.

Alors, pourquoi avait-il déjà une sensation de vide ?

— Mallory et Gabriel ne tarderont pas à revenir. Avec moi, cela fera quatre agents sur l'île.

Nate secoua la tête. Personne ne semblait vouloir contredire Shay, mais elle oubliait un élément essentiel.

— Elsie ne peut pas rester seule.

— Personne ne sait que je travaille avec vous, dit-elle.

— C'est possible, mais si le frère de Courtney Prokop est mêlé à cette affaire, il a forcément eu vent des rumeurs qui courent à notre sujet.

— Des rumeurs ? demanda Shay.

Elsie rougit sous son regard inquisiteur.

— Si nos ennemis ont su que j'avais envoyé des preuves à Connor, c'est forcément parce que je suis surveillé, poursuivit-il. En plus, n'oublie pas que Don était sur place. Comme nous ne savons pas depuis quand il attendait, nous ignorons ce qu'il a pu voir. Comment peux-tu envisager de la renvoyer au Revival sans aucune protection ?

Tous le regardaient comme si une seconde tête lui avait poussé, mais il avait l'habitude. Néanmoins, l'expression de Shay changea, si graduellement que c'en était presque imperceptible.

— Il a raison, dit-elle enfin, comme surprise de ne pas y avoir pensé. Rien ne nous prouve que la couverture d'Elsie n'a pas été compromise.

Elle se tourna vers Elsie et conclut d'un ton grave :

— Je crois que tu vas devoir rester ici.

14

Elsie fut emplie d'un soulagement parfaitement déplacé. Qu'allait-elle dire à ses sœurs ? Elle avait disparu sans prévenir, en laissant tout son matériel derrière elle !

Oui, elle se sentait coupable, mais l'essentiel était ailleurs. Si Shay l'avait renvoyée au Revival, elle aurait toujours eu un temps de retard alors qu'en restant ici, sur cette île, elle allait vivre les événements à mesure qu'ils se produisaient.

Et elle n'allait pas se mentir : elle voulait rester auprès de Nate, continuer à travailler avec lui. Elle était consciente de ce que cette pensée avait de déplacé et de ridicule, mais… elle le comprenait. Il avait suffi de quelques jours pour qu'ils forment une équipe, et elle voulait finir ce travail avec lui.

Mallory revint sur ces entrefaites et les informa qu'elle avait laissé Don sous la surveillance de Garrett et que la North Star avait installé dans le commissariat des systèmes de sécurité et des moyens de communication flambant neufs.

Ensuite, elle se tourna vers Elsie. Elle semblait sincèrement désolée.

— Els… Ta sœur était au commissariat quand je suis repartie.

Elle en resta sans voix pendant quelques instants.

— Quoi ? parvint-elle enfin à demander.

— Elle hurlait sur Garrett. Elle exigeait qu'il lui dise ce que Nate avait fait de toi.

— Oh ! mon Dieu ! souffla-t-elle.

— J'ai trouvé que Garrett gérait parfaitement la situation, mais toute la ville va bientôt savoir que Nate et Elsie se connaissent, reprit Mallory. Et si d'autres personnes le recherchent…

— Je sais, soupira Shay. Nous avons déjà décidé qu'Elsie allait rester ici. Il va quand même falloir faire taire la sœur.

— Je l'appelle, annonça Elsie, aussi fermement que possible malgré son appréhension croissante. Je vais faire en sorte qu'elle arrête de me chercher. Mais Dieu sait à qui elle a parlé… Shay, tu dois assurer la protection du Revival.

— Comme si nous ne nous dispersions pas déjà assez. Je vais appeler…

— Shay, coupa-t-elle. Tu dois protéger le Revival. Ma famille vit là-bas et ignore tout de cette affaire. Je ne veux pas d'un intérimaire. Je veux une personne en qui j'ai confiance, une personne qui…

— Que dirais-tu de Granger ? proposa Shay.

Elsie s'arrêta net. Granger McMillan avait créé la North Star et l'avait dirigée jusqu'au jour où il avait été blessé. Shay lui avait succédé tandis qu'il se retirait dans un ranch perdu dans les montagnes. Pendant un temps, seule Shay avait su où il se trouvait. Ils avaient essayé de le convaincre de réintégrer l'organisation, en vain. Par contre, depuis quelques mois, il lui arrivait de leur apporter son soutien sur certaines missions.

Elsie avait toute confiance en lui. C'était lui qui avait cru en elle et l'avait engagée. Elle était certaine qu'il protégerait sa famille.

— D'accord.

— Je vais l'appeler. De ton côté, assure-toi que ta sœur se taise. Et ne va pas lui raconter…

— Je sais, dit Elsie avec un pâle sourire.

L'existence de la North Star devait rester secrète, pour beaucoup de raisons. Même si Elsie ne les comprenait pas toutes, c'était elle qui effaçait toute trace du passé des agents qui rejoignaient l'équipe – et accomplissait le travail inverse quand ils décidaient de retourner à la vie civile. Elle savait comment faire disparaître des faits et les remplacer par des fictions dont personne ne remettrait la véracité en doute.

Mais comment allait-elle persuader sa sœur de ne pas insister sans vendre la mèche ? Comme elle l'avait dit à Shay, sa place n'était pas sur le terrain. Elle ne pouvait même pas le lui rappeler, parce qu'elle avait très envie d'y rester, pour des raisons qui n'avaient rien à voir avec sa mission.

— Est-ce que je peux sortir pour lui parler en privé ?

— Non, répondit Shay. C'est nous qui allons sortir, pour décider des endroits où nous allons nous poster.

Elle inclina la tête vers la porte et sortit, suivie par le reste de l'équipe. Nate lui jeta par-dessus son épaule un regard qu'elle ne put déchiffrer, mais elle avait d'autres chats à fouetter. Elle ferma les yeux, pria pour que l'inspiration lui vienne et composa le numéro du portable de Rose.

— Elsie Marie Rogers ! Que Dieu m'en soit témoin, je suis furieuse contre toi. Mais si tu es blessée ou que tu as besoin d'aide, dis-moi où et quand et…

— Tout va bien, sœurette. Qu'est-ce que tu fais debout d'aussi bonne heure ?

— J'ai deux enfants et un mari qui travaille dans un ranch, mais n'espère pas t'en tirer comme ça. Où es-tu ? Qu'est-ce qui s'est passé ? Si ce Nate Averly a posé les mains sur toi…

— Il n'a rien fait. Il ne s'agit pas de ça, Rose.

Elle souffla et leva les yeux au ciel, furieuse contre elle-même. Elle aurait dû saisir la perche qui lui était tendue. Dire qu'elle était amoureuse de Nate. D'ailleurs, elle regrettait presque qu'il n'ait pas posé les mains sur elle… mais là n'était pas la question.

— Explique-toi. Tout de suite, exigea Rose.

— Est-ce que tu es toujours au commissariat ?

— Et comment, que j'y suis ! Mais comment le sais-tu ? Où es-tu, Elsie ? Pourquoi me faire une telle frayeur ?

« Me ». C'était déjà ça.

— Tu n'en as donc parlé à personne ?

— Je n'ai pas voulu alarmer Delia. Jack est au courant, bien sûr, mais il est à la maison avec les enfants, et… Pourquoi est-ce que je te réponds ? C'est à toi de me donner des explications.

Elsie aurait aimé tout expliquer à sa sœur, mais elle n'en avait pas le droit… Peut-être Rose se contenterait-elle d'une partie de la vérité.

— J'aimerais pouvoir tout te dire, mais c'est impossible. J'ai dû partir à cause de mon travail. Je pensais rentrer dans la nuit, avant qu'on remarque mon absence, mais je n'ai pas pu. Et je dois rester encore quelque temps là où je suis.

— Avec Nate Averly ? Je ne crois pas, non.

— Mon travail consiste à aider les gens, sœurette. En ce moment, j'aide Nate. Il a de gros ennuis, et mes collègues et moi allons le tirer de ce mauvais pas.

Il y eut un long silence à l'autre bout du fil. Elsie retint son souffle. Sa sœur allait-elle la croire ?

— Tu travailles donc avec des gens qui utilisent tes dons pour l'informatique pour aider d'autres personnes ?

— Oui, mais je ne peux pas t'en dire plus. Pour ta propre sécurité. Tu comprends ?

— Ma sécurité ? Est-ce que tu es en danger ? Tu n'avais pas l'air d'aller bien. Est-ce que tu as été blessée ?

— Écoute-moi, Rose. J'ai décroché ce poste parce que

je m'y connais en informatique et que je sais où chercher des renseignements. Cela fait trois ans que je viens en aide à des personnes honnêtes qui sont victimes d'une injustice, et je n'ai vraiment été en danger que deux fois. Je m'en suis sortie parce que je suis protégée par des gens qui connaissent leur boulot. Je t'assure que je vais bien, et je veux que tu comprennes que j'ai besoin de faire ce travail. Tu vas arrêter de t'inquiéter et…

— Tu parles que je vais arrêter de m'inquiéter !

— D'accord. Inquiète-toi si tu veux, mais fais-moi confiance. Je connais et j'aime mon métier. Voilà pourquoi je ne reviens pas souvent à la maison. Si je suis venue cette fois-ci, c'est uniquement parce que Nate avait besoin d'aide.

— Je ne comprends pas un mot de ce que tu me dis. Est-ce que tu es un genre d'espionne ?

— Pas… pas exactement.

Rose partit d'un rire plus incrédule qu'amusé.

— Elsie…

— Je sais que c'est difficile à croire, mais tu me connais assez bien pour savoir que jamais je n'irais inventer une histoire aussi invraisemblable. Nous revenons de trop loin. Il faut que tu me croies. S'il te plaît.

Rose resta silencieuse pendant un long moment.

— Je veux seulement être sûre que tu vas bien, dit-elle enfin.

— Je vais bien. Mieux que bien, même. Ce travail…

Sa gorge se serra.

— Il m'a sauvée. Il m'a montré que je pouvais réussir. Mais je ne peux pas travailler correctement si tu hurles sur Garrett. Il faut que tu rentres chez toi. Quand cette mission sera terminée, je te promets de passer du temps avec vous tous. Tu pourras voir par toi-même à quel point je vais bien.

Que pouvait-elle dire de plus pour la convaincre ?

— Mission ? répéta Rose. Bon sang, Elsie, je…

Elle laissa sa phrase en suspens et souffla longuement. Quand elle reprit, ce fut avec sa fougue coutumière – parce que Rose était ainsi, fougueuse et forte. Comment pouvait-elle être femme au foyer et s'occuper de deux bébés tandis qu'Elsie combattait des gangs et des militaires corrompus au sein d'une organisation secrète composée d'agents d'élite ?

Pourtant, c'était ainsi.

— Si ce que tu fais est légal et que tu es vraiment une espèce d'agent secret, je suis fière de toi. Stupéfaite, mais fière de toi. En revanche, si tu es blessée, je te tuerai moi-même, ainsi que tous ceux qui seront mêlés à cette histoire.

Elsie parvint à rire malgré les larmes qui menaçaient de lui échapper.

— Marché conclu, dit-elle d'une voix étranglée. Maintenant, je dois te laisser.

— S'il te plaît… Donne des nouvelles, si tu peux.

— Je le ferai. Et je rentrerai bientôt à la maison.

— Bien. Fais attention à toi, Els.

— Promis. À bientôt.

Non, elle ne pleurerait pas. De l'autre côté de cette porte, il y avait des agents et des soldats, de vrais durs à cuire qui n'avaient sans doute jamais versé la moindre larme. Elle devait être forte, même si la confiance et la fierté de Rose n'avaient pas de prix, même si elles comblaient un vide intérieur dont Elsie n'avait pas soupçonné l'existence.

— Oh ! et merde, lâcha-t-elle dans le silence de la cabane.

Elle baissa les armes et donna libre cours à ses larmes.

Pendant qu'Elsie parlait avec sa sœur, Shay forma les binômes et leur attribua leurs positions. Connor et

Mallory se posteraient sur la berge est de l'île, et Gabriel la rejoindrait sur la berge ouest dès son retour. L'île était assez petite pour que cela suffise à protéger la cabane.

— Et moi ? demanda Nate.

Shay le dévisagea attentivement.

— Tu vas rester avec Elsie et lui fournir tous les renseignements dont elle aura besoin. Tu seras aussi chargé de garder le contact avec ton frère.

Elle fit un signe de la tête vers son bras bandé et ajouta :

— Ta blessure n'a pas l'air trop grave, mais nous ne pouvons nous permettre aucune faiblesse.

Nate ne sut quoi répondre. Il aurait dû être agacé par cette affectation, agacé que Shay qualifie une simple égratignure de « faiblesse » et pourtant, il ne l'était pas.

— Pendant qu'Elsie et son équipe continuent à enquêter, nous allons guetter l'arrivée d'autres personnes – tueurs à gages ou non. Toute information concernant l'homme que nous avons remis aux autorités nous sera transmise. Si nous devons nous réunir, ce sera dans la cabane.

Les membres du petit groupe murmurèrent leur assentiment.

— Pour le moment, poursuivit Shay, nous sommes en phase d'attente. Nous n'agirons que quand nous aurons les renseignements nécessaires. Si l'ennemi se présente, nous le neutralisons et, si possible, nous l'utilisons pour poursuivre notre mission.

— Quelle est cette mission, au juste ? demanda Nate.

Shay le gratifia d'un regard indéchiffrable mais, quand elle lui répondit, ce fut avec une clarté et une assurance qui contribuèrent à lui rendre son équilibre.

— Démanteler la bande de malfaiteurs qui détourne le matériel et l'argent de l'armée à son profit et traduire tous les coupables en justice, sans que personne soit blessé. Est-ce que cela te convient ?

— Oui, ça me convient.

— Bien, dit-elle. Rejoignons nos positions.

Elle s'éloigna, ainsi que Mallory, mais Connor ne bougea pas. Il dévisagea Nate en silence pendant un long moment avant de lui tendre la main.

— On se voit de l'autre côté, dit-il.

De l'autre côté. Nate avait presque cessé de croire à l'existence d'un « autre côté » où cette histoire appartiendrait au passé, où il serait non seulement cru, mais aussi vengé.

Il serra la main de son ami et le regarda se fondre parmi les arbres, habité par l'impression étrange de se tenir sur des sables mouvants.

« De l'autre côté. »

Quelle serait sa vie, de l'autre côté ?

Il regarda la porte de la cabane, mais interdit à son esprit de s'aventurer dans cette direction. Il devait penser, et agir, par étapes. Et Elsie était l'étape qui l'attendait maintenant.

Que Dieu lui vienne en aide.

Il rentra dans la cabane et s'arrêta net en la voyant assise sur la petite chaise, les joues luisantes de larmes, le bout du nez rougi. En le voyant, elle se hâta de s'essuyer le visage.

— Tout va bien ? demanda-t-il avec circonspection.

Elle acquiesça.

— Ça n'a pas été une mince affaire, mais j'ai convaincu ma sœur de ne pas insister.

Elle se leva et commença à déambuler dans la petite cuisine, de l'évier au comptoir, du comptoir à la table.

— Elle a dit… elle a dit qu'elle était fière de moi, ajouta-t-elle sans le regarder.

Sa voix se brisa. Il devina qu'elle s'était remise à pleurer.

— Et… c'est une mauvaise chose ?

— Non, au contraire, dit-elle d'une voix étranglée. C'est merveilleux. Et affreux.

— Je ne te suis vraiment pas.

Elle secoua la tête et ses épaules se mirent à trembler. Zut.

Il envisagea presque de ressortir pour s'éloigner d'elle et de cet accès d'émotion incompréhensible. Mais fuir aurait été lâche. Elle avait travaillé dur, il était normal qu'elle craque.

Il s'approcha avec l'intention de l'entraîner vers le canapé pour qu'elle se repose. Il posa la main sur son épaule et, d'un geste doux, la força à se tourner vers lui. Au lieu de suivre le mouvement de sa main – ou de se dégager –, elle se jeta contre lui et plaqua le visage contre son torse.

Il demeura parfaitement immobile. Que devait-il faire ? Il n'avait pas l'habitude des grandes démonstrations d'émotion. Jamais il n'avait vu sa mère pleurer. Elle aurait sans doute préféré se jeter du haut d'une falaise plutôt que pleurer devant lui. Il avait toujours été majoritairement entouré d'hommes et n'avait jamais eu de relation durable, sauf avec Brina – et si sa mère était un roc, Brina était un bloc de granit.

Mais il ne pouvait pas laisser Elsie mouiller son T-shirt de ses larmes sans rien faire. D'un geste lent, il l'enveloppa de ses bras et la serra contre lui. Il la sentit s'abandonner aussitôt, comme s'il avait fait exactement ce qu'il fallait.

Comme si c'était ce que le destin avait voulu.

— Je n'aime pas savoir qu'ils s'inquiètent pour moi et qu'ils se retrouvent mêlés à cette histoire, dit-elle d'une voix étouffée. Et ce pauvre Garrett… Il ne sait même pas encore à quel point il y est mêlé. Je suis tellement désolée pour lui.

— Désolée ?

— Si mon équipe n'était pas intervenue…

Il resserra un peu son étreinte.

— C'est mon enquête. Tu n'as rien à te reprocher. Comme tu l'as dit toi-même, tu n'es que la messagère.

— Mais c'est la première mission qui concerne des personnes auxquelles je tiens.

« Des personnes auxquelles je tiens. » C'était certainement à ses sœurs qu'elle faisait allusion, pas à lui.

Ce terrain était trop dangereux pour qu'il s'y aventure.

— Viens.

Il l'entraîna jusqu'au canapé et la fit asseoir, mais quand elle leva les yeux vers lui et le regarda comme s'il pouvait tout arranger, il se sentit irrésistiblement attiré vers elle. Il s'assit à son côté, passa un bras autour de ses épaules et la laissa se blottir contre lui.

Ils demeurèrent ainsi comme s'il était tout naturel pour eux d'être assis l'un contre l'autre, tout naturel pour lui de la réconforter. Jusqu'ici, il avait seulement rêvé d'un avenir dans lequel tous ceux qui l'avaient cru fou comprendraient qu'ils s'étaient trompés. Jamais ses rêves ne l'avaient entraîné plus loin. Mais maintenant...

— Il faut que tu appelles Garrett, dit-elle au bout d'un moment.

Elle bâilla. S'il ne bougeait pas, elle finirait peut-être par s'assoupir, la tête sur son épaule. Elle ne pleurait plus, mais il savait qu'elle était encore bouleversée.

— Est-ce qu'il faut vraiment lui parler de Savannah ? Elle l'a déjà suffisamment fait souffrir. Doit-il vraiment savoir qu'il n'a été qu'un pion dans une machination dont nous ignorons encore tout ?

— Il pourra sans doute me donner les renseignements dont j'ai besoin. Pour ma part, je préférerais savoir que je n'ai été qu'un pion qu'on a manipulé plutôt que de croire que la personne qui m'a trompée et quittée m'aimait sincèrement.

— Tu ne connais pas mon frère.

Cependant, Elsie avait raison. Garrett devait savoir.

— Je ne veux pas le lui dire par téléphone, reprit-il. Ça ne serait pas correct.

— Est-ce qu'il l'aimait ?

S'il resta assis, c'était seulement parce que Elsie était appuyée contre lui. L'amour ne semblait pas être le sujet de conversation le plus approprié entre eux.

— Je suppose. Garrett n'est pas le genre d'homme à se marier sans prendre l'engagement très au sérieux.

L'engagement. Le mariage. Comment en étaient-ils arrivés à parler de ça ?

Elsie releva la tête, provoquant une sensation de vide chez Nate, et le regarda dans les yeux. Que pouvait-il faire, sinon soutenir son regard ?

— Peut-être qu'elle s'est enfuie parce qu'elle l'aimait elle aussi, dit-elle d'une voix emplie d'espoir.

— Alors qu'elle attendait des jumeaux ?

Elle tressaillit, mais ne s'écarta pas.

— Elle voulait peut-être le sauver de quelque chose ?

— Je pourrais y croire si Courtney n'était pas sa cousine. Crois-moi, cette femme est un vrai serpent.

— On ne peut pas juger quelqu'un d'après les membres de sa famille.

— Peut-être que non, concéda Nate, conscient qu'elle pensait à elle-même et à ses parents. Mais il y a trop de coïncidences pour que je croie qu'elle l'a sincèrement aimé.

« Aimer ». Le mot semblait flotter entre eux, lourd de sens, le plongeant dans des abîmes de perplexité. Il n'avait jamais été particulièrement maladroit avec les femmes, mais le Nate d'aujourd'hui était bien différent de celui d'avant. Il avait été gravement blessé et mis à la porte de l'armée alors qu'il était à deux doigts de découvrir une gigantesque affaire de corruption…

Elsie se pencha vers lui, sans le quitter des yeux. Impossible de se méprendre sur ce regard. Il aurait dû savoir lui résister. L'attitude d'Elsie n'avait rien de particulièrement séducteur, son visage portait encore la trace des larmes qu'elle avait versées. Il aurait dû…

Ses lèvres se posèrent sur les siennes, sans la moindre hésitation, mais avec une douceur infinie. Comme si c'était lui qui était fragile, ou qu'ils l'étaient tous les deux.

Ce fut cette douceur qui l'empêcha de refuser ce baiser. Il savait que c'était mal, mais cela ne changeait rien à ce qu'il ressentait. Il inclina légèrement la tête pour mieux sentir les mains d'Elsie sur son visage. La caresse était telle une promesse de renaissance. Elle effaçait ces dernières années, posait les fondations d'un tout nouvel espoir…

Mais tu ne dois rien espérer, et tu le sais. Heureusement, cette pensée parvint à se faire entendre. Il se dégagea et s'éclaircit la voix.

— Elsie.

Elle ouvrit les yeux en soupirant.

— Je sais. Tu n'es pas… Je ne te plais pas. Je comprends.

— Tu… Quoi ?

Il se leva d'un bond et se passa les mains dans les cheveux. Était-il donc condamné à ce que tout le monde se méprenne à son sujet ?

— Je t'ai embrassée, Elsie. Ce n'est pas une question d'attirance.

Un lent sourire naquit sur ses lèvres. C'était dangereux. Très dangereux. Si ce sourire satisfait ne disparaissait pas de son visage, il risquait de tout oublier des quatre personnes qui se trouvaient aussi sur cette île, guettant l'arrivée de ses ennemis. Parce qu'il était en danger.

Il devait tuer cette histoire dans l'œuf, même si ce baiser avait rassemblé les morceaux épars de son âme.

— Seulement, reprit-il, nous sommes dans une situation stressante et tu es trop fatiguée pour avoir les idées claires.

Elle secoua la tête et riposta :

— Ne gâche pas tout. Je t'ai embrassé, tu m'as embrassée... C'était agréable. Restons-en là.

Une minute...

— Agréable ?

— Oui, agréable. Ne monte pas sur tes grands chevaux.

Elle lui décocha un sourire innocent.

— Je sais ce que tu essaies de faire, maugréa-t-il. Tu perds ton temps.

Elle haussa un sourcil, comme si elle savait pertinemment qu'il mentait.

Et c'était peut-être le cas.

15

Elsie avait l'impression d'être une fleur en plein épanouissement. Non… Elle se sentait plutôt comme une pile électrique. Une charge de dynamite dont la mèche était allumée. C'était la toute première fois qu'elle éprouvait ces sensations, et elles étaient merveilleuses.

Tant pis si c'était ridicule. La petite voix raisonnable qui lui serinait que l'épuisement la faisait délirer s'était tue dès qu'elle avait posé les lèvres sur celles de Nate. S'il lui avait dit qu'elle ne lui plaisait pas après ce baiser, elle n'aurait pas insisté. Elle aurait laissé tomber.

Mais il s'intéressait à elle. S'il ne voulait pas le reconnaître, c'était parce qu'il était… trop noble, peut-être.

Elle se leva et avança vers lui. Il ne battit pas en retraite, ce qui relevait sans doute tout autant d'une habitude inébranlable que d'autre chose. Nate n'était pas homme à reculer devant un défi.

Elle allait donc le défier.

Elle savait que le moment était très mal choisi, mais sa vie était pleine de moments très mal choisis. Si elle avait appris une chose, c'était qu'il ne fallait pas hésiter à prendre ce dont on avait envie dès que l'occasion se présentait.

Et elle avait envie de Nate. Elle posa les mains sur son torse.

— Tes amis sont dehors, dit-il d'une voix un peu étranglée.

— Effectivement.

Elle fit glisser ses mains jusqu'à ses épaules et noua les doigts dans sa nuque tout en le dévisageant. Il y avait quelque chose d'adorable dans sa gêne, parce qu'elle voyait bien qu'il n'était pas insensible.

— Ils sont à l'extérieur et nous, à l'intérieur. Seuls.

— Il faut que je parle à Garrett, reprit-il sur un ton légèrement désespéré. De son ex-femme, et de tout le reste.

— Parce que maintenant, tu es prêt à le lui dire ?

— Oui, il le faut. Je vais l'appeler.

— Tu ne voulais pas le faire par téléphone, lui rappela-t-elle.

— Oh ! C'est vrai.

Il déglutit.

— Elsie.

Elle leva les yeux, prête à lancer une remarque incisive et provocatrice, mais le regard de Nate était tellement sombre, tellement intense, que les mots semblèrent la fuir.

— Quoi ?

Il inspira vivement, comme pour rassembler toute sa volonté, et dénoua doucement ses mains avant de la repousser. Avant qu'elle ait pu dire un seul mot, il encadra son visage de ses mains. Son expression était tellement grave qu'elle retint son souffle. Elle savait qu'il ne s'agissait pas d'un jeu, mais aussi que certaines personnes ne voyaient le sexe que comme un acte banal, occasionnel, après lequel elles passaient à autre chose.

Nate n'était pas de ces personnes, elle le sentait.

Sans cesser de scruter son regard, il répondit :

— Je ne veux pas que tu te méprennes. Ce n'est pas

que je n'en ai pas envie, mais je ne veux pas que ça se passe comme ça.

— Comment ?

— Dans ces circonstances. Dans la cabane de pêche de mon frère. Sur un coup de tête.

— Pardon, mais… tu préférerais tout organiser ?

Elle sentit ses doigts se crisper sur son visage. Quand il se pencha sur elle, il semblait tellement grave. Tellement… Nate.

— Je préférerais que cela ait un sens.

Son cœur palpita comme un papillon fragile, alors qu'elle avait pris grand soin d'éviter toute fragilité depuis qu'elle était adulte, y compris la sienne et celle de ses sentiments. La North Star l'avait aidée en la dotant d'une armure, mais maintenant…

Toute son assurance, toutes ses certitudes disparurent. Elle comprit soudain que, bien malgré elle, elle s'était aventurée en terrain miné. Parce que Nate était sincère et évoquait tout ce qu'elle avait toujours évité, sans même s'en rendre compte.

Pourtant, elle avait maintenant envie de s'y abandonner malgré le danger. Les mises en garde que lui hurlait son esprit étaient noyées sous le chuchotement de son cœur, qui lui rappelait qu'il l'avait serrée dans ses bras et laissée pleurer sur son épaule. Ils se comprenaient, d'une façon étrange et complexe. Il savait d'où elle venait, mais ne la traitait pas différemment à cause de ce qu'elle avait enduré.

Elle se sentait comme paralysée – par le désir et par une tendresse sincère qu'elle ne s'était pas attendue à ressentir, qu'elle ne voulait pas ressentir. Pourtant, elle était impuissante à l'empêcher de s'épanouir en elle.

Les mains de Nate encadraient toujours son visage, leurs regards étaient toujours rivés l'un à l'autre.

— Ce n'est pas le moment, dit-il. Et je ne serai plus le même homme quand cette histoire sera finie.

Elle lui couvrit les mains des siennes. Elle connaissait bien cette excuse pour y avoir souvent eu recours après avoir fui loin de son père et de Blue Valley.

— Si, tu seras le même.

— Tu ne comprends pas.

Il lâcha son visage, mais elle saisit ses mains avant qu'il ait pu s'éloigner d'elle.

— Si, je comprends. Quand on a subi un traumatisme, on pense qu'un jour, quand on en guérira, on deviendra une tout autre personne – comme une chrysalide se transforme en papillon. Mais c'est faux. Tu peux guérir, mais tu seras toujours le même.

Il pressa sa main contre son cœur sans mot dire et la regarda comme si elle venait de tuer tous ses espoirs.

Voilà pourquoi elle ne pouvait pas lui tourner le dos : elle le comprenait trop bien. Et ce fut parce qu'elle le comprenait qu'elle ne bougea pas, malgré sa peur que la flamme vacillante qui était née entre eux vienne à s'éteindre. Elle le fixa et attendit que…

Mais Mallory apparut soudain à la porte. Si elle avait entendu quelque chose, elle n'en montra rien. Elle dit seulement :

— Nous avons de la compagnie.

Il avait fallu l'intervention d'une tierce personne pour que Nate parvienne enfin à rompre le lien qui semblait l'unir à Elsie et se rappelle qui il était, et non qui il voulait être.

Parce que, même si le monde devait bientôt découvrir qu'il avait toujours eu raison, Elsie avait vu juste. Il resterait un homme qui avait passé deux années embourbé dans le passé, un homme à l'avenir incertain qui n'avait poursuivi qu'un seul but : prouver qu'il n'était pas fou.

Elsie avait un travail qu'elle adorait. Elle était douée et mettait ses aptitudes à contribution pour aider son prochain. Pour sa part, il n'avait jamais cherché à aider personne, sinon lui-même.

— C'est Courtney Prokop. Seule. Sans arme, poursuivit Mallory d'un ton grave.

— Ça ne rime à rien, dit Elsie en plissant le front.

— En effet, convint Mallory.

Elle se tourna vers Nate.

— Tu pourrais aller l'accueillir pendant que nous essayons de comprendre ce qu'elle recherche.

Nate acquiesça.

— Tu restes ici avec Elsie ?

— Oui.

— Je n'ai pas besoin qu'on me protège, protesta Elsie. Je peux me défendre. J'ai un pistolet.

— Peut-être, mais ce n'est pas facile de viser correctement quand on a les yeux rivés à un ordinateur en permanence, répliqua Mallory.

Nate n'aurait su la convaincre aussi habilement d'accepter qu'on la protège.

— Très bien, répondit-elle en soufflant. Tu peux me servir de nounou. Je vais essayer de découvrir ce que Courtney Prokop a derrière la tête.

Mallory se tourna vers Nate et inclina la tête vers la porte. Il n'avait aucune envie de se trouver face à Courtney, d'affronter tous les événements inexplicables qui se succédaient autour de lui. Il voulait rester ici, avec Elsie.

Comme c'était impossible, il sortit dans la lumière couleur de perle du petit matin. Courtney approchait du ponton, dans un petit canoë. Bizarre, comme tout le reste de cette histoire.

Debout près du ponton, il inspecta les alentours à la dérobée. Un petit reflet lui apprit que quelqu'un était posté juste derrière la cabane. Il devina qu'il s'agissait de Shay, qui le mettait délibérément au courant de sa présence.

Courtney ne remarquerait sans doute rien, à moins qu'elle ait été formée pour analyser une situation jusque dans ses moindres détails – et peut-être était-ce le cas, pour ce qu'il en savait…

Il détourna donc le regard pour le poser sur Courtney. Elle amarra son canoë, monta sur le ponton et vint droit vers lui.

— Oh ! Nate ! Je suis tellement désolée !

Elle le prit dans ses bras, fougueusement, comme s'ils étaient de vieux amis. Ou plus que des amis.

Nate la laissa faire. Il ne comprenait rien à ce qui se passait, mais la meilleure tactique semblait être de laisser les événements se dérouler. Pourtant, il aurait préféré la repousser et exiger de savoir de quoi il retournait.

— Qu'est-ce que tu fais ici ?

Elle lui coula un regard par-dessous ses cils. Elle semblait bouleversée, mais il resta de marbre. Il l'avait assez souvent vue manipuler son frère, son prétendu mari et certains des pensionnaires du Revival pour la soupçonner d'être très bonne comédienne.

— Je ne pouvais plus vivre avec ça sur la conscience.

— Avec quoi ?

— La vérité.

Elle inspira vivement.

— J'ai un sac, dans le canoë. Tu ne vas pas me faire de mal si je l'attrape, n'est-ce pas ?

— Tu ne vas pas me faire de mal si je te laisse faire, n'est-ce pas ?

Elle sourit et lui tapota le torse.

— Je te le promets, Nate, répondit-elle en laissant sa main s'attarder. Je suis ici pour t'aider. Nous avons été manipulés, tous les deux. Si j'avais gardé tout ça pour moi, jamais plus je n'aurais pu me regarder dans une glace.

Nate garda le silence, sans rien montrer de sa méfiance ni de sa gêne. Courtney attrapa un sac besace dans le canoë et passa la bandoulière à son épaule.

— Est-ce que nous pouvons aller à l'intérieur ?

Il jeta un rapide coup d'œil à la cabane avant de reposer les yeux sur Courtney.

— D'abord, il va falloir que je fouille ton sac.

Elle soupira et le lui tendit.

— Je comprends très bien. Tu as enduré tellement de choses. Tu as parfaitement le droit d'être paranoïaque.

Il prit le sac d'un geste posé, alors qu'il brûlait d'envie de le lui arracher des mains.

— « Paranoïaque » n'est pas le mot que j'emploierais, répliqua-t-il.

Le sac ne contenait qu'un ordinateur portable et un câble. L'ordinateur semblait inoffensif. Elsie aurait pu lui dire s'il était piégé, mais il était hors de question qu'il emmène cette femme dans la cabane, là où elle se trouvait.

Il lui rendit le sac.

— Si tu m'expliquais tout ici ?

— Je dois te montrer quelque chose. Il me faut une prise de courant. Qu'est-ce que tu penses que je vais faire ? Te tuer ?

Comme il haussait les épaules sans répondre, elle leva les yeux au ciel.

— Nate, franchement ! Tu as été un marine. Tu peux

te défendre contre moi. Mais tu ne risques rien. Je te le promets.

Nate ne voyait pas ce qu'il pouvait faire, sinon accepter. Il reprit donc le chemin de la cabane, d'un pas suffisamment lent pour qu'Elsie et Mallory aient le temps de se cacher. Il se méfiait trop de Courtney pour la laisser découvrir qu'il avait maintenant le soutien de toute une équipe.

À moins qu'elle le sache déjà. Mais il était curieux de savoir quel était le tour qu'elle comptait lui jouer.

Il ouvrit la porte et jeta un rapide coup d'œil dans la pièce. Elle était vide. Même les affaires d'Elsie avaient disparu.

Courtney entra en le frôlant délibérément. Comme il ne parvenait pas à comprendre ce qu'elle avait derrière la tête, il s'abstint de tout commentaire.

— Voyons…

Elle déambula dans la cabane avant de s'installer à la table, à l'endroit même qu'Elsie occupait un peu plus tôt. Il ne put s'empêcher de froncer les sourcils, contrarié. Il aurait préféré, et de loin, la vision d'Elsie en train d'avaler ses barres de céréales en s'abîmant les yeux à celle de Courtney branchant son ordinateur et pianotant sur le clavier.

Néanmoins, il se força à s'approcher. Mieux valait surveiller ses gestes, au cas où l'ordinateur serait piégé.

— Tu vas être bouleversé, je le sais, mais j'ai compris que tu méritais de connaître la vérité.

Elle ouvrit un lecteur vidéo et Garrett et son ex-femme apparurent sur l'écran, dans une pièce que Nate reconnut comme étant la cuisine de leur jolie maison de Main Street, à deux pas du commissariat et de la quincaillerie où Savannah était caissière.

— Tu dois le convaincre de se faire admettre au Revival, dit Savannah.

— Pour sa propre sécurité ? demanda Garrett.

Savannah posa une tasse de café devant lui.

— Bien sûr.

Elle sourit et ajouta :

— Et « sa propre sécurité » deviendra « notre bénéfice ».

Nate fronça les sourcils. Cela ne voulait rien dire.

— Et s'il soupçonne quelque chose ? demanda Garrett.

Il semblait moins inquiet que pragmatique. Du Garrett tout craché.

— Il soupçonne tout et n'importe quoi. C'est bien le but que nous recherchons, non ?

Elle se pencha pour passer les bras autour du cou de son mari et poursuivit :

— Et s'il est au Revival, tes parents le déshériteront.

Garrett sourit et tapota la main de sa femme.

— Ce plan est parfait. Depuis qu'il leur a montré ses prétendues preuves, ils sont persuadés qu'il est fou.

— Il l'est. Donc, nous lui rendons service.

Garrett attira Savannah sur ses genoux et frotta son nez dans son cou. Dans le coin de l'écran, Barney, qui somnolait par terre, releva légèrement la tête.

— Celui que nous nous rendons à nous-mêmes est bien plus important, dit Garrett.

Nate était comme cloué sur place. Anéanti, en quelques secondes à peine. Son propre frère avait comploté avec son ex-femme dans le seul but de le faire paraître suffisamment déséquilibré pour que ses parents le déshéritent.

C'était parfaitement invraisemblable. Pourquoi Garrett se serait-il intéressé à la succession de leurs parents ? Ils n'avaient pas encore soixante ans et ils étaient en excellente santé. En plus, l'argent ne l'avait jamais intéressé. Par contre, on ne pouvait pas en dire autant de Savannah. L'avait-il aimée au point de faire n'importe quoi pour elle ?

— Je suis désolée, Nate, dit Courtney.

Il entendit à peine ces mots. Il fixait toujours l'image désormais figée sur l'écran de l'ordinateur. La scène qu'il venait de voir était bien réelle. Garrett et Savannah. Dans leur cuisine. Un an plus tôt…

Courtney se leva et posa la main sur son épaule. Comme elle lui masquait l'écran, il fut contraint de la regarder.

— Nous ne sommes que des victimes innocentes, Nate, dit-elle tristement.

Il la fixa sans mot dire. Pendant quelques instants, il s'était laissé berner. Il avait cru chacune des paroles terribles qu'il avait entendues sortir de la bouche de son frère, et son univers s'était effondré autour de lui.

Mais il lui suffit d'entendre Courtney prononcer ces quelques mots pour comprendre que si quelqu'un cherchait à lui nuire, ce n'était certainement pas son frère. Que lui importait qu'il ait été discrédité ? Et quel rôle jouait-elle dans cette affaire ? Parce qu'elle en jouait un, c'était évident.

— En quoi es-tu une victime ?

— On me fait chanter. On m'a obligée à te montrer cette vidéo, même si je savais qu'elle allait te détruire.

— On ?

— Je ne sais pas de qui il s'agit. On m'a seulement donné l'ordre de te la montrer. Je ne devrais pas te dire qu'il s'agit d'un chantage, mais j'ai le cœur brisé pour toi, Nate. Je suis tellement désolée et…

— Comment te font-ils chanter ?

Elle cligna des yeux avant de détourner le regard. Elle était vraiment très bonne actrice. Parce que, maintenant, il était sûr et certain qu'elle jouait la comédie. Garrett n'accordait aucune importance à l'argent. S'il n'avait monté cette magouille que par amour pour Savannah, pourquoi n'aurait-il pas renoncé après qu'elle l'avait quitté ?

— Eh bien… Don et moi ne sommes pas mariés, tu vois.

Il savait que c'était vrai. Si Courtney était sincère sur ce point, l'était-elle aussi sur tous les autres ? Cette vidéo ignoble était-elle authentique ?

— Si tu rentrais à Blue Valley avec moi, Nate ? reprit-elle. Je n'aime pas te savoir seul ici. Tu es tellement désespéré… on dirait que tu n'attaches plus aucun prix à la vie.

Elle posa la tête sur son épaule, exactement comme Elsie l'avait fait. Mais Elsie était à sa place, contre lui. Elsie disait la vérité tandis qu'il était sûr que cette femme lui mentait. Il savait mieux que quiconque que si des faits qui pouvaient paraître irréfutables ne coïncidaient pas à la perfection, il fallait continuer à creuser jusqu'à ce que les pièces s'imbriquent.

— Est-ce que tu essaies de me pousser au suicide, Courtney ?

Elle recula, les yeux écarquillés, et porta vivement la main à son cœur.

— Nate ! Comment peux-tu dire une telle chose ? Je veux vraiment que tu rentres avec moi. Tu as une thérapeute au Revival, n'est-ce pas ?

— Tu ferais mieux de partir, dit-il froidement. Tu peux laisser l'ordinateur.

— Non, c'est impossible. Je dois le rendre à mes maîtres chanteurs.

— Laisse-moi au moins une copie de la vidéo.

Elle secoua la tête.

— Cela ne ferait que te déprimer un peu plus, Nate. Tu connais déjà la vérité. Ne va pas commettre l'irréparable…

— Tu ferais mieux de partir, répéta-t-il.

Peut-être qu'Elsie pourrait récupérer la vidéo en piratant son ordinateur, ou peut-être pas. Tout ce qui importait pour le moment, c'était que Courtney s'en aille.

— Ne sois pas en colère, implora-t-elle.

Il ne se laissa pas ébranler.

— Au revoir, Courtney.

Elle se mit sur la pointe des pieds et posa les lèvres sur sa joue, plus longtemps que nécessaire, en laissant glisser ses mains de ses épaules jusqu'à sa taille.

— Tu peux m'appeler n'importe quand, Nate. Tu peux me faire confiance. Je te le promets.

Il tendit le doigt vers la porte et elle partit. Il la suivit des yeux sans plus se soucier de masquer sa fureur.

Il aurait plutôt fait confiance à Satan.

16

Nate se doutait-il qu'Elsie avait installé une caméra et un micro dans la cabane ? Dissimulées dans les bois, Mallory et elle purent assister à toute la scène.

Quand Courtney effleura Nate en entrant dans la cabane, Elsie fut traversée par une pulsion violente, alors qu'elle s'était promis de ne jamais en ressentir. Mais, comme le lui avait expliqué son thérapeute, nourrir une pensée violente sous le coup de la colère et passer à l'acte étaient deux choses bien différentes.

Nate demeura de marbre. Son attitude était parfaite : ni trop méfiante ni trop amicale.

La femme sortit un ordinateur portable de son sac à dos.

— Bizarre, marmonna Mallory.

Entre deux rapides coups d'œil à l'écran, elle scrutait les alentours, comme si elle s'attendait à ce que quelqu'un leur bondisse dessus à tout moment.

Elsie, pour sa part, était incapable de détourner les yeux de l'écran. Elle vit Courtney montrer une vidéo à Nate : Garrett et une femme, assis dans une cuisine, parlaient à mi-voix. Mais leurs paroles étaient parfaitement audibles.

Le cœur d'Elsie se serra quand elle entendit les mots affreux que prononçait Garrett. Mais après tout, elle avait envisagé qu'il fasse partie du complot visant à discréditer son frère. Savait-il que Savannah était morte ? Quel rôle jouait-il ? Est-ce qu'il les menait tous en bateau ?

Mais… Elle plissa les yeux, scruta l'écran et distingua une légère pixélisation, autour de l'image du chien. D'où que provienne cette vidéo, elle avait été trafiquée.

— Ce n'est pas vrai, dit-elle.

— Oui, ça craint. Apprendre que ton frère est un salopard… C'est rude.

— Non. Non, Mallory. Cette vidéo n'est pas authentique. Elle a été trafiquée. Il faut que je dise…

Avant qu'elle ait pu s'élancer, Mallory la retint par le bras.

— Attends, Els. Il ne faut pas que Courtney sache que nous sommes ici. Surtout si la vidéo a été trafiquée.

Sa coéquipière avait raison, mais elle était malade à l'idée que Nate puisse croire que Garrett avait vraiment débité toutes ces horreurs. Il avait déjà bien assez souffert.

Il semblait fou que quelqu'un ait pu aller jusqu'à trafiquer une vidéo pour induire Nate en erreur et pourtant, Mallory ne remettait pas sa parole en doute. Elle faisait confiance à son expertise. Mais Nate n'avait pas cet avantage. Il cherchait depuis des années à prouver qu'il disait vrai et maintenant, il devait croire que son frère œuvrait contre lui.

Non, ce n'était pas juste, et elle devait le rassurer sans attendre. Mais Mallory ne la relâcha pas, comme si elle savait que la force de ses sentiments l'empêcherait de suivre la voie de la raison.

Elle serra les poings en voyant Courtney embrasser Nate sur la joue avant de ressortir de la cabane.

— Il me faut cet ordinateur, dit-elle à voix basse. Est-ce que tu peux le prendre sans qu'elle s'en aperçoive ?

— C'est possible, oui. Mais Shay veut que je reste ici.

Mallory la relâcha enfin et tapota son oreillette.

— Connor dit que la voie est libre.

— Explique la situation à Shay et suis cette femme dès que possible, dit Elsie. Il me faut ce portable.

Mallory acquiesça et partit en courant. De son côté, Elsie retourna vers la cabane en regardant le lac. Courtney avait presque atteint la berge opposée.

— Ce n'est pas vrai, lâcha-t-elle en poussant la porte.

Nate n'avait pas bougé depuis qu'il avait ordonné à Courtney de partir. Elsie crut lire de la douleur sur son visage, et une étincelle de rage contenue dans ses yeux. Mais il acquiesça. Comme s'il l'avait déjà compris.

Parce qu'elle craignait que son stoïcisme ne soit qu'une façade, elle poursuivit :

— Cette vidéo n'est pas authentique. Sinon, elle t'aurait laissé une copie ou te l'aurait envoyée, sans prendre la peine de venir jusqu'ici. J'ai vu une pixélisation qui…

Elle s'interrompit, parce qu'elle savait que Nate se moquait pas mal des explications techniques.

— Cette vidéo a été trafiquée, reprit-elle. Je ne peux pas te dire ce qui est authentique et ce qui ne l'est pas, mais si elle a été trafiquée…

— J'ai cru beaucoup de choses sur Garrett, coupa Nate, mais jamais qu'il courait après l'héritage de mes parents. Ce que j'ai entendu n'a aucun sens. Je ne serais donc pas étonné que cette vidéo soit un faux.

— Bien.

Il croyait en elle et en son frère… bien.

— S'ils me l'ont montrée, c'est pour une bonne raison, reprit-il, les yeux rivés à la table. Ils veulent que je pense que Garrett est contre moi et que Courtney est de mon côté. Mais ce n'est sans doute pas tout. Pourquoi se soucieraient-ils de ce que je peux penser ?

Ensuite, il posa les yeux sur elle.

— Comment as-tu su ce qui se passait ?

Elle tapota le haut-parleur du téléphone accroché au mur.

— J'ai posé un micro ici.

Ensuite, elle tendit le doigt vers la lampe, où elle avait fixé une minuscule caméra, quasiment impossible à distinguer.

— Et une caméra là-haut.

— Tu penses à tout.

— Pas à tout, non, dit-elle.

Lentement, une idée atroce faisait son chemin dans son esprit. Le plus important n'était pas de comprendre pourquoi ils se souciaient de ce que pouvait penser Nate, mais…

— Si Savannah était mêlée à cette affaire, pourquoi ont-ils choisi Courtney comme messagère ? Le lien entre elles est facile à établir, ainsi que celui qui les unit à toute l'histoire.

— Parce qu'ils me croient trop bête pour le comprendre ?

Elle secoua la tête.

— S'ils te croyaient bête, ils ne se mettraient pas en quatre pour te discréditer. Ils veulent ta mort, mais… ils ne t'ont pas tué, alors qu'ils avaient tout le temps de le faire.

Il y avait trop d'incohérences dans cette affaire.

— S'ils savent que nous avons découvert que Courtney et Savannah sont cousines, ils savent aussi ce que je cherche. Et ils sont forcément au courant. Ou du moins, ils pensent que tu l'as découvert.

— À moins qu'ils cherchent à me le faire comprendre pour corroborer ce mensonge sur la succession de mes parents.

— Peut-être, oui.

L'affaire était trop embrouillée pour y voir clair.

— J'ai envoyé Mallory récupérer l'ordinateur. Il pourrait nous apporter les réponses à quelques questions.

— Combien de collègues as-tu ?

— Pourquoi ?

— Je veux que quelqu'un veille sur Garrett. Et quelqu'un d'autre, sur mes parents. Je veux…

Son stoïcisme fondit enfin et ses épaules s'affaissèrent. Il se laissa tomber sur la chaise et posa le front sur ses paumes.

— Bon sang, je veux que tout ça finisse.

La gorge nouée, Elsie s'approcha. Elle aurait aimé lui dire tellement de choses… mais les mots la fuyaient.

Il souffla.

— Nous devons nous reposer un peu. Je crois avoir entendu dire qu'il était impossible de vaincre des bandes de militaires au comportement erratique quand on était fatigué.

Il se leva et la prit par la main. Elle fut tellement surprise par ce geste qu'elle se laissa entraîner jusqu'au fond de la cabane, où il y avait une chambre. Une chambre !

— Pas d'entourloupes, Rogers, dit-il en passant la porte.

Elle éclata de rire et alluma. La pièce était minuscule, tout juste assez grande pour le lit à une place. Il suffisait peut-être pour un week-end de pêche, mais ne pourrait jamais accueillir deux personnes.

Elle leva les yeux vers lui.

— Une petite entourloupe ? proposa-t-elle.

Elle n'avait cherché qu'à lui changer les idées, mais il esquissa un sourire avant de poser sur elle ce regard qui lui donnait l'impression que les parties les plus fragiles de son âme fusionnaient en un bloc d'une solidité à toute épreuve. Ensuite, il posa les lèvres sur les siennes pour un baiser rapide et tendre, dans lequel elle sentit une promesse de quelque chose de bien plus grand que ce qu'ils avaient partagé jusqu'ici.

— Allons, Els. Dormons.

Ils dormirent, effectivement, parce que si Elsie tombait de sommeil, Nate ne valait guère mieux. Il aurait dû lui laisser le petit lit et aller dormir sur le canapé, mais il s'était retrouvé blotti contre elle dans le lit minuscule et la fatigue l'avait terrassé.

S'il n'avait eu aucun mal à s'endormir auprès d'elle, le réveil fut nettement plus problématique. Elle était lovée autour de lui et ses cheveux lui chatouillaient la joue. Son bras blessé lui faisait mal, mais il lui suffit de contempler son visage et d'écouter sa respiration régulière pour presque tout oublier de la doulcur.

Sa vie était totalement dépourvue de moments tels que celui-ci. Il vivait entouré d'hommes, dormait dans un baraquement et menait une vie solitaire, qui ne tendait que vers un seul but : prouver qu'il était sain d'esprit et qu'il disait la vérité.

Il n'y avait pas beaucoup de douceur dans sa vie, et il n'y en avait jamais beaucoup eu. Mais maintenant, ainsi allongé auprès d'Elsie, il ressentait une forme de félicité conjugale qu'il n'avait jamais connue et jamais pensé vouloir connaître. Étrangement, il y puisait du bonheur.

Il ne devait pas s'attarder sur ce genre de pensées. D'ailleurs, il entendit une porte s'ouvrir. Les collègues d'Elsie devaient avoir compris qu'ils étaient allés dormir, mais probablement pas ensemble. Mieux valait qu'ils n'en sachent rien.

Il se dégagea doucement des bras d'Elsie et se leva. Elle murmura quelque chose et enfouit son visage dans l'oreiller.

Il sortit sans bruit de la chambre. Mallory, qui était assise sur le canapé, leva les yeux en l'entendant.

— Tu aurais pu dormir un peu plus longtemps, dit-elle. Tu as l'air encore assez fatigué.

— J'étais réveillé, grommela-t-il.

Elsie sortit à son tour de la chambre en bâillant bruyamment. Mallory s'abstint de toute remarque.

— J'ai le portable, annonça-t-elle.

Elsie marmonna quelques mots incompréhensibles.

— Café ? proposa-t-il.

Elle secoua la tête et se laissa tomber sur une chaise.

— Est-ce qu'il y a des sodas ?

Mallory posa l'ordinateur de Courtney devant elle et attrapa une boîte de cola dans le petit réfrigérateur.

— J'ai fait quelques courses pendant que vous dormiez.

Elsie bâilla et il lui jeta un regard réprobateur.

— Est-ce que tu ne vis que de sucre ? marmonna-t-il.

— Si je peux, répliqua Elsie.

À sa place, il lui aurait suggéré d'aller se jeter du ponton. Apparemment, elle était plus du matin que lui.

Elle examinait déjà l'ordinateur.

— Tu as relevé des empreintes ?

Mallory hocha la tête.

— Ce que j'ai pu, mais il a peut-être été nettoyé avant qu'elle vienne ici.

Elsie ouvrit le portable. Nate grimaça en la voyant prendre une grande rasade de soda, mais elle se mit aussitôt au travail, comme si le sucre lui suffisait comme carburant. Les sourcils froncés, elle pianotait sur le clavier, le nez pratiquement collé à l'écran.

— Il n'y a rien dans cet ordinateur en dehors de la vidéo.

— C'est donc un cul-de-sac ?

Elsie se fendit d'un « pffft » dédaigneux.

— Avec les ordinateurs, il n'y a pas de cul-de-sac.

Elle leva vers Nate un regard où la douceur se mêlait à toutes ces émotions qu'il ne parvenait pas encore à identifier.

— Il va me falloir un peu de temps. Tu devrais appeler Garrett.

Nate grimaça. Il savait qu'il devait le faire, mais il n'en avait vraiment aucune envie.

— Il est ici, dit Mallory.

Nate se tourna vivement vers elle.

— Quoi ?

— Sur ordre de Shay, reprit Mallory. Après avoir mis Don en garde à vue, il a commencé à poser des questions gênantes et Shay m'a dit d'aller le chercher.

— Tu as enlevé mon frère ?

— Crois-moi, j'aurais adoré, répondit-elle en souriant.

Comme Nate ne lui rendait pas son sourire, elle reprit son sérieux.

— Non. Il est venu de son plein gré. Allons le rejoindre.

— Qui va rester avec Elsie ?

L'intéressée leva les yeux au ciel.

— Trois autres agents patrouillent sur l'île. Je devrais survivre.

Nate n'aima pas beaucoup cette réponse, mais Garrett avait droit à quelques explications. Il suivit donc Mallory à l'extérieur.

— Comme cette cabane lui appartient, nous avons pensé que sa présence n'éveillera pas les soupçons. Quoi de plus naturel qu'une partie de pêche entre frères ?

— Et si nos ennemis savent que tes collègues et toi êtes aussi sur l'île ?

Mallory haussa les épaules.

— Peut-être qu'ils le savent, et peut-être que non. Mais ça ne change rien : nous ferons notre boulot.

Ils étaient entrés dans le petit bois qui couvrait l'autre moitié de l'île. Nate se pencha pour éviter une branche et marmonna :

— Je ne comprends toujours pas ce que vous faites, au juste.

— Nous aidons notre prochain. C'est aussi simple que ça.

Ils arrivèrent dans une petite clairière. Shay était assise près d'un feu de camp et Garrett faisait les cent pas à côté d'elle. Il s'arrêta net en les voyant.

— Nous allons vous laisser seuls un moment, dit Shay en se levant.

Elle disparut parmi les arbres en compagnie de Mallory.

— Je doute que nous soyons vraiment seuls, dit Garrett en posant un regard bougon sur les arbres.

— Moi aussi... Mallory a dit que tu posais des questions.

— C'est vrai. Je crois avoir compris toute l'affaire, mais il me faut des détails. On a essayé de te tuer, Nate. Quelqu'un a été engagé pour t'abattre.

— Oui. Apparemment, les gradés malhonnêtes n'aiment pas être démasqués.

— Ce n'est pas une plaisanterie.

— Non, sans doute pas.

— Quelqu'un veut ta mort et moi, je veux des explications. Je veux savoir comment éradiquer la menace. Je ne peux pas rester dans mon bureau à me tourner les pouces pendant qu'un tueur à gages traque mon frère.

Nate aurait aimé pouvoir être réconforté par ces mots, dire à son frère que cette histoire n'avait rien à voir avec lui et qu'il pouvait s'en aller, loin de tout danger. Mais il ne parviendrait jamais à convaincre Garrett de partir, et il était mêlé à cette affaire – indirectement, du moins.

Comme il ne savait pas trop comment le lui annoncer, il choisit la façon la plus directe.

— J'aimerais pouvoir te dire que je n'ai pas besoin de ton aide, mais cette histoire te concerne plus que tu ne le penses. À cause de Savannah.

Le visage de Garrett se ferma, comme chaque fois qu'on prononçait le nom de son ex-femme devant lui. Il ne se mettait pas en colère, il ne montrait aucun chagrin, il se repliait sur lui-même, tout simplement.

— Savannah et Courtney sont cousines, et leur grand-père est vice-amiral dans la Navy. Il pourrait ne s'agir que d'une coïncidence, mais…

— La situation étant ce qu'elle est, c'est peu probable, acheva Garrett.

— Oui. Est-ce que tu te souviens du moment où Savannah est partie ?

Les traits de Garrett se détendirent.

— Au moment où tu m'as parlé. Tu…

Il avait pâli. Il se détourna et fit quelques pas vers les arbres.

— Garrett…

— Je lui ai rapporté notre conversation et je lui ai dit qu'il fallait peut-être en parler à un gradé parce que, même si tu semblais perturbé, il pouvait y avoir un fond de vérité dans tes accusations. Tu te souviens des documents que tu m'avais laissés ?

— Oui.

— Ils ont disparu en même temps qu'elle, mais j'étais trop préoccupé pour y voir plus qu'un hasard.

— Tu ne m'as jamais dit que tu pensais montrer ces documents à quelqu'un.

Malgré son inquiétude, Garrett avait donc gardé foi en lui.

— Tu étais tellement sûr de toi…, répondit simplement son frère.

Nate n'avait pas le temps de s'occuper des émotions qui se bousculaient en lui. Garrett devait connaître toute la vérité.

— Il y a autre chose.

— Comment peut-il y avoir autre chose ? demanda Garrett d'une voix rauque.

— Savannah… elle est morte.

— Quoi ?

— En couches.

Nate avala sa salive avant de poursuivre.

— En donnant le jour à des jumeaux. Qui ont survécu.

— Tu es en train de me dire que j'ai des enfants ? Et que… Où sont-ils ?

Il ne savait pas comment affronter l'émotion qui déformait les traits de son frère, ni comment lui dire que les choses n'étaient pas aussi simples.

— Ils ne sont peut-être pas de toi, Garrett. Mais ils sont chez les grands-parents de Savannah.

— S'ils n'étaient pas de moi, tu ne penses pas qu'ils seraient avec leur père biologique ?

— Nous ne savons pas. Nous ne savons pas, c'est tout.

— Elle n'a pas…

Il savait que tout l'univers de Garrett était en train de s'écrouler, parce qu'il s'était trop souvent retrouvé dans la même situation. Soudain, toutes les certitudes volaient en éclats, les personnes auxquelles on croyait pouvoir se fier montraient leur vrai visage.

— Écoute, Garrett, nous sommes encore en train d'essayer de comprendre ce qui se passe. Cette histoire est complexe et, comme tu l'as dit, quelqu'un veut ma mort. Même si elle te concerne aussi, je ne veux pas que tu t'exposes au danger et…

— Elsie, coupa Garrett. Elle est informaticienne. Experte en piratage, c'est bien ça ? Et cette équipe qui l'accompagne… Ils n'ont pas à respecter la loi, en quelque sorte.

— Ils sont dans le bon camp, Garrett. J'en suis sûr.

C'était presque son unique certitude.

— Je me fiche de ça, dit Garrett. Il faut que je sache si ces enfants sont les miens. Il faut que nous sachions comment tout ceci a commencé, et pourquoi c'est toi qui es visé. Nous devons régler le problème. Quelqu'un veut te tuer, Nate.

— Je pense qu'il y a plus d'un « quelqu'un ».

La précision ne sembla pas réconforter son frère.

— J'ai mis ce type en garde à vue et je l'ai fait transférer à la prison de l'État. Je ne peux pas continuer à jouer les flics de petite ville pendant que tu travailles avec cette organisation.

— Nous avons besoin que tu joues les flics de petite ville.

— Plus maintenant. Puisque cette affaire me concerne, je reste ici, avec toi.

— Je sais bien que je plaisante toujours sur le taux de criminalité à Blue Valley, mais tu es le seul policier de la ville. Ses habitants ont besoin de toi.

— Même si je suis le seul, j'ai droit à un arrêt maladie. Je vais appeler Valley County pour leur demander de me remplacer pendant quelques jours.

— Tu es sûr de toi ?

— Quelqu'un veut tuer mon frère. Mon ex-femme est morte. Mes enfants ont peut-être été confiés à un militaire malhonnête. Et comment que je suis sûr de moi !

17

Ce n'était pas la première fois qu'Elsie travaillait jusqu'à en avoir mal à la tête et la vision floue. Par contre – et la découverte l'avait horrifiée –, c'était la première fois qu'elle luttait contre un ennemi dont les compétences rivalisaient avec les siennes.

La porte s'ouvrit et elle releva la tête. Nate et Garrett entrèrent, aussi beaux et sombres l'un que l'autre. Maintenant, elle ne ressentait plus aucune appréhension en leur présence. Elle leur faisait confiance, elle savait qu'ils étaient des hommes bien, qui avaient basculé en plein cauchemar parce que Nate avait voulu rétablir la justice.

Shay entra à son tour.

— Tu as du nouveau, Elsie ?

Elle s'efforça de sourire, sans vraiment y parvenir.

— Est-ce que tu veux les mauvaises nouvelles, ou les très mauvaises ?

— Qu'est-ce qu'il se passe ?

Elle prit une inspiration tremblante. Elle avait déjà fait des erreurs par le passé, parce qu'il était impossible d'atteindre la perfection en matière d'informatique ou de piratage. Mais jamais elle ne s'était sentie écrasée par le poids de ses erreurs. Aujourd'hui, elle était vaincue. Totalement. Ce qu'elle s'apprêtait à leur dire n'allait pas leur plaire… mais elle devait rester calme et professionnelle, malgré son échec.

— Ils m'ont espionnée.

— Quoi ? Comment ça ? demanda Shay.

— Grâce à une technologie complexe que beaucoup d'informaticiens pensent n'être qu'une légende urbaine. Pour faire court, ils ont un programme qui repère les actes de piratage et suit tous les mouvements de l'ordinateur du pirate. Par contre, pour autant que je sache, ils ne peuvent déterminer ni sa localisation ni son IP.

— Ils ne savent donc pas qu'il s'agit de toi.

— Non, mais ils n'auront aucun mal à le deviner. Si encore j'étais restée au quartier général… mais je suis arrivée à Blue Valley et Nate a quitté le Revival peu après. Tu veux savoir ce que j'en pense ? Je peux très bien être la cible de ce tueur à gages, tout autant que Nate.

Shay lâcha un juron et les yeux de Nate lancèrent des éclairs. Elsie, pour sa part, se sentait étrangement calme. Après tout, ils étaient tous indemnes, et elle avait découvert le pot aux roses avant que l'ennemi passe à l'attaque.

— Attends…, dit Shay. Ce tueur cherchait Nate avant que je t'envoie ici.

— Pas obligatoirement. Nous ne savons pas où il se trouvait. En tout cas, il n'était pas ici pendant que son collègue traquait Connor dans le Wyoming. Peut-être ignorait-il encore qui était sa cible, ou en avait-il une autre à éliminer avant… mais je ne trouve aucune preuve qu'il devait tuer Nate.

— C'est ma faute, marmonna Shay.

Elsie se sentit un peu comme une enfant, inutile et même encombrante. Elle sourit à sa patronne et répondit, d'une voix égale :

— Ne me pleure pas encore. Je suis toujours en vie.

Shay la regarda de travers.

— Je n'aurais pas dû t'envoyer ici.

— Tu as dit qu'il n'y avait pas d'autre option.

— J'aurais dû en trouver une.

— Je ne suis pas morte. Je n'ai même pas été blessée, répondit-elle. Si j'étais restée au quartier général, je n'aurais pas eu accès à ce portable et je n'aurais jamais découvert que mon ordinateur était sous surveillance. D'ailleurs, il est trop tard pour avoir des regrets. Je suis ici, et nous devons faire avec. Maintenant, nous pouvons attendre qu'ils se montrent…

— Est-ce que quelqu'un peut m'expliquer qui sont ces « ils » ? lança Garrett.

Elsie interrogea Shay du regard. Sa patronne lui répondit par un hochement de tête quasi imperceptible, qui l'autorisait à dévoiler ce que savait la North Star.

— Connor a fait tomber Daria qui volait du matériel à l'armée et le revendait à une bande que nous avons démantelée. D'après mes recherches, le trafic est orchestré par un seul homme, ou bien par un petit groupe de personnes. Quoi qu'il en soit, il est pratiquement impossible d'établir le moindre lien entre les commanditaires et les hommes qui commettent les méfaits. En cas de problème, ils n'ont qu'à monter une nouvelle bande – s'ils ne l'ont pas déjà fait.

— Grâce au lien que tu as établi entre Courtney et Savannah, nous savons que leur grand-père compte sans doute parmi les commanditaires, remarqua Nate. Et nous ne le savons que parce qu'ils nous ont dévoilé une partie de leur jeu.

— Elles se sont déjà trouvées ensemble à Blue Valley sans que personne devine qu'elles étaient apparentées, argua Garrett.

— Oui, mais je l'ai découvert avant que Courtney

arrive sur l'île, répondit Elsie. En faisant des recherches sur l'ordinateur qu'ils espionnent. Maintenant, ils savent que quelqu'un a établi le lien entre Savannah et Courtney – et, donc, avec le vice-amiral Loren.

— Parlons un peu de Courtney, intervint Shay. Quel est son rôle dans cette histoire ? Pourquoi n'a-t-elle pas éliminé Nate en piégeant l'ordinateur, par exemple ?

— Effectivement, ils ont sans doute eu plus d'une occasion de l'éliminer. Pourtant, il est toujours en vie. Par contre, ils espionnent ce que je fais. Il me semble donc plus logique que cet homme ait été chargé de m'éliminer parce que c'est moi qui découvre les indices. Quant à Connor, il fallait le supprimer parce que Nate lui avait envoyé les preuves.

Nate jura à mi-voix.

— Nate n'a jamais cessé de mener l'enquête, reprit-elle. Il a parlé de ses découvertes autour de lui. Pourtant, au lieu de l'écarter, ils ont tout fait pour le discréditer. Nous pouvons supposer qu'ils ont orchestré le mariage entre Garrett et Savannah et fait admettre Justin au Revival. Dans quel but ?

Tout le monde se tut. Pourtant, il y avait une réponse à cette question.

— Ils croient que j'ai quelque chose, murmura enfin Nate, se renfrognant de plus belle. Quelque chose qu'ils veulent récupérer avant de me tuer, peut-être ?

— S'il s'agissait d'une simple information, ils pourraient te la soutirer. Il y a forcément autre chose, de bien plus gros.

Elsie marqua une pause. Elle refusait d'admettre que Nate puisse leur cacher quelque chose, mais ça n'aurait pas été la première fois.

— Est-ce que c'est le cas ? demanda-t-elle.

— Pas que je sache.

— Pourquoi ne pas le forcer à donner cette information ? demanda Shay. En le faisant chanter, en s'en prenant à sa famille, en l'enlevant pour la lui soutirer…

— Je ne sais pas. Mais je pense que c'est parce que Nate ignore qu'il a ce qu'ils veulent. Ils ont attendu qu'il agisse, mais nous sommes intervenus. Pourtant, le pire qu'ils ont fait a été d'envoyer Courtney pour essayer de le convaincre que Garrett conspirait contre lui.

— Le pire qu'ils ont fait a été de t'envoyer un tueur à gages, gronda Nate.

Elsie savait que cette révélation les plongeait dans un mélange de perplexité et de colère. Cette énigme n'avait aucun sens… mais elle savait comment lui en trouver un.

— Ce n'est pas le plus important. Maintenant que je sais que la technologie qu'ils ont utilisée existe réellement, je peux la retourner contre eux.

— Tu peux ?

Elle acquiesça.

— Oui. Il me faut juste un événement sur lequel ils voudront enquêter, et je les prendrai à leur propre piège.

— Quel genre d'événement ?

— Eh bien… Courtney m'a donné une idée. Elle faisait mine de s'inquiéter que Nate puisse se faire du mal, voire se suicider. Si nous les laissions penser qu'il est passé à l'acte ?

Nate en resta sans voix. Il avait rencontré sa part d'imprévus ces deux dernières années, mais feindre son propre suicide ? C'était complètement dingue !

— Tu suggères que nous le faisions passer pour mort ?

Elsie haussa les épaules.

— Ils veulent quelque chose de lui, mais ils ont peur de l'approcher. Nous éliminons donc la menace qu'il représente pour eux. Le suicide me semble la solution la plus logique, puisque Courtney y a fait allusion.

Nate ne savait pas quoi dire. Garrett se frotta le visage des deux mains, mais Shay demeura rigoureusement immobile, comme si elle analysait ces informations et réfléchissait à un plan.

Nate ne savait vraiment pas comment il s'était soudain retrouvé entouré de personnes qui, en plus de le croire, cherchaient un moyen de faire éclater une vérité qu'il avait été seul à voir pendant deux ans.

— Ils pirateront sans doute les bases de données de la police et des hôpitaux pour vérifier l'information, reprit Elsie. Je n'aurai qu'à les surveiller pour retourner leur propre tactique contre eux. Je parie qu'ils ont beaucoup plus à cacher que nous.

— Est-ce qu'ils ne découvriront pas que la nouvelle a été forgée de toutes pièces ? demanda Shay.

— Je pourrais faire en sorte que les documents aient l'air authentiques, mais je pense qu'il est préférable qu'ils voient qu'il s'agit de faux, répondit Elsie. Ils penseront que nous croyons leur avoir joué un tour, ce qui les empêchera peut-être de se douter qu'en fait, nous leur avons tendu un piège. Nous pourrons les épier jusqu'à comprendre ce qui se passe, et les arrêter.

— Pardonne-moi, mais tu ne peux pas faire subir cette épreuve à mes parents, ni au Revival. Ce ne serait pas bien.

Le regard d'Elsie s'unit au sien.

— Je pourrais te répondre que la fin justifie les moyens, mais nous n'aurons pas à leur mentir. Le shérif de Blue Valley est ici, avec nous…

Elle tendit le doigt vers Garrett.

— Ainsi que l'informaticienne qui va falsifier les registres.

Elle se désigna elle-même.

— Nous n'avons besoin de personne d'autre. Une fois les bases de données falsifiées, je ferai une recherche bien spécifique, de nature à les intéresser. Dès que je les aurai repérés… je les tiendrai.

— Tu es sûre ? demanda Shay.

— Sûre et certaine.

— Alors, qu'est-ce qu'on fait ? demanda Garrett.

Son expression était lasse, son regard vide. Il semblait aussi anéanti que le jour où Savannah était partie, peut-être même plus. Mais Nate n'avait pas le temps de l'aider à franchir cette mauvaise passe. Il devait régler cette histoire.

— Est-ce que quelqu'un sait que tu es ici, Garrett ? demanda Elsie.

— Quand Mallory a insisté pour que je l'accompagne, j'ai dit à Mme Linley que j'avais une réunion, mais sans préciser où ni avec qui. Je lui ai donné pour consigne de transférer les appels au Valley County.

— Tu vas l'appeler pour signaler un suicide, et…

— Non, coupa-t-il. Si je lui dis où je suis, elle devinera qu'il s'agit de Nate et tout Blue Valley sera au courant en cinq secondes.

— D'accord. Si tu lui disais seulement que tu vas voir ton frère sur l'île ? Tu peux m'aider à rédiger un faux rapport depuis ici.

— D'accord, répondit-il avec réticence. Et ensuite ?

Elsie et Garrett se mirent aussitôt au travail. Debout au milieu de cette cabane, entouré de personnes qui lui apportaient son aide, Nate avait un peu l'impression d'avoir été projeté dans une réalité nouvelle.

Il fallait qu'il se rende utile, par exemple en réfléchissant aux événements qui s'étaient succédé ces deux dernières années – y compris à ceux qui semblaient n'avoir aucun lien avec l'affaire, comme le départ de Savannah. Il devait aussi comprendre pourquoi cette bande ne cherchait ni à le tuer ni à faire pression sur lui pour obtenir ce qu'ils voulaient.

D'ailleurs, que voulaient-ils ? Il n'en savait rien.

Garrett scrutait l'écran de l'ordinateur d'Elsie, le front plissé.

— C'est comme ça que tu as découvert que Savannah était morte ?

Elle jeta un regard à Nate avant d'acquiescer.

— Dès que je le pourrai, dit-elle, je te promets de tout faire pour que tu puisses réaliser un test de paternité.

Garrett inspira, mais secoua la tête.

— D'abord, occupons-nous de ça.

Elle leva les yeux vers Nate et lui sourit.

— Deux gamins de Blue Valley aux prises avec une bande de militaires corrompus. Qui l'aurait cru ?

18

Quand Elsie leva les yeux de l'écran de son ordinateur quelque temps plus tard, elle était seule – en apparence, du moins. Jamais Shay et Nate ne l'auraient laissée sans protection.

Elle fit rouler ses épaules et se frotta les yeux. Elle avait travaillé toute la nuit mais, après tout, elle s'était bien reposée la veille. Comme elle n'avait prêté aucune attention aux allées et venues de ses compagnons, elle ne savait pas s'ils étaient endormis ou sortis.

Elle avait terminé le travail visant à faire croire à la mort de Nate. Il serait pénible de tout recommencer dans le sens inverse, mais elle s'en préoccuperait le moment venu.

Pour le moment, toute personne qui chercherait à se renseigner sur Nate le croirait mort. Comme elle avait demandé à Garrett de convoquer Courtney le lendemain afin de l'interroger sur sa visite à la cabane de pêche, il était probable que le vice-amiral Loren ou l'un de ses complices s'intéresse bientôt à cette « mort ». Mais avant de reprendre sa surveillance, elle allait s'accorder cinq minutes de pause.

Elle se leva, s'étira et regarda par la fenêtre. Ils étaient tous dehors, dans la pâle lumière de l'aube : Shay, Mallory, Gabriel, Connor, Nate et Garrett. Voilà ce qu'elle avait toujours apprécié depuis qu'elle appartenait à la North

Star. Quelle que soit la gravité d'une situation, ils formaient une équipe. Ils se battaient ensemble, sans jamais rompre le lien qui les unissait.

Elle avait longtemps fui toute forme de relation humaine, mais la North Star lui avait appris à se sociabiliser. Et maintenant, elle était là, à Blue Valley, entourée de personnes qui la connaissaient – certaines depuis plus longtemps que d'autres.

Elle allait continuer à faire son travail, sans craquer. Pour la North Star, qui était tout pour elle. Et pour Nate, qui… eh bien, était maintenant tout pour elle, lui aussi.

Elle soupira et les regarda installer des cibles de fortune. Un exercice de tir ? Très peu pour elle. Elle préférait les ordinateurs, et de loin. Elle attrapa une boîte de cola et se rassit devant son écran pour attendre que sa proie morde à l'hameçon.

Elle n'eut pas à patienter bien longtemps : quelqu'un s'intéressait déjà à Nate. Elle lança le programme de pistage depuis l'ordinateur de Courtney et se mit au travail. Elle allait pouvoir épier les moindres mouvements de l'ordinateur de leurs ennemis, voire le pirater afin de découvrir qui se cachait derrière.

Ses doigts volaient sur les touches. Elle était tellement absorbée par son travail qu'elle n'entendait même pas les coups de feu qui résonnaient à l'extérieur.

— Bingo, murmura-t-elle.

Elle venait de tomber sur un courriel mentionnant un trajet en avion. Elle se leva d'un bond, sortit en courant et rejoignit Shay en s'efforçant de masquer la répulsion que lui inspiraient les armes à feu. Gabriel aimait la taquiner à ce sujet et ne manquait jamais de lui rappeler qu'elle travaillait pour une organisation secrète qui utilisait beaucoup d'armes de gros calibres. Elle comprenait que les agents de la North Star ou les policiers avaient besoin de s'entraîner, mais elle n'avait jamais aimé le bruit des tirs, ni même la simple vue d'une arme.

Shay ordonna aux autres de cesser le feu et lui demanda :

— Tu viens nous montrer comment on fait ?

Nate posa sur elle un regard sceptique.

— Est-ce qu'elle en est vraiment capable ?

Il l'avait vue trembler la veille, quand elle avait tenu le pistolet. Elle comprenait qu'il puisse douter de son habileté.

— Quand elle n'est pas nerveuse, Elsie est une tireuse phénoménale, dit fièrement Shay.

— Vraiment ? demanda-t-il.

Il n'en croyait pas un mot. Mais Elsie refusait de se laisser entraîner dans cette discussion. Elle releva le menton et dit :

— Je préfère rester à l'écart des armes à feu.

Elle n'eut pas le temps d'ajouter qu'elle leur apportait des nouvelles bien plus importantes. Nate s'approcha et lui tendit son pistolet en disant :

— Fais-moi voir ça.

Il ne semblait pas à proprement parler incrédule, mais l'étincelle d'amusement qui pétillait dans son regard la poussa à relever le défi.

— Très bien, marmonna-t-elle en prenant l'arme.

Ils avaient suspendu des canettes de soda vides à des branches avec du fil de pêche. Elle en choisit trois, visa et tira, faisant mouche à chaque coup.

Garrett siffla doucement et Shay gloussa.

— Content ? demanda-t-elle en se tournant vers Nate.

Il lui sourit, et une de fois de plus cette sensation fragile palpita dans sa poitrine. Elle pria pour que Shay ne s'aperçoive de rien. La pensée que sa patronne, qui était tellement dure qu'elle semblait indestructible, puisse deviner ce qu'elle ressentait pour Nate l'emplissait d'une gêne inexplicable.

— Si nous passions aux choses sérieuses, maintenant ? lança-t-elle d'un ton léger.

— Qu'est-ce que tu as trouvé ? demanda Shay.

— Loren a retenu un avion privé, une heure après l'appel de Garrett à Courtney. Il atterrit à Bozeman dans trois heures.

La cabane bourdonnait d'activité. Des plans étaient proposés, rejetés, modifiés, rejetés de nouveau. Nate avait un peu l'impression d'être redevenu un marine, ce qui ne le mettait pas vraiment à l'aise.

Étrangement, il y avait quelque chose de réconfortant dans cette gêne. Il se rendait compte qu'il n'avait aucune envie de retourner chez les marine, et cette découverte le libérait d'un poids dont il n'avait même pas soupçonné l'existence.

Il ne savait peut-être pas ce qu'il ferait quand cette histoire appartiendrait au passé, mais jamais il ne réintégrerait l'armée, même s'il était lavé de tout soupçon.

Lavé de tout soupçon… Comme cette notion lui semblait toujours aussi abstraite, il se concentra sur les personnes qui l'entouraient et s'efforçaient de trouver un moyen de découvrir le fin mot de l'histoire.

— Il nous faudra une équipe complète à l'aéroport, dit Shay. Nous ne pouvons pas faire autrement.

— Et l'un d'entre nous devra prendre la tête de cette équipe, remarqua Gabriel. Toi, Mal, ou moi.

— Granger pourrait…

— Ma famille est en danger, coupa Elsie. Laisse-le au Revival.

Nate fut un peu surpris de voir que Shay acquiesçait

sans chercher à imposer son point de vue. Cette équipe ne ressemblait vraiment à aucune de celles dont il avait fait partie. Shay avait peut-être toujours le dernier mot, mais elle écoutait toutes les suggestions et les prenait en considération.

— Je n'ai pas besoin d'un baby-sitter, reprit Elsie. Vous pouvez tous partir.

— Pas Nate, remarqua Garrett. Il est mort.

— Je vais donc rester ici et veiller sur Elsie.

— Garrett aussi, dit Shay en se levant.

— Je peux…

Elle secoua la tête.

— Non. Tu es le frère accablé de chagrin. D'ailleurs, nous ne savons pas pourquoi Loren vient ici. Je veux que vous travailliez en binômes.

— Et moi, je ne compte pas ? demanda Elsie.

— Non, pas quand tu as le nez collé à ton écran. Fais ton boulot. Garrett et Nate monteront la garde pour que tu n'aies à t'occuper de rien d'autre. Mallory va m'accompagner à l'aéroport pendant que Gabriel et Connor tiennent Courtney à l'œil. Loren va forcément la rencontrer, tôt ou tard.

Ils passèrent les derniers détails en revue et vérifièrent leurs moyens de communication avant de partir, les laissant tous trois dans la cabane.

Elsie était assise en tailleur sur sa chaise, à surveiller l'écran. Elle n'avait rien avalé, sinon du soda.

— Tu devrais faire une pause et manger quelque chose, remarqua Nate.

Elle leva les yeux au ciel.

— Je travaille.

Nate marmonna quelques mots bien sentis avant de passer dans le coin cuisine. Il trouva quelques tranches de fromage dans le réfrigérateur et les posa dans une assiette, accompagnées d'une poignée de fruits secs.

— Mange ça, ordonna-t-il en posant l'assiette sur son clavier.

Elle leva les yeux de son écran, manifestement contrariée.

— Est-ce que tu es obligé de jouer au petit chef ?

— Tu n'as qu'à faire attention à toi, riposta-t-il. Tu as besoin qu'on s'occupe de toi.

— Oh ! vraiment ? Est-ce que tu t'es porté volontaire pour cette tâche, ou est-ce qu'on te l'a assignée ?

Garrett toussota, rappelant à Nate qu'il n'était pas seul avec Elsie.

— Je vais... faire un tour pour m'assurer que tout va bien.

Il sortit comme s'il avait le diable aux trousses. C'était bien le moment de se chamailler !

— Je ne devrais pas le laisser seul dehors, dit Nate.

— Sans doute pas, convint-elle sans le quitter des yeux.

Son regard s'était adouci.

— J'ai du travail, ajouta-t-elle.

Nate hocha la tête mais ne bougea pas. Ils n'avaient pas une minute à perdre, il le savait, mais à chaque heure qui passait, la sensation qui l'emplissait se faisait plus forte, plus déstabilisante.

Poussé par un instinct qu'il ne chercha pas à comprendre, il se pencha et l'embrassa. Il avait été précipité en plein chaos, mais la bouche d'Elsie contre la sienne, ses bras noués autour de son cou avaient quelque chose de limpide.

— Je ne sais pas ce qu'il se passe, chuchota-t-il.

Elle leva vers lui des yeux immenses.

— Je ne sais pas non plus.

— Du moment que nous sommes sur la même longueur d'onde...

Il envisagea de l'embrasser de nouveau mais elle se

dégagea. Il en resta bouche bée. C'était elle qui avait voulu aller plus loin la veille, mais voilà qu'elle s'éloignait de lui et le dévisageait avec une méfiance qu'il ne comprenait pas.

— Toute cette histoire finira par se terminer, dit-elle. Je retournerai à la Nor… au QG, et toi au Revival.

Il fut un peu réconforté de voir qu'elle semblait déçue, même s'il aurait préféré qu'elle cherche une solution qui leur permette de ne pas se séparer. Il n'eut pas le temps de mesurer l'ampleur de son chagrin, parce qu'il fut frappé par une révélation.

— Si tout se termine, je n'aurai plus besoin du Revival.

Elle déglutit et baissa les yeux. Il ne comprit pas pourquoi. Il ne savait pas ce qu'elle ressentait, et c'était sans importance. Ce n'était pas les sentiments d'Elsie qu'il devait comprendre et démêler, mais les siens.

Étrangement, ces deux dernières années lui avaient enseigné une leçon bénéfique. Même si personne ne le croyait, il avait compris que la seule façon de construire sa vie était de définir ses objectifs, tracer la voie qui lui paraissait juste et la suivre coûte que coûte. Même si l'on pouvait être amené à ménager les sentiments d'une personne à laquelle on tenait, il fallait toujours exprimer clairement ses attentes, quoi que cette personne puisse en penser, quelle que soit la réponse qu'elle y apporterait.

Il prit Elsie par le menton pour la forcer à le regarder. Sur son visage, il crut lire quelque chose d'incompréhensible : de la peur. Mais après tout, l'émotion qui lui nouait le ventre n'était-elle pas en partie composée de peur ?

— Je ne sais pas de quoi sera faite ma vie, mais j'espère que tu trouveras un moyen d'en faire partie.

Elle ouvrit de grands yeux mais ne répondit pas. C'était aussi bien. Elle pouvait réfléchir. Ils avaient tout leur temps.

— Je vais rejoindre Garrett, dit-il en la relâchant.

Nous ne perdrons pas la cabane de vue. Si tu as besoin de nous, crie.

Elle acquiesça sans cesser de le dévisager en silence, abasourdie. Elle avait besoin d'être seule pour réfléchir.

Il trouva Garrett devant la cabane, où il ramassait les cartouches vides de leur petit entraînement du matin.

— Je peux t'aider ?

— Bien sûr.

Ils travaillèrent en silence pendant un moment. Soudain, Garrett s'arrêta et le dévisagea pendant une bonne minute.

— Elsie Rogers, hein ?

Nate haussa les épaules, gêné.

— On dirait bien.

— Petit malin.

— Oui, et alors ?

Garrett éclata de rire.

— C'était un compliment. Bon sang, vieux, tu es accro.

— Je ne sais pas ce que je suis, grommela-t-il en courbant les épaules. Elle n'a pas l'intention de rester ici et je...

Il s'arrêta net. Blue Valley était sa maison. Il ne voulait pas en partir. Plus rien ne l'y poussait.

— Papa aurait bien besoin d'aide, remarqua Garrett d'un ton détaché.

Il fut frappé de voir que son frère avait tout de suite compris lui aussi que plus rien ne le retiendrait au Revival.

— On verra.

Son avenir était à portée de main, mais il lui restait bien des réponses à trouver avant de décider de quoi il serait fait.

Quand ils eurent fini de nettoyer, ils gagnèrent la berge pour surveiller le lac, sans perdre la cabane de vue un seul instant. Autour d'eux, tout était tellement calme que Nate se prit à croire que la paix était possible.

Jusqu'à ce qu'Elsie sorte en trombe de la cabane et les rejoigne en courant.

— Qu'est-ce qu'il y a ? demanda Nate.

— C'était un leurre, répondit-elle, haletante. L'homme qui est descendu de l'avion n'était pas le vice-amiral Loren.

— D'après toi, est-ce qu'il sait que nous sommes au courant de son arrivée ? demanda Garrett.

— Je ne sais vraiment pas quoi penser. Ce n'est peut-être qu'une simple mesure de précaution. S'il s'est rendu compte que j'avais piraté son ordinateur, je doute qu'il ait eu le temps de mettre cette diversion en place.

— Il peut très bien être en chemin, autrement que dans cet avion, répondit Nate en scrutant de nouveau l'horizon. Qu'a prévu Shay ?

— Elle renforce la surveillance autour de Courtney et attend que quelqu'un se montre.

Nate acquiesça.

— Parfait.

19

Elsie n'aima pas le regard qu'échangèrent Nate et Garrett, mais tout dans cette situation l'emplissait de malaise, à commencer par ce que lui avait dit Nate.

Il espérait qu'elle ferait partie de sa vie. Sa vie…

En plus de la sauver d'elle-même, la North Star lui avait permis de quitter cet endroit, de ne pas voir ses sœurs entamer des relations, se marier, avoir des enfants et les élever. Elle était fière de ses sœurs, mais elle préférait rester à distance, n'avoir qu'un aperçu de leurs vies avant de repartir loin d'elles pour retrouver l'écran de son ordinateur.

— Et s'il ne va pas voir Courtney ? demanda Garrett.

Ce n'était pas le moment d'essayer de résoudre une crise existentielle. Elle avait du travail.

— Il faut que je retourne surveiller les mouvements de leurs ordinateurs, mais je veux qu'au moins l'un de vous deux garde un œil sur la caméra de corps de Mal, afin que nous sachions tout ce qui se passe.

Ils retournèrent dans la cabane et elle configura son ordinateur en expliquant :

— Vous verrez et entendrez tout en même temps qu'elle. S'il y a des ennuis, nous aviserons.

Si elle devait appeler Granger et lui demander de cesser de protéger sa famille…

Elle secoua la tête en s'asseyant face à son ordinateur.

Elle ne pouvait pas penser à ça maintenant. Elle devait procéder par étapes. Si Loren venait à Blue Valley, il rencontrerait forcément Courtney. Les quatre agents de la North Star qui surveillaient la jeune femme sauraient faire face.

— Ils surveillent toujours la maison, commenta Nate, les yeux rivés à l'écran. Sans bouger ni parler.

— Donc, Loren n'est pas encore arrivé.

— Sans doute. Peut-être qu'il ne viendra pas du tout.

Peut-être, oui. Elsie étudia plus attentivement la réservation de l'avion. Comme elle était au nom de Loren, il s'agissait forcément d'un leurre. Elle devait trouver d'autres informations. Peut-être dans l'ordinateur que Mal avait soustrait à Courtney – dont elle commençait à croire qu'il s'agissait de son ordinateur personnel.

— D'après Courtney, c'est une bande qui l'a envoyée, dit-elle, plus pour elle-même que pour ses compagnons.

— Même si elle mentait en se prétendant victime d'un chantage, elle n'a pas cherché à dissimuler l'existence de cette bande, au contraire, remarqua Nate.

Elsie hocha la tête et pressa quelques autres touches.

— Peut-être qu'elle se rebelle contre ses complices, suggéra Garrett.

— Elle a quand même essayé de me monter contre toi…

Elsie les écouta d'une oreille distraite jusqu'au moment où elle fut tellement absorbée par son travail qu'elle oublia tout de leur présence. Elle chargea toute son équipe d'informaticiens d'enquêter sur Loren : le programme grâce auquel il l'avait surveillée, ses courriels, ses comptes en banque… Plus ils seraient nombreux à enquêter, plus vite ils trouveraient quelque chose.

Enfin, elle dénicha un détail intéressant, susceptible de leur apprendre où se trouvait Loren en ce moment même.

— Je pense qu'il n'était pas à Washington, annonça-t-elle.

— Où, dans ce cas ? demanda Nate.

— Une carte de crédit est enregistrée sur l'ordinateur. Ce n'est pas celle de Loren, et je n'ai pas le temps d'identifier son propriétaire, mais elle a servi à payer un hôtel à Bozeman, la semaine dernière.

— Avant ton arrivée, remarqua Nate.

Elle leva les yeux vers lui.

— Oui, mais nous avions déjà ton nom.

— L'un de tes collègues a vendu la mèche ? demanda Nate d'une voix glaciale.

Elle s'efforça de ne pas se sentir offensée. Les agents de la North Star étaient honnêtes. Elle était bien placée pour le savoir, puisque c'était elle qui enquêtait sur leur passé.

— Non. Nous avons obtenu ton nom par un autre groupe, distinct du nôtre. C'est peut-être l'un des leurs qui a laissé échapper l'information, délibérément ou non.

— Tu es certaine que la fuite ne vient pas de ton équipe ?

Elle le scruta.

— Je te le garantis.

— Très bien, dit-il avec un petit hochement de tête.

Il la croyait – ou s'efforçait de la croire.

— Pourquoi attendent-ils ? demanda Garrett. Ça n'a aucun sens. Je suis ravi qu'ils nous laissent le temps de comprendre et de nous organiser, mais quel est leur but ?

— Je ne sais pas si cela répond à la question, mais l'un de mes hommes vient de découvrir quelque chose d'intéressant dans le compte en banque de Loren.

Elle prit quelques notes tout en parcourant le document que son collaborateur venait de lui envoyer. Il avait suivi le parcours sinueux d'une somme d'argent qui…

— Tout a commencé quand tu étais au Yémen, c'est bien ça ?

Nate acquiesça.

— Loren paye quelqu'un là-bas, reprit Elsie en fixant son écran, le front plissé. Il a envoyé plusieurs grosses sommes ces deux dernières années, depuis son compte personnel. Le destinataire et lui ont aussitôt masqué les transactions, mais je peux les voir. À quoi peuvent-elles correspondre ?

— Peut-être que quelqu'un là-bas l'a démasqué et le fait chanter, suggéra Garrett.

— C'est possible, convint Nate. Mon informateur était plus ou moins au courant. Sans lui, je n'aurais pas appris autant de choses sur Daria.

— C'est peut-être lui qui fait chanter Loren.

Nate secoua tristement la tête.

— Il est mort dans l'explosion.

— Quelqu'un de son entourage à qui il en aurait parlé ? Ce genre de transaction sent le chantage à plein nez.

Elsie reçut un autre courriel et le lut rapidement.

— Le chantage… ou la rançon.

— La rançon ?

— Il y a un enregistrement sur l'ordinateur de Loren. Le message est confus, mais il peut se résumer par : nous tenons votre fils.

— Qui est le fils de Loren ?

Les recherches d'Elsie lui avaient appris son existence, mais elle ne s'était intéressée qu'à Courtney et à Savannah.

— Ewan Loren. Le père de Courtney.

Il lui suffit de quelques recherches complémentaires pour découvrir que…

— Il a été porté disparu alors qu'il se trouvait sur une base militaire, au Yémen.

— Quand ?

Sans mot dire, elle posa le doigt sur la date.

— C'est le lendemain du jour où j'ai été blessé, dit Nate d'une voix sans timbre.

— À quoi rime tout ceci ? demanda Garrett.

Il semblait agacé de voir que les pièces du puzzle ne s'assemblaient toujours pas… et il n'était pas le seul.

— Je n'en sais rien, avoua Elsie.

Nate commençait à avoir une idée de ce qui se passait. L'image n'était ni parfaitement nette ni tout à fait logique, mais ils avaient un point de départ.

— Que faisait-il sur une base militaire ? demanda-t-il. Tu as dit que les deux seuls liens entre Courtney et l'armée étaient Justin et son grand-père.

— Il n'y a aucun dossier militaire au nom d'Ewan, répondit Elsie. Du moins, je n'en trouve aucun.

— Que faisait un civil sur une base militaire du Yémen ?

— Il était venu voir son père ?

— Loren n'était pas là, répondit Nate. Par contre, Daria y était.

— Nous pouvons en déduire que le fils était de mèche avec Daria. Il arrive au Yémen, tu rencontres un civil qui est au courant de toute l'affaire… C'est peut-être à cause de lui qu'on a enlevé Ewan et qu'on extorque de l'argent à Loren.

— Ce qui n'explique toujours pas en quoi Nate est concerné, insista Garrett.

— Je sais, admit Elsie. Mais plus nous creusons, et plus nous déterrons d'indices. Nous finirons peut-être par trouver la réponse à cette question, parce qu'il y en a forcément une.

— Si Loren est à Bozeman, il n'a pas encore essayé de contacter Courtney, dit Nate. Tu devrais peut-être envoyer ton équipe à l'hôtel.

— C'est à Shay d'en décider, mais je vais la mettre au courant et le lui suggérer.

Elsie prit la radio et se mit à parler à mi-voix pendant que Nate regardait le flux vidéo et que Garrett surveillait l'extérieur par la fenêtre.

Nate cherchait un sens aux dernières découvertes de l'équipe d'Elsie. Le civil qui l'avait informé des actions de Daria avait été tué dans l'explosion, à l'évidence déclenchée par le groupe de rebelles qu'ils recherchaient, mais... si Daria avait démasqué l'informateur et l'avait fait éliminer ? Il avait peut-être même cherché à éliminer Nate dans cet attentat.

Mais alors pourquoi était-il toujours en vie ? Pourquoi, au lieu de le tuer, avaient-ils tout mis en œuvre pour le discréditer et le faire basculer dans la folie ?

— Shay envoie Gabriel et Connor à Bozeman. Mallory et elle restent sur Courtney.

— Nous devons nous tenir sur nos gardes, dit Nate. Si Loren n'était pas dans cet avion, s'il en sait plus que nous le pensons, il ne vient peut-être pas pour rencontrer Courtney mais pour s'en prendre à nous.

Elsie acquiesça.

— Je vais transférer le flux des caméras de corps à mon équipe. Nous pourrons nous concentrer sur la recherche d'informations et surveiller le lac.

— Bien.

Garrett et lui se postèrent auprès des deux fenêtres pour surveiller le ponton et les abords de la cabane. Il était impossible de débarquer sur l'île depuis une autre portion de la berge.

Bien sûr, ses ennemis pouvaient sauter en parachute ou accoster le long des rochers qui bordaient l'autre côté de l'île. Leur statut de militaires et leur compte en banque bien garni leur permettaient de se procurer les moyens nécessaires. Mais il leur aurait fallu beaucoup de temps et d'efforts pour s'organiser. Et pourquoi se donner autant de mal alors qu'ils n'avaient cherché ni à le tuer, ni même à l'effrayer ?

Oui, quelque chose le protégeait. Mais quoi ? Il avait beau se creuser la tête, aucune réponse ne lui venait.

C'était peut-être un signe que le « comment » et le « pourquoi » n'avaient pas vraiment d'importance, du moment qu'ils mettaient un terme à cette affaire et que tous rentraient sains et saufs.

— On a de la compagnie, annonça gravement Garrett.

— Déjà ? s'étonna Elsie en levant les yeux de son ordinateur. Combien sont-ils ?

Nate rejoignit son frère et regarda par-dessus son épaule.

— Quatre hommes, dans deux embarcations, répondit Garrett. Je n'en reconnais aucun.

Effectivement, deux bateaux à moteur venaient vers l'île.

— Ils se fichent que nous les entendions arriver.

— Peut-être qu'ils ne viennent que pour s'assurer que tu es réellement mort, suggéra Elsie.

— C'est possible.

— Il nous faut un meilleur poste d'observation, dit Garrett en se tournant vers Nate.

Son frère n'avait pas besoin d'en dire plus.

— Tu penses que nous pouvons y entrer tous les trois ?

— Je ne sais pas, mais mieux vaut poster un tireur là-haut que nous laisser encercler dans cette cabane.

Il se tourna vers Elsie pour l'intimer à se tenir prête à sortir, mais elle lui prit le bras.

— Il ne faut pas qu'ils te voient. Ils te croient mort. Ils ne peuvent pas avoir eu le temps de découvrir notre stratagème.

Nate se dégagea et la prit par les épaules.

— S'ils me croient mort, ce n'est pas pour moi que viennent ces quatre hommes. C'est pour toi, pour t'empêcher de continuer tes recherches. Maintenant, viens.

Elle secoua la tête et montra son ordinateur d'un geste désespéré.

— Si je vous accompagne, je ne peux plus travailler.

— Pas non plus si tu es morte. Viens. Nous n'avons plus beaucoup de temps.

Elle s'éloigna de lui en soufflant et fourra l'ordinateur dans un sac à dos qu'elle passa sur ses épaules. Ensuite, elle prit son pistolet.

— Tu ne peux pas emporter…

— C'est l'ordinateur de Courtney. S'il le faut, je le jetterai dans le lac. Mais je vais l'emporter au cas où j'aurais le temps de faire quelques recherches.

Nate regarda Garrett, qui haussa les épaules.

— D'accord, marmonna-t-il. Par l'arrière. Quand nous serons dehors, je ne veux pas entendre un mot. Si on a besoin de se dire quelque chose, on se tapote le dos.

Il les gratifia tour à tour d'un regard sévère et répéta :

— Pas un mot. Pas un bruit.

Garrett hocha la tête et Elsie salua, comme s'il s'agissait d'un jeu. Ses doigts étaient tellement crispés sur son pistolet que ses phalanges blanchissaient. Peut-être qu'elle avait simplement besoin de détendre l'atmosphère.

— Garrett d'abord. Ensuite, Elsie. Je fermerai la marche. Allons-y.

Ils se dirigèrent droit vers le bosquet, en file indienne. Les quatre hommes devaient être sur le point d'accoster. Ils ne devaient pas avoir plus de cinq minutes d'avance.

Si Nate n'était pas souvent venu sur l'île depuis la fin de son enfance, Garrett la connaissait comme sa poche.

Quand ils étaient enfants, ils y avaient tous deux passé des journées entières à jouer aux pionniers. Aujourd'hui, il ne s'agissait plus d'un jeu, mais d'une situation dramatique dans laquelle des vies étaient en jeu.

Soudain, Elsie trébucha sur un rocher. Il tendit vivement le bras pour la retenir, mais elle ne laissa échapper aucun bruit. Elle se tourna vers lui, articula un « merci » silencieux et se remit en marche.

Enfin, ils atteignirent le point le plus haut de l'île, là où, vingt ans plus tôt, Nate et son frère avaient consacré tout un été à la construction d'une cabane dans un arbre énorme. La structure en bois avait tenu bon.

Elsie leva les yeux et chuchota, émerveillée :

— Une cabane !

— Oui. Passe la première.

20

Elsie posa un regard méfiant sur les planches clouées au tronc de l'arbre, qui permettaient de rejoindre la cabane de planches mal dégrossies nichée tout là-haut. Allaient-elles vraiment supporter son poids ?

Elle jeta un regard par-dessus son épaule. Nate et Garrett attendaient, telles deux sentinelles. Elle n'avait pas le choix.

Elle déglutit. Elle n'avait pas le vertige : elle avait peur de tomber. Mais mieux valait sans doute tomber d'un arbre qu'aux mains de l'ennemi… ou sous une balle.

Elle tendit son pistolet à Nate et se mit à grimper. Aussitôt, elle le sentit derrière elle. Autour d'elle, presque. Elle n'en éprouva aucune sensation d'oppression, bien au contraire.

— L'adage dit vrai, lui dit-il à l'oreille. Il ne faut pas regarder en bas.

— Maintenant, j'ai envie de le faire.

Elle posa le pied sur le barreau suivant. Elle avait terriblement envie de jeter un œil pour savoir à quelle hauteur elle se trouvait. Elle baissa les yeux, comme malgré elle, et souffla, irritée. Ils ne s'étaient même pas élevés de deux mètres.

— Grimpe, c'est tout, ordonna Nate avec un soupçon d'amusement. Et quand tu seras plus haut, ne regarde pas en bas.

Elle obéit, réconfortée par sa présence juste derrière

elle. Si elle trébuchait, son corps robuste l'empêcherait de chuter.

Quand elle atteignit enfin le dernier échelon, elle rampa jusqu'au milieu du plateau de bois et attendit, parfaitement immobile. Nate et Garrett la rejoignirent sans que la structure s'effondre. Ce fut à peine si elle oscilla.

La cabane était fermée sur trois côtés par des murs de planches, sans doute clouées ou vissées aux branches. Le quatrième côté était ouvert sur les frondaisons.

Elle était toujours allongée sur le plancher. Quand elle leva les yeux, elle vit que Nate et Garrett la toisaient avec le même mélange d'inquiétude et d'amusement. Mais elle n'avait pas le temps de se vexer et de leur dire le fond de sa pensée.

Garrett approcha du côté ouvert et commença à couper des branches avec un couteau de poche jusqu'à ce qu'ils puissent voir la berge sans être vus.

— Et maintenant ? demanda Elsie en s'asseyant.

Elle n'était pas encore tout à fait prête à se mettre debout. Même si la structure semblait solide, ils étaient tellement haut que c'était sans doute dangereux.

— Nous allons les observer, répondit Nate. Tu as eu raison d'emporter ton ordinateur, tout compte fait. Tu vas pouvoir pianoter pendant que nous gardons un œil sur eux.

— Et s'ils viennent par ici ? demanda-t-elle.

Nate et Garrett échangèrent un regard.

— Nous aviserons le moment venu.

Elle n'aima ni ce regard ni cette réponse.

Tandis que Nate et Garrett se déplaçaient sans sembler craindre que le plancher s'effondre sous leur poids, elle glissa jusqu'à l'un des coins de la cabane, s'appuya prudemment contre la paroi et sortit l'ordinateur de son sac à dos. Elle le connecta à Internet via son téléphone portable pour lire les derniers messages envoyés par son équipe. Elle apprit de nouveaux détails, mais aucun qui puisse les aider à résoudre l'énigme.

Elle relut toutes les informations accumulées, cherchant un angle qu'ils auraient pu rater ou négliger. Bientôt, son travail l'absorba au point de lui faire oublier où elle était et ce qui se passait.

L'enlèvement du fils de Loren, un civil, avait forcément quelque chose à voir avec cette affaire. Mais quoi ? Et ces virements… S'agissait-il vraiment d'une rançon ? Un haut gradé aurait-il réellement payé pendant deux ans un ravisseur qui ne lui rendait pas son fils ?

Un nouveau message arriva, qui disait :

> Il y a de l'argent qui revient aux États-Unis. Dans le Montana, plus précisément. Je continue à creuser. J'active le partage d'écran.

Elsie afficha aussitôt l'écran partagé par son collaborateur et suivit les méandres empruntés par les sommes dont il parlait avant de prendre le relais. Elle traversa aisément toutes les sécurités visant à masquer l'existence et le destinataire de ces sommes… et, de saisissement, manqua faire tomber l'ordinateur.

Courtney.

Pourquoi les ravisseurs supposés de son père lui auraient-ils envoyé de l'argent ?

Il fallait qu'elle approfondisse ses recherches.

Soudain, Nate lâcha un juron. Elle leva les yeux et le vit debout à côté de son frère, le doigt tendu vers la berge.

— Ils nous ont repérés, dit gravement Garrett. Même s'ils auront du mal à nous trouver une fois dans la forêt, ils savent dans quelle direction nous sommes partis.

— Il est toujours possible qu'ils parviennent à suivre

notre trace jusqu'ici, répondit Nate sur le même ton. Nous allons descendre. Elsie restera ici. Nous pouvons en prendre deux chacun, tu ne penses pas ?

— Tu es peut-être un peu rouillé, dit Garrett.

— Oui, et toi, tu es peut-être un peu vieux.

Ils échangèrent un sourire et Elsie les regarda, bouche bée.

— C'est quoi, votre problème ?

Nate gloussa et secoua la tête.

— On est frères. Maintenant…

Il s'accroupit devant elle et lui tendit le pistolet qu'elle lui avait confié avant de grimper dans l'arbre.

— Ne bouge pas de là, quoi qu'il arrive. Si quelqu'un que tu ne connais pas essaie de monter, tire.

Elsie regarda le pistolet. Elle ne voulait pas le prendre. Elle ne voulait pas qu'ils descendent pour se battre contre ces hommes.

— Je vais appeler Shay. Elle enverra tout le monde ici et…

— Pas le temps. Tu peux appeler des renforts, bien sûr, mais nous devons nous charger de ces hommes tout de suite. Nous nous en sortirons, Elsie. Prends ce pistolet.

Elle obéit, à contrecœur.

— Je te rappelle que je vise très mal quand je suis nerveuse.

Il la prit par le menton et la regarda droit dans les yeux.

— En ce cas, Els, ne le sois pas. Tu es une très bonne tireuse, et nous allons tous nous sortir de là sains et saufs.

Ce n'était que des paroles en l'air. Il ne pouvait rien lui promettre. Pourtant, elle hocha la tête, parce qu'elle savait qu'il avait besoin de croire que ces mots lui donnaient un peu d'assurance, un peu de confiance.

Mais quand son frère et lui redescendirent, elle ne ressentait ni l'une ni l'autre.

Garrett avait une paire de menottes et Nate trouva une corde qui avait jadis servi à accrocher un pneu à une branche en guise de balançoire. Bien qu'usée, elle ferait l'affaire.

Son frère n'avait jamais été militaire mais, quand Nate lui indiqua d'un geste de la main qu'ils allaient se séparer, il comprit aussitôt.

Si ces hommes avaient une expérience tactique, ils avaient formé des binômes. L'un s'efforcerait de suivre leurs traces et l'autre chercherait des signes de vie.

Nate vit qu'ils avaient laissé quelques empreintes dans la terre et brisé quelques rameaux. Leurs traces n'étaient pas trop visibles, mais il ne savait pas si ces hommes étaient ou non de bons pisteurs.

En tout cas, il ne les laisserait pas s'approcher d'Elsie, quoi qu'il lui en coûte. Il devait se calmer, se concentrer. Il prit quelques instants pour respirer afin d'apaiser le tambourinement de son cœur, qui couvrait tous les autres sons, et se mit en marche, son arme à la main. Il avançait lentement, silencieusement, gardant en permanence un œil sur Garrett, à quelques mètres de lui.

Soudain, il entendit une voix. Il se cacha derrière un arbre avant de se diriger à pas de loup vers le bruit, toujours à couvert. Enfin, il fut suffisamment proche pour épier la conversation.

— Oui. D'accord. Et alors ?

Il y eut une pause.

— Tu t'occupes des ordinateurs et nous, du combat.

Nate voyait l'homme, maintenant. Il était seul, mais armé d'un fusil doté d'une lunette de visée impressionnante. Tout à sa conversation téléphonique, il semblait avoir relâché sa vigilance.

Il fallait que Nate en profite pour le désarmer. Il analyserait plus tard ce qu'il venait d'entendre.

Ce fut assez facile. L'homme était trop pris par sa conversation pour l'entendre approcher. Après une courte lutte, il finit avec les mains et les pieds ligotés.

— Tu ne pourras pas tous nous arrêter, gronda-t-il en se débattant.

Nate s'empara de son fusil et de son téléphone et se pencha pour fouiller ses poches. Il parvint de justesse à esquiver un coup de tête et regarda son prisonnier dans les yeux.

— Tu crois ?

C'est alors qu'il remarqua un détail étrange : l'homme portait une tenue de combat mais ne se comportait pas comme un soldat entraîné. À se débattre ainsi entre ses liens, il n'arriverait qu'à s'épuiser.

Il recula d'un pas, gagné par une brusque appréhension. Quelque chose clochait, mais il n'avait pas le temps de comprendre quoi. Il envisagea de renvoyer Garrett à la cabane pour protéger Elsie. Les chances que son frère lui obéisse étaient minces, mais…

Un craquement se fit entendre, celui d'une branche qui se brise sous un pied. Ces hommes n'avaient aucun sens tactique. Ce coup de téléphone, ce bruit… il n'avait pas l'impression d'avoir affaire à des tueurs aguerris.

Alors, qui diable étaient-ils ?

En tout cas, entraînés ou non, il devait les désarmer. Il se dirigea vers l'endroit d'où provenait le bruit, distingua une silhouette à travers les broussailles et la contourna pour la prendre à revers. Avant que l'homme ait pu se retourner, il le plaqua au sol.

Ces types s'étaient laissés neutraliser bien trop facilement. Bien qu'une terreur glaciale lui emplisse le ventre, Nate attacha les poignets de sa victime et la retourna de sorte à lui ligoter également les chevilles.

Celui-là devait avoir au moins soixante-dix ans. Il semblait en bonne forme physique, mais… pourquoi envoyer un homme de cet âge pour ce genre de travail ?

— Où est mon fils ? demanda l'homme en se débattant.

Nate cligna des yeux, abasourdi, mais se ressaisit rapidement. Il attacha les chevilles de celui qui ne pouvait être que Loren lui-même.

— Pourquoi pensez-vous que je le détiens ?

— Pourquoi pensez-vous que vous êtes encore en vie ? riposta l'autre en se tortillant dans l'espoir de se libérer.

Nate eut presque pitié de lui : il se fatiguait en vain.

Il entendit soudain un bruit de pas et se prépara pour une nouvelle attaque. Mais ce fut Garrett qui apparut.

— J'en ai menotté un et je l'ai ligoté avec l'autre, à une dizaine de mètres au nord, dit-il.

Sa respiration était un peu laborieuse et sa lèvre saignait. Il regarda les deux prisonniers de Nate et plissa le front en dévisageant le plus âgé.

— C'est… Loren, dit Nate.

Il cherchait encore à comprendre ce qu'avait dit l'homme.

— Il m'a demandé où était son fils.

La perplexité de Garrett égalait la sienne.

— Il fait son sale boulot lui-même ?

— Il croit que je suis responsable de la disparition de son fils.

Il se retourna et scruta la forêt.

— Il y a quelque chose qui cloche. Qui cloche vraiment.

21

Elsie s'inquiétait. Elle ne pouvait s'en empêcher et, pour une fois, elle était incapable de se concentrer sur son ordinateur. Comment pouvait-elle rester assise ici, sans rien faire ?

Elle avait contacté Shay, qui avait d'abord refusé d'envoyer l'un des agents chargés de la surveillance de Courtney et Loren. Elsie refusant que Granger quitte le Revival, Shay avait fini par accepter d'envoyer Mallory.

Mais arriverait-elle à temps ? Elle essaya la méditation. Compta à rebours depuis cent. Voulut se plonger dans l'analyse des renseignements que son équipe continuait à lui envoyer… mais elle n'arrivait pas à se concentrer.

Elle se leva, s'approcha prudemment du côté ouvert de la cabane et regarda par le trou que Garrett avait ménagé dans le feuillage. Elle voyait la cabane, la berge et le lac qui étincelait sous le soleil. Le spectacle aurait été splendide si elle n'avait pas été terrifiée.

Elle allait se détourner quand elle aperçut quelque chose, sur le lac. Une embarcation venait vers l'île.

Il était encore trop tôt pour que ce soit Mallory. Les quatre premiers hommes recevaient-ils du renfort ? Nate et Garrett ne s'y attendaient pas. Ils allaient être capturés, tués…

Elle inspira profondément et s'exhorta au calme. Elle

devait procéder par étapes. La première était de savoir qui se trouvait à bord de ce bateau.

Il lui fallait des jumelles. Elle prit son téléphone et entreprit de chercher une application. Elle jura parce que cela prenait trop de temps et se morigéna parce qu'elle faisait du bruit.

Une fois l'application installée, elle zooma sur l'embarcation. Deux personnes étaient à bord et ramaient. Contrairement aux quatre premières, dans les bateaux à moteur, elles ne voulaient pas être repérées.

Elle estima qu'il s'agissait d'une femme et d'un homme. Comme il ne s'agissait pas d'agents de la North Star, ils devaient appartenir à la bande contre laquelle luttaient Nate et Garrett.

Elle se força à réfléchir. Elle pouvait descendre à toute vitesse et courir les prévenir, mais ils avaient suffisamment d'expérience pour affronter ce genre de situation – et ce n'était pas en déboulant avec des informations incomplètes qu'elle les aiderait.

Elle devait savoir à quoi ils avaient affaire. Son travail était d'enquêter, non d'agir. Elle observa de nouveau les deux passagers de la barque, mais sans parvenir à distinguer leurs visages. Elle prit donc quelques photos, qu'elle transféra sur l'ordinateur de Courtney avant de les envoyer à ses collaborateurs afin qu'ils les identifient aussi vite que possible et transmettent l'information aux agents de terrain.

Ensuite, elle trouverait un moyen de la faire parvenir à Nate et à Garrett. Elle reprit son observation tout en essayant par instants de les apercevoir et de leur faire signe, mais le feuillage était trop dense pour qu'elle les repère. Elle ne pourrait les voir que s'ils allaient jusque sur la berge.

L'ordinateur tinta et elle alla regarder ce qu'avaient trouvé ses collaborateurs.

Identification formelle.

Elle en resta bouche bée. Elle ne s'était pas attendue à ce rebondissement, et ne savait vraiment pas ce qu'elle devait en déduire.

Les deux personnes dans la barque n'étaient autres que Courtney, que la North Star était censée surveiller, et Justin Sherman, son demi-frère, pensionnaire du Revival.

Et tous deux étaient armés.

Elle se leva brusquement, oubliant tout de ses craintes passées au sujet de la solidité de la cabane. Elle n'avait pas pu dire à Nate et à Garrett que Courtney recevait de l'argent en provenance du Yémen, à cause de l'arrivée de ces hommes. Ses partenaires étaient partis s'en occuper et…

Arrête ça et concentre-toi. Elle se força à respirer lentement, régulièrement. Si elle cédait à la panique, elle ne pourrait aider personne.

Tu es un agent de la North Star. Agis en conséquence.

Elle se répéta ces mots, encore et encore. Lors de sa dernière mission, elle avait été droguée parce qu'elle n'avait même pas imaginé qu'on puisse s'en prendre à elle. Dans son petit monde informatique, elle s'était crue en sécurité. Maintenant, elle était plus avisée. Elle allait se fonder sur ce qu'elle avait appris pour choisir la bonne stratégie. Il fallait que Nate et Garrett sachent que Courtney approchait parce que, en plus de représenter une menace, elle était la clé de voûte de cette énigme.

Elle posa les yeux sur l'échelle de fortune qui allait lui permettre de rejoindre la terre ferme et marmonna :

— Je ne serai pas une lâche.

Elle glissa le pistolet, la sécurité enclenchée, à sa ceinture et entama la longue descente. Pour oublier sa peur, elle se mordit délibérément la langue. La douleur suffit à faire diversion.

Elle descendit lentement, prudemment, sans regarder en bas malgré son envie. Elle allait se laisser guider par ses pieds jusqu'à la terre ferme.

Soudain, l'une des planches céda. Elle bascula en arrière, et…

— Ouille !

Elle atterrit sur les fesses, à peine une seconde plus tard. Elle resta assise pendant quelques instants pour reprendre son souffle.

Tout son corps vibrait sous l'effet de la brutale décharge d'adrénaline, mais elle ne s'était pas tuée, ni même blessée. Ses fesses étaient un peu endolories, mais elle était indemne. Et elle avait du travail.

Elle se leva, s'épousseta et regarda autour d'elle. Elle était seule et le silence régnait. Elle s'enfonça donc dans les bois, son arme à la main.

Elle allait trouver Nate et Garrett et faire la lumière sur cette affaire, une fois pour toutes.

Nate avait aidé Garrett à déplacer les deux hommes qu'il avait neutralisés jusqu'à la petite clairière où se trouvaient Loren et son second prisonnier. Ils pourraient ainsi les surveiller au cas où ils parviendraient à se défaire de leurs liens, ce qui paraissait peu probable : ces hommes n'avaient suivi aucun entraînement, il en était persuadé.

Et ce détail le plongeait dans des abîmes de perplexité.

— Je vous croyais mort, dit Loren en le regardant avec mépris. S'il arrive quelque chose à mon fils, vous le serez vraiment, croyez-moi.

Nate fut tenté de ne pas lui répondre. Après tout, rien ne l'obligeait à lui dire quoi que ce soit. Mais il en apprendrait peut-être plus s'il était franc avec lui.

— Je n'ai rien à voir avec votre fils. Il y a quelques heures encore, je ne savais même pas que vous existiez.

— Vous êtes un menteur, dit l'un de ses acolytes. Nous avons la preuve que vous travaillez avec eux.

— La ferme, marmonna Loren.

À la façon dont ils se parlaient, Nate devina que les deux hommes étaient parents. Ce n'était pas à un groupe de combattants entraînés qu'ils avaient affaire, mais à une famille.

Garrett se pencha vers lui et inclina la tête vers le sud.

— Il en arrive d'autres.

— Les collègues d'Elsie ?

— J'en doute. Ils font trop de bruit.

Nate tendit l'oreille. Effectivement, les nouveaux venus se souciaient peu d'être discrets. Garrett et lui pointèrent leurs pistolets vers le bruit. Une silhouette apparut entre les arbres et Courtney Prokop – ou Loren – lança :

— Baissez vos armes, les garçons.

Elle n'était pas armée.

— Pourquoi est-ce que nous t'obéirions ? riposta Nate. Nous sommes deux contre un.

Courtney leva la main. Un coup de feu claqua aussitôt et Garrett fut projeté en arrière. Quand il s'effondra sur le sol, Nate sentit son sang se glacer.

— Lâche ton arme, Nate. Sinon, ton frère prend une balle en pleine tête.

Nate obtempéra et regarda Garrett. Sa chemise était tachée de sang.

— Ce n'est que mon épaule, lâcha-t-il, les dents serrées.

Nate ne répondit pas. La blessure n'était peut-être pas mortelle, mais elle pouvait le devenir s'il n'était pas pris en charge à temps. Il fallait qu'il les sorte de là, et vite.

— Qu'est-ce que tu veux, Courtney ?

— La justice, dit-elle, comme si la réponse coulait de source. Mon grand-père a essayé de se servir de moi pour ses magouilles.

Elle se tourna vers Loren.

— Pas vrai ? Tu as cru que tu pouvais me berner, et berner Savannah, parce que nous étions des femmes. Tu nous as prises pour des idiotes. Mais nous t'avons prouvé que tu te trompais.

— De quoi est-ce que tu parles ? demanda Loren d'une voix étranglée.

— C'est moi qui ai convaincu papa d'aller au Yémen, et c'est moi qui ai parlé de ton petit trafic à ce groupe de civils. C'est moi qui ai tout orchestré, grand-père. Tu n'aurais pas dû penser que tu pouvais t'octroyer tous les bénéfices.

Elle se tourna vers Nate en tendant le doigt vers Loren.

— Mon père et mon grand-père sont les vrais coupables. Ils volaient et revendaient des armes militaires.

Loren pâlit.

— Courtney !

— Tu pensais que tu pouvais te servir de moi sans que je comprenne ce que tu faisais ? Je suis plus intelligente que toi, plus intelligente que vous tous. Et je suis dans le bon camp. Je fais ce qui est juste. J'arrête des criminels. Comme mon père. Comme toi.

— Et Garrett ? demanda Nate.

Son frère pressait une main sur sa blessure pour essayer de stopper l'hémorragie, mais en vain. Nate n'ayant aucune idée du lieu où était posté le complice de Courtney, il ne pouvait pas le neutraliser.

— Il n'aurait pas dû s'en mêler. Mais sa plus grosse erreur a été de mettre Savannah enceinte.

Garrett émit un son, mais Nate n'aurait su dire si c'était de douleur ou en réaction à ce que venait de dire Courtney.

— Nous nous sommes occupés de ça. Pas vrai, grand-père ?

— Où est mon fils ? demanda Loren.

Cette fois, la question s'adressait à Courtney.

— Je me suis assurée que la bande qui le détient le garde en vie. On ne tue pas la poule aux œufs d'or, n'est-ce pas ? Quand je pense à tout l'argent que tu nous as donné, tout ce que tu as fait pour le retrouver… Tu es pitoyable, grand-père. Et tu as cru que tu pouvais te servir de moi ?

Elle éclata de rire. Cette femme était folle. Complètement folle.

Il n'avait plus qu'une chance d'amener Garrett à l'hôpital à temps : Elsie. Elle avait forcément entendu le coup de feu et envoyé un SOS à son organisation. En attendant leur arrivée, il allait devoir retenir l'attention de Courtney.

— Et moi ? Comment est-ce que je me suis retrouvé mêlé à tout ça ?

Courtney posa sur lui un regard qui n'était qu'innocence.

— La destinée ? La chance ? Une intervention divine ? À toi de voir. C'est à toi que le groupe de civils a choisi de répéter ce que je leur avais appris. Après que Daria a essayé de te tuer, j'ai compris que tu faisais un bouc émissaire idéal. Il fallait donc que tu restes en vie. Mes amis yéménites ont prévenu grand-père qu'il ne fallait surtout pas qu'il t'arrive malheur, et j'ai envoyé Savannah ici pour te surveiller de loin. De mon côté, je gardais un œil sur ton ami. Tu sais, tu n'aurais jamais dû lui transmettre ces preuves. C'est à cause de toi qu'il a fallu l'éliminer.

Les révélations se succédaient à un tel rythme que Nate peinait à garder sa présence d'esprit.

— Il va très bien, dit-il.

Courtney haussa les épaules.

— De toute façon, il ne savait rien, n'est-ce pas ? Il a

eu Daria, mais c'est sans importance. Moi, je voulais le patron. Le cerveau de la bande.

Elle se tourna vers son grand-père.

— Pour le punir de faire aussi peu de cas de moi.

Loren fixait sa petite-fille comme si elle était à la fois un fantôme et une étrangère. Nate comprenait cette réaction.

— Mais je m'égare, reprit Courtney en secouant la tête. Maintenant, je n'ai plus besoin de toi, Nate. Et tes amis se sont un peu trop approchés de la vérité à mon goût. Je t'ai donné une chance de faire les choses toi-même, tu aurais dû la saisir.

— Tu vas me tuer.

Elle eut l'air offensée.

— Je suis une victime, pas une meurtrière !

Elle leva les mains.

— Tu vois ? Je ne suis même pas armée.

— Dans ce cas, tu ne peux pas me tuer.

— Je ne te tuerai pas, Nate, répondit-elle en souriant, mais tu vas quand même mourir. Souviens-toi seulement d'une chose : tout est ta faute. Moi, je n'y suis pour rien.

22

Il ne faisait pas particulièrement chaud et pourtant Elsie était en nage. Elle marchait à travers bois en direction de la berge, aussi silencieusement que possible, en contrôlant de son mieux les réactions de son corps à la peur et au stress.

Si elle ne rencontrait pas Nate et Garrett en chemin, elle les trouverait en suivant leurs traces. Qui sait ? Elle contribuerait peut-être à encercler l'un de leurs ennemis. À moins qu'elle capture elle-même Courtney et Justin.

C'était dingue, elle le savait, mais il suffisait peut-être qu'elle se pense capable d'une action digne d'un agent de terrain de la North Star pour effectivement la réaliser.

Un coup de feu claqua soudain, lui arrachant une exclamation étouffée. Elle s'arrêta net et inspecta les alentours pendant quelques instants. Comme personne ne lui tirait dessus, elle se remit en marche, son arme pointée droit devant elle. En réprimant une nouvelle bouffée de stress, elle ôta la sécurité.

Elle devait se montrer assez forte pour se défendre si nécessaire, tout en restant suffisamment elle-même pour assembler les pièces du puzzle et découvrir enfin le fin mot de l'histoire.

Le tireur n'était pas posté sur la berge mais quelque

part dans la forêt, tout près d'elle. Qui avait tiré ? Nate, ou Garrett ? À moins qu'on les ait pris pour cibles.

Elle réprima un accès de panique. Elle était une agente de la North Star, et elle allait faire son devoir. Elle se dirigea vers l'endroit d'où le coup de feu semblait avoir été tiré.

Chacun de ses pas l'emplissait d'un surcroît d'assurance. Elle n'allait pas se cacher dans un coin, devant son ordinateur. Elle allait agir. Protéger. Sauver.

Et si elle était blessée – ou pire –, ce serait en accomplissant un acte important. Oui, elle, la petite Elsie Rogers, l'enfant battue dont tout Blue Valley avait jadis eu pitié.

Elle avait survécu à son enfance, elle survivrait aussi à cela.

Elle continua d'avancer en fouillant la forêt du regard. Elle distingua enfin un homme, à demi masqué par le feuillage, mais qu'elle identifia aussitôt : Justin Sherman.

Le demi-frère de Courtney était posté dans un arbre, allongé sur une grosse branche, l'œil rivé à la lunette de visée d'un fusil de sniper.

Elle s'avança silencieusement à couvert et s'efforça de voir ce qu'il tenait en joue. Par-delà les troncs et les broussailles, elle distingua de petites taches de couleur.

Justin pointait son arme sur un groupe de personnes, parmi lesquelles se trouvaient sans doute Garrett et Nate.

Elle l'épiait depuis quelques minutes quand son attitude changea soudain. Il se tendit, cala son œil contre la lunette de visée… Elle devait agir sans attendre.

La voix de Nate résonna dans son esprit : « Ne sois pas nerveuse. »

Emplie de toute la foi qu'il avait en elle, elle s'imagina que la jambe de Justin était une canette de soda se balançant dans le vent.

Le sort de Nate dépendait d'elle. Le sort de Garrett dépendait d'elle.

Elle visa, récita une courte prière et pressa la gâchette.

Un second coup de feu claqua, et tous ceux qui étaient présents dans la clairière se regardèrent, cherchant à déterminer qui avait été touché.

Comme personne ne s'effondrait, Courtney laissa échapper un gémissement dégoûté.

— Cet idiot a raté son coup !

Nate en déduisit qu'elle n'avait qu'un sniper. C'était une excellente nouvelle. Et si personne ici n'avait été touché…

— À moins que « cet idiot » se soit fait prendre, remarqua-t-il.

Le visage de Courtney lui rappela un peu celui de la méchante sorcière du *Magicien d'Oz*. Son expression changea graduellement pour refléter une horreur teintée de folie. Ce fut alors qu'elle passa le bras dans son dos.

Elle avait affirmé qu'elle n'était pas armée, mais ce geste lui fit comprendre qu'elle avait menti. Nate bondit vers l'avant et la projeta au sol, ignorant l'arme qu'elle agitait frénétiquement.

Il lui arracha le pistolet de la main et emprisonna ses jambes entre les siennes avant de lui immobiliser les bras.

— Tu te crois toujours plus intelligente que tout le monde ? demanda-t-il.

Elle poussa un cri primal et se débattit avec une vigueur renouvelée, en vain. Nate la maintenait fermement et tenait le pistolet à bout de bras.

Il sentit que quelqu'un cherchait à le lui prendre et leva les yeux. Malgré sa blessure qui saignait toujours, Garrett s'était relevé.

— Tu as besoin de…

— Ça va aller, répondit Garrett d'une voix rauque.

Son visage était grisâtre et il tenait à peine debout.

— Assieds-toi.

— Nous devons trouver le tireur.

— Vu qu'il n'est pas en train de nous canarder, je suppose qu'on s'est déjà occupé de lui.

Il baissa les yeux sur Courtney et reprit :

— Laisse-moi deviner… Justin ?

Courtney lui hurla des insultes sans cesser de se débattre. Il pouvait la maintenir aussi longtemps que nécessaire, mais sans renfort, jamais il ne pourrait la déplacer pour la remettre aux forces de l'ordre.

— J'ai besoin de renfort, dit-il. Il faut que nous allions voir si…

Avant qu'il ait pu prononcer son nom, Elsie apparut, un pistolet à la main. Ses yeux étaient immenses et son visage, un peu trop pâle.

— Je t'avais dit de ne pas bouger, gronda Nate.

— Oh ? Tu aurais préféré que je ne te sauve pas la vie ? riposta-t-elle.

Elle posa les yeux sur Courtney. Elle ne semblait pas le moins du monde étonnée de la voir.

— J'ai tiré sur Justin.

— Quoi ?

Nate manqua laisser échapper Courtney, mais raffermit sa prise en la sentant se tortiller sous lui.

— Il était posté dans un arbre, avec un fusil de sniper, expliqua-t-elle en tendant le bras. Il visait quelque chose. J'ai pensé que c'était vous, alors j'ai… Avant qu'il puisse tirer, je…

Elle semblait en état de choc mais, quand ses yeux se posèrent sur Garrett, elle s'élança vers lui.

— Garrett, tu as été touché !

— Je survivrai.

Ses dents claquaient et son visage était grisâtre, mais il était en vie. Tous étaient en vie. Ils avaient capturé Courtney et Loren, et… mon Dieu, comme Nate avait hâte de partir d'ici et de conduire Garrett à l'hôpital !

— Où sont les autres ? demanda-t-il.

— J'ai appelé Shay, mais…

— Juste ici, coupa une voix.

Shay apparut parmi les arbres, Gabriel et Mallory sur les talons.

— Quand Elsie nous a appelés, nous avons décidé de passer à l'action et d'entrer chez Courtney. Mais nous n'y avons trouvé qu'une femme qui avait été payée pour garder sa maison. Je n'ai laissé que Connor là-bas.

— Il nous faut Betty. Dès que possible, dit Elsie.

— Elle est en route. J'ai chargé Connor de trouver un hélicoptère pour qu'ils nous rejoignent au plus vite tous les deux.

Elle se tourna vers Nate.

— Et maintenant, si vous permettez…

Nate remit Courtney aux mains du trio. Elle eut beau crier et les injurier, ils la menottèrent et Gabriel l'entraîna vers la berge.

— Elle nous a tout raconté, dit Nate, sans se relever. Loren a essayé de se servir d'elle pour son petit trafic, sans lui dire de quoi il s'agissait, mais elle a tout compris. Elle a fait enlever son père par ce groupe, au Yémen, et convaincu tous ceux qui s'approchaient un peu trop de la vérité et ne doutaient pas de ma santé mentale que j'étais le commanditaire de cet enlèvement et que le fils de Loren mourrait s'il m'arrivait quelque chose.

Shay acquiesça.

— Nous étudierons cette affaire en détail quand nous

aurons pris un peu de repos. Pour le moment, nous allons placer Loren en garde à vue. Nos contacts au sein de l'armée se chargeront des chefs d'accusation.

— Il y a peut-être une taupe chez eux, remarqua Elsie. Courtney savait que Nate avait de l'aide.

— Ils s'en occupent. Quant à nous, nous avons mis à bas un réseau de trafiquants d'armes militaires. Et pour de bon.

Le bruit caractéristique des pales d'un hélicoptère brassant l'air s'éleva au loin. Shay mit sa main en visière pour scruter l'horizon.

— Les renforts arrivent en même temps que notre médecin. Nous préférerions éviter de conduire Garrett à l'hôpital, mais je te promets que nous l'y emmènerons si Betty juge que c'est nécessaire.

— Je veux rester avec lui, dit Nate.

— Bien sûr.

— Ça va aller, dit Garrett.

— Je reste avec toi, insista Nate.

Elsie intervint.

— Justin est en vie. Je l'ai touché à la jambe et il est tombé de l'arbre, mais il est en vie.

— Je m'en occupe, dit Mallory. Si tu me montrais où il est ?

Elsie acquiesça, gratifia Nate d'un regard énigmatique et disparut dans la forêt, accompagnée de Mallory.

Nate la suivit des yeux, sans savoir ce qu'il devait lui dire, ce qu'il devait ressentir. Il n'avait qu'une seule pensée en tête : Garrett devait recevoir des soins médicaux.

Shay lui donna une tape sur l'épaule.

— Tout est fini, Nate. Tu ne t'en rends pas encore compte, mais tu as réussi.

« Tu as réussi. »

Après deux longues années, son cauchemar avait pris fin. Mais son frère avait été blessé et Elsie…

Ce n'était pas parce qu'il avait réussi que sa vie allait automatiquement revenir à la normale. Il y avait quand même une chance pour que cela se produise. Enfin.

Il était temps qu'il décide de quoi il voulait que cette vie « normale » soit faite.

Épilogue

Elsie conduisit Mallory jusqu'à Justin pendant que l'hélicoptère emmenait Garrett et Nate. Shay prit les dispositions nécessaires pour faire nettoyer l'île, remonta dans le bateau qui l'avait amenée et invita Elsie à la rejoindre. Comme elle ne savait ni ce qu'elle ressentait ni ce qu'elle allait faire maintenant, elle obtempéra.

Une fois sur la berge opposée, Shay la fit monter dans une jeep et démarra aussitôt. Elsie se demanda où elles allaient, mais elle était trop fatiguée pour poser la question.

— Granger a tout expliqué à ta famille, dit Shay au bout d'un moment.

Elsie se redressa dans son siège.

— Quoi ?

— Comme ta sœur et la thérapeute de Nate s'inquiétaient pour vous deux, Granger leur a promis que vous alliez bien et leur a expliqué que Nate avait raison depuis le début.

Elle fixa le profil de Shay, interdite.

— Il leur a dit que Nate avait raison, répéta-t-elle.

Shay acquiesça.

— Il leur a fourni toutes les preuves nécessaires, mais je pense que ta sœur ne l'a cru que parce que tu le lui avais déjà dit. Quoi qu'il en soit, tout est arrangé au Revival. Je t'y ramènerai après.

— Après quoi ?

— Où est-ce que tu veux vraiment aller, pour le moment ?

— Je veux être sûre que Garrett va bien.

Shay lui décocha un coup d'œil et un sourire rapide.

— C'est bien ce que je pensais. Je t'emmène chez lui. C'est là que Betty s'occupe de lui.

Elsie s'affaissa de nouveau dans son siège.

— Très bien.

— Écoute, Els… je sais que l'épreuve a été rude…

Elsie se força à sourire. Shay s'inquiétait pour elle parce qu'elle avait dû aller sur le terrain, sans avoir reçu la formation nécessaire.

— Je vais bien, je t'assure.

— Je sais. Mais tu as mérité des vacances.

Elsie fronça les sourcils. Des vacances ? Une pause ? Shay ne voulait pas qu'elle…

— Vous avez besoin de moi, protesta-t-elle faiblement.

— Oui, nous avons besoin de toi. Mais tu sais ce qui est chouette, avec les ordinateurs ?

— Ils sont plus faciles à comprendre que les gens ?

Shay éclata de rire.

— Elsie… si tu prenais enfin le temps de profiter de tes sœurs, de ta famille ?

— Tu veux que je démissionne ?

— Non, je veux que tu restes ici et que tu profites de ton séjour avant la prochaine mission. Et je veux que tu envisages de travailler à distance. Tu devras venir au siège de temps en temps, bien sûr, mais tu pourras accomplir l'essentiel de ton travail depuis Blue Valley. Rester auprès de ta famille.

Elsie regarda droit devant elle. Elle ne savait pas quoi répondre. Jamais elle n'avait envisagé de s'installer à Blue Valley.

— Tu vois, Elsie, je n'ai jamais vraiment compris…

Je savais que tu avais des sœurs, bien sûr, mais je n'avais jamais compris que tu les aimais autant qu'elles t'aiment, dit Shay. Tu devrais vivre auprès d'elles. Je ne veux pas te perdre, mais je veux ce qui est le mieux pour toi parce que la North Star aussi est une famille. Tu fais partie de ma famille, Els.

La gorge d'Elsie se noua. Shay se livrait à un acte qu'elle détestait : elle laissait s'exprimer ses émotions.

— Je ne te parle pas de Nate, reprit Shay. Je te parle de ta famille. Mais… Tu es jeune. Tu as toute la vie devant toi. Tu as passé suffisamment de temps devant un ordinateur. Il y a un monde dehors, qui attend que tu le découvres. Ne te pose aucune limite. Tu devrais rester à Blue Valley pour être auprès de ta famille, si cela peut te rendre heureuse, mais si tu aimes Nate… fonce. Tente ta chance.

— Qu'est-ce qu'il te prend ? Tu étais furieuse quand Reece et Holden ont démissionné pour une femme.

— Je ne te demande pas de démissionner, et encore moins de le faire pour un homme. Je te demande de vivre ta vie. Crois-le ou non, même si je leur en veux toujours autant, Reece avait raison : nous méritons tous de vivre notre vie à un moment donné. Tu n'es pas sur le terrain. Tu ne mets personne en danger. Ton aide m'est indispensable, mais tu pourras tout aussi bien me l'apporter depuis ici. Alors, profite de ta famille et construis quelque chose avec Nate. Personne ne peut savoir si cela marchera ou non, l'essentiel est d'avoir une chance de vivre toutes ces expériences.

— Et toi ?

— Quoi, moi ?

— Est-ce que tu ne mérites pas cette chance, toi aussi ?

Les épaules de Shay se voûtèrent légèrement.

— Pour moi, il est trop tard. Et nous sommes arrivées.

Elle s'arrêta devant une jolie maison. Les montagnes majestueuses se dressaient en arrière-plan. Blue Valley, Montana… Même à l'époque où cette ville avait été sa prison, elle s'y était sentie chez elle. Voulait-elle vraiment y revenir ?

— Va, dit Shay. Prends des nouvelles de Garrett. Parle avec Nate. Je t'ordonne de prendre une semaine de vacances ici. Ensuite, ce sera à toi, et à toi seule, de décider de ce que tu veux faire.

Elsie la regarda, à court de mots. Sa patronne allait détester ce geste, elle le savait, mais elle ne put se retenir : elle se pencha vers elle et la prit dans ses bras.

— Tu es ma famille, toi aussi.

Shay se raidit, mais lui rendit son étreinte. Elles restèrent ainsi enlacées pendant un long moment. Cela faisait maintenant des années qu'elles travaillaient ensemble, qu'elles veillaient l'une sur l'autre… Les mots n'étaient plus nécessaires.

Au sein d'une famille, une étreinte suffisait parfois.

Quand Shay se dégagea enfin, ses yeux brillaient d'un éclat suspect.

— Va prendre des nouvelles de ton ami, marmonna-t-elle en la chassant d'un geste de la main.

Elsie descendit de voiture et marcha jusqu'à la porte d'entrée. Cette maison était jolie mais elle avait quelque chose de triste, comme si elle avait été trop longtemps négligée.

Elle frappa, et la porte s'ouvrit sur la silhouette imposante de Nate. Elle se souvint du moment où elle l'avait vu pour la première fois, seulement quelques jours plus tôt. Sa carrure l'avait mise mal à l'aise, et maintenant…

Il l'attira fougueusement contre lui et elle l'enlaça,

nichant le visage au creux de son épaule. Toute sa tension disparut aussitôt.

— Salut, chuchota-t-elle. Comment va Garrett ?

— Bien. Betty a suturé sa plaie. Elle s'occupe déjà du test de paternité, même si Courtney a confirmé dans ses élucubrations qu'il est bien le père de ces bébés.

Il ne la relâcha pas, et elle ne chercha pas à se dégager parce qu'elle sentait que sa place était ici, contre lui. Les mauvais souvenirs qu'elle gardait de Blue Valley importaient-ils vraiment ? Elle en avait tellement de bons, avec ses sœurs et leurs familles… Et c'était à Blue Valley qu'elle avait rencontré Nate, cet homme tellement bon, tellement merveilleux.

— Betty est géniale. Elle va bien s'occuper de lui, et nous ferons tout notre possible pour qu'il retrouve ses enfants.

— Pourquoi est-ce que vous feriez…

Elle recula d'un pas.

— Garrett a été blessé parce qu'il s'est retrouvé au milieu du chaos que nous avons provoqué. Nous ferons tout pour nous racheter.

Elle plongea le regard dans celui de Nate. Les mots se pressaient dans son esprit, mais elle ne parvenait pas à les ordonner.

Alors, elle se hissa sur la pointe des pieds et l'embrassa.

Nate mit dans ce baiser tout son soulagement, toute son émotion, jusqu'à ce que quelqu'un toussote derrière lui. Il s'écarta d'Elsie et se retourna.

— Garrett s'est endormi, dit Betty. Je vais garder un œil sur lui. Si vous alliez faire un tour ?

Elle fit un clin d'œil à Elsie, dont le visage s'empourpra.

Nate comprit soudain que, maintenant, plus rien ne l'empêchait de faire ce dont il avait envie, comme aller se promener avec une jolie femme à laquelle il tenait. Il n'avait plus à s'inquiéter d'être cru. Tout danger avait disparu.

Il n'y avait plus que la vie.

Il rejoignit Elsie sur le porche et referma la porte. Le soleil levant embrasait le ciel alors qu'il aurait cru qu'il faisait encore nuit. Sa perception du temps était complètement chamboulée, mais tout était fini. Tout revenait à la normale.

— J'ai parlé à Monica. Ma thérapeute, dit-il.

— Shay m'a dit que l'un de nos hommes lui avait tout expliqué.

Nate acquiesça.

— Oui. Elle s'est excusée de ne pas m'avoir cru. Elle m'a aussi dit qu'au début, elle avait cherché à vérifier mon histoire. Seulement, rien ne concordait. J'ai compris que si on ne m'avait pas cru, c'est surtout parce que Courtney – et peut-être Loren – avait tout fait pour me discréditer. Je…

Il s'arrêta net en sentant la main d'Elsie se glisser dans la sienne.

Ils marchaient main dans la main, à Blue Valley, et cela lui semblait tout naturel.

Il n'aurait souhaité à personne de vivre ce qu'il avait vécu, mais somme toute, l'histoire ne s'était pas trop mal terminée.

Il n'avait plus à retourner au Revival. Il ne savait pas ce qu'il allait faire mais, pour le moment, il lui suffisait de marcher dans le jardin de Garrett, main dans la main avec Elsie.

— Je n'en veux à aucun de mes proches. Seulement à Courtney, Loren, Daria et leurs complices… Que va-t-il se passer maintenant ?

— Mon organisation et le gouvernement vont définir les chefs d'accusation contre Loren, Courtney, Justin et tous les membres du réseau. Nous surveillerons le déroulement des événements pour nous assurer de l'absence de corruption, nous interviendrons si nécessaire mais, en général, tout se passe bien.

— Betty m'a dit tout ça, oui. Je voulais parler de toi.

— Oh ! Je vois.

Elle posa les yeux sur les montagnes. Elle semblait étrangement soucieuse.

— Shay veut que je prenne des vacances. Que je reste ici et que je passe du temps avec ma famille.

— Parfait. Tu as bien besoin de te reposer.

Elle leva les yeux vers lui et scruta son visage, comme si elle y cherchait une réponse. Il aurait aimé pouvoir la lui donner.

— Après cela, elle veut que je reste ici, à Blue Valley, en télétravail. Elle m'a dit que je ne devais pas me priver de ma famille.

Nate sentit son cœur bondir dans sa poitrine, mais il resta de marbre. Il voulait qu'Elsie reste, il voulait vivre cet « après » qui lui avait semblé pendant si longtemps n'être qu'un rêve inaccessible.

Mais ce qu'il voulait plus que tout, c'était qu'elle soit heureuse. Qu'elle choisisse ce qui serait le mieux pour elle. Il dut se racler la gorge avant de parler.

— Oh ! vraiment ? Et qu'est-ce que tu en penses ?

Elle contempla une nouvelle fois la ville et les montagnes qui se dressaient à l'arrière-plan.

— Je n'avais jamais envisagé de revenir un jour à Blue Valley pour m'y installer.

— Moi non plus, répondit-il.

Il contempla lui aussi les montagnes pendant un instant avant de se tourner vers elle.

— Est-ce que tu vas rester ? demanda-t-elle.

Il hocha la tête.

— J'ai fini par comprendre que ma place était ici. Je ne sais pas encore ce que je veux faire de ma vie, mais je pense aller travailler dans le ranch de mes parents le temps d'y réfléchir.

Elsie déglutit.

— Je pense que je veux rester, moi aussi.

Il sentit un sourire incurver ses lèvres. Il avait beau vouloir feindre l'indifférence, essayer de se convaincre qu'il voulait son bonheur et la soutiendrait quoi qu'elle décide, il désirait qu'elle reste. Il prit son autre main dans la sienne et dit simplement :

— Bien.

Elle éclata de rire et secoua la tête.

— Oui, je crois que c'est bien. Je pourrai passer du temps avec mes sœurs. Voir grandir mes nièces et mes neveux. Et je connais un cow-boy très séduisant qui finira peut-être par me proposer de sortir avec lui.

Nate éclata de rire. Depuis quand n'avait-il pas ri aussi librement, sans la moindre arrière-pensée ? Désormais, il pourrait rire chaque fois qu'il en aurait envie. Il se promit de le faire souvent.

— J'espère que c'est de moi que tu parles.

Elle haussa les épaules en souriant. Il la prit dans ses bras et elle se moula contre son corps, comme si c'était là qu'était sa place.

Comme si c'était là qu'était leur place à tous deux.

Il l'embrassa donc. Ce fut un baiser empli de promesses, un baiser qui laissait entrevoir un avenir radieux. Ici, à Blue Valley, dans une ville où ils n'avaient jadis été que des victimes et où ils étaient maintenant des survivants. Une ville où ils allaient s'épanouir.

Ensemble.

Retrouvez prochainement,
dans votre collection

BLACK ROSE

En sécurité dans tes bras, de Carla Cassidy - N°737

ENQUÊTES À COYOTE CREEK – 1/3

D'une voix blanche, Chelsea répète à Johnny le message qu'elle a trouvé peint à la bombe sur son mur : « Tu n'es pas la bienvenue ici. » Ainsi, on veut la chasser de Coyote Creek où elle est de retour après cinq ans d'absence. Mais qui ? Et pourquoi ? Inquiète, elle sent alors sur elle le regard de Johnny et comprend que la passion qui les liait autrefois n'est pas morte et qu'il fera tout pour la protéger...

Au nom de la justice, de Barb Han

Jeune geek très talentueuse, Layla West est soupçonnée d'avoir détourné deux millions de dollars. Tout l'accuse, mais Dash, son frère, agent du FBI, sait qu'elle est innocente et il va le prouver... Pour l'aider dans sa mission, il reprend contact avec la meilleure amie de Layla : Raina. Raina avec qui il a eu une brève aventure des années auparavant et qui hésite à enquêter à ses côtés...

Plongé dans le passé, de B.J. Daniels - N°738

Assis dans le fauteuil de détective de son défunt père, James parcourt les notes de sa dernière enquête et s'interroge. Pourquoi ce meurtre n'a-t-il jamais été élucidé ? Et pourquoi les noms de certains citoyens de la ville sont-ils cités ici ? Intrigué, il prend alors une décision : il va rouvrir ce *cold case* et interroger les témoins. À commencer par la belle-mère de Lorelei, sa jolie voisine...

Un secret dans ton regard, de Tyler Anne Snell

Qui terrorise Bella Green ? Et quel secret dissimule-t-elle derrière ses silences. Depuis qu'il l'a prise en stop sur la route où sa voiture était en panne, Marco Rossi, shérif adjoint de Kelby Creek, s'interroge sur l'attitude méfiante de la jeune femme à son égard. Hanté par le souvenir de ses regards apeurés, troublé malgré lui par sa beauté, il décide de fouiller discrètement dans son passé...

Retrouvez prochainement,
dans votre collection

BLACK ROSE

Périlleuses retrouvailles, de Jennifer D. Bokal - N°739

Exaspéré, Luke ramasse la lettre d'amour qu'il vient de trouver devant sa porte et la froisse. Après tout, la femme avec qui il a eu une brève aventure, quelques mois plus tôt, cessera bien un jour de le harceler… D'autant qu'il vient juste de retrouver Bridgette, son amour de jeunesse. Bridgette qu'il n'a jamais cessé d'aimer et qui est revenue en ville depuis peu pour mener une mystérieuse enquête…

Un garde du corps très exigeant, de Rachel Lee

« Tu as besoin d'un garde du corps. » En entendant ce conseil d'un vieil ami de son père, Allie retient un sourire. Le fait de détenir des preuves de la malhonnêteté de son patron représente-t-il réellement un danger pour elle ? Bientôt, cependant, elle se rend compte que la menace est réelle et accepte à contrecœur la protection de Hale Scribner, un garde du corps aussi taciturne qu'exigeant…

La brûlure du doute, de Delores Fossen - N°740

« Votre fils adoptif, Evan, est bien né le 16 septembre ? » Quand Slade Becker lui pose cette question, Maya pense à une plaisanterie. Mais, bientôt, le séduisant shérif lui explique que plusieurs enfants nés ce jour-là ont été enlevés et que, parmi eux, se trouve sans doute son propre fils… Inquiète, Maya s'interroge : se pourrait-il que Slade soit le père d'Evan et qu'il cherche à récupérer son enfant ?

Une troublante enquête, de Julie Miller

Annie ne décolère pas : on l'envoie, un 31 décembre, enquêter sur un meurtre aux côtés de Nick Fensom ? Ce macho de la pire espèce a intérêt à prendre son avis en compte, sinon elle exigera un autre coéquipier ! Bientôt, pourtant, elle constate que Nick se montre prévenant à son égard. Et comprend pourquoi : le tueur vient à nouveau de frapper, et Nick veut se servir d'elle comme appât…

Retrouvez prochainement,
dans votre collection

BLACK ROSE

Le testament mystérieux, de Rita Herron - N°741

« Êtes-vous une des maîtresses de mon père ? » En entendant l'agressivité contenue dans la voix de Ray McCullen, Scarlet n'a qu'une envie : fuir cette famille à laquelle elle n'appartiendra jamais… Pourtant elle n'y est pour rien si Joe McCullen avait une double vie et l'avait adoptée… Prenant son courage à deux mains, elle tend alors à Ray la lettre dans laquelle son père lui révèle qu'il lui lègue une partie de ses terres…

Enquête à Mystic Glades, de Lena Diaz

Alors qu'elle s'apprête à inaugurer son *bed and breakfast* dans les Everglades, Silver voit arriver un homme au look de cow-boy qui réserve une chambre et la bombarde de questions sur elle et ses proches. Fascinée par son regard bleu, Silver décide de se tenir sur ses gardes. Car l'inconnu, elle le sent, n'est pas un touriste arrivé là par hasard et en aucun cas elle n'est disposée à le laisser percer ses secrets…

VOTRE COLLECTION PRÉFÉRÉE DIRECTEMENT CHEZ VOUS

Vous souhaitez découvrir nos collections ? Une fois votre colis de bienvenue reçu, si vous souhaitez continuer à recevoir nos livres, cela se fera automatiquement. Vous n'avez aucune obligation d'achat et cette offre est sans engagement de durée !

Dans votre 1er colis, 2 livres au prix d'un + 1 cadeau

☛ COCHEZ la collection choisie et renvoyez cette page au
Service Lectrices Harlequin – CS 20008 – 59718 Lille Cedex 9 – France

Collections	Prix 1er colis	Réf.	Prix abonnement (frais de port compris)
❑ **AZUR**	4,75€	AZ1406	6 livres par mois 31,49€
❑ **BLANCHE**	7,30€	BL1603	3 livres par mois 24,85€
❑ **HISTORIQUES**	7,30€	LH1202	2 livres par mois 17,49€
❑ **PASSIONS**	7,80€	PS0903	3 livres par mois 26,49€
❑ **BLACK ROSE**	7,90€	BR0013	3 livres par mois 26,79€
❑ **HARMONY***	5,99€	HA0513	3 livres par mois 20,76€
❑ **NORA ROBERTS***	8,90€	NR2402	2 livres tous les 2 mois, prix variable**
❑ **SAGAS***	7,99€	SG2303	3 livres tous les 2 mois 29,46€
❑ **VICTORIA**	7,80€	VI2115	5 livres tous les 2 mois 42,09€
❑ **GENTLEMEN***	7,50€	GT2022	2 livres tous les 2 mois 17,95€
❑ **HORS-SÉRIE***	7,70€	HS2812	2 livres tous les 2 mois 18,45€

*livres réédités / **entre 17,95€ et 18,75€ suivant le prix des livres

F22PDFM

N° d'abonnée Harlequin (si vous en avez un) ⊔⊔⊔⊔⊔⊔⊔⊔⊔

Mme ❐ Mlle ❐ Nom : ____________________

Prénom : ____________________ Adresse : ____________________

____

Code Postal : ⊔⊔⊔⊔⊔ Ville : ____________________

Pays : ____________________ Tél. : ⊔⊔⊔⊔⊔⊔⊔⊔⊔⊔

E-mail : ____________________

Date de naissance : ____________________

Date limite : 31 décembre 2022. Vous recevrez votre colis environ 20 jours après réception de ce bon. Offre soumise à acceptation et réservée aux personnes majeures, résidant en France métropolitaine, dans la limite des stocks disponibles. Prix susceptibles de modification en cours d'année. Vous pouvez demander à accéder à vos données personnelles, à les rectifier ou à les effacer. Il vous suffit de nous écrire en nous indiquant vos nom, prénom et adresse à : Service Lectrices Harlequin CS 20008 59718 LILLE Cedex 9. Service Lectrices disponible du lundi au vendredi de 9h à 17h : 01 45 82 47 47.